rororo

Armistead Maupin, geboren 1944 in Washington, studierte Literatur an der University of North Carolina und arbeitete als Reporter für eine Nachrichtenagentur. Er schrieb für Andy Warhols Zeitschrift *Interview*, die *New York Times* und die *Los Angeles Times*. Seine Geschichten aus San Francisco, die berühmten «Tales of the City», verfasste er über fast zwei Jahrzehnte als täglichen Fortsetzungsroman für den *San Francisco Chronicle*. Maupin lebt mittlerweile in Großbritannien.

Erstmals in den Siebzigerjahren erschienen, hat Armistead Maupin sich mit seinem «Stadtgeschichten»-Zyklus sowohl über soziale als auch über sexuelle Barrieren hinweggesetzt, noch bevor die LGBTQIA+-COMMUNITY überhaupt so genannt wurde. Er lässt seine heterosexuellen und queeren Charaktere gleichermaßen Herzschmerz und Triumph, atemraubenden Schrecken und erfreuliche Zufälle erleben. Das Ergebnis ist eine funkelnde und süchtig machende Sittenkomödie.

ARMISTEAD MAUPIN

TOLLIVERS REISEN

ROMAN

Aus dem Englischen
von Carl Weissner

ROWOHLT TASCHENBUCH VERLAG

Die amerikanische Originalausgabe erschien 1984 unter dem Titel «Babycakes» bei The Chronicle Publishing Company, San Francisco.

Die vorliegende deutsche Fassung von «Tollivers Reisen» wurde für diese Neuausgabe sprachlich durchgesehen. Im Zuge dessen waren einzelne zum Zeitpunkt der ursprünglichen Übersetzung gewählte Begrifflichkeiten zu ändern, da sie den Differenzierungen des Originals keine Rechenschaft trugen. Weitere damals noch übliche Formulierungen des englischen Originaltexts wurden aus Gründen der Werktreue äquivalent übersetzt beibehalten.

Überarbeitete Neuausgabe
Veröffentlicht im Rowohlt Taschenbuch Verlag,
Kirchenallee 19, 20099 Hamburg, April 2025

Redaktion Lisa Kuppler
Songtext «Billie Jean»: Michael Jackson

Covergestaltung FAVORITBUERO, München
Coverabbildung Arthur Chang/stocksy
Satz aus der Martina Plantijn
bei Pinkuin Satz und Datentechnik, Berlin
Druck und Bindung CPI books GmbH, Leck
ISBN 978-3-499-01669-1

Kontaktadresse nach EU-Produktsicherheitsverordnung:
produktsicherheit@rowohlt.de

Für Christopher Isherwood und
Don Bachardy
und in herzlicher Erinnerung an
Daniel Katz
1956–1982

und wieder einmal
für Steve Beery

Notiz für Lord Jamie Neidpath

Easley House mag sehr an Stanway House erinnern, doch Lord Teddy Roughton hat keinerlei Ähnlichkeit mit dir. Wir beide wissen das. Jetzt wissen es auch die anderen. Cheers.

A. M.

When you feel your song is orchestrated wrong,
Why should you prolong
Your stay?
When the wind and the weather blow your dreams sky-high,
Sail away – sail away – sail away!

Wenn dein Lied nicht mehr gut klingt,
Warum dann noch
Länger bleiben?
Wenn Wind und Wetter deine Träume
In den Himmel wirbeln,
Lass dich treiben – lass dich treiben – lass dich treiben!

Noël Coward

A Barbary Lane 28
B The Buena Vista
C Come Clean Center
D D'orotheas Haus
E Bay Area Crisis Switchboard
F Malvina's
G Dr. Fieldings Praxis
H Halcyon Communications
I Washington Square Bar and Grill
J The Endup
K Beauchamps und DeDes Penthouse
L Perry's
M Mrs. Madrigals Buchladen
N The Twin Peaks
O Sutro Baths
P Bohemian Club
Q University Club
R Club Baths
S Residenz der Hampton-Giddes
T Twinkie-Keksfabrik
U Caffè Sport
V The Stud
W Glibb Memorial Church
X Ruby Millers Bungalow
Y Sam Woh's
Z Zim's

ROCKS
PACIFIC OCEAN
THE PRESIDIO
GOLDEN GATE
PALACE OF THE LEGION OF HONOR
PALACE OF FINE ARTS
VAN NESS
AQUATIC PARK
RUSSIAN HILL
COLUMBUS
CHINATOWN
NORTH BEACH
FILBERT STEPS
COIT TOWER
TELEGRAPH HILL
BROADWAY
THE EMBARCADERO
N
SAN FRANCISCO BAY

Ein königlicher Empfang

Sie war siebenundfünfzig, als sie San Francisco zum ersten Mal sah. Ihre Limousine verließ das Betonlabyrinth des Flughafens, dabei spähte sie durchs Fenster in den strömenden Regen und kommentierte das abscheuliche Wetter mit einem leisen Seufzer.

«Ich weiß», sagte Philip, der ihre Gedanken erriet. «Aber sie rechnen damit, dass es heute aufklart.»

Sie erwiderte sein leichtes Lächeln und kramte in ihrer Handtasche nach einem Papiertaschentuch. Seit der Abreise von der Ranch der Reagans fühlte sie sich ein wenig erkältet, doch ein Schnupfen sollte bei ihr auf entschlossenen Widerstand stoßen.

Die Autokolonne fuhr jetzt auf eine breitere Autobahn – einen «Freeway», vermutete sie, und bald glitten sie in rascher Fahrt durch die Regenfluten, vorbei an schauerlichen Motels und Reklametafeln von albtraumhaften Dimensionen. Links ragte ein baumloser Hügel auf, der so unnatürlich grün war, dass man sich wie in Irland vorkam. Am Hang war mit weißen Steinen ein Schriftzug ausgelegt: SOUTH SAN FRANCISCO – THE INDUSTRIAL CITY.

Philip sah, wie sie das Gesicht verzog, und beugte sich vor, um die merkwürdigen Hieroglyphen zu studieren.

«Seltsam», murmelte er.

«Mhm», erwiderte sie.

Sie konnte nur hoffen, dass dies noch nicht die eigentliche Stadt war. Das schäbige Gewerbegebiet sah aus wie ein Abklatsch von Ruislip oder Wapping oder einem der grässlichen kleinen Vororte in der Nähe von Gatwick Airport. Nun, sie durfte sich nicht jetzt schon das Schlimmste ausmalen.

Nach dem ursprünglichen Plan hätte sie an Bord der *Britannia* in San Francisco eintreffen sollen – mit der erfreulichen Aussicht, unter der Golden Gate Bridge hindurchzugleiten. Doch als sie Los Angeles erreicht hatte, war die See recht tückisch geworden, und die Unwetter, die sechs kalifornische Flüsse über die Ufer treten ließen, hätten mit ziemlicher Sicherheit auch ihrem unzuverlässigen Magen böse zugesetzt.

Deshalb hatte sie sich für dieses nicht besonders majestätische Entree per Flugzeug und Auto entschieden. Sie würde die Nacht in einem Hotel verbringen und sich dann wieder auf der *Britannia* einquartieren, wenn diese am folgenden Tag im Hafen eintraf. Da sie ihrem Zeitplan um fast sechzehn Stunden voraus war, hatte sie den Abend ganz für sich, und der Gedanke an so viel Muße und Freizeit ließ ihr unverhofft kleine Schauer der Vorfreude über den Rücken laufen.

Wo würde sie am Abend speisen? Vielleicht im Hotel? Oder bei jemandem zu Hause? Aber bei *wem*? Das war eine heikle Frage, denn sie hatte bereits inständige Einladungen von mehreren Damen der hiesigen Gesellschaft erhalten; darunter auch – und hier überkam sie ein leichtes Schaudern – von dieser grauenhaften Person mit den Erdölraffinerien und dem vielen Haar.

Sie klammerte das Abendessen vorerst aus und wandte sich wieder der vorbeihuschenden Szenerie zu. Der Regen schien ein wenig nachgelassen zu haben, und am schiefergrauen Himmel zeigten sich da und dort ein paar zaghafte blaue Stellen. Dann tauchte wie aus dem Nichts die City vor ihr auf – ein Durcheinander von hochkant stehenden Keksschachteln, das sie vage an Sydney erinnerte.

«Schau!», rief Philip. Er zeigte auf einen schillernden Regenbogen, der wie ein Diadem über der Stadt schwebte.

«Was für ein prächtiger Anblick», murmelte sie.

«Wahrhaftig. Die Protokollabteilung hat hier wider Erwarten wirklich an alles gedacht.»

Sie kicherte über seinen kleinen Scherz und fühlte sich zunehmend unbeschwert. Es schien angebracht, den Augenblick zu würdigen, indem sie den Bürgern huldreich zuwinkte, aber für Menschenansammlungen war entlang dieser Hauptverkehrsader kein Platz. Also ignorierte sie den Impuls und zog sich stattdessen die Lippen nach.

Der Regen war zu einem Nieseln verkümmert, als die Autokolonne vom Highway abbog und in eine Gegend mit flachen Lagerhallen und vergammelten Cafés kam. An der ersten Kreuzung wurde das Tempo dramatisch gedrosselt, und Philip machte sie mit einer Kopfbewegung auf etwas aufmerksam.

«Da drüben, Liebes. Deine ersten Jubler.»

Sie wandte ein wenig den Kopf zur Seite und winkte einigen Dutzend Leuten zu, die sich an der Straßenecke versammelt hatten. Sie winkten kräftig zurück und hielten ein schwarzledernes Transparent hoch, auf dem in Buchstaben aus silberglänzenden Nieten zu lesen war: GOD SAVE THE QUEEN. Erst als sie die Rufe hörte, merkte sie, dass die Jubler alle Männer waren.

Philip rang sich ein mattes Grinsen ab.

«Was ist?», fragte sie.

«Homos», sagte er.

«Wo?»

«*Da*, Liebes. Die mit dem Transparent.»

Sie warf einen Blick nach hinten und sah, dass die Männer vor einem Gebäude standen, das sich Arena nannte. «Sei nicht albern», sagte sie. «Das sind irgendwelche Sportler.»

Ein heißer Tipp von Mrs. Halcyon

Um den Besuch von Elizabeth II. zu würdigen, waren im Marina Safeway schon während der ganzen Woche englische Muffins, Imperial-Margarine und Royal Crown Cola im Sonderangebot. Der Flaggenladen in der Polk Street hatte einen Ansturm auf britische Fahnen gemeldet, und nicht weniger als drei Bars im Castro-Distrikt veranstalteten Lookalike-Wettbewerbe für «Betty Windsor»-Darstellerinnen.

All dies und mehr war von Mary Ann Singleton – und tausend anderen Reporterinnen und Reportern – in den aufreibenden Tagen, die dem königlichen Besuch vorausgingen, gewissenhaft dokumentiert worden. Mary Ann hatte auf ihrer Suche nach queenmäßigen Bezugspunkten Tea Rooms in der Maiden Lane abgeklappert, irische Bars in North Beach und Bäckereien in den Avenues, wo rotwangige Chicanas Steak-und-Nieren-Pasteten für «Olde English»-Restaurants produzierten.

Kein Wunder also, dass das Eintreffen Ihrer Majestät alle aufatmen ließ, aber auch ein enttäuschendes Gefühl der Leere auslöste. Gepeinigt vom unaufhörlichen Regen, warteten Mary Ann und ihr Kameramann vor dem Hotel St. Francis, nur um feststellen zu müssen (als es schon zu spät war), dass die königliche Limousine diskret in der Tiefgarage verschwunden war.

Mary Ann rettete, was noch zu retten war, und lieferte einen Livebericht von der Einfahrt der Garage. Danach schleppte sie sich nach Hause in die Barbary Lane 28, kickte die Schuhe von den Füßen, nahm den ersten Zug von einem Joint und rief ihren Mann bei der Arbeit an.

Sie verabredeten sich am Abend fürs Kino, um endlich *Gandhi* zu sehen.

Sie wärmte sich gerade einen Rest Schmorbraten auf, als das Telefon läutete.

«...lo», murmelte sie mit vollem Mund.

«Mary Ann?», erklang die forsche Patrizierstimme von DeDe Halcyon Day.

«Hallo», sagte Mary Ann. «Du musst entschuldigen, ich futtere mich gerade um den Verstand.»

DeDe lachte. «Ich hab deinen Bericht in *Bay Window* gesehen.»

«Na großartig», sagte Mary Ann geknickt. «Sehr tiefschürfend, was? Ich schätze, jetzt reicht's bei mir höchstens noch für einen Emmy.»

«Na, na. Du hast das einwandfrei gebracht.»

«Von wegen.»

«Und wir fanden deinen Hut ganz toll. Er war *viel* schöner als der von der Bürgermeisterin. Sogar Mutter hat es gesagt.»

Mary Ann verzog das Gesicht, obwohl niemand was davon hatte. Es war zum ersten Mal seit Jahren, dass sie einen Hut getragen hatte, und sie hatte ihn nur aus Anlass des königlichen Besuchs gekauft. «Freut mich, dass er euch gefallen hat», sagte sie trocken. «Ich fand, dass er für eine Tiefgarage vielleicht ein bisschen aufwendig war.»

«Hör mal», sagte DeDe, «warum bist du eigentlich nicht hier? Ich hatte erwartet, dich hier zu sehen.»

«Wo? In Hillsborough?»

DeDe gab einen missmutigen kleinen Seufzer von sich. «Im Trader Vic's natürlich.»

Die meisten Reichen sind nervig, entschied Mary Ann. Nicht weil sie anders sind, sondern weil sie so tun, als würden sie das nicht merken. «DeDe», sagte sie so ruhig, wie sie konnte, «das Trader Vic's gehört nicht grade zu meinen Stammlokalen.»

«Na schön, aber ... willst du sie denn nicht sehen?»

«Wen denn?»

«Die Queen, du Dummchen.»

«Die Queen ist im Trader Vic's?» Das konnte nur totaler Quatsch sein.

«Moment mal», sagte DeDe. «Du hast das nicht *gewusst*?»

«DeDe, Herrgott noch mal! Ist sie wirklich da?»

«Noch nicht. Aber sie ist auf dem Weg hierher. Ich hatte fest damit gerechnet, dass dir der Sender Bescheid sagt ...»

«Weißt du das genau?»

«Irgendjemand weiß es auf jeden Fall. Auf den Straßen wimmelt es von Bullen, und in der Captain's Cabin sieht's aus wie nach einer Opernpremiere. Hör zu, Vita Keating hat es Mutter gesagt, und Vita hat es von Denise Hale, also muss es wohl stimmen.»

Mary Anns Zweifel verharrten wie eine Narkose. «Ich hab eigentlich nicht gedacht, dass die Queen in Restaurants geht.»

DeDe lachte. «Tut sie auch nicht. Vita sagt, es ist das erste Mal seit siebzehn Jahren!»

«Meine Güte», sagte Mary Ann.

«Wir haben jedenfalls Plätze ganz vorne», fuhr DeDe fort. «Ich bin mit Mutter und D'or und den Kindern da, und wir würden uns freuen, wenn du dazukommen kannst. Mit Brian natürlich.»

«Er muss arbeiten», sagte Mary Ann, «aber ich würde liebend gern kommen.»

«Gut.»

«DeDe, sind noch andere Reporter da? Siehst du jemand vom Fernsehen?»

«Nö. Halt dich ran, und du hast sie ganz für dich.»

Mary Ann stieß einen Freudenschrei aus. «Du bist ein Engel, DeDe! Ich komme, sobald ich ein Taxi erwische!»

Sie legte auf, rief sofort im Sender an und alarmierte den Leiter der Nachrichtenredaktion. Er war begreiflicherweise skeptisch, versicherte ihr aber, er werde sofort ein Team losschicken. Dann rief sie ein Taxi, schminkte sich noch mal, zog ihre Schuhe wieder an und kritzelte hastig einen Zettel für Brian.

Sie eilte bereits durch den dicht belaubten Canyon der Barbary Lane, als ihr einfiel, was sie vergessen hatte. «Scheiße», murmelte sie, machte aber nach kurzem Zögern kehrt und rannte zurück, um ihren Hut zu holen.

Als sie am Cosmo Place aus dem Taxi stieg, staunte sie wieder einmal über die mystische Aura, die das Trader Vic's umgab. Streng genommen war das derart angesagte polynesische Restaurant nur eine Baracke in einer Seitengasse am Rand des Rotlichtviertels. Doch Leute, die sich im verkitschten Tonga Room auf dem Nob Hill nie hätten erwischen lassen, würden ihre Großmütter umbringen, um sich im Trader Vic's im gleichen Dekor sonnen zu können.

Der Empfangschef gab sich an diesem Abend besonders streng, doch sie besänftigte ihn mit den magischen Worten – «Mrs. Halcyon erwartet mich» – und bahnte sich einen Weg zu den Tischen neben der Bar, dem Allerheiligsten, genannt Captain's Cabin. DeDe grüßte sie verstohlen mit einem Winken wie das der Queen.

Forsch ging Mary Ann zum Tisch und glitt auf den Polsterstuhl, den sie ihr freigehalten hatten. «Ich hoffe, ihr habt nicht gewartet und schon bestellt», sagte sie.

«Nur Drinks», antwortete DeDe. «Der reinste Zoo hier, nicht?»

Mary Ann schaute zu den Nachbartischen hinüber. «Äh … wer ist denn da?»

«Alle», meinte DeDe schulterzuckend. «Stimmt doch, Mutter?»

Mrs. Halcyon hörte den anzüglichen Unterton heraus und entschied sich dafür, die Bemerkung ihrer Tochter zu übergehen. «Ich freue mich sehr, dass Sie kommen konnten, Mary Ann. D'orothea kennen Sie ja schon ... und die Kinder. Edgar, bohr nicht in der Nase, Schatz. Gangie hat es dir schon tausendmal gesagt.»

Der Sechsjährige verzog den Mund. Seine zarten eurasischen Züge standen wie die seiner Zwillingsschwester ganz in Einklang mit der exotischen Ausstattung des Raums. «Warum können wir nicht ins Chuck E. Cheese zum Essen?», fragte er.

«Weil die Königin nicht im Chuck E. Cheese speist», erklärte ihm seine Großmutter mit liebenswürdiger Geduld.

D'orothea verdrehte dezent die Augen. «Eigentlich war's ihre erste Wahl, aber die haben von einer Reservierung für sechzig Leute nichts wissen wollen.»

Mary Ann entfuhr ein Kichern, das sie rasch wieder abwürgte, als sie Mrs. Halcyons Gesichtsausdruck sah. «Ich würde meinen», sagte die Matriarchin mit einem strafenden Seitenblick auf die Liebhaberin ihrer Tochter, «dass ein wenig Takt uns allen gut anstehen würde.»

D'orothea senkte den Blick, doch ihre Mundwinkel kräuselten sich verächtlich. Sie rückte eine Gabel gerade und wartete darauf, dass der Augenblick vorüberging.

«Also», sagte Mary Ann etwas zu munter, «wann wird sie denn erwartet?»

«Jeden Moment», erwiderte DeDe. «Sie setzen sie in den Trafalgar Room. Der ist im Obergeschoss und hat einen separaten Eingang, also wird man sie wahrscheinlich durch die Hintertür reinlotsen und ...»

«Ich muss pissen», sagte Klein Anna und zupfte DeDe am Ärmel.

«Anna, hab ich dir nicht zu Hause gesagt, du sollst das machen, eh wir gehen?»

«Und», fügte Mrs. Halcyon mit ehrlich entsetzter Miene hinzu, «kleine Mädchen sagen solche Wörter nicht.»

Anna sah verwundert drein. «Was für Wörter?»

«Pissen», sagte ihr Bruder.

«Edgar!» Die Matriarchin sah ihren Enkel schockiert an. Dann fuhr sie herum und wandte sich gebieterisch an ihre Tochter. «Herrgott, DeDe ... sag du es ihnen. Das ist nicht meine Aufgabe.»

«Ach, Mutter, das ist wohl kaum ...»

«Sag es ihnen.»

«Die Franzosen sagen auch pissen», warf D'orothea ein. «Was ist mit *pissoir*?»

«D'or.» DeDe wies den Beitrag ihrer Geliebten mit einem eisigen Blick zurück, ehe sie sich ihre Kinder vornahm. «Hört mal, ihr zwei ... ich dachte, wir hätten uns auf pinkeln geeinigt.»

«O Gott», stöhnte die Matriarchin.

Mary Ann und D'orothea tauschten ein verstohlenes Grinsen aus.

«Mutter, wenn du nichts dagegen hast ...»

«Was ist denn aus Pipi machen geworden, DeDe? Ich habe dir beigebracht, Pipi zu sagen.»

«Tut sie auch noch», sagte D'or.

Wieder ein funkelnder Blick von DeDe. Mary Ann schaute aufs Tischtuch hinunter, weil sie auf einmal Angst hatte, dass D'or versuchen könnte, sie als Verbündete einzuspannen.

«Komm», sagte Mrs. Halcyon und stand auf. «Gangie geht mit dir für ‹kleine Mädchen›.»

«Ich auch», meldete sich Edgar.

«Also gut ... du auch.» Sie nahm die beiden Patschhändchen in ihre dicken, juwelengeschmückten Pranken und zottelte ins Dunkel hinter den Rattanstellwänden.

D'orothea gab ein theatralisches Stöhnen von sich.

«Fang gar nicht erst an», sagte DeDe.

«Es wird immer schlimmer mit ihr. Ich hätte es nicht für möglich gehalten, aber es wird tatsächlich schlimmer.» Sie wandte sich an Mary Ann und gestikulierte mit steifem Zeigefinger in Richtung Toiletten. «Die Frau lebt unter einem Dach mit ihrer lesbischen Tochter und ihrer lesbischen Schwiegertochter und ihren beiden halbchinesischen Enkelkindern von dem Lieferservice-Typen aus dem beknackten Jiffy's-Laden ...»

«D'or ...»

«... und sie führt sich *immer* noch auf, als wären wir im neunzehnten Jahrhundert und sie wär ... die bescheuerte Queen Victoria. Schnapp den Kellner, Mary Ann. Ich will noch einen Mai Tai.»

Mary Ann wedelte nach dem Kellner, aber der flitzte gerade in die Küche. Als sie sich wieder zu dem Pärchen umdrehte, schauten sich die beiden in die Augen, als wären sie allein.

«Hab ich recht?», fragte D'orothea.

DeDe zögerte. «Halbwegs, vielleicht.»

«Von wegen halbwegs. Die Frau ist regressiv.»

«Na schön ... okay. Aber es ist doch nur ihre Art, mit dem Leben zurande zu kommen.»

«Ach nee. Ist das deine Erklärung für ihr Verhalten draußen auf der Straße?»

«Welches Verhalten?»

«Ach komm. Die Frau ist besessen davon, die Queen zu treffen.»

«Sag nicht immer ‹die Frau›. Und sie ist nicht besessen, sie ist nur ... interessiert.»

«Klar. Mhm. So interessiert, dass sie über die Absperrung springt.»

DeDe verdrehte die Augen. «Sie ist über keine Absperrung gesprungen.»

«Aber beinah.» D'orothea zuckte verächtlich mit den Schultern. «Ich hab schon gedacht, sie plättet den Kerl vom Secret Service!»

Als Mrs. Halcyon mit den Kindern zurückkam, hatten sich die Gemüter wieder einigermaßen beruhigt. Mary Ann ließ sich ein oder zwei Minuten auf den Austausch höflicher Belanglosigkeiten ein, schob dann ihren Stuhl zurück und lächelte die Matriarchin entschuldigend an. «Es hat mich sehr gefreut, aber ich glaube, es ist besser, wenn ich draußen auf mein Team warte. Die Jungs kommen bestimmt nicht am Empfangschef vorbei, und ich bin nicht sicher, ob ...»

«Ach, bleiben Sie doch noch, meine Liebe. Nur auf einen Drink.»

DeDe warf Mary Ann einen bedeutsamen Blick zu. «Ich glaube, Mutter will dir erzählen, wie sie die Queen kennengelernt hat.»

«Oh», sagte Mary Ann und wandte sich wieder der Matriarchin zu. «Sie sind ihr schon mal begegnet?» Sie fummelte nervös an ihrem Hut. Höflichkeit gegenüber Älteren hatte sie im Leben schon unzählige Male in größere Schwierigkeiten gebracht.

«Sie ist eine ganz reizende Person», legte Mrs. Halcyon los. «Wir hatten im Garten von Buckingham Palace einen netten langen Plausch. Es hat sich angefühlt, als wären wir alte Bekannte.»

«Wann war das?», fragte Mary Ann.

«In den Sechzigern», sagte DeDe. «Daddy hat damals die Werbung für die BOAC gemacht. Die alte britische Fluglinie.»

«Ah.» Mary Ann stand auf, hielt aber höflichen Blickkontakt zu Mrs. Halcyon. «Ich nehme an, Sie werden sie dann später sehen. Beim Staatsdinner oder so.»

Falsch. Das Gesicht der Matriarchin verwandelte sich in die Totenmaske eines Apachen. Hochrot vor Verlegenheit wandte sich Mary Ann an DeDe. «Das Problem», erläuterte DeDe, «ist Nancy Reagan.»

Mary Ann nickte, ohne etwas zu begreifen.

D'orothea verzog sarkastisch den Mund. «Wenigstens ein Problem, das wir alle haben.»

DeDe ignorierte die Bemerkung. «Mutter und Mrs. Reagan waren noch nie ein Herz und eine Seele. Mutter denkt, es gibt eine Intrige ... um sie vom Staatsdinner auszuschließen.»

«Denkt?», brauste Mrs. Halcyon auf.

«Wie auch immer.» DeDe zwinkerte Mary Ann mitfühlend zu, um ihr über die peinliche Situation hinwegzuhelfen. «Du solltest besser los, nicht? Komm, ich bring dich zur Tür.» Sie stand auf, sodass Mary Ann der Abgang leichter wurde.

«Viel Glück», sagte die Matriarchin. «Machen Sie eine gute Figur.»

«Danke», antwortete Mary Ann. «Tschüs, D'orothea.»

«Ciao, Liebes. Wir sehen uns bald mal, ja?» *Wenn die alte Schachtel nicht dabei ist*, war damit gemeint.

«Wo geht sie hin?», fragte Edgar seine Großmutter.

«Zu einem Fernsehauftritt, mein Engel. Anna, mein Schatz, kratz dich nicht da.»

«Warum nicht?»

«Frag nicht. Es ist nicht damenhaft.»

«Die Kinder sehen fabelhaft aus», sagte Mary Ann. «Ich kann es nicht fassen, wie groß sie schon sind.»

«Tja ... Du, das Rumgestreite eben tut mir leid.»

«Ach, kein Problem.»

«D'or hasst solche Anlässe. Mit Mutter allein geht's noch, aber wenn Mutters Bekannte dazukommen ...» Sie schüttelte matt und schicksalsergeben den Kopf. «D'or nennt sie ‹Die verkrusteten Zehntausend›. Ganz tief in ihr drin steckt immer noch eine radikale Linke.»

Mag schon sein, dachte Mary Ann, doch allmählich fiel es ihr schwer, sich daran zu erinnern, dass die Frau in dem Zandra-Rhodes-Kleid und mit dem Hauch Lila im Haar früher mal mit DeDe im Dschungel von Guyana geschuftet hatte. Auch DeDes Entwicklung – von der Debütantin zur Stadtguerilla zurück zur Junior-League-Matrone – war voller Widersprüche, und manchmal hatte Mary Ann das Gefühl, dass die peinliche Verlegenheit, die sie angesichts der riesigen Brüche in ihren Leben empfanden, das Bindemittel war, das die Ehe der beiden zusammenhielt.

DeDe bedachte ihr Dilemma mit einem milden Lächeln. «Weißt du, ich hab es nicht drauf angelegt, mal so eine Familie zu haben.»

Mary Ann erwiderte das Lächeln. «Ich schon.»

«Anna hat Edgar neulich *Schwuchtel* genannt. Kannst du dir das vorstellen?»

«Mein Gott. Wo hat sie denn *das* aufgeschnappt?»

DeDe zuckte mit den Schultern. «Wahrscheinlich in der Montessorischule. Herrgott, ich weiß nicht ... Manchmal denke ich, ich komme überhaupt nicht mehr mit. Ich weiß nicht, wie ich mir *selbst* die Welt erklären soll, geschweige denn meinen Kindern.» Sie machte eine Pause und sah Mary Ann an. «Ich hatte gehofft, darüber könnten wir inzwischen schon längst unsere Erfahrungen austauschen.»

«Über was?»

«Kinder. Ich dachte, du und Brian wollt ... Gott, was rede ich da zusammen. Ich klinge schon wie Mutter.»

«Macht doch nichts.»

«Du hast so was gesagt ... als wir uns das letzte Mal gesehen haben.»

«Stimmt.»

«Aber ich nehme an ... die Karriere macht es einigermaßen schwer ...» Sie verstummte. Offenbar fand sie es peinlich, dass sie sich anhörten wie zwei Hausfrauen beim Einkaufsbummel in Sacramento. «Sag mir, wenn ich den Mund halten soll, okay?»

Zu Mary Anns Erleichterung hatten sie mittlerweile den Ausgang erreicht. Sie gab DeDe einen flüchtigen Kuss auf die Wange. «Ich freu mich, dass du nachgefragt hast», sagte sie. «Nur, im Moment ... ist das Thema auf Sparflamme.»

«Schon verstanden», sagte DeDe.

Wirklich?, dachte Mary Ann. Hatte sie den wahren Grund erraten?

Heftiger Regen prasselte auf die Markise über dem Eingang des Restaurants. «Sind das deine Leute?», fragte DeDe und zeigte auf Mary Anns Kamerateam.

«Das sind sie.» Sie wirkten missmutig und waren klitschnass. Der Gedanke, ihnen noch mehr Nässe und Probleme zumuten zu müssen, stimmte sie nicht gerade froh. «Danke für den Tipp», sagte sie zu DeDe.

«Schon gut», erwiderte ihre Freundin. «Du hattest noch einen gut bei mir.»

Die Sache mit dem Kinderkriegen

Brian Hawkins kam von der Arbeit nach Hause, fand die Nachricht seiner Frau und ging nach oben in das Häuschen auf dem Dach, um sich ihre Sendung anzusehen. Das winzige Penthouse war einmal seine Junggesellenbude gewesen und diente jetzt allen Bewohnern der Barbary Lane 28 als Fernseh- und Aufenthaltsraum. Er schien es allerdings immer noch häufiger zu benutzen als die anderen.

Das machte ihm manchmal Sorgen. Er fragte sich, ob er ein ausgewachsener TV-Junkie geworden war, ein chronischer Eskapist, der die Glotze brauchte, um eine Leere zu füllen, die er selbst nicht mehr ausfüllen konnte. Wenn Mary Ann nicht zu Hause war, konnte man ihn fast immer in seinem Fernsehnest antreffen, wo er sich von den Radiowellen des Quasars einlullen ließ.

«Brian, Lieber?»

Mrs. Madrigals Stimme ließ ihn zusammenfahren. Ihre Schritte auf der Treppe waren von Supertramps «It's Raining Again» auf MTV übertönt worden. «Oh, hallo», sagte er und drehte sich mit einem Grinsen zu ihr um. Sie trug einen blassgrünen Kimono, und ihr Haar umschwebte ihr eckiges Gesicht wie zufällig arrangierte Rauchwolken.

Sie kräuselte die Lippen und musterte den Bildschirm. Ein Mann in Unterwäsche lief dort durch einen Wald von aufgespannten Regenschirmen. «Wie passend», sagte sie.

«Ja, wirklich», gab er zurück.

«Ich suche Mary Ann», sagte die Vermieterin.

Es war eine simple Feststellung, doch er fühlte sich nun noch mehr als Außenseiter. «Da werden Sie sich hinter mir anstellen müssen», sagte er und wandte sich wieder dem Fernseher zu.

Mrs. Madrigal schwieg.

Seine kleinliche Reaktion tat ihm augenblicklich leid. «Sie hat eine ganz heiße Verabredung mit der Queen», fügte er hinzu.

«Oh ... schon wieder, hm?»

«Ja.»

Sie schwebte durch den Raum und setzte sich zu ihm auf das Sofa. «Sollten wir nicht auf ihren Kanal umschalten?» Ihre großen Wedgwood-Porzellan-Augen verziehen ihm seine Gereiztheit.

Er schüttelte den Kopf. «Es sind noch fünf Minuten bis zur Sendung.»

«Ah.» Ihr Blick schweifte aus dem Fenster und verharrte schließlich auf dem blinkenden Leuchtfeuer von Alcatraz. Das hatte er schon oft an ihr beobachtet. Als wäre dort ein Bezugspunkt für sie; so etwas wie die Quelle ihrer Energie. Sie sah ihn wieder an und rüttelte spielerisch an seinem Knie. «Schon schlimm, nicht?»

«Was?»

«Ein Medienwitwer zu sein.»

Er rang sich ein Lächeln ab. «Das ist es nicht. Ich bin stolz auf sie.»

«Natürlich.»

«Ich hatte mich nur ... darauf eingestellt, dass ich sie heute Abend für mich habe. Das ist alles.»

«Ich kenne das Gefühl», sagte sie.

Dieses Mal war er es, der aus dem Fenster sah. Auf dem Flachdach eines Nachbarhauses hatte sich eine Regenpfütze gebildet, deren Oberfläche jetzt von den prasselnden Einschlägen des nächsten Regenschauers aufgewühlt wurde. Es war noch nicht Nacht, aber es war dunkel geworden. «Haben Sie einen Joint?», fragte er.

Sie legte den Kopf zur Seite und sah ihn spöttisch an, als wollte sie sagen: *Dumme Frage.* Sie tastete im Ärmel ihres Kimonos herum, bis sie das vertraute Kästchen aus Schildpatt zutage förderte. Er nahm sich einen Joint heraus, zündete ihn an und hielt ihn ihr hin. Sie schüttelte den Kopf und sagte: «Rauch du ihn.»

Das tat er und schwieg fast eine Minute, während Michael Jackson in Trippelschritten durch eine Kulissenstraße tänzelte und lauthals protestierte: «But the kid is not my son.» Brian fand, dass man ihm das ohne Weiteres glauben konnte.

«Es ist bloß», sagte er schließlich, «dass ich was mit ihr besprechen wollte.»

«Ah.»

«Ich wollte mit ihr in *Gandhi* und sie vorher im Ciao zum Essen einladen und noch mal über Thema A reden.»

Da sie nichts sagte, warf er ihr einen Seitenblick zu, um zu sehen, ob sie verstand, was er meinte. Das tat sie. Sie verstand es, und sie war davon sichtlich angetan. Gleich fühlte er sich wesentlich besser. Immerhin würde er Mrs. Madrigal stets auf seiner Seite haben.

«Das kannst du ja immer noch», meinte sie schließlich.

«Ich weiß nicht ...»

«Was ist?»

«Ich meine ... es macht mir eine Heidenangst. Ich weiß nicht, ob es eine gute Idee ist, wenn ich ihr noch mal die Gelegenheit gebe, Nein zu sagen. Diesmal ... könnte es so rauskommen, als ob sie's ernst meint.»

«Aber wenn du nicht wenigstens mit ihr redest ...»

«Schauen Sie, was soll das nützen? Wann hätte sie denn mal *Zeit* dazu, um Himmels willen? Heute Abend ist ja wieder *so* typisch. Unser Privatleben muss zurückstehen hinter jeder blödsinnigen kleinen Nachrichtenstory, die sich ergibt.»

Die Vermieterin lächelte milde. «Ich weiß nicht, ob Ihrer Majestät diese Beschreibung ihres Aufenthalts gefallen würde.»

«Na schön. Für heute Abend gilt es vielleicht nicht. Das mit der Queen sehe ich ja ein ...»

«Würde ich doch meinen.»

«Aber so was hat sie sich diesen Monat schon ein halbes Dutzend Mal geleistet. So wie heute ist es *ständig*.»

«Na ja, ihre Karriere ist eben sehr ...»

«Nehme ich etwa keine Rücksicht auf ihre Karriere? Tu ich das vielleicht nicht? Sie kann ja ihre Karriere haben, und das Baby könnte meine sein. Ich finde, das kann man doch verstehen!»

Er war offenbar heftiger geworden, als er beabsichtigt hatte. Ihr besänftigender Blick schien zu sagen, dass er sich beruhigen solle. «Mein Lieber», sagte sie leise, «ich bin die Letzte, die du überzeugen musst.»

«Entschuldigung», sagte er. «Ich sollte nicht an Ihnen üben.»

«Schon gut.»

«Es ist nicht so, als könnten wir uns noch viel Zeit lassen. Sie ist zweiunddreißig, und ich bin achtunddreißig.»

«Uralt», sagte die Vermieterin.

«Wenn's ums Kinderkriegen geht, ja. Jetzt heißt es scheißen oder runter vom Pott.»

Mrs. Madrigal verzog das Gesicht und zupfte ihren Kimonoärmel zurecht. «An deinen Metaphern musst du noch arbeiten, mein Lieber. Sag mal, wann hast du das letzte Mal mit ihr darüber gesprochen?»

Er überlegte einen Augenblick. «Vor drei Monaten vielleicht. Und sechs Monate davor.»

«Und?»

«Sie sagt jedes Mal, wir sollten noch warten.»

«Auf was?»

«Das möchte ich auch wissen. Vielleicht, bis sie eine Sendung moderiert? Das ergäbe 'ne Menge Sinn. Wie viele schwangere Nachrichtensprecherinnen haben Sie schon vor laufender Kamera gesehen?»

«Ein paar muss es schon gegeben haben.»

«Sie will nicht», sagte er. «Das ist alles. Das ist die Wahrheit hinter den ganzen Ausflüchten.»

«Das weißt du doch nicht», meinte die Vermieterin.

«Ich kenne sie.»

Mrs. Madrigal schaute wieder hinaus zum Leuchtfeuer von Alcatraz. «Sei dir da nicht so sicher», sagte sie.

Das irritierte ihn. Als er sie fragend ansah, hatte sie die Stirn in nachdenkliche Falten gelegt. «Hat sie mit Ihnen gesprochen?», fragte er. «Hat sie was gesagt vom ... Kinderkriegen?»

«Nein», sagte die Vermieterin hastig. «Das würde sie nie.»

Ihm fiel ein, dass es höchste Zeit war, und er griff zur Fernbedienung. Auf seinen Knopfdruck erschien Mary Anns Gesicht auf dem Bildschirm, knapp überlebensgroß. Sie stand in einer Gasse hinter dem Trader Vic's, und ihr Lächeln war schwer nachvollziehbar angesichts der vielen blau uniformierten Polizisten, die sie umringten.

Mrs. Madrigal strahlte. «Meine Güte, sieht sie nicht einfach fabelhaft aus?»

Sie sah noch besser aus. Eine Woge zärtlicher Gefühle durchströmte ihn, und einige Augenblicke sah er mit einem stolzen Lächeln auf den Bildschirm. Dann wandte er sich wieder seiner Vermieterin zu. «Sagen Sie mir Ihre ehrliche Meinung.»

«Na gut.»

«Sieht sie wie eine Frau aus, die ein Kind will?»

Mrs. Madrigal furchte erneut die Stirn. Sie betrachtete lange und eingehend Mary Anns Gesicht. «Tja», begann sie und tippte sich mit dem Zeigefinger an die Lippen, «dieser Hut ist verräterisch.»

Ein Ehrenamtlicher

Michael Tolliver hatte den Nachmittag im Castro verbracht. Jetzt war Rushhour, und die jungen Männer, die in den Banken arbeiteten, eilten nach Hause zu den jungen Männern, die in den Kneipen arbeiteten. Von einem Fensterplatz im Twin Peaks sah er zu, wie sie aus der U-Bahn-Station strömten und nur kurz innehielten, um ihre Schirme aufzuspannen – es sah aus, als würde jeder mit einer Armbrust auf den Regen anlegen. Ihre Gesichter wirkten abgekämpft und verwirrt wie die Gesichter von Häftlingen, die sich irgendwie einen Tunnel in die Freiheit gebuddelt hatten.

Er trank sein Mineralwasser aus und verließ die Bar. Bei einem Mann, der an der Ecke Herrenknirpse verkaufte, löhnte er drei Dollar. Er hatte seinen letzten verloren, und den davor hatte er wegen einer gebrochenen Speiche wegwerfen müssen, aber drei Dollar waren nichts, und Wegwerfschirme fand er eine gute Idee. Es hatte keinen Sinn, sich an einen Schirm zu gewöhnen und sentimental zu werden.

Er beschlossen, in der Sausage Factory eine Pizza zu essen, und ging die Castro Street hinunter, vorbei an den Kinos und Croissant/Cookie/Postkarten-Shops. Als er die Eighteenth Street überquerte, schlappte ein Stadtstreicher auf die Kreuzung und schrie einer modisch gekleideten Frau in einem Mitsubishi hinterher: «Geh zurück nach Japan!» Michael sah ihr in die Augen und lächelte. Sie reagierte mit einem freundschaftlichen

Schulterzucken, dem gängigen Ausdruck sozialer Telepathie, der in diesem Fall zu besagen schien: «Den können wir wohl auch abschreiben.» An manchen Tagen, wurde ihm klar, war das alles, was man an Menschlichkeit erwarten konnte – dieser ironisch-verzeihende Blick, wie ihn Überlebende austauschen.

In der Sausage Factory war es so warm und gemütlich, dass er sich wider besseres Wissen dazu hinreißen ließ, einen halben Liter vom roten Hauswein zu bestellen. Was als milder Flirt mit der Erinnerung anfing, degenerierte zu tränenreichem Selbstmitleid, als der Alkohol zu wirken begann. Er versuchte, sich abzulenken, und musterte die angestrengt witzige Wanddekoration, doch sein Blick verhakte sich ausgerechnet an einer Bierreklame für Pabst Blue Ribbon mit dem Spruch: SITZEN SIE NICHT NUR DA – NERVEN SIE IHREN MANN. Sein Gesicht war nass von Tränen, als der Kellner mit der Pizza kam.

«Ähm ... is was, Kleiner?»

Michael wischte sich hastig mit der Serviette übers Gesicht und nahm sein Essen in Empfang. «Nein, alles in Ordnung. Die Pizza sieht lecker aus.»

Der Kellner nahm es ihm nicht ab. Er blieb einen Augenblick mit verschränkten Armen stehen, zog sich dann einen Stuhl heran und setzte sich Michael gegenüber. «Wenn bei dir alles in Ordnung ist, bin ich Joan Collins.»

Michael lächelte. Er musste unwillkürlich an eine Kellnerin denken, die er vor Jahren in Orlando getroffen hatte. Auch sie hatte ihn «Kleiner» genannt, ohne seinen Namen zu kennen. Dieser Bursche hier trug eine schwarze Lederweste, und an seiner Levi's hing ein Schlüsselbund, doch er hatte genau die gleiche Art, auf Fremde zuzugehen. «Wieder mal so ein Tag?», fragte er.

«Wieder mal so ein Tag», sagte Michael.

Der Kellner schüttelte langsam den Kopf. «Und wir sind hier, am falschen Ende der Stadt, während Betty im Trader Vic's beim Dinner sitzt.»

Michaels Herz machte einen Sprung. «Bette *Davis*?»

Der Kellner lachte. «Schön wär's. Betty die Zweite, Kleiner. Die Queen.»

«Oh.»

«Sie ham ihr einen Glückskeks serviert ... *und sie hat nicht gewusst, was das ist*. Ist das zum Aushalten?»

Michael lachte in sich hinein. «Du weißt nicht zufällig, was auf dem Zettelchen stand?»

«Ähm ...» Der Kellner schrieb die Worte mit dem Zeigefinger in die Luft. «Du ... wirst ... sehr ... reich ... werden.»

«Klar.»

Der Kellner hob beide Hände. «Ich schwör's. Nancy Reagan hat in ihrem Keks denselben Spruch gekriegt.»

Michael nippte an seinem Wein. «Wo hast du das her?» Der Bursche war furchtbar nett, aber die Story, die er ihm hier auftischte, war verdächtig.

«Vom Fernseher in der Küche. Mary Ann Singleton berichtet schon den ganzen Abend darüber.»

«Ehrlich?» *Alle Achtung*, dachte er, *wirklich alle Achtung*. «Ist eine alte Bekannte von mir.» Es würde ihr gefallen, wenn sie wüsste, dass er mit ihr angegeben hatte.

«Na, dann sag ihr mal, ich find sie gut.» Der Kellner streckte ihm die Hand hin. «Ich heiße übrigens Michael.»

Michael schüttelte ihm die Hand. «Ebenfalls.»

«Michael?»

«Genau.»

Der Kellner verdrehte die Augen. «Manchmal glaub ich, die Hälfte aller Schwulen auf der Welt heißt Michael. Wer hat bloß diesen Scheiß von wegen Bruce erfunden?» Er stand unvermittelt auf und gab sich wieder professionell. «Also, pass auf dich auf, Kleiner. Vielleicht sehen wir uns mal wieder. Arbeitest du hier in der Nähe?»

Michael schüttelte den Kopf. «Eigentlich nicht. Nur heute Nachmittag.»

«Wo?»

«Gegenüber. In der Telefonzentrale.»

«Ach ja? Da hat mein Freund Max mal 'ne Weile gearbeitet. Er fand es sehr anstrengend.»

«Ist es auch», sagte Michael.

«Da gab's einen, der hat jeden zweiten Nachmittag angerufen, wenn seine Frau im Aerobic-Kurs war. Meistens wollte er, dass Max ... na ja ... den kerligen Fernfahrertyp mimt. Max sagte, der Bursche hätte *ewig* gebraucht, bis es ihm kam. Und er hat immer dasselbe gesagt. ‹Ja, so is gut, schlenker mir deine großen Eier ins Gesicht.› Also ehrlich, wie soll man einem Typ am *Telefon* die Eier ins Gesicht schlenkern ...»

«Falsche Hausnummer», sagte Michael und spürte, wie ihm ein mattes Lächeln in die Mundwinkel kroch.

Der Kellner blinzelte ihn ratlos an. «Dial-a-Load?»

Michael schüttelte den Kopf. «Das Aids-Telefon.»

«Oh.» Die Finger des Kellners glitten an seiner Brust hoch und verharrten vor seinem Mund. «Gott, ich bin vielleicht ein Idiot.»

«Nein, bist du nicht.»

«Da ist so eine Telefonsexagentur, direkt über der neuen Sparkassenfiliale, und ich dachte ... Gott, ist mir das peinlich.»

«Kein Problem», sagte Michael. «Ich find es lustig.»

Die Miene seines Namensvetters drückte erst Dankbarkeit aus, dann Verwirrung und schließlich so etwas wie Sorge. Michael wusste, woran der andere dachte. «Ich hab es nicht», ergänzte er. «Ich mach bloß als Ehrenamtlicher Telefonberatung.»

Ein langes Schweigen folgte. Als der Kellner wieder etwas sagte, war seine Stimme belegt. «Der Lover von meinem Ex ist letzten Monat dran gestorben.»

Eine Bekundung von Mitgefühl schien irgendwie unangebracht, also nickte Michael nur.

«Es macht mir wirklich Angst», sagte der Kellner. «Ich hab die Folsom Street komplett aufgegeben. Ich geh nur noch in gemütliche kleine Schwulenbars.»

Michael hätte ihm sagen können, dass die Krankheit auch in der gemütlichen Homokneipe rücksichtslos war, aber für ein Beratungsgespräch waren seine Nerven schon viel zu strapaziert. Er hatte fünf Stunden am Telefon mit Leuten gesprochen, die von ihren Liebhabern abserviert, von ihren Vermietern auf die Straße gesetzt und von Krankenhäusern abgewiesen worden waren. Für den Rest des Abends wollte er nur noch eines: alles vergessen.

Schmerzliche Erfahrungen

Es war fast Mitternacht, als Mary Ann nach Hause kam. In der verregneten Winterzeit hatte sich auf den Holzstufen der Treppe, die zur Barbary Lane führte, ein moosgrüner Glibber gebildet, deshalb stieg sie vorsichtig hinauf und hielt sich am Geländer fest, bis sie den beruhigend rutschfesten Belag aus Eukalyptuslaub unter ihren Füßen spürte. Als sie das überdachte Gartentor von Nummer 28 erreichte, sah sie, dass bei Michael noch Licht war. In ihr regte sich eine gewisse Besorgnis, die einen Instinkt weckte, den man durchaus mütterlich nennen konnte.

Im Obergeschoss klopfte sie nach kurzem Zögern an seine Tür. Als er öffnete, wirkte er etwas zerzaust und verlegen. «Oh, hallo», sagte er und fuhr sich mit den Fingern durchs Haar.

«Ich hoffe, du hast nicht geschlafen.»

«Nein, ich hatte mich nur hingelegt. Komm doch rein.»

Sie trat ins Zimmer. «Hast du zufällig meinen kleinen Coup mitgekriegt?»

Er schüttelte den Kopf. «Aber hinterher davon erfahren. Im Castro wurde von nichts anderem gesprochen.»

«Wirklich?» Die zweite Silbe rutschte ihr so hoch, dass es ein bisschen zu kindlich und voreilig klang, doch sie wünschte sich ein wenig Bestätigung. Ihre heimliche Angst war, dass ihr Auftritt unbeholfen und anfängerhaft gewirkt hatte. «Was haben die Leute denn so gesagt?»

Er lächelte sie schläfrig an. «Was hättest du denn gern gehört?»

«Mouse!» Sieben Jahre waren sie nun miteinander befreundet, und sie konnte noch immer nicht mit Sicherheit sagen, wann er sie auf den Arm nahm.

«Beruhig dich, Babycakes. Mein Kellner hat von dir geschwärmt.» Er trat einen Schritt zurück und musterte sie. «Es überrascht mich allerdings, dass er den Hut nicht erwähnt hat.»

Das war eine kalte Dusche. «Was ist mit dem Hut?»

«Nichts», hänselte er sie mit unbewegtem Pokergesicht.

«Mouse ...»

«Der Hut ist absolut hübsch.»

«Mouse, wenn jede Tunte in der Stadt über diesen Hut gelacht hat, dann sterbe ich. Hast du gehört? Ich verkriech mich unter dem nächsten Stein und sterbe.»

Er ließ das Spielchen sein. «Er sieht fabelhaft aus. *Du* siehst fabelhaft aus. Komm ... setz dich und erzähl mir alles.»

«Das geht jetzt nicht. Ich wollte nur reinschauen ... und Hallo sagen.»

Er sah sie kurz an, dann beugte er sich vor und gab ihr einen dezenten Kuss auf die Lippen. «Hallo.»

«Bist du okay?», fragte sie.

Er lächelte matt und zeichnete mit dem Zeigefinger eine Null in die Luft.

«Geht mir auch so», sagte sie.

«Wahrscheinlich liegt's am Regen.»

«Wahrscheinlich, ja.» Es lag nie am Regen, und sie wussten es beide. Vom Regen ließ sich nur leichter reden. «Tja», sagte sie mit einer Kopfbewegung zur Tür, «Brian denkt bestimmt schon, mich gibt's gar nicht mehr.»

«Moment noch», sagte Michael. «Ich hab was für ihn.» Er verschwand in der Küche, und als er wiederkam, hielt er ein Paar Rollschuhe in den Händen. «Vierundvierzig», sagte er. «Ist das nicht Brians Schuhgröße?»

Sie starrte die Rollschuhe an und spürte, wie der Schmerz sich wieder meldete.

«Ich hab sie unter der Spüle gefunden», erklärte Michael und wich ihrem Blick aus. «Ich hab sie Jon vorletzte Weihnachten geschenkt, und ich hatte vollkommen vergessen, wo er sie verstaut hat. He ... na komm.»

Sie kämpfte gegen die Tränen an, doch es nützte nichts. «Entschuldige, Mouse. Es ist nicht fair von mir, aber ... weißt du, manchmal überkommt es mich einfach so ... Herrgott noch mal!» Ärgerlich wischte sie sich mit dem Handrücken über die Augen. «Verdammt, wann hört das mal auf?»

Michael stand da, die Rollschuhe an die Brust gedrückt, das Gesicht ganz verzerrt vor Kummer und Leid.

«Ach, Mouse, es tut mir so leid. Ich bin so eine Heulsuse.»

Er brachte kein Wort heraus und nickte ihr verständnisvoll zu, während ihm die Tränen über die Wangen liefen. Sie nahm ihm die Rollschuhe ab und stellte sie auf den Boden. Dann drückte sie ihn an sich und strich ihm übers Haar. «Ich weiß, Mouse ... ich weiß, Schatz. Es wird schon werden. Du wirst sehen.»

Dabei fiel es ihr selbst schwer, daran zu glauben. Seit Jons Tod waren jetzt mehr als drei Monate vergangen, doch sie litt mehr denn je unter dem Verlust. Um Abstand zu gewinnen von dieser Tragödie, musste sie sich immer wieder deutlich bewusst machen, wie erschreckend und unbegreiflich sie war.

Michael löste sich von ihr. «Also ... wie wär's mit einem Kakao, du Medienstar?»

«Prima», sagte sie.

Sie setzte sich an den Küchentisch, während er den Kakao machte. Am Kühlschrank, gehalten von einer Muschel mit einem Magneten, hing noch immer das Foto, das sie von Jon und Michael auf einem Kürbisfeld an der Half Moon Bay gemacht hatte. Sie schaute weg und ermahnte sich, nicht erneut in Tränen auszubrechen. Für einen Abend hatte sie schon genug Schaden angerichtet.

Als der Kakao fertig war, nahm Michael eine blaue Tasse vom Regal und stellte sie auf eine graue Untertasse. Einen Augenblick betrachtete er die Zusammenstellung mit leichtem Stirnrunzeln, dann ersetzte er die graue Untertasse durch eine in Altrosa. Mary Ann beobachtete das Ritual und amüsierte sich über seine exzentrische Art.

Michael entging ihre Reaktion nicht. «So etwas ist wichtig», sagte er.

«Ich weiß», erwiderte sie mit einem Lächeln.

Er nahm sich eine gelbe Tasse und stellte sie auf die graue

Untertasse, bevor er sich zu ihr an den Tisch setzte. «Ich bin froh, dass du reingeschaut hast.»

«Danke», sagte sie. «Ich auch.»

Während sie ihren Kakao schlürften, erzählte sie ihm von DeDe und Mrs. Halcyon, von ihrem rebellischen Team und den rücksichtslosen Polizisten und von den paar kurzen Augenblicken, in denen sie die Queen zu sehen bekommen hatte. Die Monarchin, sagte sie, sei ihr so unwirklich vorgekommen; unwirklich und doch völlig vertraut – wie Schneewittchen aus dem Trickfilm, das sich unter gewöhnliche Sterbliche mischt.

Sie blieb lange genug, um ihn mehrmals laut zum Lachen zu bringen, und sagte ihm dann Gute Nacht. Als sie in ihre Wohnung kam, war Brian nicht da. Sie stellte die Rollschuhe ins Wohnzimmer und stieg die Treppe hinauf zu dem Häuschen auf dem Dach. Dort fand sie ihren Mann wie üblich schlafend im flackernden Lichtschein von MTV. Sie kniete sich vor das Sofa und legte ihm sanft die Hand auf die Brust. «He», flüsterte sie, «wer soll's denn sein ... ich oder Pat Benatar?»

Er wurde wach und rieb sich mit den Fingerknöcheln die Augen.

«Also?», hakte sie nach.

«Ich überlege noch.»

Sie strich ihm über die Brust, und ihre Fingerspitzen folgten den Windungen seiner gelockten Haare. «Tut mir leid, dass ich unsere Verabredung nicht einhalten konnte.»

Er lächelte sie schläfrig an. «Schon gut.»

«Hast du mich gesehen?», fragte sie.

Er nickte. «Ich hab's mir mit Mrs. Madrigal angeschaut.»

Sie wartete auf seine Reaktion.

«Du warst toll», sagte er schließlich.

«Sagst du das auch nicht bloß so?»

Er stützte sich auf die Ellbogen und rieb sich noch einmal die Augen. «So was sag ich nie bloß so.»

«Na ja ... das mit den Glückskeksen fand ich schon ganz fabelhaft. Natürlich ...» Sie verstummte, als er die Hand ausstreckte und sie zu sich auf das Sofa zog.

«Mund halten», sagte er.

«Mit Vergnügen», gab sie zurück.

Sie küsste ihn lange und heftig, beinahe wild – mit jener Intensität, die ihren ganzen Arbeitstag geprägt hatte. Je mehr sie zu einer öffentlichen Figur wurde, desto stärker genoss sie solche Augenblicke, die sie ganz für sich hatte. Sekunden später hatten Brians Hände den Saum ihres Tweedrocks ertastet und schoben ihn über ihre Hüften hoch. Er fasste sie unter die Arme und drückte sie sanft gegen das Rückenpolster aus grobem Baumwollstoff. Dann fing er an, ihre Knie zu küssen. Sie kam sich ein wenig lächerlich vor.

«Lass uns nach unten gehen», flüsterte sie.

Er schaute von seiner hingebungsvollen Tätigkeit auf. «Warum?»

«Na ... damit ich wenigstens mal diesen Hut loswerden kann.»

Ein jungenhaft lüsternes Grinsen erschien auf seinem Gesicht. «Behalt ihn auf, ja?» Sein Kopf ging wieder nach unten, und sie spürte das Schaben seiner unrasierten Wange an ihrer Strumpfhose, als er seine Zunge an der Innenseite ihrer Schenkel aufwärtsgleiten ließ. «Was ist das?», fragte sie. «Deine Evita-Fantasie?»

Er lachte, hauchte sie mit seinem warmen Atem an und zerrte ihr mit einem geübten Ruck die Strumpfhose herunter. Sie schlang ihre Finger in seine kastanienbraunen Locken und zog sein Gesicht fest an sich heran, Wärme zu Wärme, Nässe zu Nässe. Leise stöhnend bog sie den Rücken durch und ließ sich nach hinten in das weiche Polster sinken. In so einer Situation, sagte sie sich, war ein Gefühl von Lächerlichkeit das Letzte, womit man sich aufhielt.

Sie waren wieder in der Wohnung, als sie endlich den Hut abnahm. «Die Rollschuhe sind von Mouse», sagte sie. Sie bemühte sich um einen beiläufigen Tonfall.

«Was für Rollschuhe?» Er saß in seinen Boxershorts auf der Bettkante.

«Im Wohnzimmer.» Sie vermied es, ihn anzusehen, indem sie vorgab, den Hut in seiner Schachtel zu verstauen.

Er stand auf und ging aus dem Zimmer. Er blieb so lange weg, dass sie aufhörte, ihre Haare zu bürsten, und nach ihm schaute. Er saß im Lehnstuhl und starrte ins Leere. Die Rollschuhe lagen vor seinen Füßen. «Das sind die von Jon, nicht?»

Sie nickte, ging aber nicht zu ihm.

Er lächelte wehmütig und schüttelte langsam den Kopf. «Meine Güte», sagte er leise. Er wischte einen imaginären Fussel von der Armlehne. «Geht's Michael einigermaßen?», fragte er.

«Einigermaßen», antwortete sie.

Brian schaute auf die Rollschuhe. «Er denkt an alles, wie?»

«Mhm.» Sie ging zu ihm und setzte sich zwischen seinen Beinen auf den Boden. Er strich ihr mechanisch übers Haar und schwieg fast eine Minute lang.

Schließlich sagte er: «Ich hätte heute fast meinen Job verloren.»

«Was?»

«Schon gut. Nichts passiert. Ich hab es wieder eingerenkt.»

«Was war denn?»

«Ach ... ich hab so einem Kerl eine verpasst.»

«Brian.» Sie wollte nicht zu vorwurfsvoll klingen, aber solche Vorfälle schienen sich zu häufen.

«Keine Sorge», sagte er, «es war kein Kunde. Nur dieser neue Kellner, Jerry.»

«Den kenne ich nicht.»

«Doch. Der mit den Jordache-Jeans.»

«Oh. Ja.»

«Er hat mich den ganzen Tag genervt. Mit einem kleinlichen Scheißdreck nach dem anderen. Dann hat er gesehen, wie ich eine Fritte gegessen hab ... von einem Teller, der grad abgeräumt worden war ... und da hat er gesagt: ‹Scheiße, Mann, jetzt hast du dich reingeritten.› Ich frag ihn, was das heißen soll, und er sagt: ‹Das war der Teller von 'ner Schwuchtel, Blödmann ... Deine Tage sind gezählt.›»

«Na toll.»

«Also hab ich ihn geplättet.»

Sie verdrehte den Kopf nach hinten und starrte ihn an. «Meinst du wirklich, das war nötig?»

«Mir hat es großen Spaß gemacht», meinte er schulterzuckend.

«Brian ... die haben dir doch gesagt, wenn so was noch mal vorkommt ...»

«Ich weiß, ich weiß.»

Sie schwieg. Diese mickrigen John-Wayne-Szenen entstanden ganz einfach aus seinem Frust wegen des unbefriedigenden Jobs. Wenn sie sich nicht in Acht nahm, würde er ihre Missbilligung zum Vorwand nehmen, um sie daran zu erinnern, dass es für ihn nur einen Job gab, der ihm etwas bedeutete: der Vater eines Kindes zu sein.

«Hast du mal *1984* gelesen?», fragte er.

Die Frage machte sie misstrauisch. «Vor Jahren. Warum?»

«Erinnerst du dich an den Typen darin?»

«Vage.»

«Weißt du, was mir von ihm am meisten in Erinnerung geblieben ist?»

Sie fühlte sich unbehaglich. «Keine Ahnung. Dass sie ihm Ratten übers Gesicht laufen ließen?»

«Dass er vierzig war», sagte er.

«Und?»

«Ich war sechzehn, als ich es gelesen habe, und ich weiß noch, wie *alt* mir der Mann vorkam. Und mir wurde klar: 1984 würde *ich* vierzig sein, und ich konnte mir nicht vorstellen, wie es sein würde, schon so hinüber zu sein. Tja ... und jetzt ist 1984 fast da.»

Sie studierte einen Augenblick seinen Gesichtsausdruck. Dann nahm sie seine Hand, die auf seinem Knie lag, und drückte einen Kuss darauf. «Ich dachte, wir hätten uns geeinigt, dass es reicht, wenn *eine* in der Familie in die Menopause kommt.»

Er zögerte und sagte dann lachend: «Okay, ist gut. Damit kann ich leben.»

Sie spürte, dass die Krise vorbei war. Er schien zu wissen, dass es im Augenblick nicht angebracht war, das Thema anzusprechen, und sie war für den Aufschub mehr als dankbar.

Annas Familie

Als Michael zum Frühstück herunterkam, roch es in Mrs. Madrigals Küche nach frischem Kaffee und brutzelnden Speckstreifen. Die Regenschlieren an dem hohen Fenster über der Spüle verstärkten noch die verschwörerische Gemütlichkeit, die selbst flüchtige Besucherinnen und Besucher in ihren Bann zog. Er setzte sich an den kleinen weiß emaillierten Tisch der Vermieterin und schnupperte.

«Dieser Kaffee duftet himmlisch», sagte er.

«Es ist arabischer Mokka», antwortete sie. «Das Sinsemilla der Kaffees.» Sie riss einen Streifen Küchenpapier ab und legte den Speck zum Abtropfen darauf.

Er kicherte in sich hinein, weil er genau verstand, was sie damit sagen wollte. Wenn er ein wahrer Kiffer war – und manchmal fand er, dass er einer war –, dann war diese exzentrische Sechzigjährige mit den zerzausten Haaren und den alten Kimonos die Verführerin, die ihn auf diesen Gartenpfad geschickt hatte. Nun, er hätte es im Leben viel schlechter treffen können.

Sie brachte zwei Becher mit Kaffee und setzte sich zu ihm an den Tisch. «Mary Ann war heute schon in aller Herrgottsfrühe auf den Beinen.»

«Sie ist im Silicon Valley», sagte er. «Mr. Packard macht eine Führung für die Queen.»

«Mr. Packard?»

«Der Computermensch. Unser ehemaliger Staatssekretär im Verteidigungsministerium.»

«Ah. Kein Wunder, dass ich mich nicht an ihn erinnere.»

Er sah sie lächelnd an, nahm seinen Kaffee und pustete den Dampfkringel weg. «Er schenkt der Queen einen Computer.»

Sie machte ein verblüfftes Gesicht. «Was will die Queen mit einem Computer?»

Er zuckte mit den Schultern. «Es hat was mit Pferdezucht zu tun.»

«Na so was.»

«Ich weiß. Ich kann's mir auch nicht vorstellen.»

Sie lächelte und nippte eine Weile an ihrem Kaffee, ehe sie fragte: «Hast du mal was von Mona gehört?»

Es war eine alte Wunde, doch sie schmerzte wie eine frische. «Ich hab aufgehört, mir darüber Gedanken zu machen.»

«Na, na.»

«Es hat keinen Sinn. Wir sind für sie abgemeldet. Nicht mal zu einer Postkarte hat sie sich aufraffen können, Mrs. Madrigal. Ich hab nicht mehr mit ihr gesprochen seit mindestens ... anderthalb Jahren.»

«Vielleicht denkt sie, wir sind sauer auf sie.»

«Ach, kommen Sie. Sie weiß, wo wir sind. Es hat sich einfach so ergeben, das ist alles. Man verliert sich aus den Augen. Wenn sie von uns hören wollte, würde sie dafür sorgen, dass ihre Nummer im Telefonbuch steht.»

«Ich weiß, was du denkst», sagte sie.

«Was?»

«Nur eine dumme alte Närrin würde sich grämen wegen einer Tochter, die schon auf die vierzig zugeht.»

«Nein, das denke ich nicht. Ich denke, was für eine dumme alte Närrin Ihre vierzigjährige Tochter ist.»

«Aber, mein Lieber ... was, wenn wirklich was mit ihr ist?»

«Na ja», sagte Michael, «Sie sind es, die von uns beiden zuletzt von ihr gehört hat.»

«Vor acht Monaten.» Die Vermieterin runzelte die Stirn. «Ohne Absender. Sie schrieb mir, dass sie gut zurechtkommt – ‹in einem kleinen privaten Druckereibetrieb›, was immer das sein soll. Es sieht ihr nicht ähnlich, nur solche Andeutungen zu machen.»

«Ach ja?»

«Na, jedenfalls nicht in dieser Form, mein Lieber.»

Als Mona zu Beginn des Jahrzehnts nach Seattle ziehen wollte, hatte Michael sie fast angefleht, nicht zu gehen. Doch Mona war stur geblieben – Seattle sei die Stadt der Achtzigerjahre. «Na, dann geh doch», hatte er höhnisch gesagt. «Du stehst auf ja Quaaludes ... da wirst du von Seattle *begeistert* sein.» Offenbar hatte er das richtig eingeschätzt. Mona war nicht mehr zurückgekehrt.

Mrs. Madrigal sah ihm an, wie sehr es ihm immer noch zu schaffen machte. «Sei nicht so streng mit ihr, Michael. Vielleicht hat sie Probleme.»

Das wäre nichts Neues. Er konnte sich kaum erinnern, wann seine einstige Mitbewohnerin einmal nicht am Rand irgendeiner düsteren Katastrophe gestanden hatte. «Ich hab es Ihnen doch gesagt», meinte er ruhig. «Ich denke inzwischen nicht mehr groß daran.»

«Wenn es einen Weg gäbe, ihr das mit Jon zu sagen ...»

«Gibt's aber nicht. Und wird es vermutlich auch nie geben. Sie lässt ja keinen Zweifel daran, dass sie ...»

«Sie hat Jon sehr gemocht, Michael. Ich meine, sie haben sich vielleicht ab und zu gestritten, aber sie hatte ihn genauso gern wie wir. Daran darfst du nie zweifeln.» Sie stand auf und fing an, Eier in eine Schüssel zu schlagen. Sie wussten beide, dass es nichts nützte, das Thema zu vertiefen. Auch noch so viel Wünschen und Hoffen konnte nichts ändern. Als Mona nach Norden geflohen war, hatte sie mehr als nur die Stadt hinter sich gelassen. Wieder bei null anzufangen, war die einzige emotionale Fähigkeit, die sie sich je zugelegt hatte.

Mrs. Madrigal schien seine Ansicht zu teilen. «Ich hoffe, sie hat jemanden», murmelte sie. «Irgendjemand.»

Dem hatte er nichts hinzuzufügen. Bei Mona konnte es durchaus «irgendjemand» sein.

Auf der Fahrt zur Arbeit versuchte er, nicht an sie zu denken, und konzentrierte sich stattdessen auf den tropfenden Riss im Verdeck seines VW-Cabrios. Ein Autoradiodieb hatte das Verdeck vor drei Wochen mit dem Messer aufgeschlitzt, und das Stück Duschvorhang, mit dem er die Stelle notdürftig abgedichtet hatte, musste bei Regen ständig zurechtgezupft werden. Kein Wunder, dass der Wagen wie ein vergammeltes Terrarium roch. Auf der schimmeligen Hutablage hinter dem Rücksitz hatte er tatsächlich schon ersten Graswuchs entdeckt.

Als er God's Green Earth erreichte, schüttete es wie aus Kübeln. Ein letztes Mal boxte er von unten gegen den Streifen Plastik und rannte dann wie ein Gehetzter zum Büro der Gärtnerei. Ned war bereits da, saß bequem zurückgelehnt auf seinem Stuhl und hatte die großen behaarten Hände hinter dem kahlen Kopf verschränkt. «Dieser Riss ist echt scheiße, was?»

«Zum Kotzen.» Michael schüttelte sich wie ein durchnässter Hund. «Die Karre bildet allmählich ein eigenes Ökosystem.» Er schaute besorgt aus dem Fenster, hinter dem sich die Primeln zu einem impressionistisch verwaschenen Fleck aufgelöst hatten. «Herrje. Wir sollten lieber eine Plane aufspannen.»

«Wozu?», fragte Ned ungerührt.

«Für die Setzlinge. Der Regen schlägt sie zusammen.»

Sein Partner lächelte stoisch. «Hast du in letzter Zeit mal ins Auftragsbuch gesehen? Die Nachfrage nach Primeln ist nicht grade riesig.»

Damit hatte er natürlich recht. Der Regen hatte das Geschäft drastisch reduziert. «Trotzdem. Meinst du nicht ...?»

«Scheiß drauf», sagte Ned. «Machen wir doch dicht.»

«Was?»

«Machen wir einen Monat zu. Wird uns nicht wehtun. Schlimmer als jetzt kann's nicht werden.»

Michael setzte sich und starrte ihn an. «Und was machen wir in der Zeit?»

«Tja ... wie wär's mit einem Trip nach Death Valley?»

«Ach ja.»

«Im Ernst.»

«Ned ... Death Valley?»

«Warst du schon mal da? Es ist das reinste Paradies. Wir könnten mit sechs oder acht Mann zelten und Mushrooms rauchen. Nach diesem Regen werden die Wildblumen da nur so sprießen.»

Michael war alles andere als begeistert. «Und solange es regnet?»

«Wir haben ja Zelte dabei, Pussy. Komm schon ... nur für ein Wochenende.»

Michael hätte niemals die Panik erklären können, die ihn bei der Aussicht auf unbegrenzte Freizeit überfiel. Was er im Augenblick brauchte, war ein geregelter Tagesablauf, eine feste Routine. Das Letzte, was er wollte, war Zeit zum Nachdenken.

Ned probierte es mit etwas anderem. «Ich werd auch nicht versuchen, dich zu verbandeln. Wir sind einfach 'ne Gruppe von Jungs.»

Unwillkürlich musste Michael grinsen. Ned versuchte ständig, ihn zu verbandeln. «Nee danke. Aber geh du nur. Ich halte hier die Stellung. Ich tu's gern. Wirklich.»

Ned musterte ihn einen Augenblick. Dann sprang er auf und begann, die Samentüten im Drehständer zu ordnen.

Auf Michael wirkte es wie eine defensive Geste. «Bist du sauer?», fragte er.

«Nö.»

«Mir ist zurzeit einfach nicht nach so was, Ned.»

Sein Geschäftspartner hörte mit der Sortiererei auf. «Wenn du mich fragst ... ein guter Wichsbruder täte dir richtig gut.»

«Ned ...»

«Ja, schon gut. Vergiss es. Für heute hab ich genug den Lebensberater gemimt.»

«Gut.»

«Aber ich geh auf jeden Fall. Wenn du hierbleiben und zusehen willst, wie die Wurzeln faulen, von mir aus.»

«Schön.»

Während der nächsten Stunde hatten sie sich wenig zu sagen. Sie beschäftigten sich mit kleinen Aufräumarbeiten, die bei normalem Geschäftsbetrieb immer liegen blieben. Ned stapelte Paletten im Schuppen, und als er fertig war, kam er wieder ins Büro und stellte sich vor Michael an den Schreibtisch. «Ich wollte dich mit dabeihaben, weißt du. Ich hab den Vorschlag nicht gemacht, um nett zu sein.»

Michael schaute hoch und lächelte ihn an. «Ich weiß.»

Ned zauste ihm die Haare und griff dann nach seiner Bomberjacke. «Ich bin zu Hause, falls du dir's noch überlegst. Mach doch auch Schluss. Es hat keinen Sinn, hier rumzuhängen.»

Michael fuhr schließlich auch nach Hause und verbrachte den Rest des Nachmittags damit, seine Wäsche zu sortieren und den Kühlschrank zu putzen. Er suchte gerade nach einer neuen Betätigung, als Mrs. Madrigal kurz vor fünf bei ihm anrief.

«Ich hoffe, du hast dir fürs Abendessen noch nichts vorgenommen.»

«Bis jetzt nicht», sagte er.

«Wunderbar. Ich habe ein edles neues Lokal entdeckt. Mexikanisch. Ich finde, wir sollten alle zusammen hingehen. Wir haben schon ewig kein Familienessen mehr veranstaltet.»

Er sagte zu, fragte sich aber, ob dieses Abenteuer nur seinetwegen organisiert wurde. Seine Freunde waren in letzter Zeit auffällig um ihn besorgt, und wenn er mit ihnen zusammen war, empfand er oft einen enormen Erwartungsdruck – sie wollten ihn glücklich sehen, doch die wiedergewonnene Freude, die sie in seinen Augen leuchten sehen wollten, würde er nie heucheln können.

Mrs. Madrigals mexikanische Entdeckung erwies sich als schlauchartiger Raum am Ende einer Gasse in der Nähe vom Moscone Center. Aus unerfindlichen Gründen nannte sich der Laden Cadillac Bar. Das kitschige Lupe-Velez-Ambiente stieß auf allgemeinen Beifall, und sie schlürften Margaritas wie Tagungsgäste auf einer dreitägigen Sauftour durch Acapulco.

Vielleicht lag es am Alkohol, doch etwas an Mary Anns Benehmen kam Michael seltsam gekünstelt vor. Während des Essens hing sie meistens an Brians Arm, lachte ein bisschen zu laut über seine Witze und himmelte ihn an, ganz das kleine Frauchen, und so was hatte Michael noch nie an ihr beobachtet. Als ihre Blicke sich für einen Moment trafen, schien sie seine Verwunderung zu bemerken und sagte mit etwas zu viel Munterkeit in der Stimme: «Das ist ein tolles Lokal. Wir sollten alle schwören, dass wir's niemandem weitersagen.»

«Zu spät», entgegnete er und parierte ihr Ablenkungsmanöver mit einem eigenen. «Schau mal, wer grade reingekommen ist.»

Mary Ann und Brian sahen gleichzeitig zur Tür.

«Doch nicht jetzt!», zischelte Michael.

Mary Ann sah ihn schelmisch an. «Du hast gesagt: ‹Schau mal› ...»

«Es ist Theresa Cross», murmelte er. «Mit einem der schwulen Kerle von Atari.»

«Mensch», sagte Brian, «die Witwe von Bix Cross?»

«Genau.»

«Sie ist auf all seinen Plattenhüllen», sagte Brian.

«*Teile* von ihr», verbesserte ihn Mary Ann.

Brian setzte ein anzügliches Grinsen auf. «Richtig.»

Mrs. Madrigal machte ein ratloses Gesicht. «Ihr Mann war Sänger?»

«Sie wissen doch», sagte Michael. «Der Rockstar.»

«Ah.»

«Sie hat ein Buch geschrieben», ergänzte Mary Ann. «*Mein Leben mit Bix*. Sie wohnt in der Nähe der Halcyons.»

Die Vermieterin bekam große Augen. «Tja, meine Lieben, es sieht so aus, als wollte sie zu uns.»

Michael taxierte die langbeinige Gestalt, die in forschem Gang auf den Tisch zukam. Die kunstvolle Unordnung ihrer Heuhaufenfrisur wirkte eindeutig so, als wären in die dunklen Tiefen ihres Haars kleine Zweige als Stützelemente eingebaut worden, auch wenn das wahrscheinlich nicht stimmte. Ansonsten konnte er nur noch ihre roten Plastizin-Fingernägel registrieren, dann war die Rockwitwe in einer übersüßen Parfümwolke von Ivoire auch schon heran. «Sie!», stieß sie fast schreiend hervor. «Mit Ihnen will ich reden!»

Die karmesinrote Klaue zeigte auf Mary Ann.

Mary Ann räusperte sich. «Ja?»

«Sie sind spitze», rief Theresa Cross begeistert. «Spitze, spitze, spitze!»

«Vielen Dank», sagte Mary Ann errötend.

«Ich seh Sie mir dauernd an. Sie sind Mary Jane Singleton.»

«Mary Ann.»

Mrs. Cross hielt sich nicht mit Nebensächlichkeiten auf. «Dieser Hut war spitze. Spitze, spitze, spitze. Wer sind diese reizenden Leute? Warum machen Sie uns nicht bekannt?»

«Äh ... gern. Das ist mein Mann, Brian ... und meine Freunde Michael Tolliver und Anna Madrigal.»

Die Rockwitwe nickte den dreien wortlos zu. Offenbar ging sie davon aus, dass ihr Name allen ein Begriff war. Dann wandte sie ihren flammenden Blick wieder Mary Ann zu. «Sie kommen doch hoffentlich zu meiner Versteigerung?»

Das ist es also, dachte Michael. Mrs. Cross konnte selbst in diesem überfüllten Raum die Medienleute auf Anhieb orten.

Mary Ann geriet, wie beabsichtigt, in Verlegenheit. «Zu Ihrer ...? Ich fürchte, ich habe ...»

«O nein!» Die Rockwitwe verdrehte in gespieltem Ärger die Augen. «Sagen Sie bloß, meine schusselige Sekretärin hat Ihnen keine Einladung geschickt!»

Mary Ann zuckte mit den Schultern. «Anscheinend nicht.»

«Na ... dann betrachten Sie sich hiermit als eingeladen. Ich mache diesen Samstag bei mir zu Hause eine Versteigerung. Ein paar Andenken an Bix. Goldene Schallplatten. Die Hemden, die er auf seiner letzten Tournee getragen hat. Lauter so Sachen. Witzige Sachen.»

«Toll», sagte Mary Ann.

«Oh ... und seine Lieblings-Harley ... und seine Hanteln.» Ihr Zeigefinger wanderte in Brians Richtung. «Der da sieht aus, als ob er ein bisschen Kraftsport macht. Warum bringen Sie ihn nicht mit?»

Mary Ann warf einen Seitenblick auf «den da» und wandte sich wieder der angriffslustigen Witwe zu. «Ich weiß nicht, ob wir am Samstag können, aber wenn ...»

«Von *W* kommt mit Sicherheit jemand, und die vom *Hollywood Reporter* haben mir *versprochen*, dass sie kommen. Sogar Dr. Noguchi kommt ... und ich finde, das ist auch das Mindeste, was er tun kann, denn schließlich ist es durch ihn publik geworden, als Bix ... Sie wissen schon ... seinen Abgang gemacht hat.»

Michael hörte sich das alles mit einer Mischung aus Faszination und Abscheu an. Mit diesem offenherzigen Geplänkel hatte sich Theresa Cross auf San Franciscos gesellschaftlicher Stufenleiter ihre ganz persönliche Sprosse erobert. Sie mochte zuweilen etwas gewöhnlich sein, doch sie war alles andere als langweilig. Außerdem war sie durch den Tod ihres Mannes (als Folge einer Überdosis Heroin im Tropicana Motel in Hollywood) eine sehr reiche Frau geworden.

Wenn die hiesigen Gastgeberinnen, wie so oft in San Francisco, eine «Extrafrau» brauchten, war auf Theresa Cross immer Verlass. Hauptsächlich ihrem öffentlichen Image verdankte sie es auch, dass Michael sie einmal in Jons Gegenwart «die Schwulenmutti der Bourgeoisie» genannt hatte. Jons Reaktion war typisch (und entnervend) zurückhaltend gewesen: «Mag sein ... aber sie ist unser Ersatz für Bianca Jagger.»

Mary Ann, von Theresas «Offenheit» aus der Fassung gebracht, suchte noch immer nach Worten. «Dieses Lokal ist wirklich reizend, nicht?»

Die Rockwitwe verzog das Gesicht. «Letzte Woche war es *viel* witziger.» Ihr Radarblick glitt suchend durch den Raum und blieb an einer kleinen Gestalt hängen, die am Eingang stand. Alle schienen sie gleichzeitig zu erkennen.

«Meine Güte», murmelte Brian, «Bambi Kanetaka.»

«Ich muss los», sagte Theresa und setzte sich in Richtung ihres neuen Opfers ab. «Ich seh Sie dann bei der Versteigerung.»

«Ist gut», kam es schwach von Mary Ann.

Die Rockwitwe, schon zwei Tische weiter, schrie ihr zu: «Zehn Prozent für Wohltätigkeitszwecke!»

«Genau», sagte Michael, der es sich nicht verkneifen konnte. «Und neunzig Prozent zieht sie sich in die Nase.»

«Mouse ... sie kann dich hören.»

Er hob nur die Schultern. «Die hört keinen Pieps mehr.» Er zeigte zum Alkoven am Eingang, wo Mrs. Cross bereits begonnen hatte, Bambi Kanetaka zu keilen.

Mary Anns unbefriedigter Ehrgeiz brannte hinter ihren Augen wie ein kleines Buschfeuer. «Na ja», sagte sie tonlos, «ich schätze, eine Moderatorin hat Vorrang vor einer Reporterin.»

Das folgende, lang anhaltende Schweigen wurde schließlich von Mrs. Madrigal unterbrochen, indem sie nach der Rechnung griff. «Nicht bei uns zu Hause, meine Liebe. Sollen wir auf dem Heimweg noch ein bisschen *gelato* mitnehmen?»

Endlich im Bett, hatte Michael einen unruhigen Schlaf. Der Alkohol setzte ihm zu, und es gab ungeklärte Fragen, die ihm keine Ruhe ließen. Wäre Jon da gewesen, hätte er ihn geweckt und ihm gesagt, dass er Theresa Cross für ein Arschloch hielt; dass er auch auf Bianca Jagger immer gut hatte verzichten können und dass er das Hecheln nach mondänem Schick für eine Schwäche hielt, die eines Doktors der Medizin nicht würdig war.

Er wälzte sich aus dem Bett und tastete nach dem Telefon. Im Schein der Straßenlaterne von der Barbary Lane wählte er Neds Nummer. Sein Partner meldete sich beim zweiten Läuten.

«Ich bin's», sagte Michael.

«He, Kleiner.»

«Ist es zu spät, um mich noch zu entscheiden?»

«Wegen was?»

«Du weißt schon ... Death Valley.»

«Aber nein. Prima. Wie wär's mit diesem Wochenende?»

«Abgemacht», sagte Michael.

Hallo, Seemann!

Regen prasselte auf die Pressetribüne am Pier 50. Mary Ann duckte sich unter den Schirm ihres Kameramanns und löffelte ein Frühstück, bestehend aus Cheerios und Milch. «Wer hat das denn spendiert?», fragte sie.

«Die Leute vom hiesigen Protokollablauf», antwortete ihr Mitarbeiter. «Es ist ein Witz.»

Sie warf ihm einen missmutigen Blick zu. «Kann man wohl sagen.» Sie war es längst leid geworden, die nette, aber farblose Engländerin durch den Regen zu verfolgen, und konnte sich weiß Gott was Besseres vorstellen, als hier rumzustehen und kaltes Müsli zu löffeln.

«Es ist ein *richtiger* Witz, Mary Ann», sagte ihr Kameramann mit einem nachsichtigen Lächeln. «Die Queen verlässt uns, klar? Und wir sagen der Queen ‹Cheerio› ... kapiert?» Ihrer Miene war offenbar sofort anzusehen, was sie davon hielt, denn ihr Kollege lachte in sich hinein und fügte sarkastisch hinzu: «Das macht's kein bisschen leichter, nicht?»

Mary Ann stellte die Schüssel ab und sah zur *Britannia* hinüber. An Deck spielte eine Kapelle den «Anniversary Waltz» – wohl zu Ehren der Reagans, die am Vorabend auf der Jacht ihren einunddreißigsten Hochzeitstag gefeiert hatten. Bald würden sie mit der Queen und dem Herzog von Edinburgh von Bord gehen und in Limousinen steigen, die sie zum Flughafen bringen sollten.

Während die *Britannia* nach Seattle in See stach, würde die Queen mit ihrem Anhang nach Yosemite fliegen, um dort ihren Urlaub fortzusetzen. Der Präsident würde nach Klamath Falls in Oregon jetten und eine Rede über den Niedergang der Holzwirtschaft halten, und ein weiteres Flugzeug würde seine Angetraute nach Los Angeles bringen, damit sie sich in einer Sondersendung der Sitcom *Diff'rent Strokes* über Kinder und Drogenmissbrauch auslassen konnte.

Normalerweise hätte sich Mary Ann von derart kunterbunten Absurditäten zumindest zu einem kurzen zynischen Monolog provozieren lassen, doch sie war zu sehr mit ihrem eigenen

Dilemma beschäftigt, um etwas Ätzendes über die Reagans abzusondern. Stattdessen biss sie die Zähne zusammen und wartete schweigend auf den letzten Teil dieses geistlosen, aufwendigen Stammesrituals.

Der Regen ließ ein wenig nach. Eine Kapelle in Schottenröcken marschierte wacker auf dem Pier entlang, Feuerwerk explodierte am blassgrauen Himmel, und eine Blondine mit schlaff herabhängenden Marabufedern stritt sich mit dem Wachmann am Aufgang zur Pressetribüne.

«Aber ich *bin* von der Presse», redete sie auf ihn ein. «Ich habe heute bloß meinen ... äh ... Ausweis nicht dabei.»

Der Wachmann war unerbittlich. «Schauen Sie, Lady. Sie haben Ihren Job, und ich hab meinen.»

Mary Ann ging zum Tribünenrand und rief zu dem Mann hinunter. «Sie gehört zu mir», log sie. «Ich übernehme die Verantwortung.»

Hocherfreut schenkte die nass gefiederte Blondine ihrer Retterin ein strahlendes Lächeln und schrie zu ihr hinauf: «Mary Ann! Gott sei Dank!»

Mary Ann war es bereits peinlich. «Hallo, Prue», sagte sie einsilbig.

Die Möchtegerngesellschaftsdame, die wie Big Bird in einem Monsun aussah, bot wirklich einen traurigen Anblick. Prue Giroux war anscheinend etwas durchgedreht, seit sie ihren Job als Gesellschaftskolumnistin bei der Zeitschrift *Western Gentry* verloren hatte. Ihr ganzer Lebensinhalt waren Partys gewesen – «gesellschaftliche Anlässe», wie sie es nannte –, doch der Strom von Einladungen und Presseausweisen war schon vor Monaten versiegt.

Von denen, die sich zur Gesellschaft von San Francisco zählten, war niemand so entbehrlich wie eine gewesene Kolumnistin – außer vielleicht die Ex-Frau eines Kolumnisten. Und Prue litt an Entzugserscheinungen.

Sie schüttelte ihre Federn auf und eierte auf Pfennigabsätzen die Stufen hoch. «Das war ja soo lieb von Ihnen», sagte sie, wesentlich ruhiger als zuvor. «*Ist* das nicht total aufregend?»

«Mhm.» Mary Ann wollte ihr die Freude nicht verderben. Prues Naivität war das Einzige, was man an ihr achten konnte.

«Sehen Sie!», rief Prue. «Da komm ich ja grade richtig!»

Die Queen näherte sich am Arm des Präsidenten der Gangway. Sie trug einen weißen Hut und einen beigen Mantel. Als Mary Ann ihrem Kameramann das Zeichen gab, rauschte donnernder Applaus über den Pier, und Prue Giroux seufzte geräuschvoll. «Ach, Mary Ann. Schauen Sie, wie *schön* sie ist! Sie ist wunderschön!»

Mary Ann gab keine Antwort und konzentrierte sich auf ihren Job. Das ganze Spektakel dauerte keine Viertelstunde. Als es vorbei war, stahl sie sich von Prue und dem Team fort und kippte einen steifen Drink im Olive Oil's, einer Hafenbar nicht weit vom Pier. Vom Tresen, wo sie unter einer Girlande von Signalflaggen saß, sah sie der *Britannia* nach, die zum Golden Gate dampfte.

Der Mann auf dem Barhocker neben ihr hob sein Glas in Richtung Schiff. «Und tschüss, altes Mädchen.»

Mary Ann lachte. «Sie nehmen mir das Wort aus dem Mund. Nur dass das alte Mädchen nicht an Bord ist. Sie fliegt nach Yosemite.»

Der Mann trank sein Glas aus und sah sie an. In seinen warmen braunen Augen lag ein spöttischer Ausdruck. «Ich meinte das Schiff.» Er hatte einen britischen Akzent, wie ihr jetzt auffiel.

«Sie müssen von der Presse sein», sagte sie.

«Muss ich?» Wieder dieser spöttische Ton. Wollte er sie anbaggern?

«Na, ich dachte nur. Der Akzent ... Ach, egal.»

Der Mann lachte und streckte ihr die Hand hin. «Ich bin Simon Bardill.»

«Mary Ann Singleton», sagte sie nach einem flüchtigen Händedruck. Sie sah sich den Engländer genauer an und stellte fest, dass er Brian sehr ähnlich sah. Er hatte die gleichen kastanienbraunen Locken, die gleichen ausdrucksvollen Augen (wenn auch nicht haselnussbraun) und unterhalb der kleinen Mulde am Halsansatz das gleiche Büschel Haare.

Schon, sein Gesicht war etwas schmaler – es erinnerte mehr an einen Fuchs als an einen Bären –, aber selbst einem neutralen Beobachter wäre die Ähnlichkeit aufgefallen. Es gab allerdings einen Altersunterschied – der Mann schien erst Ende zwanzig zu sein.

Er merkte, dass sie in Gedanken woanders war. «Ähm ... Sie haben doch nicht abgeschaltet, oder?»

Sie lächelte entschuldigend. «Einen Augenblick vielleicht. Sie haben große Ähnlichkeit mit ... jemandem, den ich kenne.» «Mit meinem Mann» hätte sich viel zu intim angehört. Trotzdem klang die Bemerkung immer noch viel zu einladend, und sie fügte rasch hinzu: «Sie müssen von hier sein.»

«Nein», entgegnete er. «Von dort.» Er zeigte mit einem langen, eleganten Finger auf das Schiff.

Sie spürte, dass es ihm Spaß machte, sie im Dunkeln tappen zu lassen. «Sie ... äh ... Sie machen Urlaub?»

Er ließ die Eiswürfel in seinem Glas klirren. «Mein Verstand vielleicht.» Er schaute durch die regennassen Fensterscheiben der Bar, und sein Blick heftete sich an die königliche Jacht, die inzwischen nur noch ein winziger verschwommener dunkelblauer Fleck auf der grauen Fläche der Bucht war. «Das wäre durchaus möglich.»

Sie blinzelte ihn ratlos an. «Also, jetzt komme ich nicht mehr mit.»

Er klimperte wieder mit seinen Eiswürfeln. «Es ist eigentlich ganz einfach. Ich hab freihändig abgemustert.»

Sie schaltete sofort. Konnte sie den nächsten Sendetermin noch schaffen? War sie hier über die einzige *echte* Story in diesem Medienzirkus gestolpert?

«Kennen Sie den Ausdruck?», fragte er.

«Ja ... natürlich. Sie gehören also zur Mannschaft?»

«Oh, nein, nein, nein. Ich bin *Offizier*.» Er machte den Barkeeper auf sich aufmerksam, indem er sein Glas hob. «Darf ich?», fragte er Mary Ann mit einer Kopfbewegung zu ihrem Glas.

«Oh ... nein danke.» War es zu spät, um ihr Team noch abzufangen? «Also, es tut mir leid, dass ich so begriffsstutzig bin, aber ... Sie hatten Dienst auf der *Britannia* und ... sind einfach weggeblieben?»

«Genau.»

«Sie sind ... desertiert?»

Er lachte herzhaft. «Von Mrs. Thatcher zu Mr. Reagan?» Einen Augenblick strich er sich mit den Fingern nachdenklich über das wohlgeformte Kinn. «Aber Sie sind schon auf der richtigen Spur. Ich nehme an, man *könnte* sagen, ich bin desertiert. Ja ... ja ...»

Er schien sich das durch den Kopf gehen zu lassen, als fände er es höchst interessant. Der Barkeeper brachte den Drink. Er prostete Mary Ann zu und sagte: «Auf den neuen Simon Bardill und die reizende Dame, die sein dunkles Geheimnis mit ihm teilt.»

Sie hob ihr leeres Glas. «Ich fühle mich geehrt ... äh ... *Lieutenant* Bardill?»

«Nicht schlecht. Sie haben Lieutenant sogar richtig ausgesprochen.»

Sie deutete eine bescheidene Verbeugung an. In seiner Gegenwart kam sie sich tatsächlich seltsam geehrt vor. «Aber ein Engländer tut sich doch keine Eiswürfel in den Drink, oder?»

Er furchte die Stirn. «Wann waren Sie zuletzt in England?»

«Leider noch gar nicht.»

Er lächelte. «Muss Ihnen nicht leidtun. Wir haben inzwischen auch Eiswürfel in den Bars. Oder *die* servieren jedenfalls Eiswürfel in den Bars.»

«Aha.»

«Es hat sich viel geändert. *Sehr* viel.» Er schaute wieder auf die Bucht hinaus, als wollte er sich vergewissern, dass das letzte Bindeglied zu England verschwunden war. Das war der Fall.

Er drehte sich zu ihr um. «Aber die Vorstellung», sagte er, «der letzte hochnäsige Jachtie gewesen zu sein ...»

Sie gab ihm mit einem raschen Lächeln zu verstehen, dass sie den Spitznamen für die Crew der *Britannia* erkannt hatte. «Wird man Sie nicht vermissen?»

«Oh ... ganz schrecklich, würde ich sagen. Ich bin ein liebenswerter Mensch, finden Sie nicht?»

«Ich meinte Ihre Funktion. Was wird passieren, wenn Sie nicht auf Ihrem Posten erscheinen ... was immer Sie da zu tun haben?»

«Ich bin Funkoffizier», sagte er. «Und es ist bereits passiert ... was immer es sein mag. Ich denke, sie finden schon einen anderen Witzbold aus guter Familie, der meinen Platz einnimmt. Haben Sie San Francisco schon mal von Point Bonita aus gesehen?»

Die Frage kam so unvermittelt, dass sie einen Augenblick brauchte, bis sie antworten konnte. «Schon oft.»

«Ist es nicht ein herrlicher Anblick?» An der Ernsthaftigkeit seines Tonfalls merkte sie, dass er nicht eine Einladung ausgesprochen, sondern nur eine simple Frage gestellt hatte.

«Wunderschön», sagte sie.

«San Francisco darf man Leuten nie von Point Bonita aus zeigen, wenn sie es zum ersten Mal sehen.» Er trank hastig einen Schluck von seinem Scotch und setzte das Glas mit bewusster Grandezza ab. «Sonst kann es passieren, dass sie Amok laufen.»

Sie quittierte diese etwas zu drastische Aussage mit einem skeptischen Lächeln. «Sie haben es also wegen des Panoramas getan?»

«Gewissermaßen, ja.»

«Würden Sie das vor einer Kamera wiederholen?»

Er sah sie einen Augenblick an, dann schüttelte er den Kopf und gab ein kurzes resigniertes Lachen von sich. «Ich hätte es wissen müssen.»

«Ich meine, es ist wirklich eine fantastische ...»

«Für welchen Sender arbeiten Sie?»

Es hörte sich an, als fühlte er sich betrogen. Das verdross sie. Schließlich waren sie nur zwei Leute, die sich in einer Bar unterhielten. «Sie müssen nicht, wenn Sie nicht wollen», sagte sie.

Der Lieutenant strich mit dem Zeigefinger um den Rand seines Glases. «Wollen Sie eine Story oder wollen Sie einen Freund?»

«Einen Freund», antwortete sie ohne Zögern.

Er zwinkerte ihr zu. «Ausgezeichnete Wahl.»

Das wusste sie selbst. Ein Freund würde vielleicht doch noch nachgeben und ihr zu einer Story verhelfen. Ein Freund, der ihr vertraute und sich darauf verlassen konnte, dass sie ihn im bestmöglichen Licht erscheinen ließ.

Diese Überlegung setzte sie Brian auseinander, als sie am Abend vor ihren Lean-Cuisine-Fertiggerichten saßen.

«Er wird vielleicht anrufen», fügte sie hinzu.

«Anrufen? Du hast ihm unsere Nummer gegeben?»

Sie nickte. «Obwohl ich bezweifle, dass er sich melden wird.»

«Vielleicht aber doch?»

«Vielleicht. Brian, er kennt hier keine Menschenseele. Ich hab ihm gesagt, er soll sich melden, wenn wir ihm bei irgendwas helfen sollen.»

Brian nickte bedächtig. «So eine Art ... Willkommensgeste.»

Sie warf ihm über den Tisch einen Blick zu und blies auf ihr dampfendes Essen. «Du bist nicht eifersüchtig. Tu erst gar nicht so, Brian.»

«Wer tut denn so?»

«Wir werden beide einen netten neuen Freund gewinnen. Herrgott, er war auf der königlichen Jacht beschäftigt. Das macht ihn mindestens interessant.»

Er stach die Gabel in sein Essen. «Und wie heißt unser interessanter neuer Freund?»

«Simon», sagte sie mürrisch. «Simon Bardill.»

«Wie sieht er aus?»

«Verdammt gut. Na ja, ziemlich. Er sieht dir übrigens sehr ähnlich.»

Brian strich sich nachdenklich übers Kinn. «Warum finde ich das beunruhigend?»

Sie verdrehte die Augen. «Was, in Gottes Namen, soll ich mit einer jüngeren, englischen Ausgabe von dir?»

«Geht einem glatt über den Verstand», gab er zurück.

Zeltlager

Als die Morgendämmerung über Death Valley kroch, erwachte Michael in seinem Schlafsack und lauschte den Geräuschen der Wüste – das Zwitschern winziger Vögel, das hektische Wuseln von Kängururatten, das sanfte Säuseln des Windes in den Mesquite-Bäumen ...

«Ach Mist! Die Vinaigrette ist ausgelaufen!»

Es war Scotty, ihr Koch auf dieser Expedition, der die Bestände sichtete, ehe er mit dem Frühstück begann. Sein Kummer provozierte Gelächter in Neds Zelt und auf dem kleinen Sandhügel, wo Roger und Gary unter freiem Himmel genächtigt hatten.

«Was gibt's da zu lachen, Mensch!», schrie Scotty.

«Das ist der tuntigste Spruch, den man im Death Valley je gehört hat», war Neds Antwort.

«Wenn du was Kerliges willst», gab der Koch beleidigt zurück, «versuch's da drüben bei dem dritten Wohnwagen von rechts. Die essen Corned-Beef-Pampe und Eipulver. Wir Fummeltrinen dagegen leisten uns Eier Benedict, bitte schön.»

Diese Ankündigung wurde mit allgemeinem Beifall aufgenommen.

Bei einem Zelt – wahrscheinlich dem von Douglas und Paul – wurde der Reißverschluss aufgezogen. Steinchen knirschten unter schweren Stiefeln. Dann war Pauls unausgeschlafene Stimme zu hören: «Weiß jemand, wo's zum Waschraum geht?»

Wieder ein Lachen von Ned. «Sag bloß, du hast den Quatsch geglaubt!»

«Hör mal, Dumpfbacke, du hast gesagt, es gibt fließend Wasser.»

Roger kam ihm zu Hilfe. «Die Straße runter und dann rechts.»

«Wo ist mein Rasierzeug?», fragte Paul.

«Hinter der Kühlbox», sagte Douglas.

Langsam wie eine Schildkröte lugte Michael aus seinem Schlafsack, fand die Luft entschieden zu frisch und verkroch sich wieder. Übereiltes Handeln war in diesem Fall nicht sinnvoll. Dass er sich am allgemeinen Frotzeln nicht beteiligt hatte, war noch nicht aufgefallen. Er konnte ohne Weiteres noch ein Weilchen schlafen.

Irrtum. Scottys lächelndes Gesicht erschien in der Fensteröffnung des Zelts. «Guten Morgen, mein Schöner.»

Michael kroch ein Stückchen aus dem Schlafsack und salutierte verschlafen.

«Hast du vor, dich waschen zu gehen?», fragte der Koch.

«Demnächst, ja.»

«Gut. Bring mir ein bisschen Garnitur mit, ja?»

«Äh ... Garnitur?»

«Für die Grapefruit», erklärte ihm Scotty. «Neben der Straße wächst allerhand nettes Zeug.»

«Aha.»

«Einfach was Hübsches. Es muss natürlich nicht essbar sein.»

«Natürlich.»

Garnitur im Death Valley. Darin musste irgendwo eine verborgene Erkenntnis liegen – über das Leben, über Ironie und schwule Sensibilitäten –, doch sie wollte sich ihm nicht erschließen, während er mitten in dieser Einöde neben einem Mann in Bermudashorts und Schlappen an einem Waschbecken stand und sich die Zähne putzte.

Auf dem Rückweg zum Lagerplatz verließ er den Pfad, fand die gewünschte Dekoration – ein blassgrünes faseriges Kraut, von dem nichts abzufallen schien – und beschloss, querfeldein zurückzugehen. Der frische blaue Morgen versetzte ihn in eine eigenartige Hochstimmung, und er wollte das Gefühl ungestört genießen.

Sie hatten ihre Zelte an einem ausgetrockneten Bachbett am Nordrand des Campingplatzes Mesquite Springs aufgestellt, wo eine gnädige Laune der Geografie dafür sorgte, dass einige Felsen die benachbarten Wohnmobile verdeckten. Was nun dazu führte, dass er den Lagerplatz erst wiederfand, als er die sandfarbene Spitze des großen Zelts erspähte – Ned hatte das Gemeinschaftszelt aus Bambusstangen und Gärtnereiplanen improvisiert.

Das Frühstück war ein voller Erfolg. Scotty waren die Eier Benedict grandios gelungen, und Michaels Garnitur wurde mit höflichem Applaus bedacht. Als abgeräumt war, machten Douglas und Paul Wasser fürs Abwaschen heiß, während Roger und Gary sich in ihre Ecke verzogen, um die Mushrooms in sieben gleiche Portionen zu teilen. Als jeder seine Ration geschluckt hatte, schlug Ned einen Ausflug in die Last Chance Mountains vor. Er nahm Michael beiseite und sagte: «Ich muss dir was zeigen. Etwas Besonderes.»

Scotty blieb zurück und kümmerte sich um das Mittagessen; die anderen folgten Ned hinauf in die Hügel. Da und dort hielten sie an, um eine Kaktusblüte oder eine exotische Felsformation zu bewundern. (Douglas war ganz sicher, an einer Stelle Schriftzeichen entdeckt zu haben, doch sein prosaischer Liebhaber versicherte ihm, das seien «nur die Pilze».)

Sie erreichten ein Plateau, auf dem der Wind zwischen glatten schwarzen Felsblöcken hindurchfegte, die zu geometrischen Formen zerborsten waren. Am Rand des Plateaus ragte ein von Menschenhand aus Steinbrocken errichteter, mannshoher Obelisk auf. Michael fand ihn erheblich weniger stimmig als die Landschaft ringsum.

Douglas blieb stehen und betrachtete den Stapel. «Erinnert mich sehr an Carlos Castaneda», murmelte er.

«Sehr phallisch», meinte Gary.

Ned lachte. «Na, dann steh nicht einfach da. Bete ihn an.»

«Nee», sagte Gary und schüttelte den Kopf, «der ist mir nicht groß genug.»

Ihr Gelächter musste meilenweit zu hören gewesen sein. Ned setzte sich in Bewegung und übernahm wieder die Führung.

Michael holte ihn ein. «War es das?»

«Was?»

«Was du mir zeigen wolltest.»

Ned schüttelte den Kopf und lächelte geheimnisvoll.

Sie mussten eine weitere Anhöhe erklimmen. Von oben bot sich ein überwältigender Blick auf das Tal. Eine Anordnung von rötlichen Steinen schien ursprünglich einmal einen riesigen Kreis gebildet zu haben. «Das war mal ein Peace-Symbol», erklärte Ned. «Erinnert ihr euch an die Dinger?»

Als sie den Abhang hinunterliefen, sagte Michael: «Ich nehme an, das war's auch noch nicht, hm?»

«Nö», antwortete Ned.

Das Terrain wurde wieder eben, und sie tasteten sich ungemütlich dicht an der brüchigen Kante eines Steilhangs entlang. Michael hatte Ohrensausen von den Pilzen, was den Eindruck noch bedrohlicher machte. Entfernungen waren schwer abzuschätzen in einer Landschaft, wo der kleinste Stein dem größten Berg glich.

Plötzlich lief Ned voraus und blieb am Rand einer Klippe stehen. Michael war der Erste, der ihn einholte. «Mensch, was machst du denn?»

Sein Geschäftspartner lachte. «Sieh doch!» Er war in die Hocke gegangen und zeigte zum Talgrund hinunter, wo fünf bunte

Zelte wie Hotels auf einem *Monopoly*-Brett hockten. Hinter ihnen stand glitzernd wie ein Spielzeugauto Neds roter Kastenwagen. Sie waren in einem weiten Bogen zum Steilhang oberhalb ihres Lagerplatzes zurückgekommen.

«Na?», fragte Ned.

Michael spähte zu der winzigen Zeltsiedlung hinunter und lächelte. Er musste Ned nicht fragen, ob dies die versprochene Überraschung war. Er wusste, was Ned ihm damit sagen wollte: Sieh uns an da unten! Sind wir nicht großartig? Haben wir nicht was Fabelhaftes fertiggebracht? Siehst du, was wir füreinander bedeuten? Ned hatte sich diesen mitreißenden Augenblick für ihn ausgedacht, und Michael war davon sehr gerührt.

Ned formte die Hände zu einem Trichter und rief der Liliputanergestalt am Lagerfeuer ein Hallo zu. Es war zweifellos Scotty, der bereits das Mittagessen vorbereitete. Suchend sah er sich um, woher die Stimme kam, und winkte überschwänglich zu ihnen hinauf. Ned und Michael winkten beide zurück.

Nach dem Mittagessen teilte sich die Gruppe wieder auf. Manche zogen sich zu Siesta und Sex zurück, andere wanderten einzeln in die Wüste hinaus und genossen die abklingende Wirkung der Pilze. Michael blieb im großen Zelt zurück und fühlte sich in der herrlichen Stille wie ein Sultan. Als es Abend wurde, kam es ihm vor, als wäre er hier schon ewig zu Hause.

Er stand auf und ging am ausgetrockneten Bachbett, das sich wie ein blasses Band durch die Mesquite-Bäume schlängelte, auf die Hügel zu. Es war inzwischen kühl geworden, und am dunkellila Himmel erschienen wie frische Knospen die ersten Sterne. Nach einer Weile setzte er sich neben einen Kaktus, der tatsächlich im Mondschein einen Schatten warf. Eine leichte Brise umfächelte ihn.

Zeit verging.

Als er sich dem Camp wieder näherte, fühlte er sich wie magisch angezogen vom bernsteingelben Schimmer des großen Zelts, von der sachte wabernden Plane, die an ein pulsierendes Herz erinnerte, und von dem leisen Lachen, das nach draußen drang. Als er eintreten wollte, fasste der Wind in eine der Zeltbahnen wie in das Segel einer Galeone und riss sie los. Drinnen wurde unisono gestöhnt.

«Kann ich helfen?», rief er.

«Michael?» Es war Rogers Stimme.

«Ja. Soll ich's reparieren?»

«Fabelhaft. Es ist hier drüben. Die hintere Plane hat sich wieder losgerissen.»

«Wo?» Er tastete im Dunkeln herum, bis er die klaffende Stelle fand. «Hier?»

«Genau», sagte Gary.

Er fing die Plane ein, fädelte die Schnur durch die Ösen und zurrte sie wieder fest. Dann ging er nach vorn und lüpfte die Plane am Eingang.

Sie benutzten die Colemanlaterne nicht mehr, nachdem sie am Abend zuvor festgestellt hatten, dass sie sich nicht herunterdrehen ließ. Pauls einfallsreiche Alternative bestand aus einer großen Taschenlampe in einer braunen Papiertüte, in deren goldbraunem Rembrandtschimmer die sechs Männer nun auf dem Orientteppich lagerten, den Gary bei der Scheidung von seiner Frau bekommen hatte.

Rogers Kopf lag in Garys Schoß, und Gary benutzte die Kühlbox als Rückenlehne. Douglas und Paul stöberten im hinteren Teil des Zelts in einem Stapel Kassetten. Ned gab dem fleißigen Scotty eine Fußmassage mit Vaseline Intensive Care Lotion.

Es war ein charmantes, sympathisches Tableau, so seltsam altmodisch wie das Foto einer College-Footballmannschaft um die Jahrhundertwende: Schulter an Schulter, die Arme um die Hüften gelegt, jenes erste trauliche Stadium männlicher Kameraderie.

«Danke», sagte Gary, als Michael hereinkam.

«Gern geschehen», antwortete er.

Ned schaute von Scottys Füßen hoch. «Du bist schon ein bisschen braun, mein Hübscher.»

«Was?» Michael drückte mit dem Finger auf seinen Bizeps. «Ich glaube, es liegt nur am Licht.»

«Nein», versicherte ihm Gary, «sieht richtig gut aus.»

«Vielen Dank.» Er ließ sich auf dem freien Platz neben Ned und Scotty nieder.

Scotty betrachtete ihn mit einem seligen Gesichtsausdruck. «Es ist noch Studentenfutter und Käse übrig, falls du Hunger hast.»

«Bloß nicht», wehrte Michael ab.

Roger und Gary tauschten einen kurzen Blick, standen auf und staubten sich den Hosenboden ab. «Tja, Jungs», sagte Roger, «es war ein langer Tag ...»

«Ach je», flötete Scotty, «unsere Neuvermählten verlassen uns.»

Rogers Verlegenheit ging einem ans Herz. Wehmütig dachte Michael an seine erste Zeit mit Jon, als sie sich in solchen Situationen ähnlich linkisch benommen hatten.

«Ach, lass mal», sagte Ned lachend. «Sie haben kein Zelt. Irgendwann müssen sie auch mal für sich sein.»

«Und sie stehen ja so auf dem *Schlauch*», ergänzte Douglas.

Gary warf ihm im Hinausgehen einen freundschaftlich-drohenden Blick zu. «Das wirst du mir büßen.»

«Was meint er denn?», fragte Scotty, als das Pärchen draußen war.

Douglas grinste. «Gary hat Gummis mitgebracht.»

«Was?», sagten die anderen drei wie aus einem Mund.

Douglas zuckte mit den Schultern. «Man spricht nicht umsonst von einer Krise ...»

«Na gut, aber ...» Scotty verhaspelte sich beinahe. «Vergiss es. Ich will ja gern meinen Teil beitragen ... aber *so was*?»

Ned setzte sein geheimnisvolles Grinsen auf. «Ich persönlich finde sie irgendwie lustig.»

«Wieso?», wollte Douglas wissen. «Weil sie dich an Heteros erinnern?»

«An Marines», schmückte Paul die Idee seines Liebhabers aus.

«In meinen Fantasien kommen keine Heteros vor», sagte Ned rundheraus. «Ich hab noch nie einen Schwanz gelutscht, der nicht schwul war.»

«Was ist dann so toll an ihnen?», fragte Scotty. Sein linker Fuß lag noch immer in Neds Händen.

«An Schwänzen?», fragte Ned.

«Gummis», sagte Scotty grinsend.

«Na ja ...» Neds nussbraune Augenbrauen zogen sich zusammen. «Die Dinger haben was von Unterhosen.»

«Calvin-Klein-Präser», sagte Paul.

Alle lachten.

«Warum haben sie was von Unterhosen?», hakte Scotty nach.

«Na ... hast du noch nie einem Typ gesagt, er solle seine Jockey-Shorts wieder anziehen, weil er darin so scharf aussah?»

«Doch, klar, aber ...»

«Und zwischen dir und diesem unglaublichen Schwanz war nur noch ein dünnes kleines Stück weißer Baumwollstoff. Ja ... so ähnlich ist es auch mit Gummis. Sie sind dir im Weg und lassen dich nicht alles auf einmal haben. Das kann absolut superscharf sein.»

Scotty verdrehte die Augen. «Es sind Luftballons, Ned. Mach dir nichts vor. Und es werden immer Luftballons sein. Die Dinger sind lachhaft, und sie sind für *Heteros*.»

Noch mehr Gelächter.

«Ich weiß noch», steuerte Douglas bei, «wie auf den Präser-Automaten stand: ‹Nur zur Verhütung von Krankheiten›.»

Paul sah seinen Liebhaber an. «Steht doch immer noch drauf, Dummerchen.»

«Aber sie haben ‹Krankheiten› immer weggekratzt und ‹Babys› hingeschrieben. Jetzt nehmen sogar Heteros die Dinger nicht mehr.»

«Klar tun sie das.»

«Tun sie nicht. Sie nehmen die Pille oder lassen sich sterilisieren oder so.»

Während Douglas und Paul ihren halbherzigen Streit fortsetzten, signalisierte Michael Ned, dass er schlafen gehen wollte. Er schlüpfte hinaus und steuerte sein Zelt an. Dabei vermied er es, auch nur mit einem flüchtigen Blick die Anhöhe zu streifen, wo Roger und Gary kampierten. Als er fast schon am Ziel war, hörte er eine Stimme.

«Bist du das, Michael?» Es war Gary.

«Mhm.»

«Komm doch rüber», sagte Roger.

Er tastete sich durch die Dunkelheit, bis er den Pfad fand, der auf die Anhöhe führte. Im Mondschein erkannte er die Gesichter der beiden. Sie hatten den umlaufenden Reißverschluss eines Schlafsacks aufgezogen und sich damit zugedeckt. «Siehst du», sagte Roger grinsend, «wir haben uns nicht zum Ficken abgesetzt.»

«Muss an den Pilzen liegen», sagte Gary. «Wir erzählen uns Schauergeschichten. Es ist richtig schön hier oben. Warum holst du nicht deinen Schlafsack und legst dich zu uns?»

Er schaute hinunter zur dunklen Kuppel seines Zweimannzelts, das leer unterm Sternenhimmel stand. «Ich glaube, das Angebot nehme ich an», sagte er.

Als Gary ihnen die Geschichte vom Mann mit der Eisenklaue erzählt hatte, schliefen sie alle drei ein.

Michael hatte einen Traum, in dem er wieder oben am Steilhang über dem Lagerplatz war, nur dass diesmal Jon neben ihm kniete. «Schau», flüsterte Jon. «Schau mal, wer da unten ist.» Mona war aus einem der Zelte gekommen – so winzig, dass man sie kaum erkennen konnte. Michael winkte und winkte, doch sie sah ihn nicht und blieb keinen Moment stehen, als sie in die Wüste hinausging und verschwand.

Wiedersehen mit Mona

Seattle war Mona einst als Rentnerparadies für alte Hippies erschienen. Das Klima war gemäßigt, wenn auch feucht, politisch gab man sich liberal, und ein erstaunlich großer Teil der Einwohnerinnen und Einwohner fand noch immer an Makramee Gefallen. In all der Zeit, die Jane Fonda gebraucht hatte, um ihren Körper wieder präsentabel zu machen, hatte sich in Seattle fast nichts geändert.

Fast nichts. Die Lesben, die in den Sechziger- und Siebzigerjahren Neunkornbrot gebacken hatten, verdienten sich jetzt ihren Lebensunterhalt in Copyshops. Mona war eine von ihnen, doch das bizarre Umkrempeln ihrer beruflichen Ziele war für sie genauso absurd wie für die meisten Frauen. «Vielleicht», hatte sie einmal in einer seltenen Anwandlung von Humor zu einer Bekannten gesagt, «soll damit bewiesen werden, dass wir auch ohne Mitwirkung eines Mannes reproduzieren können.»

Sie wohnte auf dem Queen Anne Hill in einem sechsstöckigen Gebäude, dessen Backsteinfassade die Farbe von geronnenem Blut hatte, und arbeitete ein paar Ecken weiter in einem Copyshop namens Kwik-Kopy mit einem Hightech-Interieur in verschiedenen Schattierungen von Grau. Weder der eine noch der andere Ort trug nennenswert zu ihrem seelischen Gleichgewicht bei, aber wann hatte ihr *das* zum letzten Mal Sorgen gemacht?

«Kopf hoch, Mo. So schlimm kann's nicht sein», meinte Serra, ihre Kollegin am Kopierer nebenan. Serra, die flotte junge Edelpunkerin.

«Ja? Meinst du?»

Serra betrachtete das gewaltige Manuskript, das sie gerade sortierte. «So grauenhaft kann's gar nicht sein wie das hier.»

«Was ist es denn?», fragte sie.

«Eine Zeit für Frauen», antwortete Serra. «Vielleicht sollten wir's dem Guinnessbuch melden. Wenn ich mich nicht irre, ist das der dickste Lesbenwälzer seit Menschengedenken.»

«Was mit Sex drin?»

«Bis jetzt noch nicht», sagte Serra. «Aber jede Menge Achtsamkeit.»

«Gähn.»

«Eben. Und was hast du in Arbeit?»

«Was viel Schlimmeres», sagte Mona. «Die Tunte aus dem Ritz Café wird dreißig und schmeißt 'ne Party.»

«Einladungen?»

«In Form einer Xerox-Collage. Mit einem reizenden Foto von seinem Schwanz und ein paar alten Standfotos aus *I Love Lucy*. Er hat einen zweiten Durchlauf verlangt.»

«Typisch.»

«Der Schwanz ist zu orange, und Lucys Haare sind zu grün. Oder umgekehrt. Scheiße, wen juckt's? Als wär das Kunst.»

Serra lachte, doch ihr Blick war besorgt. «Du musst mal 'n Tag ausspannen, Mo.»

Mona schaute wieder auf ihre Arbeit. «Was ich brauche, ist eine Lobotomie.»

«Nein, Mo, im Ernst.» Serra verließ ihren Kopierer und kam zu ihr. «Du rackerst zu viel. Schon dich ein bisschen. Holly kann dir mal ein oder zwei Tage Luft lassen.»

«Schon möglich», gab Mona zurück. «Aber Dr. Sheldon nicht.»

«Wer?»

«Dr. Barry R. Sheldon, Zahnarzt, Capitol Hill. Er hat bei mir eine Wurzelbehandlung gemacht, und jetzt will er mir den Gaumen pfänden lassen.» Sie lächelte resigniert. «Der Gerichtsvollzieher steht schon vor meiner Tür.»

In Serras Mitgefühl schien sich Verlegenheit zu mischen. «Oh ... na, wenn ich dir was leihen kann ...»

«Das ist nett von dir.» Sie drückte Serras Hand. «Aber das Problem ist ein bisschen ernster.»

«Oh.»

«Eigentlich brauch ich mehr Überstunden.»

«Ich hab halt gedacht ... ein bisschen Abwechslung würd' dir guttun.»

«Das siehst du richtig», sagte Mona. «Du hast 'n Papierstau.»

«Scheiße», murmelte Serra und rannte an ihren Platz zurück.

Mittags bestand sie darauf, Mona zum Lunch einzuladen – im Ritz Café, einer perfekten Kulisse für Serras adretten Kristy-McNichol-Kurzhaarschnitt. Sie bestellten Pernod Stingers. Serra hob ihr Glas und stieß auf Monas baldige Genesung an.

«Es wird wieder», sagte sie mit Nachdruck. «Echt.»

«Das sagst du, weil du erst dreiundzwanzig bist», war Monas Antwort.

«Ist mit siebenunddreißig alles so anders?»

«Achtunddreißig. Und es ist kein bisschen anders. Bloß schwerer zu nehmen.»

«Kann ich mir nicht vorstellen», meinte Serra.

Mona verzog das Gesicht. «In fünfzehn Jahren sprechen wir uns wieder. Schwänze kopieren ist mit dreiundzwanzig noch erträglich. Mit achtunddreißig nicht mehr. Verlass dich drauf. Ich mach dir nichts vor.»

Serra schien etwas zu überlegen.

«Was ist?», fragte Mona.

«Nichts. Noch nicht.»

«Also, entschuldige mal ...»

«Bloß so eine Idee.»

«Komm schon», sagte Mona. «Raus damit.»

«Ich kann's dir nicht sagen. Ich muss erst sehen, ob es geht.» Sie nippte an ihrem Glas und setzte es abrupt ab. «O Gott!»

«Was denn?»

«Rat mal, wer unser Kellner ist?»

Der Kellner erkannte Mona auf Anhieb. «Oh, hallo! Die Einladungen sehen fabelhaft aus!»

Sie schenkte ihm ein dünnes Lächeln. «Freut mich, dass sie dir gefallen.»

Nach der Mittagspause bekamen sie einen Eilauftrag für fünfhundert Handzettel mit der Ankündigung eines «British Lunch» zu Ehren der *Britannia*, die im Hafen von Seattle eingetroffen war. Mit finsterer Miene betrachtete Mona die Vorlage – Königin Elizabeth mit der Sprechblase «Mmmh! Knackwurst!». Sie schaute hoch und funkelte den Kunden an.

«Kann mir vielleicht mal jemand erklären, warum sich bei den Schwulen in Seattle alles bloß noch um diese Frau dreht?»

Der Kunde trat so rasch zurück, als hätte sie ihn geohrfeigt. «Was ist denn? Macht ihr hier Zensur?»

Sie warf einen ungeduldigen Blick auf die Wanduhr. «Das soll wohl heute noch fertig werden, hm?»

Der Mann ließ sich seine Verärgerung anmerken, und sie konnte ihn durchaus verstehen. Sie war selbstkritisch genug, um genau zu wissen, wann ihr Benehmen biestig wurde. «Hören Sie», sagte er, «es reicht bis morgen. Und ich hatte auch einen anstrengenden Tag ... also machen Sie halblang, ja?»

«Kann ich helfen?», intervenierte Serra so liebenswürdig wie möglich.

Mona spürte, wie sie rot anlief. «Kein Problem. Ich fülle nur die ...»

«Geh nach Hause, Mo.» Serra fasste sie zart am Arm. «Ich mach das schon.»

«Bist du sicher?» Sie kam sich wie ein richtiger Unmensch vor.

«Du hast es verdient», sagte Serra. «Na los. Zisch ab.»

Also machte Mona, dass sie wegkam. Auf dem Heimweg ging sie kurz in den S & M Market, erstand Thunfisch und Waschmittel und bezahlte mit einem ungedeckten Scheck. Es hatte eine Zeit gegeben – vor drei Jahren, um genau zu sein –, da hatte sie über den S-&-M-Supermarkt noch herzhaft lachen können. Damals hatte sie sich vorgenommen, Mouse mal zum Einkaufen dorthin mitzunehmen, falls er je nach Seattle kam.

Doch Mouse war nie gekommen, und die Ironie im Namen ihres Supermarkts an der Ecke war genauso verblasst wie ihre kalifornische Bräune. Sie hatten sich nach und nach auseinandergelebt, und sie war nicht einmal sicher, an wem es lag. Inzwischen war der Gedanke an ein Wiedersehen bestenfalls peinlich und im schlimmsten Fall ein Horror.

Trotzdem fragte sie sich unwillkürlich, ob es Mouse gut ging. Hatte er jemanden gefunden, der ihn ab und zu in den Arm nahm? Würde er sie immer noch «Babycakes» nennen, wenn sie sich wieder einmal begegneten? Drei- oder viermal hätte sie ihn fast angerufen – unter der Wirkung des Percodan von ihrem Zahnarzt –, aber sie wollte nicht, dass er sie bemitleidete, weil ihr Leben eine einzige Pleite war.

Zu Hause wurde sie in der Eingangshalle von ihrer Wohnungsnachbarin abgefangen. «Ach, Gott sei Dank, Mona! Gott sei Dank!» Die alte Mrs. Guttenberg war völlig aufgelöst.

«Was ist denn?», fragte Mona.

«Der alte Pete, das arme Ding. Er liegt in der Gasse hinterm Haus.»

«Sie meinen, er ist ...?»

«So ein blöder Kerl hat ihn überfahren. Ich konnte keine Menschenseele finden, die mir hilft, Mona. Ich hab eine Decke über ihn gelegt, aber ich glaube nicht ... Ach, der Ärmste ... Das hat er nicht verdient.»

Mona rannte nach hinten in die Gasse, wo der Hund regungslos im Nieselregen lag. Nur sein Kopf schaute unter der Decke hervor. Mit einem feuchten Auge sah er zu Mona hoch und blinzelte. Sie kniete nieder und legte ihm behutsam die Hand auf die grau behaarte Schnauze. Er brachte nur einen schwachen Laut heraus.

Sie sah zu Mrs. Guttenberg hoch. «Er gehört hier keinem?»

Die alte Dame presste die Fingerspitzen an die Kehle und schüttelte den Kopf. «Wir füttern ihn alle. Er ist schon mindestens zehn Jahre hier ... oder zwölf. Mona, man muss ihn von seinem Leiden erlösen.»

Mona nickte.

«Könnten Sie ihn zum Tierheim fahren? Es sind nur ein paar Blocks.»

«Ich habe kein Auto, Mrs. Guttenberg.»

«Sie könnten ihn schieben.»

Mona richtete sich auf. «Schieben?»

«In dem Einkaufswagen, mit dem ich zu S & M gehe.»

Und so machten sie es. Mona hob Pete mithilfe der Decke in Mrs. Guttenbergs Einkaufswagen und schob ihn die sechs Blocks zum Tierheim. Ein Angestellter sagte ihr, dem Hund sei nicht mehr zu helfen. «Es wird bald zu Ende sein», sagte er. «Wollen Sie ihn wieder mitnehmen?»

Mona schüttelte den Kopf. «Er gehört nicht mir. Ich weiß nicht, wo ich ihn ... nein ... nein danke.»

«Wir berechnen eine Abgabegebühr von zehn Dollar.»

Eine Abgabegebühr. Als hätte man das nicht auch anders nennen können.

«Ist gut.» Sie spürte, dass ihr die Tränen kamen.

Fünf Minuten später war es vollbracht. Sie stellte wieder mal einen ungedeckten Scheck aus und schob den leeren Einkaufswagen durch den Regen nach Hause. Mrs. Guttenberg erwartete sie an der Tür, stammelte ihren Dank und kramte in ihrem Geldbeutel nach «etwas für Ihre Mühe».

«Lassen Sie nur», sagte Mona und schleppte sich zum Fahrstuhl.

Während der langsamen, ächzenden Fahrt nach oben fiel ihr auf einmal die Maxime ein, die Mouse einmal den «Mona'schen Lehrsatz» genannt hatte: *Du kannst einen tollen Liebhaber, einen tollen Job und eine tolle Wohnung haben, aber nicht alles gleichzeitig.*

Sie und Mouse hatten darüber viel gelacht, wobei sie nicht

geahnt hatte, dass es ihr einmal wie ein Wunder vorkommen würde, wenn auch nur zwei von den drei Wünschen in Erfüllung gingen.

Das mit der Liebe machte ihr inzwischen nicht mehr so viel aus. Da sie allein lebte, konnte sie sich gewissen Illusionen über die Menschheit hingeben, die ihr halfen, sie mehr zu mögen – manchmal sogar, sie mehr zu lieben. Oder war das nur ihre Ausrede dafür, dass sie als Mitbewohnerin ein hoffnungsloser Fall war?

Das mit der Wohnung gab ihr einen Stich, als sie die dritte Etage erreichte und die Tür zu der öden kleinen Bude aufschloss, die sie ihr Zuhause nannte. Es war doch äußerst tragisch – nein, nicht tragisch, nur kläglich –, wenn eine Frau von achtunddreißig sich ihre Bücherregale immer noch aus Backsteinen und Brettern baute.

Sie war im Begriff, das mit dem Job zu überdenken, als das Telefon schrillte.

«Ja?»

«Kann ich bitte Mona Ramsey sprechen?» Eine weibliche Stimme, die ihr unbekannt war.

«Äh ... ich glaube, sie ist nicht da. Wer sind Sie?»

«Dr. Sheldons Buchhalterin.»

Mona bemühte sich um einen forschen Ton. «Aha. Kann ich Ihre Nummer notieren?»

«Sie ist also nicht da?»

«Leider nein.» Diesmal nicht nur forsch, sondern ungehalten. Diese Geldeintreiberin würde nicht so ohne Weiteres klein beigeben.

«Ich habe versucht, sie an ihrer Arbeitsstelle zu erreichen, aber dort hieß es, sie hätte sich heute krankgemeldet. Das *ist* doch ihre Wohnung, oder?»

«Ja, schon, aber ... Miss Ramsey musste kurz weg.»

«Ich dachte, sie ist krank.»

«Nein», antwortete Mona. «In Trauer.»

«Oh ...»

«Ihr bester Freund ist heute Vormittag gestorben.» Das klang ein bisschen zu konventionell, deshalb fügte sie hinzu: «Er wurde hingerichtet.»

«Mein Gott.»

«Es hat sie ziemlich mitgenommen», sagte Mona, die allmählich auf den Geschmack kam. «Sie war als Zeugin dabei.»

Das war beinahe schon Overkill, aber es wirkte wie ein Zauberspruch. Die Anruferin schnappte nach Luft. «Also ... dann ... werde ich noch mal anrufen, wenn ... Bitte sagen Sie ihr einfach, dass ich angerufen habe.»

«Aber sicher», sagte Mona. «Schönen Tag noch.»

Sie legte vorsichtig den Hörer auf, packte das Kabel und riss den Telefonstecker aus der Dose. Falls Spezialisten für Wurzelbehandlungen mit dem organisierten Verbrechen in Verbindung standen, steckte sie in bösen Schwierigkeiten.

Sie machte sich eine Tasse Hibiskustee und zog sich ins Schlafzimmer zurück. Sie betrachtete sich im Spiegel und konnte nicht den geringsten Hinweis auf so etwas wie eine eigene Persönlichkeit finden. Serra hatte ihr einmal gesagt, sie sehe «Tuesday Weld sehr ähnlich». «Ja, freitags», hatte sie ihr geantwortet. Heute war nur allzu offenkundig, weshalb sie sich in einen Witz retten musste.

Ihre «Charakterfalten» warfen allmählich die Frage auf, ob es auch so etwas wie zu viel Charakter geben kann. Zudem konnten ihre roten Struwwelhaare schon seit Jahren nicht mehr den Anspruch erheben, Ausdruck anarchischer Rebellion zu sein. (Selbst die Streisand war am Ende von dem rostfarbenen Topfputzer-Look abgekommen.) War es Zeit, nachzugeben, das Handtuch zu werfen und eine Lippenstiftlesbe zu werden?

Einige der militantesten Lesben in der Stadt waren bereits konvertiert und hatten ihre Levi's und Birkenstock-Sandalen zugunsten enger Röcke und hoher Absätze ausgemustert. Es ging nicht mehr um den Unterschied zwischen butch und femme, Befreiung und Unterdrückung. Kleider stempelten eine Frau nicht mehr ab. Kleider waren jetzt einfach Kleider.

Der Gedanke an ein völlig anderes Erscheinungsbild war seltsam berauschend, doch sie brauchte noch ein zweites Votum. Kurz entschlossen stöpselte sie das Telefon wieder ein und wählte die Privatnummer von Mouse – aus reiner Freude darüber, dass sie einen so abseitigen Vorwand hatte, um das Schweigen zwischen ihnen zu brechen. Doch Mouse war nicht zu Hause.

Wo konnte er sein? In der Gärtnerei? Ein weiterer Anruf erbrachte dasselbe Resultat. Herrgott, es war doch Samstag – warum sollte die Gärtnerei an einem Samstag geschlossen sein? Was, zum Kuckuck, war denn los?

Im anderen Zimmer quäkte der Türsummer. Sie stand auf und ging zu der uralten, von verkrusteten Farbschichten gnädig verhüllten Gegensprechanlage. «Ja?»

«Mona Ramsey?»

Sie zögerte einen Augenblick. «Wer will das wissen?»

«Eine Freundin von Serra Fox. Sie hat mir Ihre Adresse gegeben. Ich habe versucht, Sie anzurufen ...»

«Moment mal.» Mona rannte ans Fenster. Unten vor dem Eingang stand eine elegant gekleidete Brünette, die ganz danach aussah, als könnte sie eine Freundin von Serra sein. Die Lippenstiftlesben waren auf dem Vormarsch.

Mona ging wieder an die Gegensprechanlage. «Geht es um Geld?»

Die Frau kicherte dezent. «Nicht so, wie Sie vielleicht denken. Ich werde Ihre Zeit nicht lange in Anspruch nehmen, Miss Ramsey.» Sie hatte einen britischen Akzent.

Mona zählte bis zehn und drückte auf den Türöffner.

Privatsammlung

Brian stellte zu seiner Überraschung fest, dass er an Mona Ramsey dachte, als er mit Mary Ann in Hillsborough eintraf, wo Theresa Cross ihre Versteigerung abhielt. 1977 hatten er und Mona während einer kleinen, nicht sehr ernst gemeinten Affäre eine Vorliebe für drei Dinge geteilt: die Filme *Harold und Maude* und *King of Hearts* – und die LP *Denim Gradations* von Bix Cross.

Monas Lieblingssong auf der Platte war «Quick on My Feet» gewesen. Brian hatte «Turn Away» mehr nach seinem Geschmack gefunden. Und hier, zum Greifen nahe, schimmerte nun die Platinscheibe, die den Erfolg des Albums dokumentierte.

«Sieh dir *das* an», flüsterte Mary Ann, als sie im Privatkino des verstorbenen Rockstars an den trophäenbeladenen Tischen entlanggingen. «Sogar die Hausbar hat sie geplündert.» Sie nahm eine leere Flasche Southern Comfort in die Hand.

Brian las das Kärtchen, das daran befestigt war. «Ja, aber er hat sie mit Janis Joplin geteilt.»

«Was soll's», murmelte seine Frau. «Ist das so wichtig?»

Suchte sie etwa Streit? Ihm *war* es wichtig. Das wusste sie doch genau. «Es ist ein Stück Geschichte», sagte er schließlich. «Für *einige* jedenfalls ...»

Sie gab einen mürrischen Laut von sich und ging weiter. «Und das da?» Sie zeigte auf einen kaputten Toaster. «Ist das auch ein Stück Geschichte?»

Der ironische Ausdruck in ihren Augen hinderte ihn daran, sauer zu werden. «Wenn hier der Nachlass von Karen Carpenter unter den Hammer käme, wärst du garantiert der Meinung.»

Ihr Blick verdüsterte sich. «Das war gemein, Brian.»

Er lachte zufrieden in sich hinein.

«So ein großer Fan von ihr war ich gar nicht.»

Er zuckte mit den Schultern. «Du hast ihre Platten gekauft.»

Mit einem genervten Stöhnen wandte sie sich einer Schachtel voll Plastikgabeln zu. «*Eine* Platte hab ich gekauft. Komm mir nicht so von oben herab.»

Die Debatte wurde beendet durch das Eintreffen der Gastgeberin. Sie rauschte in schwarzem Angorapullover und schwarzer Stretchhose herein. Mary Ann stieß Brian mit dem Ellbogen an. «Trauerkleidung», flüsterte sie.

«Hallo, Leute!», rief die Rockwitwe und kam mit energischen Schritten auf die beiden zu.

«Hallo», echote Mary Ann. Sie flötete es beinahe. Trotz ihrer spitzen Bemerkungen war sie von Theresa Cross eingeschüchtert. Brian merkte es immer an ihrem Tonfall – und fühlte sich ihr jedes Mal noch näher.

«Ist Ihre Crew schon da?», fragte Theresa.

«Kommt jeden Moment», versicherte ihr Mary Ann. «Die haben anscheinend den Weg nicht gleich ...»

«Schon die Harley gesehen?» Für die Rockwitwe war das Thema Medien abgehakt, und sie sprach jetzt mit Brian.

«Allerdings.»

«Ist sie nicht *spitze*?»

An der Tür erschien Mary Anns Kameramann. «Da ist er», sagte sie.

«Fabelhaft!», rief Theresa. «Ich hoffe, es dauert nicht lang. Die von *Twenty/Twenty* kommen um zwölf.»

«Eine halbe Stunde, höchstens», erwiderte Mary Ann. «Ich muss ihm nur noch sagen, was ich will.» Sie wandte sich an Brian. «Kann ich dich eine Weile allein lassen?»

«Ich kümmere mich um ihn», sagte Theresa.

«Prima», sagte Mary Ann und verdrückte sich.

Theresa nahm Brian am Arm. «Kommen Sie, wir machen die große Besichtigungstour.»

Sie führte ihn aus dem Privatkino hinaus in mit grauem Flanell gepolsterte Korridore mit verchromten Zierleisten an den Wänden. «Waren Sie ein großer Fan von meinem Mann?»

«Der größte», sagte er.

Sie warf ihm einen kokett tadelnden Seitenblick zu. «Ich hoffe, Sie machen mir hier nichts vor.»

Bis er diese Bemerkung richtig verstanden hatte, waren sie vor einer Doppeltür angelangt – ebenfalls mit Flanell bespannt. «Ich werde Ihnen etwas zeigen, was die Zuschauer von *Twenty/ Twenty* nicht zu sehen kriegen.» Sie stieß die beiden Türflügel auf, und er blickte in ein Schlafzimmer von geradezu olympischen Ausmaßen. An den Wänden standen indirekt beleuchtete Plexiglasvitrinen. Sie enthielten Dutzende von Pickaninny-Puppen – eine Sammlung von rassistischem Nippes aus den Dreißiger- und Vierzigerjahren: Keksdosen in Form schwarzer Mammis, Onkel-Tom-Aschenbecher, Aunt-Jemima-Poster.

«Ist ja nicht zu fassen», sagte Brian.

Die Rockwitwe tat es mit einem Schulterzucken ab. «Bix hat es immer ein bisschen bedauert, dass er nicht als Schwarzer auf die Welt gekommen ist. Aber das war's noch nicht, was ich Ihnen zeigen wollte.» Sie ging zu einer gewaltigen Kommode neben dem Bett. «Sondern *das* ...» Mit großer Geste zog sie eine Schublade auf.

Brian war verdattert. «Äh ... Unterwäsche?»

«*Höschen*, Sie Dussel.»

Er fühlte sich unbehaglich. Was, zum Kuckuck, sollte er dazu sagen?

«Von seinen weiblichen *Fans*», erklärte Theresa und zog aus einer der Plastiktüten mit beschriftetem Etikett ein Exemplar heraus. «Das zum Beispiel ist aus dem Avalon Ballroom, 1967.»

Er lachte nervös. «Sie wollen sagen, die haben sie ihm auf die Bühne geworfen?»

Sie zwinkerte ihm zu. «Fix kombiniert.»

«Und er hat sie aufgehoben?»

«Jedes einzelne.» Mit einem karmesinroten Fingernagel fuhr sie über die Höschen wie eine Sekretärin, die das System ihrer Ablage erläutert. «Wir haben Höschen vom Be-In im Golden Gate Park – erinnern Sie sich? George Harrison war dabei. Uuuuund ... die Standardschlüpfer aus dem Fillmore, 1966. Das war ein gutes Jahr, finden Sie nicht?»

Er lachte und fand sie zum ersten Mal sympathisch. Wenigstens hatte sie Humor. «Die sollten Sie unbedingt auch versteigern», meinte er grinsend.

«Kommt nicht infrage. Die sind für *mich*.»

«Wollen Sie etwa sagen ...?»

«Und ob! Ich zieh sie alle an!»

Dieses Mal lachte er schallend.

«Und ich seh auch saugut aus in den Dingern!»

Das konnte er sich lebhaft vorstellen.

«Kommen Sie», sagte sie. «Sie fangen an zu schwitzen. Bringen wir Sie zurück zu Ihrem Frauchen.»

Die Rückkehr der Connie Bradshaw

Zwei Tage später drehte Mary Ann am Union Square einen Spot für die Bürgerinitiative «Rettet die Cable Cars». Da die Cable Cars wegen Renovierungsarbeiten außer Betrieb waren, benutzte sie einen Waggon, der neben dem Hyatt auf Holzblöcken stand. Sie konnte förmlich spüren, wie peinlich es dem melancholischen Relikt war. Wie einem Elchkopf an der Wand in einer Bar.

Sie sagte ihren Spruch in einer effektvollen Einstellung, in der sie sich waghalsig aus dem aufgebockten Waggon hinauslehnte. Eine Ansammlung von Schaulustigen machte die peinliche Situation noch schlimmer, als sie ihr strapaziöses Tun verfolgten, ihren gelungenen Takes applaudierten und über Patzer lachten.

Als sie fertig war, kam eine Schwangere auf sie zu. Ihr Zustand, obwohl selbst für Idioten nicht zu übersehen, wurde bekräftigt durch ein gelbes Umstandskleid mit dem Wort «BABY» auf dem Bauch – und einem Pfeil, der in die Richtung wies, die das Baby nehmen musste, um rauszukommen.

«Mary Ann?»

«Connie?»

Connie Bradshaw kreischte, wie sie immer schon gekreischt hatte; wie vor fünfzehn Jahren in Cleveland, als sie Tambourmajorette an der Central Highschool gewesen war, wo Mary Ann als Mitglied in der nationalen Debattier-Gesellschaft einen bescheidenen Ruhm genossen hatte. Manche Dinge schienen sich nie zu ändern, und dazu gehörte auch Connies Unfähigkeit, das Leben ohne beschriftete Klamotten zu meistern.

Eine umständliche Umarmung schloss sich an. Dann trat Connie zurück und musterte ihre einstige Mitbewohnerin von Kopf bis Fuß. «Du bist ja so ein *Star*!», rief sie strahlend.

«Nicht wirklich», sagte Mary Ann und meinte es ehrlicher, als ihr lieb war.

«Ich hab dich mit der Queen gesehen. Also, wenn dich das nicht zum Star macht, was dann?»

Mary Anns Antwort war ein dünnes Lächeln. Sie zeigte auf Connies Bauch mit dem Richtungspfeil. «Wann ist das passiert?»

Connie drückte einen winzigen Knopf an ihrer digitalen Armbanduhr. «Ähm ... vor sieben Monaten und ... vierundzwanzig Tagen. Mehr oder weniger.» Bei der Erinnerung daran musste sie kichern. «Ihr Name ist übrigens Shawna.»

«Du weißt schon, dass es ein Mädchen ist?»

Connie kicherte wieder. «Du kennst mich doch. Ich lass mich nicht gern auf die Folter spannen. Wenn ich 'ne Gelegenheit zum Spicken hab, dann tu ich's.» Sie legte leicht die Hände auf die zukünftige Shawna. «Voll stark, was?»

«Voll stark», bestätigte Mary Ann und nickte. Sie fragte sich, wann sie den Ausdruck das letzte Mal benutzt hatte. «Gott, wie leicht man doch den Anschluss verliert. Ich hab nicht mal gewusst, dass du verheiratet bist.»

«Bin ich doch gar nicht», kam die forsche Antwort.

«Oh.»

«Siehst du?» Sie hielt zehn unberingte Finger hoch.

Zum ersten Mal seit fünfzehn Jahren hatte Mary Ann das Gefühl, spießiger als Connie zu sein.

«Ich hatte das Warten satt», erklärte ihr Connie. «Ich meine ... Mensch, ich bin fast dreiunddreißig. Was nützt 'ne Dampfnudel im Ofen, wenn der Ofen futsch ist? Verstehst du, was ich meine?»

«Mhm», antwortete Mary Ann.

«Ich meine ... Herrgott, ich hab mir ein Baby mehr gewünscht als einen Mann, und da hab ich mir gesagt, scheiß drauf, und hab aufgehört, die Pille zu nehmen. Einen Mann kann man jederzeit kriegen. Für Kinder ist es irgendwann zu spät.» Sie verstummte und sah Mary Ann ernsthaft besorgt an. «Schockiert, Schatz?»

Mary Ann versuchte ein möglichst unbekümmertes Lachen. «Machst du Witze?»

«Gut. Der Vater ist entweder Phil, ein leitender Software-Angestellter, der mich letztes Jahr zum US-Musikfestival eingeladen hat, oder Darryl ... Der ist Buchhalter in Fresno und echt super.» Sie erledigte diesen Punkt mit einem Schulterzucken. «Ich meine ... sind beide ganz fabelhafte Jungs.»

Das hatte durchaus eine innere Logik. Es war typisch für Connie, dass sie den Namen des Kindes schon wusste, aber sich noch nicht sicher war, wer eigentlich der Vater war. «Du siehst fantastisch aus», sagte Mary Ann. «Es steht dir wirklich gut.»

«Danke», sagte Connie und strahlte. «Und du und Brian, seid ihr inzwischen verheiratet?»

Die Frage kam zwar unvermittelt, doch für Mary Ann eigentlich nicht überraschend. Brian behauptete, er und Connie hätten 1976 mal miteinander geschlafen, und Ende des Jahres hatte er sie damals zu Mrs. Madrigals Weihnachtsparty mitgebracht, aber es hatte sich weiter nichts daraus ergeben. Wenn man Brian glaubte, war die Episode für Connie viel wichtiger gewesen als für ihn.

Mary Ann nickte. «Im Sommer werden es zwei Jahre.»

«Das ist toll», sagte Connie. «Er ist ein prima Kerl.»

«Danke. Finde ich auch.»

«Aber keine Kinder, hm?»

Mary Ann schüttelte den Kopf. «Noch nicht.»

«Deine Karriere, hm?»

Mary Ann ging in Sekundenschnelle ihre Optionen durch. Es

war Zeit, mit jemandem darüber zu reden, und Connie erschien ihr plötzlich als logische Wahl. Sie war ein anständiger, praktisch denkender Mensch, und sie hatte keinerlei Verbindung zu der kleinen Familienclique in der Barbary Lane 28.

«Wir müssen uns so viel erzählen», sagte Mary Ann. «Wie wär's, wenn ich dich zu einem Kaffee einlade?»

«Super!»

Sie überquerten den Platz und gingen ins Café von Neiman-Marcus, wo Connie die Freuden ihrer bevorstehenden Mutterschaft näher erläuterte. «Es ist wie ... Als hätte man eine Freundin, der man noch nie begegnet ist. Ich weiß, das hört sich doof an, aber manchmal, wenn ich allein zu Hause bin, sitz ich einfach da und rede mit Shawna. Und weißt du, was ... Manchmal klopft sie mit der Faust 'ne Antwort.»

Mary Ann setzte ihre Tasse ab. «Das hört sich überhaupt nicht doof an.»

«Ich weiß gar nicht, warum ich so lange dazu gebraucht habe», sagte Connie. «Es ist das Beste, was mir je passiert ist. Ganz im Ernst.»

«Hast du Mutterschaftsurlaub?»

Connie sah sie verständnislos an.

«Bist du denn nicht mehr bei United Airlines?»

«Ach so», meinte Connie mit einem kleinen Lachen. «Du bist wirklich nicht auf dem Laufenden, Schätzchen. Da hab ich schon vor fünf oder sechs Jahren gekündigt. Der Glamour war verflogen. Wenn du verstehst, was ich meine.»

Mary Ann nickte.

«Zu meiner Zeit waren wir *Stewardessen*», fuhr Connie fort. «Jetzt haben sie Flugbegleiterinnen. Das ist einfach nicht dasselbe.»

«Ja, wird wohl so sein.»

«Aber ich hatte ein bisschen was gespart, und jetzt hab ich mein eigenes Häuschen in West Portal. Ich mach da einen Laden für Grußkarten. Du musst mal kommen. Ich geb dir 'nen Presserabatt oder so.» Sie lächelte Mary Ann zaghaft an und ahnte wohl, dass es zu dem Besuch nie kommen würde. «Aber du bist sicher fürchterlich beschäftigt.»

«Ich würde sehr gern mal kommen», sagte Mary Ann.

«Vielleicht ist sogar eine Story für dich drin. Es ist ein ganz niedlicher Laden.»

«Mhm.»

Connie griff über den Tisch und nahm ihre Hand. Es war eine schwesterliche Geste, die Mary Ann an die Zeit erinnerte, als sie bei Connie im Marina District auf dem Sofa kampiert und sich den Liebeskummer beim Dance Your Ass Off von der Seele geweint hatte. Connie war ihre einzige Zuflucht gewesen, ein wohltuendes Bindeglied zwischen Cleveland und ihrer Familie später in der Barbary Lane.

«Was ist, Schatz?»

Mary Ann zögerte. «Wenn ich das nur wüsste», sagte sie.

«Worum geht's denn?»

«Na ja ... Brian wünscht sich so sehr ein Kind.»

Connie nickte. «Und du nicht, hm?»

«Doch, schon. Vielleicht nicht so wie Brian ... aber ich will auch eins.»

«Und?»

«Tja ... ich hab vor acht Monaten aufgehört, die Pille zu nehmen.»

Connie war einen Moment sprachlos.

«Es hat sich nichts getan, Connie. Null.»

Connie legte den Kopf schräg und sah sie mitfühlend an. «Und Brian geht an der glatten Wand hoch, wie?»

«Nein. Er weiß nichts davon. Ich hab es ihm nicht gesagt.»

Connie machte ein ratloses Gesicht. «Das versteh ich nicht. Du hast ihm nichts gesagt, als du die Pille abgesetzt hast?»

«Es sollte eine Überraschung werden, Connie. Wie im Kino. Ich wollte sein Gesicht sehen, wenn ich ihm sage, dass ich schwanger bin.»

«Wie in der guten alten Zeit», sagte Connie. «Süß.»

«Jetzt muss ich sein Gesicht sehen, wenn ich ihm sage, dass ich nicht schwanger bin.»

«Schöne Bescherung», sagte Connie.

«Das Problem ist ... Es bedeutet ihm *so viel.*» Sie wählte ihre Worte sorgfältig. «Ich glaub schon, dass er stolz ist auf mich und meine Karriere – ich *weiß*, dass er es ist –, aber seine Selbstachtung hat schwer gelitten. Er sieht sich selbst als einen Kellner, der mit einem Fernsehstar verheiratet ist. Ich meine, er ist herzlich und nett und lieb ... und unglaublich sexy ... und das hat mir immer genügt ...»

«Ihm aber nicht», ergänzte Connie.

«Anscheinend nicht. Das mit dem Baby beschäftigt ihn Tag und Nacht. Ich nehme an, es ist für ihn ... etwas, was *er* der Welt geben könnte, weißt du? Als Vermächtnis. Sein eigen Fleisch und Blut.»

Connie nickte.

«Bloß, dass es nicht geht. Es wird nie gehen.»

«Du meinst ...?»

Mary Ann nickte. «Ich war beim Arzt. Es liegt nicht an mir.»

«Und du bist sicher, dass er es ist, der ...»

«Ganz sicher.»

Connie runzelte die Stirn. «Aber ohne dass sie sein Sperma untersuchen ...»

«Connie ... sie haben einen Test gemacht.»

«Was?»

«Im St. Sebastian's, vor einem Monat. Sie haben seine Spermien gezählt, und die paar, die sie gefunden haben, reichen nicht.»

«Aber ich dachte, du hast ihm nichts gesagt ...»

Sie hätte wissen müssen, dass sie sich nicht davor drücken konnte. «Hab ich auch nicht, Connie. Aber man kann einen Spermatest machen lassen, auch ohne dass ... Ach komm, Connie ... überleg doch mal.»

Connie überlegte. «Mensch», sagte sie dann, «das muss ja heikel gewesen sein.»

Mary Ann betrachtete ihre Fingernägel und schwieg.

«Wie hast du das bloß ange...»

«Connie, bitte ... frag mich nicht, ja?» Den ganzen aufreibenden Tag noch mal durchgehen – nein, diesen Horror wollten sie nicht zum Besten geben: der gehetzte Sprint ins Badezimmer, wo sie das Glas versteckt hatte; ihre jämmerliche Ausrede, um vor dem Frühstück aus dem Haus zu kommen; der chinesische Trauerzug, der fast verhindert hätte, dass sie noch rechtzeitig ...

«Trägt er vielleicht Jockey-Shorts?»

«Was?»

«Ich hab in ‹Dear Abby› gelesen, dass die Dinger manchmal zu Sterilität führen.»

«Nein ... das ist es nicht.» Sie fragte sich, ob Brian etwa Jockey-Shorts getragen hatte, als Connie mit ihm geschlafen hatte.

Beide schwiegen eine Weile. Mary Ann wusste, was Connie jetzt dachte, und so kam sie ihr lieber zuvor.

«Wird Zeit, dass ich in den sauren Apfel beiße, wie?»

Connie schaute mit einem kleinen aufmunternden Lächeln von ihrer Tasse hoch. «Sieht so aus, Schatz.»

Mary Ann kam sich mit einem Mal bescheuert vor. «Ich hätte

es ihm schon vor Wochen sagen sollen. Ich hab bloß gedacht, ich finde vielleicht einen Weg, um ihm die Peinlichkeit ... Ach, was weiß ich. Wenn ich ihm sage, was ich getan hab ... weißt du ... das mit dem Sperma und so ...»

«Dann sag ihm das eben nicht.»

«Aber ich kann es ihn doch nicht noch mal durchmachen lassen. Ich bin sicher, dass er drauf besteht.»

«Sag ihm doch, dass *du* unfruchtbar bist.»

Mary Ann wies den Gedanken mit einem Stirnrunzeln von sich. Das würde ihre Ehe noch mehr gefährden als alles, was ihnen jetzt schon zu schaffen machte. Es war besser, bei der Wahrheit zu bleiben ... oder auf ein Wunder zu warten.

Als sie am Abend nach Hause kam, fand sie Brian in dem Häuschen auf dem Dach. Er sah sich *Herzbube mit zwei Damen* im Fernsehen an und trug dabei die Baseballmütze mit der KAFKA-Aufschrift. Sie hatte diese blöde Mütze, die Brian auf einem Streichholzbriefchen gesehen und sich prompt bestellt hatte, schon immer gehasst, doch jetzt war wohl kaum der richtige Augenblick, um es ihm zu sagen.

«Ich hab uns einen weißen ‹Eye of the Swan› mitgebracht», sagte sie und hielt die Weinflasche hoch.

Er sah über die Sofalehne nach hinten. «Oh ... hallo. Prima. Gibt's was zu feiern?»

«Nö, einfach so.»

«Auch gut.»

Sie ging ans Fenster. «Der Regen hat aufgehört. Siehst du? Da drüben ist sogar ein bisschen blauer Himmel ... Scheiße!»

«Was ist?»

«Ich hab die Gläser vergessen.»

«Macht doch nichts.»

«Ich lauf runter und ...»

«Mary Ann ...» Er griff nach ihrer freien Hand. «Entspann dich, ja? Wir sind mit allem versorgt. Wir können aus der Flasche trinken.»

«Es geht ganz schnell ...»

«Wir haben keine Zuschauer, Mary Ann. Das ist kein Dreh für *Bay Window*.»

Ja, Gott sei Dank nicht, dachte sie.

Er zog sie zu sich her. Sie stellte die Flasche ab, ließ sich neben ihm auf das Sofa sinken und gab ihm einen langen Kuss. Dann lehnte sie sich zurück und sah ihm in seine langbewimperten haselnussbraunen Augen. «Ist dir klar, was für ein Glück wir haben?»

Er betrachtete sie einen Augenblick. Dann sagte er: «Und ob. Ja.»

Sie nahm die Flasche, trank einen Schluck und reichte sie ihm. Er trank ebenfalls einen Schluck und gab ihr die Flasche zurück. «Warum machen wir Inventur in Sachen Glück?», fragte er.

Sie stellte die Flasche ab. «Wie meinst du das?»

«Ich weiß nicht ... Du erwähnst immer unser Glück, bevor du eine deiner Bomben fallen lässt.»

«Nein, tu ich nicht.»

«Gut, dann eben nicht.» Sein Lächeln sagte ihr, dass er nicht auf einen Streit aus war.

«Ich hab bloß ... na ja, Tatsache ist, ich *wollte* mit dir über etwas reden.»

Er verschränkte die Arme. «Na prima. Schieß los.»

«Also, ich hab mir gedacht, es wär schöner, wenn wir einen Doppelnamen hätten.»

«Wie bitte?»

«Na, weißt du ... dann wäre ich Mary Ann Singleton-Hawkins.»

Brian musterte sie. «Willst du mich verarschen?»

«Nein. Ich hab dir ja schon gesagt, dass ich mich wie Mrs. Hawkins *fühle*. Meinen Namen zu behalten, war mir nie so wichtig.»

«Dem Sender aber schon», sagte Brian.

«Na gut, aber wenn ich Mary Ann Singleton-Hawkins werde, haben sie ja immer noch den Bekanntheitsfaktor von meinem Namen, an dem ihnen so liegt ... und ... Verstehst du ... Es wird klarer, dass ich verheiratet bin.»

Er saß da und kriegte den Mund nicht zu.

«Außerdem», fügte sie hinzu, «finde ich den Namen richtig hübsch. Er ist markant.»

Brian furchte die Stirn. «Und was wird dabei aus mir?»

«Was meinst du damit?»

«Ich meine ... was sag ich den Jungs bei Perry's? Dass ich grade Brian Singleton-Hawkins geworden bin?»

Das nahm ihr den Wind aus den Segeln. «Oh ... tja ... ich verstehe, was du meinst.»

«Was, in aller Welt, hast du ...»

«Vergiss es, Brian. Ich hab mir das nicht richtig überlegt. Es war eine blöde Idee.» Sie lächelte ihn verlegen an. «Gib mir die Flasche, schöner Mann.»

Er tat es. Sie trank wieder einen kräftigen Schluck. Er streckte die Hand aus und berührte ihre Wange. «Du weißt, dass mich das mit dem Namen nicht stört. Das hab ich dir schon vor Ewigkeiten gesagt.»

«Ich weiß.»

Er legte ihr den Arm um die Schulter. «Gott, was bin ich doch für ein fortschrittlicher Typ.»

Unten klingelte das Telefon.

«Ich geh ran», sagte sie und war dankbar für den Aufschub.

Sie rannte die schmale Holzstiege hinunter, nahm beim vierten Läuten den Hörer ab und keuchte ein Hallo.

«Miss Singleton?»

«Ja.»

«Hier ist Simon Bardill.»

«Simon! Wie geht es Ihnen? Kommen Sie gut zurecht?»

«Mehr oder weniger. Ich bin ein bisschen in der Klemme, was eine Unterkunft angeht.»

«Oh ...»

«Dürfte ich wohl gelegentlich Ihren Rat in Anspruch nehmen? Natürlich nur, wenn Sie Zeit haben.»

«Aber selbstverständlich! Bleiben Sie kurz dran, ja?»

Sie rannte wieder nach oben und konfrontierte Brian mit der Neuigkeit. «Es ist der Engländer von der *Britannia*. Ich hab gedacht, ich lade ihn für morgen Abend zum Essen ein ... Das heißt, falls du ihn kennenlernen magst.»

Brians Zögern war kaum wahrnehmbar. «Schön», sagte er.

Simons Vorschlag

Brian hatte bereits ein fertiges Bild von dem Engländer: ein Abklatsch von Laurence Harvey, ein verwöhnter Aristokrat mit prätentiösem Gehabe und esoterischem Geschmack. Er staunte daher nicht schlecht, als Simon Bardill seine Plattensammlung ansteuerte und das Cover von *Denim Gradations* betrachtete.

«Verdammt schade», sagte er.

Brian war einen Moment verunsichert. «Wie? Oh ... Sie meinen, sein Tod?»

«Mhm. Er nahm Freebase, nicht?»

Brian schüttelte den Kopf. «Heroin. Laut Gerichtsmediziner.»

«Ah.»

«Sie ... äh ... Sie sind ein Fan von Bix Cross?»

Der Lieutenant lächelte schwach. «Eher ein Freak als ein Fan. In meiner Bleibe in Cambridge habe ich ausschließlich ihn gehört.» Er hielt Brian das Album hin. «Wenn ich richtig sehe, gehört dieser reizende Busen seiner Frau, ja?»

Brian lächelte. «Das sehen Sie richtig. Ich habe die Lady letztes Wochenende kennengelernt.»

«Tatsächlich?» Nach der hochgezogenen Augenbraue zu urteilen, war der Lieutenant eindeutig beeindruckt. «Katrina, nicht? Nein, Camilla ... was Exotisches.»

«Theresa», sagte Brian.

Der Lieutenant ließ sich den Namen auf der Zunge zergehen. «Theresa ... Theresa.» Er warf Brian einen wissenden Blick zu – von Mann zu Mann. «Ist ihr Gesicht so erfreulich wie der Rest?»

«Noch erfreulicher», sagte Brian. Das war zwar eine Übertreibung, aber er genoss es, sich als Experte für Theresa Cross auszugeben.

Der Lieutenant seufzte erleichtert. «Gott sei Dank!»

«Warum?»

«Na ja, man will sich doch seine Fantasien nicht kaputt machen lassen.»

Brian nickte. «Ja, das ist sicher wahr.»

Der Lieutenant betrachtete wieder die Plattenhülle. «Darüber habe ich mir so oft den Bischof gebimst, das ist schon nicht mehr feierlich.»

Brian kam nicht mit. «Ich glaube, da müssen Sie mir auf die Sprünge helfen.»

Der Lieutenant lachte in sich hinein. «Sie wissen schon ...» Er machte eine Wichsbewegung mit der Faust.

Brian grinste. *«Den Bischof bimsen?»*

«Richtig.»

«Wo kommt das denn her?»

Der Lieutenant überlegte kurz. «Ich habe nicht die leiseste Ahnung.»

Sie beendeten das Thema mit einem flüchtigen Lachen. Der Lieutenant stellte die LP ins Regal zurück. Brian beschloss, die Pause zu nutzen. «Eine Frage», sagte er. «Warum hat man Sie nicht längst in Ketten gelegt?»

Dem Lieutenant schien diese Direktheit nicht zu behagen. «Ich glaube, Sie haben zu viel Melville gelesen. Die heutige Navy ist nicht annähernd so strikt, wie Sie vielleicht denken.»

«Na gut, aber ... Sie sind doch desertiert, nicht?»

«Mehr oder weniger.»

«Ist das denn nicht ein Fall fürs Militärgericht?»

«Manchmal», sagte der Lieutenant. «Aber es kommt ganz darauf an. Je nachdem, um wen es sich handelt.»

«Sie wollen sagen, Sie haben Freunde in hohen Positionen?», fragte Brian ihn auf den Kopf zu.

Der Lieutenant schien sich höchst ungemütlich zu fühlen. Er wollte gerade etwas sagen, als Mary Ann ins Zimmer kam und ihn aus seiner Verlegenheit befreite. «Tja», sagte sie, «sie ist leider noch nicht da.» Sie warf ihrem Gast einen bedauernden Blick zu. «Zu schade. Ihr Stoff ist ganz wunderbar. Sie nennt das Zeug nach der Königinmutter und so.»

Der Lieutenant machte ein ratloses Gesicht.

Brian übersetzte es ihm. «Unsere Vermieterin gibt ihren Marihuanapflanzen die Namen von Frauen, die sie verehrt.»

«Aha.»

Mary Ann wandte sich an Brian. «Ich hab es auch bei Michael versucht, aber er ist noch nicht aus Death Valley zurück. Ich könnte im Wagen nachsehen, ob noch Jointkippen im Aschenbecher sind.»

«Zu spät», sagte er. «Hab ich letzte Woche schon gemacht. Wir werden es mit deinem Brathähnchen einfach in unbekifftem Zustand aufnehmen müssen.»

Sie funkelte ihn an und sagte zu dem Lieutenant: «Ich könnte Ihnen einen Wein anbieten.»

«Reizend», sagte er.

Mary Ann verschwand in der Küche. Der Lieutenant wandte sich Richtung Fenster und drehte Brian den Rücken zu. «Das muss das Leuchtfeuer von Alcatraz sein», sagte er. Er hatte offensichtlich nicht vor, das angeschnittene Thema wieder aufzugreifen.

«Ja, das ist es», sagte Brian.

«Es sind aber keine Gefangenen mehr da, oder?»

«Nein. Der Knast steht leer. Schon seit Langem.»

«Verstehe. Reizender Blick von hier oben.»

«Ja», sagte Brian. «Nicht schlecht.»

Mary Ann brachte ein Tablett mit Weinflasche und Gläsern. «Haben Sie schon mal einen ‹Eye of the Swan› getrunken?»

Der Lieutenant drehte sich zu ihr um. «Nein ... kann ich nicht behaupten.»

«Das ist ein weißer Pinot noir. Sehr trocken.» Sie stellte das Tablett auf den Couchtisch, kniete sich davor und begann mit dem Einschenken.

«Gläser und mit allem Drum und Dran», murmelte Brian.

Sie gab ihm ein Glas und ignorierte seine Bemerkung.

«Also», flötete sie, als sie dem Lieutenant sein Glas reichte, «Sie haben Schwierigkeiten, eine Unterkunft zu finden?»

«Nicht direkt», sagte er. «Ich habe mir ein Zimmer im Holiday Inn an der Fisherman's Wharf genommen.»

Brian und Mary Ann stöhnten unisono.

Der Lieutenant lachte. «Ja, Sie haben recht. Ich hatte gehofft, was zu finden, das ein bisschen mehr Charakter hat. Ich lege zum Beispiel keinen großen Wert drauf, jeden Tag diese Papierschablone zu entfernen.»

«Die was?», fragte Mary Ann.

«Sie wissen schon ... auf dem Toilettensitz.»

«Ach so.» Sie lachte – ein wenig nervös, wie Brian fand. «Wie lange wollen Sie denn bleiben?»

«Oh ... etwa einen Monat. Ich will ein paar Tage nach Ostern wieder nach London zurück.»

Mary Ann furchte die Stirn. «Da wird es ein bisschen schwierig werden, was zu mieten.»

«Eigentlich», sagte der Lieutenant, «hatte ich eher auf einen Tausch gehofft.»

«Einen Tausch?»

«Meine Wohnung in London gegen eine Wohnung hier. Ließe sich so etwas arrangieren?»

Mary Ann war schon ganz in Gedanken.

«Die Wohnung ist klein und ein bisschen runtergekommen», fügte der Lieutenant hinzu, «aber sie liegt in einer interessanten Gegend und ... Na ja, das könnte für jemanden ein spannendes Abenteuer sein.»

Mary Ann sah Brian mit leuchtenden Augen an. «Denkst du grade dasselbe wie ich?», fragte sie.

Auf zu neuen Ufern

Neds roter Kastenwagen und seine sieben strapazierten Insassen hatten Sandstürme in Furnace Creek, Schneestürme in South Lake Tahoe und einen Platten in der Nähe von Drytown überstanden, als die zehnstündige Odyssee quer durch Kalifornien zu Ende war.

Michael kletterte von der Ladefläche herunter, lud sich seinen eingerollten Schlafsack auf die Schulter und stapfte die Stiege zur Barbary Lane hoch. Oben angekommen, winkte er seinen Gefährten zum Abschied.

Ned antwortete mit einem Hupen. «Schlaf dich aus», rief er. Wie ein erfahrener Kfz-Mechaniker, der am Laufgeräusch hören kann, was mit einem Motor nicht in Ordnung ist, wusste er, dass Michaels emotionale Belastbarkeit ziemlich auf null war.

Michael gab ihm ein Zeichen – Daumen nach oben – und folgte den Eukalyptusbäumen in den dunklen Großstadtcanyon der Barbary Lane. Auf den letzten Metern seines Heimwegs pfiff er vor sich hin, um die Dämonen abzuwehren, die er immer noch nicht benennen konnte.

Er stellte sein Gepäck im Schlafzimmer ab und ließ sich ein Bad ein. Eine halbe Stunde rekelte er sich im warmen Wasser und vermisste schon jetzt seine Brüder und die kleine geschützte Enklave, die sie in der Wüste geteilt hatten.

Nach dem Bad zog er den blauen Flanellpyjama an, den er sich in Chinatown gekauft hatte; dann setzte er sich an den Schreibtisch und begann einen Brief an seine Eltern.

Die Mondsichel lugte hinter den Wolken hervor, und durchs Fenster drang der warme Klang von Brians Lachen herein, gefolgt vom Lachen eines anderen Mannes – weniger herzhaft als das von Brian, doch ebenso aufrichtig. Michael legte den Füllfederhalter weg und hörte der Unterhaltung zu, bis er mitbekam, dass es sich bei dem Besucher um einen Engländer handelte.

Boris, der Kater aus der Nachbarschaft, schob sich draußen am Fenster vorbei und suchte nach jemandem, den er für sich interessieren konnte. Als er Michael erspähte, zwängte er sich unter dem hochgeschobenen Fenster durch und machte sich mit einem Laut bemerkbar, der wie das Knarzen eines rostigen Scharniers klang. Michael schwang auf seinem Drehstuhl seitwärts und erwartete den unvermeidlichen Satz, mit dem der Kater auf seinem Schoß landen würde. Doch Boris blieb auf Distanz, trabte durchs Zimmer und schlug mit dem Schwanz.

«Na gut», sagte Michael, «dann eben nicht.»

Boris knarzte ihm was.

«Wie alt bist du eigentlich?»

Wieder ein Knarzen.

«Hundertzweiundvierzig? Nicht schlecht.»

Der getigerte Kater durchkurvte zweimal das Zimmer und sah dann erwartungsvoll zu dem einzigen Menschen hoch, den er finden konnte.

«Er ist nicht da», sagte Michael. «Hier gibt's keinen mehr, der dich verhätschelt.»

Boris gab ein verwirrtes Maunzen von sich.

«Ich weiß», sagte Michael. «Aber ich hab keine zarten Häppchen auf Lager. Das war nie mein Job, Alter.»

Im Flur waren Schritte zu hören. Boris zuckte zusammen und sprang durchs Fenster hinaus.

«Mouse?» Es war Mary Ann.

«Die Tür ist offen», sagte er.

Sie schlüpfte herein und machte die Tür hinter sich zu. «Ich hab Stimmen gehört. Ich hoffe, ich komme nicht un…»

«Das war bloß Boris.»

«Oh.»

«Ich meine … ich hab mit Boris geredet.»

Sie lächelte. «Mhm.»

«Setz dich doch», sagte er.

Sie setzte sich auf die Sofakante. «Wir haben einen reizenden Engländer zu Besuch.»

Er nickte. «Schon gehört.»

«Ach je … ich hoffe, wir waren nicht zu …»

«Nein», versicherte er. «Hört sich nett an.»

«Er ist von der *Britannia*. Er war Funkoffizier der Queen.»

«War?»

«Na ja … das ist eine lange Geschichte. Die Sache ist die … Er braucht für einen Monat 'ne möblierte Wohnung und möchte mit jemandem von hier tauschen. Er hat 'ne nette Wohnung in Nottingham Gate … oder so ähnlich. Jedenfalls, die Bude wartet bloß drauf, dass jemand kommt und drin wohnt.»

«Und?»

«Na … klingt das nicht ideal?»

«Du meinst … für mich?»

«Natürlich! Ned hätte bestimmt nichts dagegen, wenn …»

«Wir haben einen Monat geschlossen», sagte er.

«Na bitte! Das trifft sich doch prima. Es ist der ideale Urlaub.»

Er schwieg und ließ sich die Sache durch den Kopf gehen.

«Stell dir vor, Mouse! England! Gott, ich werd' ganz kribbelig!»

«Ja aber … da wäre immer noch das Geldproblem.»

«Wieso? Du kannst da genauso billig leben wie hier.»

«Du vergisst das Flugticket», sagte er.

Sie ließ plötzlich die Schultern hängen. «Ich hatte gedacht, du wärst *begeistert.*»

Sie sah so niedergeschlagen aus, dass er aufstand, zum Sofa ging und ihr einen Kuss auf den Scheitel drückte. «Ich find es nett, dass du an mich denkst. Wirklich.»

Sie schaute mit einem schwachen Lächeln zu ihm hoch. «Kannst du auf ein Glas Wein mit raufkommen?»

«Nein danke», antwortete er und zupfte an seiner Schlafanzugjacke. «Ich wollte mich grade in die Falle hauen.»

Sie stand auf und ging zur Tür. «War's schön im Death Valley?»

«Es war ... erholsam», sagte er.

«Gut. Das freut mich.»

«Nacht», sagte er.

Er machte sich noch eine heiße Milch, dann ging er ins Bett und schlief tief und fest bis zum nächsten Mittag. Nachdem er den Brief an seine Eltern zu Ende geschrieben hatte, fuhr er in die Castro Street, wo er am Gemeinschaftstisch des Welcome Home ein spätes Frühstück zu sich nahm. Als der Regen ein wenig nachließ, schlenderte er die Straße lang und fühlte sich so eigenartig fremd wie ein Tourist auf dem Mars.

Auf der anderen Straßenseite kam ein Mann aus der Hibernia Bank.

Michael blieb fast das Herz stehen.

Der Mann schien unschlüssig. Er schaute nach links und rechts, und sein Gesicht war lange genug im Profil zu sehen, um die flüchtige Illusion zu zerstreuen. Blondes Haar, Chinohose und ein blaues Hemd mit verdeckter Knopfleiste. Wann würde er endlich aufhören, das mit Jon zu verbinden.

Er überquerte die Kreuzung und ging die Eighteenth Street lang. In den Tagen vor der Epidemie war in dem Haus neben dem Jaguar Store das Check ’n Cruise gewesen. Dort hatte man die weniger toughen Teile seiner Oberbekleidung in Aufbewahrung gegeben (und erst recht die Einkaufstüten von Gump’s und Wilkes Bashford), ehe man in den Straßen des Gettos auf die Pirsch ging.

Das Check ’n Cruise gab es jetzt nicht mehr, und an seiner Stelle florierte der Castro County Club, ein Lesezimmer mit Saftbar für Männer, die Gesellschaft wollten, aber ohne den Alkoholkonsum und die Einstellung, die in Kneipen erwartet wurden. Hier ging Michael manchmal hin, wenn er seine Schicht am Aids-Telefon hinter sich hatte.

Als er hereinkam, war gerade eine angeregte Partie Scrabble im Gang. An der Bar fachsimpelten zwei Männer in Bürokluft über Joan Sutherland, während ein anderes Paar den Sieg der San Francisco Forty-Niners im Super-Bowl-Endspiel rekapitulierte.

Er fand einen Platz in ausreichender Entfernung von den Unterhaltungen und vertiefte sich in die letzte Ausgabe des *Advocate*. Die Anzeige eines Schmuckherstellers erregte seine Aufmerksamkeit:

ICH BIN SAFE – DU AUCH?

Das Kennenlernen wird von Tag zu Tag komplizierter. Herpes, Aids ... Wenn Sie ein kontaktfreudiger Mensch sind, kann es unbequem und peinlich sein, nach solchen Dingen zu fragen. Jemand interessiert Sie, aber wie sollen Sie ihn wissen lassen, dass Sie «safe» sind? Jetzt können Sie es anders signalisieren, indem Sie einfach Ihren

SAFE-Ring oder -Anhänger tragen. Der Schmuck «spricht» für Sie. Diese eleganten, mit 14 Karat vergoldeten Ringe und Anhänger sind ein idealer Aufhänger, um eine Unterhaltung zu beginnen und das Eis zu brechen. Also lassen Sie sich Ihre Tour nicht vermasseln. Zeigen Sie den anderen, dass Sie safe sind – mit Ihrem SAFE-Ring und -Anhänger.

Das war zu viel. Mit einem verärgerten Knurren warf er die Zeitschrift auf den Boden. Die beiden Forty-Niners-Fans sahen zu ihm herüber. Mit einem verschämten Grinsen verließ er wortlos den Raum und begab sich auf kürzestem Weg zu seinem geparkten Wagen.

Als er in die Barbary Lane kam, schien zum ersten Mal seit Wochen wieder die Sonne. Dünne Dunstschwaden schwebten wie freundliche Gespenster über dem Vorgarten, als er durch das überdachte Tor ging. Er blieb stehen und genoss einen Augenblick den süßen, feuchten Farngeruch, der ihn in der Nase kitzelte.

Er fuhr zusammen, als sich plötzlich hinter einer niedrigen Hecke eine Gestalt aufrichtete.

«Oh ... Mrs. Madrigal.»

Die Vermieterin wischte sich die Hände an ihrer blumengemusterten Kittelschürze ab. «Ist es nicht ein herrlicher Tag?»

«Wurde auch Zeit», sagte Michael.

«Na, na», meinte sie tadelnd. «Wir wussten doch, dass es kommen musste. Es war nur eine Frage der Zeit.» Sie sah sich suchend um. «Hast du irgendwo meine Blumenschaufel gesehen.»

Er musterte den Boden und schüttelte den Kopf. «Was pflanzen Sie denn?»

«Bubiköpfchen», antwortete sie. «Wieso gehst du nicht nach London?»

«Also ...» Sie hatte ihn mal wieder überrumpelt.

«Schon gut. Ist wahrscheinlich egoistisch von mir. Trotzdem ... ich hätte es *so* aufregend gefunden.» Sie zwirbelte geziert eine Haarsträhne an ihrer Schläfe. «Na ja. Da kann man nichts machen.»

Mrs. Madrigal hatte es in letzter Zeit kaum noch mit der Hilflose-alte-Dame-Masche versucht, und Michael musste unwillkürlich lächeln, als er sie jetzt dabei ertappte. «Ich hoffe, Mary Ann hat Ihnen auch gesagt, dass es eine Frage des Geldes ist.»

«Hat sie, ja.»

«Und?»

«Ich lasse mir nicht so leicht was vormachen wie sie.» Die Vermieterin entdeckte ihre Blumenschaufel und verstaute sie in der Schürzentasche. Dann zog sie einen blassgelben Pergamentumschlag hervor und drückte ihn Michael in die Hand. «Und damit eliminiere ich deine Ausrede. Du wirst dir schon eine bessere ausdenken müssen.»

Er öffnete den Umschlag und entnahm ihm einen Scheck über tausend Dollar. «Mrs. Madrigal ... das ist ja schrecklich nett von Ihnen, aber ...»

«Das ist überhaupt nicht nett. Das ist eine eiskalte Investition. Ich beauftrage dich, nach London zu fahren und uns ein paar Geschichten mitzubringen, die uns Freude machen.» Sie machte eine Pause, doch der Blick ihrer großen blauen Augen ließ ihm kein Entkommen. «Wir brauchen das von dir, Michael.»

Dazu wusste er nichts zu sagen.

«Aber das Geld ist gar nicht der wirkliche Grund, hab ich recht?» Sie setzte sich auf die Bank im hinteren Teil des Gartens und bedeutete ihm, er solle sich zu ihr setzen. «Du hast den Verlust von Jon noch nicht verwunden.»

Es war typisch für sie, ihn an den geeigneten Platz zu locken. Als er sich neben sie setzte, war er keine drei Meter von der Messingtafel entfernt, die den Ort markierte, wo die Urne mit Jons Asche vergraben war. «Ich weiß nicht, ob ich das je kann», sagte er.

«Du musst», erwiderte sie. «Was soll er denn noch von dir erfahren?»

«Wie meinen Sie das?»

«Na ... wenn er jetzt hier bei uns sitzen könnte ... was würdest du ihm noch sagen wollen?»

Er dachte eine Weile nach. «Ich würde ihn fragen, wo er die Schlüssel vom Werkzeugschrank hingetan hat.»

Mrs. Madrigal lächelte. «Was noch?»

«Ich würde ihm sagen, dass es blöd von ihm war, sich mit pissigen Tucken abzugeben.»

«Weiter.»

«Dass es mir leidtut, dass ich so lange gebraucht habe, um mir klarzumachen, wie viel er mir bedeutet. Und ich wollte, wir hätten den Trip nach Maui gemacht, als er ihn vorgeschlagen hat.»

«Schön.»

«Und ... ich hab seinen guten Blazer getragen, als er im Krankenhaus war, und jemand hat mit 'ner Zigarette ein Loch in den Ärmel gebrannt, und ich hab es ihm nie gesagt ... und dass ich ihn so sehr liebe.»

«Das weiß er schon», sagte die Vermieterin.

«Dann würd' ich es ihm eben noch mal sagen.»

Mrs. Madrigal patschte beide Hände auf die Knie. «Und das wär's dann?»

«Mehr oder weniger.»

«Gut. Überlass das mir.»

Er sah sie verständnislos an.

«Ich werd es ihm ausrichten, mein Lieber. Ich rede mindestens zweimal die Woche mit ihm.» Sie tätschelte die Bank. «Genau hier.» Sie beugte sich zu ihm herüber und küsste ihn sanft auf die Wange. «Geh nach London, Michael. Jetzt kannst du ihn nicht mehr verlieren. Er ist für immer ein Teil von dir.»

Er klammerte sich an sie, und die Tränen liefen ihm übers Gesicht.

«Hör zu, Kind ...» Sie flüsterte ihm jetzt direkt in sein Ohr. «Ich möchte, dass du im Mondschein an der Themse entlangspazierst ... dass du dich splitternackt ausziehst und auf dem Trafalgar Square in den Brunnen springst. Ich möchte, dass du ... eine wilde Affäre mit einem Wachsoldaten von Buckingham Palace hast.»

Michael, der sich noch immer an ihr festhielt, musste lachen.

«Wirst du das Geld von der alten Dame annehmen?», fragte sie.

Er brachte nur noch ein Nicken zustande.

«Gut. *Gut.* Jetzt lauf nach oben und sag Mary Ann, sie soll sich um die Formalitäten kümmern.»

Er war schon an der Haustür, als sie ihm noch etwas nachrief: «Die Schlüssel vom Werkzeugschrank hängen an einem Haken im Keller.»

Eine wahnsinnige Idee

Am Vorabend von Michaels Abreise saß Mary Ann im Zoo von San Francisco fest und wartete auf die Geburt eines Eisbären. Mit ihrem Team kampierte sie bereits seit sieben Stunden neben dem Eisberg aus Beton, den Blubber, die werdende Mutter, zwangsweise ihr Zuhause nannte. Dann nahte die achte Stunde und mit ihr eine frohgemute Connie Bradshaw, über ihren dicken Bauch gebeugt wie ein stattliches Zugpferd, das sich in die Riemen legt.

«Hallo! Die vom Sender haben mir gesagt, dass ich dich hier finde.»

Das hatte ihr gerade noch gefehlt. Der Geist von Cleveland, die Erinnerung an damals. «Tja», sagte sie missmutig. «Wenn das so weitergeht, wird es vielleicht zum Dauerjob.»

Connie spähte durch die Gitterstäbe in Blubbers Heimstatt. «Wo ist sie?»

«Dahinten. In ihrer Höhle. Sie hat Kameras nicht so gern.»

«Die Ärmste. Ich kann sie verstehen. Wer möchte schon dabei gefilmt werden?»

Mary Ann zuckte mit den Schultern. «Die Frauen in den PBS-Specials scheinen es toll zu finden.»

«Jäch ...» Connie verzog das Gesicht. «Wie sie schreien und brüllen und schwitzen ... und dann dieses blöde Gesicht machen, wenn sie dem Baby winken. Nur Menschen können so bescheuert sein.»

«Da gibt dir Blubber sicher recht. Nur hat sie keine große Wahl. Da draußen in der öden Stadt sind Herzen, die erwärmt werden wollen.»

Connie warf einen nachdenklichen Blick auf den Eisberg und wandte sich wieder an Mary Ann. «Kannst du Pause machen und 'ne Cola light mit mir trinken?»

Mary Ann zögerte.

«Dauert nicht lange», meinte Connie. «Okay?»

«Klar», antwortete Mary Ann. Ihre Neugier hatte gesiegt. «Aber nur ganz kurz. Bei Blubber scheint es gleich so weit zu sein.»

Sie sagte ihrem Kameramann, wo er sie finden konnte, und setzte sich mit Connie unter einen Cinzano-Schirm in der Nähe der Imbissbude. Ihre alte Freundin von der Highschool hatte einen Ausdruck schwesterlicher Sorge im Gesicht. «Ich will gleich zur Sache kommen, Schatz. Hast du es Brian schon gesagt?»

Das Thema fing an, Mary Ann zu nerven. «Nein», sagte sie knapp. «Hab ich nicht.»

«Super», strahlte Connie. «So weit, so gut.»

Mary Ann biss die Zähne zusammen. Was, zum Teufel, war daran so weit, so gut?

«Ich hab mir echt den Kopf zerbrochen», fügte Connie hinzu, «und bin auf eine wahnsinnige Idee gekommen.»

Seit Connie mit ihr zum Singleabend im Marina Safeway gegangen war, hatte sie ihr mit ihren wahnsinnigen Ideen immer nur Ärger gemacht. «Tja, ich weiß nicht», sagte Mary Ann. «Wenn es was mit Schwangerwerden zu tun hat, würde ich lieber …»

«Willst du's dir denn nicht mal *anhören*?», fragte Connie enttäuscht.

«Na ja … ich find's ja nett, dass du dir Gedanken machst …»

«Ich erzähl's dir, ja? Dann halt ich den Mund. Es ist nicht so abseitig, wie du vielleicht denkst.»

Mary Ann hatte da ihre Zweifel, doch sie murmelte zögernd ihr Einverständnis und wappnete sich mit einem Schluck Cola light.

Connie wirkte unendlich erleichtert. «Erinnerst du dich an meinen kleinen Bruder Wally?»

Warum erwarteten alte Bekannte ständig, dass man sich an Dinge erinnerte, die fünfzehn Jahre zurücklagen und schon damals völlig unwichtig waren? «Ich fürchte, nein», sagte sie.

«Aber ja doch.»

«Connie ... Cleveland ist lange her.»

«Sicher, aber Wally hat euch doch immer die Zeitung gebracht. Er hat in dem Teil von Ridgemont so ziemlich alle Zeitungen ausgetragen.»

Sie erinnerte sich dunkel. Ein Junge mit großen abstehenden Ohren und der schlechten Angewohnheit, mit seinem Rennrad die Petunien niederzuwalzen. «Klar. Natürlich.»

«Na, und Wally studiert jetzt in Berkeley Medizin.»

Mary Ann pfiff leise durch die Zähne. «Nicht zu fassen.»

«Ich weiß», stimmte Connie ihr zu. «Da kommt man sich ganz schön *alt* vor, was? Er ist sogar ein ganz attraktiver Kerl geworden. Muss ich selber sagen.»

Das überstieg zwar jede Vorstellungskraft, doch sie ließ die Bemerkung unwidersprochen. Ein mulmiges Gefühl sagte ihr, dass sie bereits wusste, was als Nächstes kommen würde. Jetzt konnte sie nur noch beten und hoffen, dass die Eisbärin niederkam und sie aus der peinlichen Situation befreite.

«Jedenfalls, Wally und ein paar von seinen Freunden spenden ab und zu Sperma für eine Samenbank in Oakland.»

Volltreffer.

«Nicht 'ne richtige Spende eigentlich», ergänzte Connie. «Sie kriegen Geld dafür. Nicht viel. Nur so ein kleiner ... Nebenverdienst, verstehst du.»

«Bisschen Münze zum Verjubeln.»

«Genau.»

«Außerdem», sagte Mary Ann, ohne eine Miene zu verziehen, «liegen sie sowieso im Studentenwohnheim die ganze Nacht bloß rum und wissen nichts mit sich anzufangen ...»

Connie machte ein langes Gesicht. «Okay. Tut mir leid. Vergiss es. Ich hätte nicht davon anfangen sollen.»

Und sie hätte Connie Bradshaw nicht mit Ironie kommen sollen. «He», sagte sie so schonend wie möglich. «Ich find es nett von dir. Ehrlich. Es ist nur nicht das Richtige für mich, das ist alles. Im St. Sebastian's haben sie mir so was auch schon vorgeschlagen, aber ... na ja ...»

«Ich hab gedacht, es wär so ideal», lamentierte Connie.

«Ich weiß.»

«Sie haben drei Tiefkühlbehälter in der Samenbank ... einen für namentlich bekannte Spender, einen für unbekannte und noch einen als Ersatz, falls ein Kühler ausfällt. Der Saft von Wally kommt in den Behälter für Unbekannte, aber ich hab mir gedacht, wir können uns vielleicht seine Nummer besorgen ... oder versuchen, dass er zu den bekannten kommt ... damit du weißt, was du kriegst.»

«Es war nett gedacht von dir. Wirklich.» Weniger nett war der grässliche Gedanke, der ihr durch den Kopf ging: eine Spritze, vollgestopft mit dem Samen ihres einstigen Zeitungsjungen.

Connie ließ nicht locker. «Außerdem wär's doch die perfekte Lösung, wenn du schwanger werden willst und Brian nicht wissen soll, dass er nicht der Vater ist. Mit Wally hättest du da keine Probleme ... na ja, und für alle Beteiligten wär alles in Butter.»

Und das gottgesegnete Ergebnis wäre Connies Nichte oder Neffe. Es war ein rührender Gedanke, dass Connie in so einem Arrangement – bewusst oder unbewusst – die Chance sah, eine Freundschaft zu festigen, die nie so richtig hingehauen hatte. Es war geradezu herzzerreißend.

«Connie ... ich würde mich sofort an Wally wenden, wenn ich mir sicher wäre, dass ich mit künstlicher Befruchtung zurechtkomme.»

«Weißt du, es ist gar nicht so kompliziert. Sie schicken dich in so eine Fruchtbarkeitsselbsterfahrungsgruppe und zeigen dir, wie du deine empfängnisbereiten Tage bestimmst, und dann *machst* du's einfach. Ich meine, Sperma ist schließlich Sperma.»

«Ich weiß. Es kommt auch aus einem attraktiven Organ.»

«Was?»

«Begreifst du nicht? Ich weiß, dass es einfach ist. Ich weiß, dass es *massenhaft* gemacht wird. Ich versteh dich vollkommen. Nur das Künstliche daran, das schreckt mich ab.» Sie senkte die Stimme zu einem vehementen Flüstern. «Ich kann mir nicht helfen, Connie ... ich will vorher gefickt werden.»

Connie kippte die Kinnlade runter. «Du meinst, Wally soll dich *ficken*?»

«Nein!» Sie platzte so laut heraus, dass die Chinesin am Nebentisch von ihrem Chili Dog hochschaute. Sie zwang sich zu einem ruhigen Tonfall und fügte hinzu: «Ich meine das ganz generell. Ich möchte, dass das Baby aus einem Akt der Liebe entsteht. Oder wenigstens ... der Zuneigung. Du kannst dich darüber bei meiner Mutter beschweren, wenn du willst. Sie hat mich so erzogen, und ich krieg's nicht los.»

«Das find ich erstaunlich», sagte Connie.

«Was?»

«Na ... ich hab dich im Fernsehen gesehen. Da wirkst du so *modern*.»

«Connie ... ich bin immer noch Mary Ann. Erinnerst du dich? Stellvertretende Vorsitzende der Future Homemakers of America?»

«Schon, aber du hast dich sehr verändert.»

«Gar nicht so sehr», sagte Mary Ann. «Glaub mir.»

«Mary Ann! Es geht los!» Die frohe Kunde kam von ihrem Kameramann.

Sie sprang auf. «Das ist mein Stichwort.»

Zwei Minuten später plumpste das nasse Eisbärenjunge auf den Zementboden, ohne dass die Mutter den leisesten Schmerzlaut von sich gab.

«Tiere haben es so leicht», sagte Connie, die etwas abseits das Geschehen verfolgte.

Mary Ann verbrachte den Rest des Nachmittags damit, ihren Beitrag sendefertig zu schneiden. Als sie Feierabend machte, übergab ihr der Wachmann in der Eingangshalle einen großen braunen Umschlag. «Eine Dame hat gesagt, ich soll Ihnen das geben.»

«Was für eine Dame?»

«Eine schwangere.»

«Na toll.»

Sie machte den Umschlag erst auf, als sie im Wagen saß. Der Le Car war in einer Seitengasse der Van Ness Avenue geparkt. Der Umschlag enthielt zwei Broschüren mit einer angehefteten Notiz:

Mary Ann – sei bitte nicht sauer auf mich. Ich hab dir die Broschüren dagelassen, weil ich mir denke, dass sie dir die Sache vielleicht besser verklickern als ich. Ganz unter uns: Wally war ein bisschen muffelig, als er erfahren hat, dass ich dir nicht erst was zum Lesen gegeben habe. Lass uns bald wieder ein Treffen ausmachen. Alles Liebe, Connie

Sie wusste nicht, was sie mehr störte – Connies chronische Munterkeit (ein Stil, den sie sich vor Jahren zugelegt hatte, als sie *Dutzende* von Jahrbüchern der Central High mit Widmungen versah) oder die Erkenntnis, dass Brians Unfruchtbarkeit inzwischen die ganze Familie Bradshaw beschäftigte.

Sie begann zu lesen:

Wir glauben, dass wir Frauen das Recht haben, über unsere Fortpflanzung selbst zu bestimmen, d. h. zu entscheiden, ob, wann und wie wir schwanger werden wollen. Spender-Insemination ist ein Vorgang, bei dem Sperma durch eine geeignete Vorrichtung in die Vagina oder den Gebärmutterhals eingebracht wird, um das Ei zu befruchten und eine Schwangerschaft herbeizuführen. Dazu kann frisches oder aufgetautes Tiefkühlsperma verwendet werden.

Sicherheit und Wirksamkeit der Methode sind erwiesen. Derzeit werden in den USA jährlich 15 000 bis 20 000 Kinder durch künstliche Befruchtung gezeugt. Seit Ende des Zweiten Weltkriegs verdanken mehr als 300 000 Kinder dieser Methode ihr Leben, und seit 1776, als die Technik des Einfrierens von Sperma entwickelt wurde, sind mehr als eine Million Kinder …

Schaudernd legte sie die Broschüre weg. Eingefrorenes Sperma während des Revolutionskriegs? Wo war denn das aufbewahrt worden? Im Valley-Forge-Winterlager? In einem Punkt hatte Brian jedenfalls recht: *1984* war gleich um die Ecke. Etwas war katastrophal schiefgelaufen, wenn der wissenschaftliche Fortschritt einen Punkt erreicht hatte, wo man Kinder ohne sexuelle Intimität zeugen konnte.

Nein. Sie konnte das nicht.

Wenn das die Zukunft war, wollte sie nichts damit zu tun haben.

Sie würde Brian die Wahrheit sagen. Sie würden übers Wochenende irgendwo hinfahren. Sie würde zärtlich und liebevoll sein, und er würde es akzeptieren. Vielleicht nicht sofort, aber nach und nach. Er würde es akzeptieren müssen. Es ging gar nicht anders.

Es war dunkel, als sie nach Hause kam. Während sie unter der Lampe am Eingang nach ihrem Hausschlüssel tastete, fiel ihr Blick auf einen weiteren großen braunen Umschlag, den jemand auf die Kante über den Klingelknöpfen gestellt hatte. Sie war drauf und dran, einen Schreikrampf zu kriegen, bis sie sah, dass er an Mouse adressiert war. Sie nahm ihn mit nach oben und klopfte bei Mouse.

«Herein.»

Er stand über sein Sofa gebeugt und verstaute Kleider in einem Koffer. «Na, Süße?»

«Du, das hat jemand an der Haustür für dich hinterlassen.» Sie legte den Umschlag auf einen Stuhl.

Er sah kurz hin und machte mit dem Packen weiter. «Muss das Abschiedsgeschenk von Ned sein. Er hat gesagt, er bringt noch was vorbei.»

«Ah.»

«Setz dich», sagte er. «Erzähl mir was.»

Als sie sich setzte, fiel ihr ein zweiter Koffer auf, der auf dem Fußboden stand. «Für einen Monat nimmst du aber 'ne Menge Zeug mit.»

«Nur einen Koffer», antwortete er.

«Was ist mit dem da?» Sie zeigte auf den anderen.

«Ach so.» Er grinste. «Der gehört Simon. Er hat ihn vorhin gebracht. Im Moment ist er grade zum Essen, unten am Washington Square.»

«Verstehe.»

Er warf ihr einen neckischen Blick zu. «Warum hast du mir nicht gesagt, dass er so ein gut gebauter Kerl ist?»

Sie zuckte mit den Schultern und zwang sich, nicht rot zu werden. «Du hast nicht danach gefragt.»

«Ich hatte so ein Pferdegesicht mit abstehenden Ohren und schiefen Zähnen erwartet. Der Typ sieht aus wie eine schlankere Version von Brian.»

«Findest du?»

«Na, jetzt sag bloß, das ist dir nicht aufgefallen.»

«Nein», erwiderte sie. «Eigentlich nicht.»

«Dann sieh ihn dir mal genauer an.»

«Ist das 'ne neue Jeans?», fragte sie.

«Die?» Er hielt die Hose hoch, die er gerade einpacken wollte. «Hab ich mir heute gekauft.»

«Sieht aus wie schwarz.»

«Sie *ist* schwarz. Der letzte Schrei. Siehst du?» Er hielt sie sich vor die Beine. «Witwe Fielding geht nach London.»

Sie kicherte. «Du bist unverbesserlich.»

«Tja ... ich sag mir, dass sie da drüben vielleicht noch keine haben. Könnte ein gutes Tauschobjekt sein, wenn ich mal klamm bin.»

«Du willst deine Hosen verkaufen?»

«Klar.» Er faltete die Levi's zusammen und verstaute sie im Koffer. «Ich weiß noch, wie amerikanische Kids auf diese Weise ihre Reisen durch Europa finanziert haben.»

«Das ist *ewig* her, Mouse.»

«Na ja ...»

«Wann warst du das letzte Mal in London?»

«Ähm ... Ende der Sechzigerjahre.»

«Ende?»

«1967.»

«Mhm. Da hieß es auch Swinging London.»

«Na gut ...»

«Und Twiggy war noch angesagt.»

Er gab sich schockiert. «Twiggy ist *immer* noch angesagt, vergiss das nicht!»

«Wie alt warst du damals?»

«Sechzehn», antwortete er. «Es war vor sechzehn Jahren, und ich war sechzehn. Vor meinem halben Leben.» Er drehte sich mit einem Lächeln zu ihr um. «Da hatte ich auch mein Coming-out.»

«*Ehrlich?* Das hast du mir nie erzählt.»

«Na ja ... ich hatte jedenfalls meinen ersten Sex.»

«Wie auch immer», sagte sie.

«Versteht sich Brian gut mit Simon?», fragte er.

«Moment mal. Ich dachte, wir reden von London.»

Er tätschelte die Außentasche seines Koffers. «Ich habe bereits meine Instruktionen.»

«Wie?»

«Simon hat mir einen kleinen Roman geschrieben, damit ich mich in seiner Wohnung zurechtfinde.»

«Hast du's schon durchgelesen?»

«Nö. Das will ich nicht. Es soll eine komplette Überraschung werden.»

Das fand sie einleuchtend.

«Also?», fragte er.

«Was?»

«Verstehen sie sich gut, die zwei?»

«Mouse ... was soll das?»

«Nur so», meinte er mit einem Schulterzucken. «Ich bin halt neugierig.»

Sie zögerte. «Ich weiß nicht. Sie scheinen sich zu mögen. Sie sind beide scharf auf Theresa Cross.»

Michael verzog das Gesicht. «Das hat dir Brian einfach so gesagt?»

«Braucht er gar nicht. Ich kenn ihn doch. Er hat eine schmuddelige Fantasie, mit der er einen ganzen Sexshop betreiben könnte.»

Er grinste, wahrscheinlich über sein eigenes Kopf-Sexkino. «Ja ... das passt zu ihm. Ein Mann, der von dir will, dass du beim Sex Stulpen trägst ...»

«Mouse ...»

Sein anzügliches Grinsen blieb unverändert.

«Ich hätte es dir niemals sagen sollen. Ich wusste gleich, dass du's mir irgendwann unter die Nase reibst. Außerdem ... Ich zieh die Stulpen nicht an, weil er es will. Ich tu's, weil ich Lust dazu hab.»

Er nickte und sagte mit gespieltem Ernst: «Ich bewundere Frauen, die sich zu ihren Schmuddelfantasien bekennen.»

«Das war der letzte saftige Klatsch, den du von mir erfahren hast.»

«Saftiger Klatsch? Du hast gesagt, es wäre ein transzendentales Erlebnis. Du hast gesagt, du fühlst dich dabei wie eins von den Girls aus *Fame*.»

Sie stürmte in seine Küche. «Ich hol mir ein Glas Wein.»

«Bedien dich», rief er ihr nach. «Und bring mir auch eins mit.»

Einen Augenblick blieb sie im Lichtschein des offenen Kühlschranks stehen und genoss den Nachgeschmack seiner Hänselei. Sie hatte ihn geliebt, diesen sentimentalen, lustigen, sympathischen Mann – schon länger, als sie jetzt Brian liebte –, und es war herzerwärmend, dass sie nun wieder zu ihrer alten Vertrautheit zurückfanden. Sie ging mit zwei Gläsern Wein hinaus und gab ihm eins. «Packst du denn dein Geschenk nicht aus?», fragte sie.

Er machte ein verwirrtes Gesicht.

«Das von Ned», sagte sie und zeigte auf den Umschlag. Sie konnte es nicht leiden, wenn jemand ein Geschenk nicht sofort auspackte.

«Ach so ...» Er stellte sein Weinglas ab, griff nach dem Umschlag und riss ihn auf. «Und der Gewinner ist ...» Er sah hinein und zog eine Postkarte heraus, deren Vorderseite ein nackter Feuerwehrmann zierte. «‹Tu nichts, was ich nicht tun würde. Du wirst mir fehlen. Dein Kumpel Ned›.»

«Das ist süß», sagte sie.

Er nickte. Ein Lächeln huschte über sein Gesicht.

«Das war doch nicht alles, oder?»

Wieder ein Nicken.

«Mouse ... da ist noch was drin.»

«Meinst du?»

«Das hab ich gefühlt, als ich den Umschlag in der Hand hatte.» Sie nahm ihm den Umschlag ab und schüttelte ihn über dem Sofa aus. Fünf einzeln verpackte Kondome fielen heraus. «Oje», sagte sie.

Mouse grinste sie nur an. Es schien ihm nicht weiter peinlich zu sein. «Weißt du, das ist Neds Art, mir zu sagen ... ‹Amüsier dich gut, aber pass auf.›» Er raffte die Kondome mit beiden Händen zusammen. «Da ... ich schenk sie dir.»

«Was?» Sie war garantiert hochrot.

«Komm schon. Nimm sie. Ich lebe enthaltsam. Ihr zwei könnt mehr damit anfangen als ich.»

«Äh ... Mouse. Danke, aber ... kein Bedarf. Okay?»

Er sah sie einen Augenblick an und ließ die Gummis wieder in den Umschlag gleiten. «Verlasst euch voll auf die Pille, hm?»

Sie nahm ihr Weinglas und trank es auf einen Zug aus.

Er nippte bedächtig an seinem und sah sie über den Rand des Glases an. «Fährst du mich trotzdem noch zum Flughafen?»

«Klar. Und ob. Wie viel Uhr?»

«Na ... ich würde sagen, wir sollten nicht später als halb vier losfahren. Für alle Fälle.»

«Prima.» Sie gab ihm einen flüchtigen Kuss auf die Wange. «Bis dann.»

Als sie in ihre Wohnung kam, spülte Brian gerade das Geschirr vom Frühstück. Sie stellte sich hinter ihn und küsste ihn auf den Nacken. «Mouse ist ganz aufgeregt», sagte sie.

«Kann ich ihm nicht verdenken», meinte er.

«Vielleicht sollten wir uns an ihm ein Beispiel nehmen.»

Er trocknete seine Hände an einem Geschirrtuch ab und drehte sich um. «Und nach London fliegen?»

Sie lächelte ihn an. «Nein, aber mal raus aus der Stadt.»

«Na schön. Mit unseren Ersparnissen müssten wir ohne Weiteres bis Oakland kommen.»

Sie stupste seine Nasenspitze. «Genau daran hatte ich auch gedacht.»

«Oakland?»

«Klar. Ein Wochenende für zwei im Claremont. Gratis.»

«Wie das?»

Sie gab sich so unbefangen wie möglich. «Kein besonderer Anlass.»

«Nein, ich meine ... wieso gratis?»

«Oh. Ich hab letzten Monat ein Feature über das Hotel gemacht, und sie wollten sich revanchieren.»

«Nicht schlecht.»

«Eben. Jacuzzi, Sauna ... Sonnenbaden am Pool. Wir brauchen bloß Badezeug mitzunehmen und etwas für den Speisesaal.»

«Und die Stulpen.»

«Und die Stulpen», echote sie. «*Verkauft!* An den Gentleman mit dem Steifen.»

Fragen an den Lieutenant

Als sie am nächsten Tag vom Flughafen zurückkam, sah sie Simon auf der Bank im Garten sitzen. Er winkte ihr lässig zu, als sie durchs Gartentor ging. «Du wirkst wie einer von hier», sagte sie.

«So fühle ich mich auch», erwiderte er lächelnd.

«Tja ...» Sie wies mit einer ungelenken Handbewegung irgendwo in Richtung Daly City. «Mouse ist in die blaue Ferne entschwebt.» Es klang so lahm, wie die Geste linkisch war.

Simon zeigte auf die Messingplatte im Garten. «Ist das sein Lover?»

Sie nickte.

«Seine Asche?»

Wieder ein Nicken.

Er schüttelte langsam den Kopf. «Kein Wunder, dass er wegwollte.»

Sie konnte es nicht ertragen, gerade jetzt an Jon zu denken. «Simon ... lass mich wissen, wenn ich dir ... na ja ... bei irgendwas helfen kann.»

«Danke», sagte er. «Du warst mir schon eine große Hilfe.»

«Ach, war ... gar kein Problem ...» Sie stellte fest, dass sie im Begriff war, sich *rückwärts* in Richtung Haustür abzusetzen. Wie ein verklemmter Teenager.

«Hast du einen Moment Zeit?», fragte er und lehnte sich ein wenig vor.

«Klar.»

«Wunderbar. Komm, setz dich.»

Sie setzte sich zu ihm. «Du hast Glück», sagte sie. «Du kriegst was von unserer Sonne ab. Die arme Queen ist völlig leer ausgegangen.»

Er sah sie mit einem trägen Grinsen an. «Ich bin sicher, diese Ironie wird Ihrer Majestät nicht entgangen sein.»

Sie lachte verlegen. Was sollte damit gemeint sein? Dass die Queen persönlich über seine Eskapade informiert war? Dass sie neidisch auf ihn war, weil er sich so einen unverantwortlichen Leichtsinn leistete? «Ist die Queen eigentlich ein netter Mensch.»

Ein tiefes Lachen. «Die Queen ist eine reizende Frau.»

«Hast du mal mit ihr gesprochen?»

«Ach ... vier- oder fünfmal, wenn's hochkommt.»

«Sie scheint nicht oft zu lächeln.»

Er zuckte mit den Schultern. «Lächeln ist ihr Job. Wenn Lächeln dein Job ist, gehst du sparsam damit um, sonst bedeutet es ja nichts mehr.»

«Gut gesagt», meinte sie.

Wieder dieses träge Lächeln. «Das ist unsere Standardantwort.»

«Muss man ... ein Lord oder so was sein, um Offizier auf der *Britannia* zu werden?»

«Überhaupt nicht.»

«Aber du bist einer?»

Sein Lachen war herzhaft, aber nicht mokant. «Ihr Amerikaner kreist nicht lange um den heißen Brei, wie?»

Sie war Kalifornierin genug, um etwas dagegen zu haben, wenn man sie eine Amerikanerin nannte. «Also, ich finde es ganz normal, dass man sich fragt, ob ...» Sie suchte vergeblich nach den richtigen Worten. Es ließ sich nicht verheimlichen, dass sie ihm auf den Zahn fühlte.

Simon überbrückte das Schweigen galant. «Das einzige adlige Mitglied meiner engeren Familie ist meine Tante mütterlicherseits, eine knorrige alte Herzogin – durch Heirat –, die in Gummistiefeln herumläuft und mit Jachten übers Meer schippert.»

«Das tut die Queen auch», warf sie ein.

«Aber mit dieser Herzogin kann sie nicht mithalten, das schwör ich dir.»

Sie lachte, ohne recht zu wissen, warum. «Und deine Eltern?»

«Sind beide tot», sagte er gleichmütig.

«Oh, das tut mir ...»

«Meine Mutter war Schauspielerin im West End. Mein Vater war Anwalt in Leeds und ist nach London gezogen, als er meine Mutter kennengelernt hat. Was machen deine Eltern?»

Sie war einen Augenblick verunsichert. «Oh ... na ja, mein Vater hat ein Elektrogeschäft, und meine Mutter ist Hausfrau. Sie leben in Cleveland.» Sie kam sich vor wie eine Kandidatin in der Spielshow *Family Feud*.

«Cleveland ... in Indiana, nicht?»

«Ohio.»

Er nickte. «Sie müssen sehr stolz auf dich sein.»

«Ja, wahrscheinlich», sagte sie. «Sie sehen mich natürlich nicht im Fernsehen, weil ich ... nur im Regionalprogramm komme. Aber ich schicke ihnen den *TV Guide*, wenn was über mich drinsteht, und so Sachen. Deine Eltern müssen noch jung gewesen sein, als sie gestorben sind.»

«Mhm. Sehr. Ich war noch in Cambridge an der Uni.» Seine Miene verriet, dass ihn ihre Neugier amüsierte. Er kam ihrer nächsten Frage zuvor. «Es war ein Verkehrsunfall. Auf der M-One. Kennst du die M-One?»

«Eine Autobahn, nicht?»

«Richtig.»

«War deine Mutter eine gute Schauspielerin?»

Es schien ihn zu freuen, dass sie danach fragte. «Das habe ich mich eigentlich die ganze Zeit auch gefragt. Ich fand sie damals atemberaubend. Sie war lustig. Und sehr schön.»

«Das kann man sich gut vorstellen», sagte sie.

Er überging das nicht ganz eindeutige Kompliment. «Als ich vierzehn war, machte sie mich in der Garderobe des Haymarket-Theaters mit Diana Rigg bekannt. Ich fand es das schönste Geschenk, das eine Mutter ihrem Sohn machen kann.»

«Das kann ich dir nachfühlen», meinte sie lächelnd.

Ein langes Schweigen trat ein. Sie erinnerte sich an den Joint, den sie noch in der Handtasche hatte. «Fast hätte ich's vergessen», sagte sie. «Du hast ja noch gar nicht die Königinmutter probiert.»

«Wie bitte?»

Sie kicherte und hielt den Joint hoch. «Mrs. Madrigals Beste Lage.»

«Ah.»

Sie zündete den Joint an, machte einen Zug und gab ihn Simon. «Ich hab zwei gedreht, für die Fahrt zum Flughafen. Mouse hat schon in den Wolken geschwebt, als sein Flieger gestartet ist.»

Er sagte nichts und hielt die Luft an, damit der Rauch in der Lunge blieb.

Sie beobachtete ihn und fühlte sich geschmeichelt, dass er dieses beinahe lächerliche Ritual mit so viel Würde absolvierte.

«Sehr würzig», sagte er schließlich.

«Ja, nicht?»

«Willst du immer noch diese Story?»

Einen Augenblick dachte sie, es sei ein Vorwurf – als wollte sie ihn mit einer Dröhnung gefügig machen. Dann merkte sie, dass es eine ernsthafte Frage war. «Du meinst …?»

«Die Story über mich. ‹Offizier der Queen desertiert in Frisco›.»

Sie musste grinsen. «Ich glaube, ich würde es etwas taktvoller anpacken.»

Er gab ihr den Joint zurück. «Also … willst du?»

Sie zögerte. «Simon, es war mein Ernst, als ich gesagt habe, dass ich nichts tun würde, was dir …»

«Das weiß ich. Du warst durch und durch anständig.» Er holte sich den Joint zurück und machte noch einen Zug. «Ich hab darüber nachgedacht, Mary Ann. Ehrlich gesagt … ich sehe nicht, dass es irgendwie schaden könnte. Aber natürlich nur, wenn du es noch willst.»

Sie überlegte, was wohl seine Motive waren.

«Willst du wirklich?», fragte er ruhig.

Sie lächelte. «Ja.»

Er lächelte. «Dann will ich auch.»

«Simon …»

«Inhaltliche Kürzungen behalte ich mir natürlich vor. Ich möchte niemanden in Verlegenheit bringen.»

«Natürlich.»

Wieder ein Lächeln, etwas wärmer als das letzte. «Wunderbar. Also abgemacht?»

«Und ob.»

Er gab ihr den Joint zurück. «Wann fangen wir an?»

Brian, in Turnhemd und kurzer Hose, kam schwer atmend durchs Gartentor. Simon saß mit dem Rücken zum Tor, doch er bemerkte die Veränderung ihres Ausdrucks und drehte sich um. «Oh … hallo.»

«Hallo», sagte Brian und lief auf der Stelle.

«Wir probieren das neue Kraut», sagte Mary Ann munter.

«Aha.» Er schüttelte die Arme aus und erinnerte an eine Marionette im Sturm.

«Läufst du regelmäßig?», erkundigte sich Simon.

«Ziemlich.» Brian verschwendete kein Gramm Energie auf höfliches Benehmen.

«Du musst mir deine Strecke zeigen», sagte Simon. «Ich bin in letzter Zeit schrecklich faul gewesen.»

«Klar», sagte Brian und lief an ihnen vorbei ins Haus.

Simon wandte sich wieder zu Mary Ann um und lächelte verlegen.

«Es hat nichts mit dir zu tun», sagte sie.

«Hoffentlich.»

«Er ist ... ich weiß nicht ... in letzter Zeit so in sich gekehrt.»

«Mhm.»

Der Joint war ausgegangen. Sie zündete ihn wieder an und hielt ihn Simon hin. Er schüttelte den Kopf. Sie nahm noch einen kurzen Zug und drückte die Kippe aus. «Also ... du bist Langläufer?»

Er nickte. «In der zweiten Generation.»

«Tatsächlich?»

«Mein Vater und ich sind beide in Cambridge gelaufen.»

«Hört sich an wie *Die Stunde des Siegers*», sagte sie.

Er lachte. «Ganz so ehrgeizig waren wir nicht. Wir haben es in erster Linie getan, um fit zu bleiben. Gesundheitliche Probleme galten in der die Bardill-Familie als sehr schlechter Stil.»

«Galten?»

«Nun ja ...» Seine Augen blitzten wieder amüsiert. «Von der Familie ist ja nicht mehr viel übrig, nicht?»

Colville Crescent 44

Der Regen schien Michael nach London zu folgen. Er prasselte wie Rollsplitt auf das riesige gewölbte Dach der Victoria Station, als er seinen Koffer nahm und das nächste schwarze Taxi ansteuerte, das frei war. Der Fahrer – ein Mann in den Sechzigern, dessen Gesicht die Farbe von Corned Beef hatte – tippte an den Schirm seiner Mütze.

«Wo soll's hingehen, Meister?»

«Äh ... Nottingham Gate.»

«Wie?»

«Nottingham Gate.» Er sagte es diesmal mit größerer Bestimmtheit.

«Tut mir leid, Meister. Gibt's hier nicht. Also, wir hätten ein Notting *Hill* Gate ...»

«Die Adresse ist Colville Crescent 44.»

Der Fahrer nickte. «Das ist Notting Hill Gate.»

«Na toll», sagte Michael und ließ sich erschöpft in das glänzende Leder sinken. «Gott sei Dank.»

Der Flug war ein einziger Albtraum gewesen. Trotz der Wirkung des Königinmutterjoints und der Zuwendung eines kumpelhaften schwulen Stewards hatte er kein bisschen Schlaf gefunden. Nachdem er überreizt und mit einem pelzigen Geschmack im Mund auf dem Gatwick Airport gelandet war, hatte er fast zwei Stunden warten müssen, weil die Zollbeamten das Gepäck von dreihundert zur gleichen Zeit eingetroffenen Einreisenden aus Afrika durchwühlten.

Eine weitere Stunde hatte er in der Schlange am Wechselschalter geopfert. Dann war er in das überfüllte Shuttle nach London gestiegen und hatte sich ein Abteil, das wie eine Müllkippe aussah, mit einem penetrant geschwätzigen Ehepaar aus

Texarkana geteilt, das darauf bestand, mit ihm über die Forty-Niners zu diskutieren, obwohl er furchtlos zu erkennen gab, dass ihm das Thema völlig schnuppe war.

Der Fahrer schielte nach hinten. «Ami, eh?»

«Äh ... ja.»

«Gesehen, was wir mit den Argies angestellt haben?»

RGs? Eine Fußballmannschaft vielleicht? «Oh, ja ... das war allerhand.»

Ein heiseres Lachen. «Und wir haben es ohne Hilfe von eurem piefigen Präsidenten geschafft.»

Also kein Sportereignis. Es ging um Politik.

«Wissen Sie, ihr Amis kommt bei den großen Kriegen immer reichlich spät. Ihr kommt spät, oder ihr kommt gar nicht. Ist nicht persönlich gemeint.»

Jetzt dämmerte es ihm. Der Falklandkrieg. Die Argies waren die Argentinier. In Amerika nannte man sie nicht so, weil man sich nie mit ihnen befasst hatte. Erst wenn man Leuten ans Leben ging, machte man sich die Mühe, ihnen einen Schimpfnamen zu verpassen. Japse, Krauts, Commies ... Argies. Er hatte nicht die Absicht, den Krieg durch eine Debatte mit diesem Taxifahrer zu verlängern. «Mir gefällt eure Schlachthymne», sagte er.

«Was?» Der Fahrer sah ihn an, als wäre er nicht mehr bei Trost.

«‹Don't Cry for Me, Argentina›. Haben das eure Truppen nicht gesungen?»

Der Fahrer grunzte etwas. Offenbar war er jetzt überzeugt, dass Michael nicht ganz dicht war. Was sollte denn so ein blödes *Lied* mit alldem zu tun haben? Er sagte überhaupt nichts mehr, und Michael atmete erleichtert auf, während draußen blassgrün und schemenhaft der Hyde Park vorbeihuschte.

Nach sechzehn Jahren kehrte er nun in diese Stadt zurück. So lange war er noch von keinem Ort weg gewesen, an dem er einmal gewohnt hatte. Er hatte hier seine Unschuld verloren – oder besser gesagt: gefunden –, als der Mod-Stil seine Blütezeit erlebte und Legionen von schrägen Vögeln mit weißen Lippen und schwarz getuschten Wimpern die Straßen bevölkerten. Im Hampstead Heath hatte er einen Maurer kennengelernt, der einen Cordsamtanzug trug, und er war mit ihm nach Hause gegangen und hatte im Handumdrehen die Erkenntnis gewonnen, wie einfach und tröstlich und wunderschön das wahre Leben sein konnte.

Der Maurer war eine junge, schlanke Ausgabe von Oliver Reed gewesen, und noch jetzt konnte er sich an jede Einzelheit jenes weit zurückliegenden Nachmittags erinnern: die kleine David-Statue neben dem Bett, der braune Kandis, den er sich in den Kaffee rührte, die Bodybuilderzeitschriften, die er für jeden sichtbar herumliegen ließ, und wie seidenweich sich sein haarloser Hodensack anfühlte. Der erste Fremde, mit dem man schlief, war offenbar der, an den man sich sein Leben lang erinnerte.

Wo mochte er jetzt sein? Wie alt war er inzwischen? Fünfundvierzig? Fünfzig?

Am Marble Arch, den er sofort wiedererkannte, bog das Taxi links ab, und dann hatte er den Eindruck, dass sie der Bayswater Road folgten. Rechts sah er eine große Parkanlage – aber wie hieß sie? Er erinnerte sich nicht mehr. Er war vor lauter Müdigkeit völlig überdreht, und der Regen deprimierte ihn so sehr, dass er nach britischen Ikonen Ausschau hielt, um sich innerlich an ihnen aufzurichten.

Ein nass glänzender roter Briefkasten.

Ein Zebrastreifen wie der auf dem Cover des *Abbey Road*-Albums.

Ein Kneipenschild, das im Wind hin und her schlug.

Die Atmosphäre wurde ruppiger, als sie in eine Gegend mit genormten Pizza Huts und schmuddeligen Restaurants mit internationaler Küche kamen. Das Viertel wirkte eigentlich nicht unangenehm, nur überraschend unbritisch – es hatte mehr Ähnlichkeit mit Haight-Ashbury als das, was er bei seinem früheren Aufenthalt in London gesehen hatte.

Dann kam wieder eine reine Wohngegend. Er erhaschte einen Blick auf Straßen mit Bäumen zu beiden Seiten und überdimensionale viktorianische Reihenhäuser, von deren Fassaden der Verputz abfiel. Im Regen tollten schwarze Kinder vor einer gelben Backsteinmauer herum, auf die ein Sprayer geschrieben hatte: SCHEISS AUF DIE PRINZENHOCHZEIT.

Auf einem Straßenschild sah er den Namen COLVILLE. «Ist es nicht hier?», fragte er den Fahrer.

«Das ist Colville Terrace, Meister. Sie wollen in die Crescent. Das ist noch ein Stück weiter.»

Drei Minuten später hielt das Taxi. Michael sah mit wachsender Beklommenheit aus dem Fenster. «Was?», sagte er. *«Hier?»*

Der Fahrer machte ein beleidigtes Gesicht. «Sie wollten zur Nummer 44, oder nicht?»

«Ja.»

«Na, das ist sie, Meister.»

Michael schaute auf den Taxameter (ein moderner digitaler, der in dem altmodischen Taxi seltsam deplatziert wirkte). Er gab dem Fahrer eine Fünfpfundnote und sagte ihm, er solle das Wechselgeld behalten. Das war reichlich großzügig, aber er wollte beweisen, dass ein Mann, der sich mit Kriegen und Straßen nicht auskannte, dennoch spendabel sein konnte.

Der Fahrer dankte ihm und fuhr davon.

Michael blieb auf der Straße stehen und betrachtete ungläubig Simons Haus. Die verputzte Fassade, offenbar ein Opfer von Trockenfäule, wies gewaltige lepröse Placken auf, die an manchen Stellen abgefallen waren und das Mauerwerk aus dem neunzehnten Jahrhundert freigelegt hatten. Aus irgendeinem Grund bekam er beim Anblick dieser Verunstaltung ein flaues Gefühl im Magen, als würde er blanke Knochen in einer klaffenden blutlosen Wunde sehen.

Er gab die schwache Hoffnung auf, dass vielleicht doch ein Nottingham Gate existierte, und ging vorbei an umgestürzten Mülltonnen zum Eingang des zweistöckigen Gebäudes. Seine schlimme Ahnung wurde bestätigt, als er neben einem der Klingelknöpfe ein Schildchen mit dem Namen BARDILL entdeckte.

Er stellte seinen Koffer ab, suchte den Hausschlüssel heraus und fummelte ihn ins Schloss. Ein dunkler Flur tat sich vor ihm auf. An der Wand, die mit einer wasserfleckigen Rosentapete beklebt war, ertastete er den Lichtschalter – es war ein runder Knopf, den man drücken musste. Die Tür zu Simons Parterrewohnung war ganz hinten rechts. Als er den Wohnungsschlüssel gefunden und in das widerspenstige Schloss gesteckt hatte, hüllte ihn plötzlich völlige Dunkelheit ein, und einen Augenblick lang dachte er, er sei blind geworden.

Der Lichtschalter. Natürlich. Das Licht schaltete sich nach einer Weile von selbst aus. Er erinnerte sich jetzt an diese sinnvolle Erfindung der britischen Elektroindustrie, die ihm schon bei seinem ersten Besuch aufgefallen war. Er hatte sie damals so reizvoll schrullig gefunden wie die elektrischen Handtuchwärmer und die Teekessel, die sich beim ersten Pfeifton automatisch abschalteten.

Er drehte den Knauf, drückte die Tür mit der Schulter auf, und aus Simons Wohnung drang Tageslicht in den Flur. Ein übler Geruch, wie der stinkende Atem eines alten Hundes, umwaberte ihn. Er hielt die Luft an, stürzte zum nächsten Fenster und drückte es auf, um einen Schwall regenfeuchte Luft hereinzulassen.

In einem Punkt hatte Simon nicht zu viel versprochen: Die Decke des Wohnzimmers war über vier Meter hoch. Das verlieh dem Raum eine gewisse Aura von schäbiger Eleganz. *Runtergekommen* war der Ausdruck, den er verwendet hatte – eine Beschreibung, die ziemlich genau auf das Sperrmüllmobiliar passte, das sich um den nicht funktionierenden Kamin gruppierte. Als einziges dekoratives Zugeständnis hingen viktorianische Zinngravuren an den blassgrünen Wänden. Simons Stereoanlage und ein Stapel Schallplatten vervollständigten das düstere Tableau.

Michael folgte einem schmalen Gang und fand das Schlafzimmer. Er stellte den Koffer ab und sank wie betäubt auf die Bettkante. Er ermahnte sich, keine voreiligen Schlüsse zu ziehen. Schließlich war er übermüdet von seinem zehnstündigen Flug. Seine wachsende Verzweiflung konnte eine Folge seiner Erschöpfung sein – ganz zu schweigen von dem Plundergebäck, das er im Flugzeug genossen hatte und das nun in seinem Magen rumorte wie ein Nagetier in den letzten Zuckungen.

Er nahm an, dass es inzwischen Mittag war. Was er brauchte, war ein heißes Bad und viel Schlaf. Wenn er wieder aufwachte, würde seine Begeisterungsfähigkeit wiederkehren und mit ihr sein unschätzbares Talent, selbst qualvollen Umständen noch etwas Romantisches abzugewinnen. Was hatte er denn erwartet? Eine keimfreie Disney-Version von englischem Charme?

Ja, genau das, entschied er, als er das Badezimmer sah. Er hatte sich so etwas wie die behagliche Stadtwohnung in *101 Dalmatiner* vorgestellt. Mit Rosen im Garten und dezenter Holztäfelung und – *ja*, verflucht – Handtuchwärmern im Bad. Was er stattdessen vorfand, war ein enger Raum, der nach alter Pisse roch und dessen blaue Decke mit weißen Wolken bemalt war. Wie die Decke einer Biobäckerei in Berkeley.

Die Badewanne hatte Füße, was ihr immerhin einige Pluspunkte für altmodischen Charme brachte, aber das warme Wasser versiegte, als es knapp seine Knie umspülte. Regungslos lag er in der Wanne, trauerte seinen Illusionen nach und tadelte sich dafür, dass er einen Wohnungstausch mit einem Heterosexuellen eingegangen war, den er überhaupt nicht kannte.

Kurz darauf ließ er sich aufs Bett fallen, konnte aber mindestens eine Stunde lang nicht einschlafen. Als er schließlich eindöste, hatte er den undeutlichen Eindruck, dass Regen auf die festgestampfte Erde seines «Gartens» prasselte, und dann hörte er noch ein anderes, mehr rhythmisches Geräusch. Waren das ... Trommeln?

Es war dunkel, als er aufwachte. Er stolperte durchs Zimmer, bis er einen Lichtschalter fand, und ging in die Küche, um nachzusehen, was er alles brauchte. Es war natürlich – bis auf ein paar angeschimmelte Nudeln und eine Dose Hering – nichts zu essen da, und bei Geschirr und Küchenutensilien sah es auch sehr dürftig aus.

Als Erstes würde er Cornflakes und Milch, Brot und Erdnussbutter einkaufen. Aber frühestens morgen. Heute Abend wollte er sich in der Nähe einen Pub suchen, in dem es Schottische Eier und Fleischpasteten gab, und sich so gründlich besaufen, wie es die Situation erforderte.

Er ging zurück ins Schlafzimmer und beschloss, seinem Einzug eine offizielle Komponente zu geben, indem er seinen Koffer auspackte. Als er damit fertig war, fielen ihm Simons Instruktionen ein, die in der Seitentasche steckten. Er setzte sich aufs Bett und las:

Michael,
ich habe mir gedacht, du kannst vielleicht ein paar Ratschläge gebrauchen, um mit den zahlreichen geheimnisvollen Tücken von Colville Crescent 44 fertigzuwerden. Mit dem heißen Wasser (bzw. Ausbleiben desselben) hat man leider einigen Verdruss. Falls der Boiler Ärger macht – er hängt in der Nische zwischen Küche und Klo. (Bei ernsten Schwierigkeiten solltest du dich an Mr. Nigel Pearl wenden, einen Klempner in Shepherd's Bush. Seine Telefonnummer steht auf einem Zettel an der Kühlschranktür.)
Die automatische Abschaltung der Musikanlage schaltet nicht automatisch ab. Die Zentralheizung ist in dieser Jahreszeit abgestellt. Ich glaube kaum, dass du sie brauchen wirst. Ein extra Duvet findest du in der untersten Schublade der Kommode im Schlafzimmer. Das Bett, wie dir inzwischen aufgefallen sein wird, ruht an einer Ecke auf meiner beträchtlichen Sammlung von Tatler-Magazinen. Zu was anderem taugen die Dinger auch nicht.
Für Grundnahrungsmittel empfehle ich Europa Foods in der Notting Hill Gate. Toilettenartikel bekommst du bei Boots the Chemist (in eurer romantisch-kolonialen Ausdrucksweise heißen die Dinger «Drugstore»). Wegen richtiger Drogen wendest du dich an einen der Gentlemen in der All Saints Road, aber geh da bitte unter keinen Umständen nachts hin. Ihr Gras kann es mit eurem kalifornischen Edelgewächs aus Humboldt County nicht aufnehmen, aber wenn du ein bisschen Haschisch hineinkrümelst, wirkt es ganz gut.
Der Gasherd in der Küche dürfte keine Probleme machen. Abfälle kommen in den Behälter unter der Spüle; dort findest du auch Möbelpolitur, Eimer, Kehrichtschaufel usw. sowie den Haupthahn für das Wasser. Im Falle einer Überschwemmung

drehst du den Hahn einfach im Uhrzeigersinn zu, und die Wasserzufuhr ist unterbrochen.
Waschsalon und chemische Reinigung sind um die Ecke, an der Kreuzung von Westbourne Grove und Ledbury Road. Das Electric Cinema in der Portobello Road zeigt gute alte Filme, falls dir Streifen wie Glen und Glenda (mein Lieblingsfilm) und Jessie-Matthews-Retrospektiven liegen.
Eine Miss Treves (bei mir heißt sie Nanny Treves) wird von Zeit zu Zeit vorbeischauen und nach dem Rechten sehen. Bitte stell dich ihr vor und sag ihr, dass du ein Freund von mir bist. Wenn sie dich nach meiner eigenmächtigen Abmusterung fragt (und ich versichere dir, sie wird dich danach fragen), tu dir keinen Zwang an und erzähl ihr, was du weißt; und sag ihr, dass ich kurz nach Ostern wieder nach Hause komme. Ich werde ihr die schauerlichen Einzelheiten in einem Brief mitteilen. Miss Treves arbeitet inzwischen als Maniküre, war aber viele Jahre lang mein Kindermädchen. Seit ich ihr einmal (mit sechs) im British Museum davongelaufen bin, ist sie ständig in Sorge um mich; es kann also sein, dass sie ein wenig durcheinander ist. Das ist alles, was du über sie wissen musst, bis auf das Offensichtliche – was du gewiss mit deinem gewohnten Maß an Takt und Ritterlichkeit bewältigen wirst. London gehört dir.
Simon

Die Mitteilung, in krakeliger Handschrift auf dünnes blaues Papier gekritzelt, gab Michael das beruhigende Gefühl, dass noch jemand bei ihm in der Wohnung war. Er konnte, während er las, beinahe Simons Stimme hören. Genau genommen, fand er, war die Wohnung gar nicht so schlimm. Im Grunde brauchte er nichts weiter als eine Ausgangsbasis für seine Streifzüge durch die Stadt.

Aber was war das «Offensichtliche», das er an Simons ehemaligem Kindermädchen demnächst entdecken sollte?

Und was, zum Teufel, war ein Duvet?

Um die Antwort auf die einfachere der beiden Fragen zu finden, zog er die unterste Schublade der Kommode auf. Dort lag, vom häufigen Waschen verblichen und zerschlissen, eine gesteppte Daunendecke. Wie eine Hausfrau in einem Werbespot für Weichspüler hielt er sie sich einen Augenblick an die Wange und empfand eine unerklärliche Zärtlichkeit für das unscheinbare Stück. Was machte es, wenn die Heizung nicht funktionierte? Er hatte sein Duvet, das ihn warm halten würde.

Er packte den Koffer vollends aus, machte sich mit den ungewohnten Pfundnoten vertraut und ging hinaus in den Abend. Es war ungefähr neun Uhr. Der Regen hatte aufgehört, doch an den leeren Obstständen, die wie Skelette an der Portobello standen, glitzerten noch perlende Tropfengirlanden. Als er von der Colville Crescent in die Colville Terrace bog, lockte ihn an der Ecke ein Pub mit gelbem Lichtschein und der Stimme von Boy George.

Er bestellte sich einen Cider, die englische Alkoholvariante, die ihn schon als Teenager in Hampstead so herrlich angeschickert hatte. Die Gäste des Lokals sahen eindeutig nach Arbeiterklasse aus. Zwei mondgesichtige Männer mit Tweedmützen führten an der Bar ein freundschaftliches Streitgespräch, und an einem Tisch neben den Videospielen nippte ein stattlicher Rastafari mit Dreadlocks an einem dunklen Ale.

Im Nu war Michaels Glas leer, und er bestellte sich noch eines, mit dem er zwei Schottische Eier runterspülte. Als er das dritte Glas intus hatte, zwinkerte er bereits einer molligen Dame zu – sie saß ihm schräg gegenüber unter einem Spiegel mit einem goldglänzenden Reklamespruch. Sie war schon weit über vierzig und hatte ihr Make-up offenbar mit einem Spachtel aufgetragen, aber wie sie so alleine dasaß und trank und ihre dicken Waden im Takt von «Abracadabra» schlingern ließ, das hatte schon etwas Tapferes. Sie erinnerte ihn an eine der munteren Kneipenhockerinnen aus einem Andy-Capp-Cartoon.

Er bezahlte an der Bar und orderte ein Ale für den Tisch der Dame. Übermannt von mitmenschlichen Gefühlen, zwinkerte er der tapferen Schwester ein letztes Mal zu und wankte hinaus auf die Straße, um mit London seinen Frieden zu machen.

Jede Menge Zeit

Während der Lunchzeit ging es bei Perry's noch hektischer zu als sonst, aber Brian stand es durch, indem er sich sagte, dass es nur noch knapp vier Stunden waren, bis er sich übers Wochenende nach Oakland absetzen konnte. Ein Gast hatte gerade ein Steak zurückgehen lassen («Nennen Sie das etwa *blutig*?»), und als er mit dem Ding in die Küche kam, sägte sich Jordache-Jerry mit einem schmierigen Grinsen an ihn ran.

«Deine Frau sitzt an einem von meinen Tischen, Hawkins.»

«Hau ihm eins auf den Teller, das noch tropft», sagte Brian zum Koch.

«Hast du gehört, Hawkins?»

«Ich hab's gehört. Sag ihr, ich komm gleich.» Er checkte zwei Essen, um zu sehen, ob sie mit seiner Bestellung übereinstimmten, dann rief er dem bereits davoneilenden Jerry über die Schulter nach: «Sag ihr, ich bin komplett mit Kundschaft eingedeckt.»

«Macht gar nichts», rief Jerry zurück. «Sie ist komplett mit Engländern eingedeckt!»

Die spitze Bemerkung wurmte ihn immer noch, als er zehn Minuten später an Mary Anns Tisch einen Stopp einlegte. Tatsächlich – neben ihr saß Simon. Sie signierte gerade eine Speisekarte für eine Dame am Nebentisch und bemerkte ihn erst, als Simon sich dezent räusperte.

«Oh, hallo. Geht's im Moment schlecht?»

«Alle Hände voll zu tun», sagte er. «Ich kann mich jetzt wirklich nicht unterhalten.»

«Kein Problem.» Sie sah ihn mit ihrem Immer-mit-der-Ruhe-Lächeln an. «Ich wollte Simon nur das Lokal zeigen.»

«Und?», fragte er den Lieutenant. «Beeindruckt?»

«Es ist ... ganz famos.»

Er nickte. «Wie 'ne japanische U-Bahn.»

Mary Ann und der Lieutenant lachten, aber nicht sehr. Sie schien sich seltsam unbehaglich zu fühlen, und er fand allmählich, dass sie auch allen Grund dazu hatte. Scheiße, wie kam sie dazu, den Burschen hierher mitzubringen?

«Bleibt es bei heute Abend?», fragte er sie.

«Natürlich.»

«Meine Frau hat die Angewohnheit, mich zu versetzen», erklärte er Simon.

«Na, jetzt mach aber mal 'n Punkt!», protestierte sie.

«Sie hat natürlich immer einen triftigen Grund. Erdbeben, Königinnen, Eisbären ...»

«Entschuldigen Sie ...» Es war noch einmal die Dame vom Nachbartisch, die diesmal Simon am Ärmel zupfte. «Vor lauter Aufregung hab ich ganz vergessen, auch Sie um ein Autogramm zu bitten.»

Simon war es grauenhaft peinlich. «Wirklich schrecklich nett von Ihnen, Gnädigste, aber ich wüsste nicht, was ...»

«Ach *bitte* ... Meine Tochter wird es mir nie verzeihen, wenn ich ihr nicht einen Beweis mitbringe, dass ich Sie getroffen habe!»

Der Lieutenant warf Mary Ann einen entschuldigenden Blick zu und kritzelte seinen Namen quer über die Speisekarte. Er war hochrot im Gesicht.

«Oh, vielen Dank.» Die Frau hatte Schweißperlen auf der Oberlippe. In einem eindringlichen Flüsterton fügte sie hinzu: «Meine Tochter vergöttert Männer mit Haaren auf der Brust.» Sie kicherte in sich hinein und trippelte zu ihrem Stuhl zurück.

Simon schüttelte matt den Kopf.

«Der Preis der Berühmtheit», sagte Mary Ann.

Brian konnte es sich nicht verkneifen. «Was hat denn die? Den sechsten Sinn?»

Mary Ann lachte nervös. «Ich hab einen kleinen Beitrag über Simon gemacht. Er ist heute Morgen gesendet worden.»

«Fürchterlich», sagte der Lieutenant mit gespielter Leidensmiene.

«Mit bloßem Oberkörper?», fragte Brian.

«Na ja ...»

«Nur ein kurzer Take vom Joggen», erklärte ihm Mary Ann. «Wir brauchten ein bisschen Filmmaterial, wo ich was drübersprechen konnte.»

Brian machte sich zu ihrem Echo. «Ein bisschen Filmmaterial zum Drübersprechen. Völlig klar. Tja ...» Er setzte sich langsam vom Tisch ab. «Die brauchen mich hinten.»

Ein paar Minuten später stellte sie ihn, wie er erwartet hatte, in der Küche zur Rede. «Sag mal, wieso reagierst du so bescheuert?»

Er trat zur Seite, um einen Kollegen durchzulassen. «Das geht jetzt nicht. Wir haben Hochbetrieb.»

«Ich hab einen kleinen Beitrag über ihn gemacht», flüsterte sie. «Warum regst du dich darüber auf?»

«Ich reg mich nicht auf. Es ... überrascht mich, das ist alles. Du hast doch gesagt, er will nicht ins Fernsehen.»

«Na gut», meinte sie achselzuckend. «Hab ich ihn halt überredet.»

«Richtig. Und ihn bei der Gelegenheit auch noch als Muskelprotz rausgestellt.»

«Ach komm, Brian.» Sie tauchte unter einem Tablett weg, das Jerry vorbeitrug. «Und wenn schon? He ... ich hab doch auch 'ne Story über den Wettbewerb für Tom-Selleck-Doubles gemacht, und da hast du kein Wort gesagt.»

Er beugte sich vor und antwortete in einem zornigen Flüstern: «Der Tom-Selleck-Doppelgänger hat aber nicht mit uns unter einem Dach gewohnt!»

Sie schüttelte den Kopf. «Ich kann's nicht fassen, dass du dich davon bedroht fühlst.»

Ihre mokante Überheblichkeit machte ihn zornig. «Ich möchte wirklich mal wissen, warum du mit ihm ausgerechnet hierhergekommen bist, um deinen großen Mediencoup zu feiern.»

«Brian ...»

«Ach ... geh schon. Ist ja nicht so wichtig.»

«Brian, hör mir zu. Ich hab ihn mitgebracht, weil ich möchte, dass ihr Freunde werdet. Ich möchte, dass *wir* Freunde werden, alle drei. Ich hab mir gedacht, es wäre schön, wenn ...»

«Ja, ist ja gut.»

Sie spürte, dass sein Ärger nachließ, und lächelte ihn zaghaft an. «Ich schätze, mein Timing war beschissen. Das tut mir leid. Soll ich deine Sachen aus der Reinigung abholen?»

Er schüttelte den Kopf.

«Also, du findest mich dann zu Hause beim Packen.» Sie

küsste ihn auf die Wange und verließ die Küche. Als er drei Minuten später wieder hinauskam, waren sie und Simon bereits gegangen.

Jerry passte ihn in der Küche ab. «Der Freund von deiner Frau gibt ein großzügiges Trinkgeld.»

«Er ist auch mein Freund», gab er zurück.

«Ach wirklich?», sagte Jerry sarkastisch.

«Ja, *wirklich*, du Arschloch.»

Jerry nickte bedächtig. «Na ja ... wenigstens ein bequemes Arrangement.»

«Was soll das denn wieder heißen?»

Ein mürrisches Achselzucken. «Hör zu, Mann ... ich weiß bloß, was ich gesehen hab.»

«Nämlich?»

«Tja ... dass der Typ 'ne gewisse Ähnlichkeit mit dir hat. Das ist alles.»

«Und?»

«Und? Gar nichts.» Im Weggehen murmelte er noch: «Wenn die Lady zwei Gleiche will, geht's mich 'n ...»

Den Rest brachte er nicht mehr heraus, denn Brian packte ihn am Kragen, schwenkte ihn herum und rammte ihn an die Wand.

«Nimm dich in Acht», sagte Jerry. «Du weißt, was Perry gesagt hat. Wenn du hier drin prügelst, fliegst du raus.»

Brian zögerte. «Ein interessanter Gesichtspunkt.»

Er verstärkte seinen Griff, zerrte den anderen ins Restaurant und verpasste dem Quälgeist einen rechten Haken. Jerry taumelte rückwärts gegen einen Tisch mit Stapeln leerer Hamburgerplastikbehälter und nahm ihn mit sich zu Boden. Gäste liefen auseinander. Eine Frau kreischte. Die Dame mit der signierten Speisekarte stand an der Kasse und sah schockiert herüber. Brian ging zu ihr, nahm ihr die Speisekarte aus der Hand, signierte sie mit dem Kugelschreiber aus seiner Hemdtasche, gab sie ihr zurück und verließ das Lokal, ohne sich noch einmal umzudrehen.

Er hielt nicht an, bis er nach sechs oder sieben Blocks auf dem Russian Hill angelangt war. Sein Herz klopfte wie verrückt, als er vor Swensen's Ice Cream einen Augenblick verschnaufte und überlegte, was er jetzt tun sollte. Er beschloss, den Rest des Wegs in normaler Gangart zurückzulegen. Falls sein Boss bereits angerufen hatte, würde es seine Erniedrigung nur verschlimmern, wenn er außer Atem nach Hause kam.

Als er zehn Minuten später in die Wohnung kam, war Mary Ann mitten in den Vorbereitungen für den gemeinsamen Ausflug ins Claremont Hotel. Sie hockte im Badezimmer auf allen vieren am Boden und suchte unter dem Waschbecken nach der Tube Bräunungscreme vom letzten Sommer.

«Das kann man da bestimmt kaufen», sagte er.

«Ich weiß, aber diese Tube hatte meinen Lichtschutzfaktor.»

«Die haben da bestimmt auch deinen Faktor.»

Sie stand auf und wischte sich die Hände ab. «Du kommst aber früh von der Arbeit.»

Er lächelte. «Sie hatten ein Einsehen», log er. «Ich hab ihnen gesagt, wir müssten unbedingt noch vor dem Feierabendverkehr aus der Stadt.»

«Hervorragend. Dann mal los.» Sie ging mit raschen Schritten ins Schlafzimmer, und er folgte ihr. «Du wirst es nicht glauben», sagte sie, «aber ich hab unsere Sachen in einen einzigen Koffer gekriegt.»

«Prima.» Er schob sich ans Telefon heran, um beim ersten Klingeln den Hörer schnappen zu können.

«Ich hab deine grün getönte Sonnenbrille eingepackt. Ich war mir nicht sicher, ob du ...»

«Bestens», sagte er.

«Na ja, wenn du lieber die andere ...»

Er nahm den Koffer in die Hand. «Ich will los.»

Auf der Fahrt durch die Stadt und über die Bay Bridge redeten sie kaum. Als der Le Car die Ostseite der Bucht erreichte, sagte Mary Ann, ohne ihn dabei anzusehen: «Weißt du, ich glaube, Simon war heute Mittag gekränkt, weil du so kurz angebunden warst.»

Er zögerte, ehe er antwortete. «Dann ... werd ich mich bei ihm entschuldigen.»

«Machst du das?» Sie warf ihm einen hoffnungsvollen Blick zu.

Er nickte. «Gleich, wenn wir zurück sind.»

«Na ... wann auch immer. Er mag dich sehr, Brian.»

«Gut. Ich hab nichts gegen ihn.»

Sie strich ihm mit der Hand über den Schenkel. «Gut.»

Minuten später tauchte über ihnen an einem grünen Hang das Claremont Hotel auf. «Ist es nicht traumhaft?», schwärmte Mary Ann. «Es wird dieses Jahr siebzig.»

«Ich finde es ein bisschen zu weiß», meinte er.

«Tja ... Pech für dich.»

«Du weißt, was ich meine.» Er grinste. «Es sieht aus wie ein Sanatorium in der Schweiz. Weiße Fassaden, weiße Dächer, weiße Sonnenschirme.»

«Und?»

«Na, man kommt sich vor wie in einer Anstalt oder als wär man für eine Schönheitsoperation da.»

Sie schüttelte den Kopf. «Pass lieber auf die Straße auf.»

Vor dem Hoteleingang überließen sie den Le Car dem Portier und gingen auf ihr Zimmer. Es war sonnig und geräumig und bot einen Blick auf die Tennisplätze. Während der nächsten fünf

Minuten redeten sie kaum ein Wort. Sie rauchten einen Joint und zogen ihre Badesachen an, und dann gingen sie hinunter zum Jacuzzi neben dem Schwimmbecken. Die Sonne, das Marihuana und der warme Wasserstrahl, der ihm den Rücken massierte, hatten eine angenehm einlullende Wirkung auf Brian. Die Katastrophe im Restaurant schien nur noch ein böser Traum zu sein.

Mary Ann tauchte unter, kam wie eine Wassernymphe wieder hoch und besah sich die Fassade des alten Hotels. «Pink», sagte sie schließlich. «Nein, *pfirsichfarben*.»

Er dachte, er hätte irgendwas überhört. «Was?»

«Die Farbe, in der sie es streichen sollten.»

Er sah am Hotel hoch und lächelte sie an.

Sie erwiderte das Lächeln und rieb ihren Fuß an seiner Wade.

«Weißt du, was?», fragte er.

«Was?»

«Ich kenne niemand, den ich so gernhabe wie dich.»

Sie ließ ein paar Sekunden verstreichen, ehe sie antwortete. «Warum sagst du mir dann nicht die Wahrheit?»

Ihre Miene sagte alles. «Du hast einen Anruf bekommen?», fragte er.

Sie nickte.

«Von Perry?»

Wieder ein Nicken.

«Hat er mich gefeuert?»

«Brian ... du hast dem Kerl den Kiefer *gebrochen*. Sie hätten auch die Polizei holen können.»

Er dachte darüber nach, sagte aber nichts.

«Er ist ins St. Sebastian's gekommen. Sie haben ihm den Unterkiefer mit Draht zusammengeflickt.»

Er nickte.

«Was war's denn diesmal?»

Er hatte keine Lust, auch noch Eifersucht auf die Liste seiner Kardinalfehler zu setzen. «Spielt doch keine Rolle», sagte er.

«Na prima. Toll.»

«Pass auf ... Er hat wieder 'ne dumme Bemerkung über einen schwulen Gast gemacht. Er hat einen Aids-Witz erzählt. Ich wollte nicht so doll zuschlagen. Aber er hat's schon den ganzen Tag drauf angelegt ...»

«Warum hast du mir nichts davon gesagt?»

Er zuckte mit den Schultern. «Hätte ich ja noch. Ich wollte uns bloß das Wochenende nicht gleich von Anfang an vermiesen.»

Sie blinzelte ihn an.

Da er immer noch nicht ganz sicher war, fragte er sie noch einmal: «Sie haben mich also gefeuert?»

«Ja.»

«Tut mir leid, dass du es abgekriegt hast.»

«Er hat es auf die nette Art gemacht», sagte sie.

Ein kleiner Junge und sein Vater, beide mit leuchtend roten Haaren, marschierten durch sein Blickfeld zu den Umkleidekabinen. Der Junge stolperte über die Schnürsenkel seiner Turnschuhe, und sein Vater blieb stehen, um sie ihm zu binden. Der Anblick gab Brian einen Stich und verstärkte seine Sehnsucht nach allem, was ihm in seinem Leben fehlte.

«Erde an Brian, Erde an Brian.» Mary Ann, ein versonnenes Lächeln im Gesicht, holte ihn in die Realität zurück.

«Entschuldige», sagte er. «Was soll ich sonst sagen?»

«Sag nicht Entschuldigung. Sag mir die Wahrheit. Mein Gott, Brian ... wenn wir nicht mehr mit*einander* reden können, mit wem denn dann?»

Er nickte und spürte, wie die Last seiner Schuld von ihm wich. «Du hast recht.»

«Es geht nicht nur dir so.»

«Wie meinst du das?»

«Na ja ... ich tu's manchmal auch nicht.»

«Was?»

«Du weißt schon ... die Wahrheit sagen. Ich unterschlage mal was, weil ich Angst habe, unsere Beziehung könnte einen Knacks kriegen ... und weil ich dich nicht verlieren will.»

Er war ganz gerührt, denn soweit er wusste, hatte sie ihn nie belogen, und es gab keinen Grund für ein solches Geständnis. Was sie ihm hier verdeutlichte, waren nicht so sehr ihre eigenen Beweggründe – sie gab ihm vielmehr zu verstehen, dass sie die seinen nachempfinden konnte. Er legte die Hand an ihre nasse Wange und lächelte sie an. Sie streckte ihm die Zunge raus, tauchte unter und kitzelte ihn zwischen den Schenkeln. Die Krise war vorüber.

Beim Abendessen stellte er fest, dass Mary Ann mehr Wein trank als sonst, aber er hielt Glas für Glas mit. Als die Himbeeren mit Schlagsahne serviert wurden, hatten sie sich in ein Paar mit glücklich strahlenden Gesichtern verwandelt, wohlig betüdelt im Kerzenschein. Sein Instinkt sagte ihm, dass dies der richtige Augenblick war, um wieder auf das Thema Nummer eins zu kommen.

«Weißt du, ich hab den Job gehasst.»

Sie griff über den Tisch und streichelte ihm den behaarten Handrücken. «Ich weiß.»

«Früher oder später hätte ich sowieso gekündigt. Dass es jetzt so gekommen ist ... ist gar nicht schlecht.»

Sie wartete eine Weile, ehe sie etwas sagte. «Eigentlich tut es mir irgendwie leid, dass ich nicht dabei war. Du hast doch nicht wie ein Trottel dabei ausgesehen?»

Er schüttelte den Kopf.

«Eher heroisch?»

Er wiegte den Kopf hin und her, um anzudeuten, dass es irgendwo dazwischenlag. «Und jetzt», sagte er leise, «hab ich jede Menge Zeit.»

Ihr Lächeln wurde starr. Sie wusste genau, was er damit sagen wollte.

«Du hast gesagt, ich soll dir die Wahrheit sagen», sagte er.

Sie nickte. Ihr Lächeln war verschwunden.

«Ich finde, John Lennon ist als Hausmann ganz gut klargekommen ... und ich wette, er hat sich für den Kleinen viel mehr Zeit genommen als Yoko ...»

«Brian ...»

«Ich sag ja nicht, dass du das Kind nicht gernhättest. Ich meine bloß, du bräuchtest dich nicht so viel um den Balg zu kümmern wie ich. Mensch, Frauen hatten jahrhundertelang die Hauptlast zu tragen. Warum soll es nicht klappen, wenn wir die Rollen mal tauschen? Verstehst du das nicht? Wär doch toll, so was Kleines zu haben, das ... eine Mischung aus dir und mir ist?»

Ihre Miene war unergründlich, als sie ihre Serviette auf den Tisch legte und aufstand. War sie sauer? Dachte sie, er hätte sich nur deshalb feuern lassen, um sie in die Enge zu treiben? «Was ist mit unseren Himbeeren?», fragte er.

«Ich hab keinen Hunger mehr», antwortete sie.

«Bist du ... sauer?»

«Nein.» Sie ließ den Blick über die Nachbartische wandern. «Ich hab diesen Ausflug mit dir gemacht, weil ich dir was sagen wollte. Aber nicht hier.»

«Gut. Kein Problem.» Er stand auf. «Und die Rechnung?»

«Wir sind eingeladen», sagte sie.

Als sie wieder im Zimmer waren, putzte sie sich die Zähne und sagte, er solle seine Windjacke anziehen.

«Wo gehen wir hin?», wollte er wissen.

«Wart's ab», sagte sie.

Sie zog eines von seinen alten karierten Hemden über und hatte plötzlich einen großen Messingschlüssel in der Hand, mit dem sie die Tür zu einem Treppenhaus aufschloss, durch das man die über ihnen gelegene Turmsuite erreichte. Im Halbdunkel stiegen sie bis zum Eingang der Suite und dann noch eine weitere Treppe hinauf.

Ganz oben stieß sie mit großer Geste die Tür auf. Sie traten auf eine winzige Aussichtsplattform hinaus. Vor ihnen lag das ganze Panorama der Bucht von San Mateo bis Marin – Zehntausende von elektrischen Sternenkonstellationen, die unter einem violetten Abendhimmel glitzerten.

Sie stellte sich an die Brüstung. «Das müsste hinhauen.»

Er stellte sich neben sie. «Was denn?»

«Sag jetzt nichts. Sonst verdirbst du mir das Ritual.» Sie knöpfte die Hemdtasche des Karohemds auf und nahm ein pinkfarbenes Plastiketui heraus, das ungefähr die Größe einer Puderdose hatte. Sie hielt es wie einen geweihten Talisman hoch. «Lebt wohl, kleine Ortho-Novums. Mama will euch nicht mehr.»

Schlagartig wurde ihm bewusst, was sie tat. «Mensch, du dusselige ...»

«Psst ...» Sie holte aus und warf. Die Pillen segelten in die Nacht wie ein winziges Raumschiff auf einem Flug zu den Sternen. Sie formte die Hände zu einem Trichter vor dem Mund und rief: «Hast du das gesehen, Gott? *Alles klar?*»

Er warf den Kopf zurück und schrie seine unbändige Freude heraus.

«Gut, nicht?» Sie lächelte in den Wind, und er fand sie schöner denn je.

«Ich hab dich nicht verdient», sagte er.

«Von wegen.» Sie nahm seine Hand und zog ihn zum Treppenhaus. «Komm, Großer. Lass uns Babys machen.»

Auftritt Miss Treves

Michael hatte Jetlag stets für eine Marotte der Reichen gehalten, doch seine ersten Tage in London veranlassten ihn, seine Ansicht für immer zu revidieren. Er erwachte ausnahmslos zur magischen Stunde um drei Uhr auf – mal mitten in der Nacht, mal am Nachmittag. Sein Gefühl von zeitlicher Desorientierung wurde noch verstärkt durch das Haus, in dem das Telefon nie läutete und das Trommeln nie aufhörte.

Das Trommeln kam zwar aus dem Nachbargebäude, aber die elementaren Rhythmen waren im Morgengrauen nicht zu überhören, wenn er unweigerlich in seichtem, lauwarmem Wasser lag und zusah, wie das kalte graue Licht eines weiteren Regentags über den künstlichen blauen Himmel der Badezimmerdecke kroch.

Um sich zu beschäftigen, klapperte er seinen Waschsalon, sein Postamt und das nächste Lebensmittelgeschäft ab. Dann unternahm er Ausflüge in andere Teile der Stadt, um Orte wiederzusehen, die ihm von früher vertraut waren: einen lärmigen Pub in Wapping, der sich Prospect of Whitby nannte (inzwischen touristenverseuchter, als er ihn in Erinnerung hatte); die Carnaby Street (einst *Mod* und geschmacklos, jetzt *Punk* und geschmacklos); den reizenden alten Friedhof in Highgate, wo Kari Marx begraben lag (noch immer reizend, noch immer begraben).

Als es am dritten Nachmittag aufklarte, schlenderte er durch Kensington und Chelsea zum Fluss hinunter und folgte dem

Embankment bis zu Cleopatra's Needle. Mit sechzehn hatte ihn der ägyptische Obelisk seltsam angezogen, weil er von zwei Löwen flankiert wurde, die ihn – aus einem bestimmten Winkel betrachtet – an erigierte Schwänze erinnerten. Na ja, mit sechzehn hatte er fast in allem etwas Phallisches gesehen.

Einigermaßen enttäuscht von seinem Wiedersehen mit den Löwen, ging er weiter durch die Straßen und orientierte sich in Richtung Trafalgar Square. Aus Gründen der Sparsamkeit – wenigstens redete er sich das ein – aß er mittags in einem McDonald's in der Nähe der U-Bahn-Station Charing Cross und kam sich dabei grauenhaft amerikanisch vor, bis der Kunde vor ihm in breitestem Cockney einen Erdbeershake zum Mitnehmen orderte.

Am Piccadilly Circus kaufte er sich die *Gay News*, die er, eingekeilt von deutschen Rucksacktouristen, zu Füßen der Eros-Statue durchblätterte. Nach den Kleinanzeigen zu schließen waren schwule Engländer permanent auf der Suche nach «uncles» (Bärentypen) mit «stashes» (Schnäuzern), die «non-camp» (macho) waren und um die Barszene einen Bogen machten («non-scene»). Überraschend viele Anzeigenkunden wiesen darauf hin, dass sie eine Eigentumswohnung und einen Wagen besaßen. Von der Frauenfront wurde berichtet, dass eine Lesbengruppe im Norden der Stadt einen Samstagsjog zum Grabmal von Radclyffe Hall organisierte und dass man allgemein der Sappho Disco Night im Goat in Boots in der Drummond Street entgegenfieberte.

Wieder daheim in der Colville Crescent, versuchte er nach Kräften, den Gestank aus dem Badezimmer zu vertreiben, indem er den siffigen Bodenbelag mit einem Raum-Deodorant-Konzentrat bearbeitete, das er bei Boots the Chemist gefunden hatte. (In mancher Hinsicht waren englische Drogerien höchst verwirrende Einrichtungen. Die Packungen und Flaschen sahen zwar nicht grundlegend anders aus als die in den Staaten, aber die Produkte hatten andere Namen, damit irgendwelchen idiotischen Schutzbestimmungen Genüge getan war. War Anadin dasselbe wie Anacin? Spielte es überhaupt eine Rolle?) Heftig schüttelte er die kleine bernsteingelbe Flasche, bis ein paar Tropfen herauskamen. Doch der scharfe Geruch der Flüssigkeit verband sich augenblicklich mit dem Uringestank, und das Mittel bewirkte rein gar nichts. Er warf die Flasche in den Müll, stürmte ins Schlafzimmer und tastete in seinem Koffer nach dem letzten der Joints, die ihm Mrs. Madrigal gedreht hatte.

Er wollte ihn gerade anzünden, als ihn ein durchdringendes lautes Geräusch zusammenzucken ließ. Es dauerte einige Sekunden, bis ihm klar wurde, dass er soeben zum ersten Mal seine Türklingel vernommen hatte. Er legte den Joint ins Versteck zurück, ging durch den Hausflur und öffnete die Tür.

Die Frau, die vor ihm stand, war etwa sechzig. Ihre grauen Haare legten sich in hübschen Imogene-Coca-Löckchen um ihr Gesicht. Sie trug ein braunes Tweedkostüm und braune Schuhe mit flachen Absätzen. Aber das war nicht das Offensichtliche, das Simon erwähnt hatte. Das Offensichtliche war, dass sie nur bis an die Türklinke reichte.

«Oh», sagte sie mit piepsiger, erschrockener Stimme. «Ich habe Licht gesehen. Da dachte ich mir, dass ich lieber mal klingel.»

«Sie müssen Miss Treves sein», sagte er, um ihr aus der Verlegenheit zu helfen. «Ich bin ein Freund von Simon. Michael Tolliver.»

«Oh ... ein Amerikaner.»

Er lachte nervös. «Ja. Wir haben die Wohnungen getauscht. Simon ist in San Francisco.»

«Ich weiß Bescheid, ich kenne diesen ungezogenen Bengel», knurrte sie.

«Es geht ihm gut», sagte er. «Ich soll Ihnen herzliche Grüße bestellen und Ihnen ausrichten, dass er gleich nach Ostern wiederkommt.»

Diese Nachricht wurde mit einem weiteren Knurren quittiert.

«Er hat sich einfach irgendwie ... in San Francisco verliebt.»

«Hat er Ihnen das gesagt?»

«Na ja ... so ungefähr. Schauen Sie, ich hab mich hier noch nicht ganz eingerichtet, aber ... kann ich Ihnen einen Kaffee anbieten? Oder einen Tee?»

Sie überlegte kurz und nickte. «Nichts dagegen.»

«Gut.»

Sie ging voran und setzte sich im Wohnzimmer in einen niedrigen, mit Chintz bezogenen Sessel. Ihre Schuhsohlen berührten fast den Boden. Die eigenartig kleinen Proportionen des Sessels ließen vermuten, dass er extra für sie hier stand.

Miss Treves wischte ein Stäubchen von der Armlehne und legte dann sittsam die Hände in den Schoß. «Simon hat mir nicht gesagt, dass Sie kommen. Sonst hätte ich hier ein bisschen Ordnung gemacht.»

«Das macht nichts», sagte er. «Ist doch gut so.»

Sie schaute sich angewidert um. «Nein, kein bisschen. Es ist absolut verlottert.» Sie schüttelte langsam den Kopf. «Und er hält sich für einen Gentleman.»

Ihre Entrüstung gab ihm sofort ein gutes Gefühl. Er hatte schon befürchtet, er sei zu pingelig, zu amerikanisch in seinen Ansprüchen. Das Urteil dieser Expertin bestätigte ihm, dass er richtig vermutet hatte: Simon war ein schlampiger Mensch.

Er erinnerte sich, dass er ihr einen Tee angeboten hatte.

«Oh ... entschuldigen Sie mich. Ich setze unser Teewasser auf.» Als er einen schnellen Abgang machen wollte, stieß er unrühmlich mit einer schirmlosen Stehlampe zusammen. Er hielt den schwankenden Lampenständer fest und hörte, wie Miss Treves kicherte.

«Na, na, mein Bester. Sie werden sich daran gewöhnen.»

Sie meinte offenbar ihre Körpergröße. Er drehte sich um und lächelte sie an, um zu zeigen, dass er als Kalifornier mit den unterschiedlichsten Menschen problemlos zurechtkam. «Was nehmen Sie in Ihren Tee?», fragte er.

«Milch, bitte ... und ein klein wenig Zucker.»

«Ich fürchte, ich habe keinen Zucker da.»

«Doch, haben Sie. Auf dem Wandregal rechts vom Herd. Ich hab dort immer welchen für mich stehen.»

In der Küche ließ er warmes Wasser in den Teekessel laufen, holte eine Flasche Milch aus dem Kühlschrank und ortete Miss Treves' privaten Zuckervorrat. Es war sogar Kandiszucker wie bei seinem ersten Sexpartner, dem *non-scene*, *non-camp* Maurer aus Hampstead Heath.

Er ging zurück ins Wohnzimmer, reichte Miss Treves ihren Tee und setzte sich auf dem Sofa an das Ende, das ihr am nächsten war. «Also ... Simon hat mir erzählt, dass er Ihnen mal im British Museum ausgebüxt ist.» Es war eine schwache Eröffnung, aber es war alles, was er hatte.

Sie nippte vorsichtig an ihrem Tee. «Ja, das ist eine schlechte Angewohnheit von ihm, nicht?»

Er nahm an, dass es eine rhetorische Frage war. «Er sagt, Sie waren ein wunderbares Kindermädchen.»

Sie schaute in ihre Tasse, um sich nicht anmerken zu lassen, wie sehr sie sich darüber freute. «Wir waren sehenswert, wir zwei.»

Fast hätte er gesagt: «Das kann ich mir vorstellen.» Stattdessen sagte er: «Und jetzt sind Sie also Maniküre?»

Sie nickte. «So ist es.»

«Haben Sie einen Salon?»

«Nein. Nur Stammkunden. Ich gehe zu ihnen nach Hause. Exklusive Kundschaft.» Sie streifte seine Hände mit einem missbilligenden Blick. «Ihnen täte eine Maniküre auch gut, mein Bester.»

Peinlich berührt musterte er seine abgebissenen Fingernägel. «Ich fürchte, das habe ich mir erst in letzter Zeit angewöhnt. Dreißig Jahre lang hatte ich makellose Fingernägel.» Er beschloss, das Thema zu wechseln. «Woher wussten Sie, dass Simon ... von der königlichen Jacht verschwunden ist?»

Sie seufzte. «Ach, mein Lieber ... der *Mirror* hat sich auf die Geschichte gestürzt. Haben Sie's nicht gelesen? Es ist erst ein paar Tage her.»

«Nein ... hab ich nicht gesehen.»

«Sie haben die Sache aufgeblasen, als hätte er der Queen eine reingehauen.»

Er gab sich Mühe, ein angemessen besorgtes Gesicht zu machen. «Nichts dergleichen», sagte er. «Er hatte die Navy einfach satt.»

«Quatsch mit Soße», sagte Miss Treves.

«Äh ... wie bitte?» Er glaubte, sich verhört zu haben.

«Die Navy ist eine Sache, mein Bester. Die *Britannia* ist was anderes. Es ist eine fürchterliche Schande.»

«Wie hat es die Presse denn rausgekriegt?»

«Durch irgendeine vermaledeite Frau im Fernsehen», knurrte sie entrüstet.

«In San Francisco?»

Sie nickte. «Dann hat der *Mirror* seine eigenen Schnüffler auf die Sache angesetzt und seine Adresse herausbekommen. Und sie auch noch gedruckt!»

Er dachte einen Augenblick nach. «Sind Simons Eltern ... verärgert?»

Miss Treves lachte in sich hinein. «Seine Familie sitzt vor Ihnen, mein Bester.»

«Oh ...»

«Seine Eltern sind einen tragischen Tod gestorben, als er noch in Cambridge war.»

«Ach ... das hab ich nicht gewusst.»

Sie knetete die Hände in ihrem Schoß. «Simon redet nicht gern darüber. Es war ein grauenhafter Verkehrsunfall.»

Er nickte.

«Sprechen Sie ihn nicht darauf an, ja? Der arme Junge hat acht Jahre gebraucht, um drüber wegzukommen.»

«Wer würde das nicht?», sagte Michael. Er war schon auf dem besten Weg, Simon den Zustand der Wohnung zu verzeihen und in diesem Kindermädchen eine Art Schutzengel in Tweed zu sehen. «Er kann sich glücklich schätzen, dass er Sie hatte», fügte er hinzu.

Ihr kleiner Rosenknospenmund verzog sich zu einem Lächeln, das ganz ihm galt. «Simon hat immer so reizende Freunde.»

Zyklop trifft Bischof

Mary Ann war unterwegs, um eine Human-Interest-Story über die Schließung eines Automobilwerks zu drehen, sodass Brian Gelegenheit hatte, seinen ersten offiziellen Tag als Hausmann in der Barbary Lane 28 mit allerlei handfesten Verrichtungen zu begehen. Er trimmte den Efeu an sämtlichen Fensterbänken, und er brachte Ordnung in die Schwämme und Putzmittel unter der Küchenspüle. Mit der wütenden Entschlossenheit eines Terriers, der eine Taschenratte aus ihrem Bau scheucht, kroch er unters Bett und machte Jagd auf Flusen.

Er arbeitete jetzt für drei. Jeder Wischer des Staubtuchs, jeder Spritzer Scheuermittel, jeder Mäuseköttel, den er aus der Vorratskammer verbannte, machte die Wohnung wieder ein Stück sicherer für Das Kind.

Das Kind.

In Gedanken schrieb er den bestimmten Artikel vor Kind groß, und in abergläubischer Andacht zollte er dem Samenkorn Tribut, das vielleicht schon jetzt – während er die Kloschüssel auswischte – in Mary Anns Gebärmutter keimte. Das Kind war jetzt alles. Dieses unbeschreibliche, mikroskopisch winzige Kerlchen hatte sein Leben völlig verändert und ihm einen Grund gegeben, morgens aus den Federn zu kriechen. Und das kam einem Wunder gleich.

Er legte eine Pause ein und machte sich ein Schinkenbrot, das er in dem Häuschen auf dem Dach verzehrte, während ein rostroter Tanker lautlos durch die blaue Weite der Bucht glitt. Über dem Ziegelbau des Art Institute flatterte ein Kinderdrachen mit regenbogenbuntem Schwanz im Wind.

Es gab so vieles, was man einem Kind in dieser Stadt zeigen konnte, und Das Kind würde ihn so viele alltäglich gewordene Sehenswürdigkeiten neu entdecken lassen. Die Windmühle im Golden Gate Park. Chinatown im Nebel. Die Brandung, die bei Fort Point schäumend über die Ufermauer spritzte. Im Geiste sah er bereits, wie sie gemeinsam über irgendeinen Strand tollten, er und dieses kleine Stück von ihm, dieses aufgeweckte, liebenswerte Wesen, das ihn ... ja, wie würde es ihn wohl nennen?

Daddy?

Dad?

Papa?

Papa war eigentlich nicht schlecht. Es klang freundlich, aber auch nach alten Werten – nach liebevoller Strenge. Vielleicht zu streng? Er wollte nicht autoritär erscheinen. Das Kind war schließlich eine Persönlichkeit. Das Kind durfte ihn niemals fürchten. Schläge kamen überhaupt nicht infrage.

Er ging wieder nach unten in die Wohnung, und als er seinen Teller in den Ausguss stellte, fasste er den Entschluss, die Spüle zu schrubben. Draußen hörte er Mrs. Madrigal bei der Gartenarbeit. Sie summte eine immer wieder unterbrochene Version von «I Concentrate on You».

Er hätte ihr zu gern von Dem Kind erzählt, aber er unterdrückte den Drang, denn er fand – ohne genau zu wissen, warum –, dass sie es von Mary Ann erfahren sollte. Außerdem würde es viel mehr Spaß machen, wenn sie warteten, bis sie wussten, dass Mary Ann schwanger war.

Um Simon zu zeigen, dass er nichts gegen ihn hatte, ging er hinunter und lud den Lieutenant zum Joggen ein. Keuchend und schnaufend liefen sie an verlassenen Docks vorbei zur Bay Bridge, und ihn beeindruckte Simons Ausdauer. Er sagte es ihm.

«Das Kompliment kann ich nur zurückgeben», war die höfliche Antwort.

«Nicht nur beim Laufen», fuhr Brian fort. «Du scheinst dich auch auf anderen Gebieten ganz gut zu schlagen.»

«Ach ja?»

Brian warf ihm einen bedeutungsvollen Blick zu und grinste. «Ich hab sie gesehen, als sie heute früh gegangen ist.»

«Ah.»

«Ganz recht ... *ah*. Wo hast du sie aufgegabelt?»

«Ach ... in so einem kleinen Laden, das Balboa Café. Kennst du es?»

«Von früher, ja. Ich war schon ’ne Weile nicht mehr da. War sie gut im Bett?»

«Mhm. Bis zu einem gewissen Punkt.»

Brian lachte.

«Das sollte eigentlich kein Witz sein.»

«Mhm.»

«Sie war ein bisschen ... öh ... wie soll ich sagen ... zu enthusiastisch.»

«Schon kapiert», sagte Brian. «Sie hat dich in die Brustwarzen gebissen.»

Der Lieutenant war sichtlich schockiert. «Also ... ja, tatsächlich ... das hat sie.»

«Auf so was steht sie», sagte Brian.

«Du *kennst* sie?»

«Von früher. Vor meiner Ehe. Jennifer Rabinowitz, stimmt’s?»

«Ja.»

«Allerhand, die Lady.»

«Sie ist schon viel herumgekommen, was?»

Brian lachte wieder. «Sie ist der gefräßigste Hai im Bermudadreieck.»

«Wie bitte?»

«So nennt man die Gegend ums Balboa Café», klärte Brian ihn auf.

«Verstehe.»

Der Lieutenant schien ein wenig geknickt, und Brian versuchte, ihn wieder aufzurichten. «Ich meine ... nicht dass du denkst, sie ist hier die Stadthure. Sie steigt nicht mit jedem ins Bett.»

«Wie beruhigend», sagte Simon.

Sie beendeten ihren Lauf an der Brücke, gingen vom Embarcadero stadteinwärts und setzten sich auf die Einfassung vom Villaincourt-Springbrunnen. Ein kleiner vietnamesischer Junge mit einem Einkaufsnetz kam auf sie zu. Brian scheuchte ihn mit einer Handbewegung weg.

«Was war das?», fragte Simon.

«Er wollte uns Knoblauch verkaufen.»

«Warum Knoblauch?»

«Keine Ahnung. Sie besorgen ihn sich in Gilroy und verkaufen ihn hier auf der Straße. Es gibt hier Dutzende von diesen kleinen listigen Kerlen, die den weißen Männern, die das Land ihrer Eltern besetzt haben, Knoblauch andrehen. Ausgleichende Gerechtigkeit, hm?»

«Kann man wohl sagen.»

«Du bist ein prima Joggingpartner», sagte Brian.

«Vielen Dank, Sir. Gleichfalls.»

Brian packte das Knie des Lieutenants und rüttelte es herzhaft. Er mochte diesen Burschen sehr. Und nicht nur, weil sie dank Jennifer Rabinowitz etwas gemeinsam hatten. «Du sitzt neben einem, der sein Glück nicht für sich behalten kann», sagte er.

«Wie das?»

«Tja ... Mary Ann und ich haben beschlossen, Eltern zu werden. Ich meine, sie ist noch nicht schwanger, aber wir arbeiten daran.»

«Das ist wunderbar», sagte Simon.

«Ja ... verdammt noch mal, das ist es.»

Eine Weile saßen sie schweigend da und ließen sich vom Plätschern des Brunnens einlullen.

«Aber sag ihr nicht, dass ich's dir erzählt habe», sagte Brian.

«Natürlich nicht.»

«Ich möchte nicht, dass sie sich ... weißt du ... gedrängt fühlt.»

«Ich verstehe.»

«Que sera, sera ... du weißt schon.»

«Mhm.»

«Übrigens, du kannst jederzeit gern das Fernsehzimmer benutzen, wenn du Lust hast.»

«Vielen Dank. Äh ... wo ist das?»

«Auf dem Dach. Einfach die Treppe ganz rauf. Alle im Haus benutzen es.»

«Prima.»

«Ich zeig dir, wie der Videorekorder funktioniert. Macht dir vielleicht Spaß. Ich hab *Debbie Does Dallas*.»

«Wie bitte?»

«Das ist ein Porno.»

«Ah.»

«Ich komm nicht viel dazu, ihn anzusehen ... nur wenn Mary Ann zu Dreharbeiten unterwegs ist. Dann schieb ich ihn ein und ... nehm den alten Zyklopen in die Mangel.»

Ein Lächeln glitt langsam über Simons Gesicht. «Du meinst ... du bimst den Bischof?»

Brian grinste. «Du kapierst schnell.»

Fata Morgana

Als Schüler hatte Michael an einem Austauschprogramm teilgenommen, und die internationale English-Speaking Union hatte ihn in London an eine Familie in Hampstead vermittelt. Die Mainwarings waren kinderlos und umsorgten ihn wie einen Sohn. Sie gingen mit ihm in die Theater im West End, fütterten ihn zur Teestunde mit Shortbread und hielten immer die englische Orangenmarmelade vorrätig, die er am liebsten aß.

Er hatte schon vor Jahren den Kontakt zu ihnen verloren und fragte sich jetzt, ob sie noch immer in dem gemütlichen kleinen Haus in einer Seitenstraße des New End Square vor ihrem geliebten Fernseher saßen. Auch wenn sie nicht mehr da waren – der Gedanke an ein Wiedersehen mit Hampstead war wunderbar und aufregend. Die Rückkehr an einen Ort, wo man einmal gewohnt hatte, war immer etwas Besonderes.

Er verließ Simons Haus und ging zwischen den Verkaufsständen auf der Portobello Road hinunter zum angeschmuddelten Zentrum von Notting Hill Gate. Unter dem vertrauten Symbol der London Underground – roter Kreis mit blauem Querbalken – hindurch ging es vom Bürgersteig die Treppe runter zur U-Bahn. An einem Fahrkartenautomaten, zu dessen Streckenabschnitten Hampstead gehörte, warf er die nötigen Münzen ein.

Eine Rolltreppe brachte ihn hinab zum Bahnsteig der Central Line, wo er einen Zug in östlicher Richtung nahm. An der Tottenham Court Road musste er umsteigen und steuerte so kennerisch wie möglich den Bahnsteig der Northern Line an. Dort warnte ihn eine alte Erinnerung, dass er nach Hampstead den Edgware-Zug und *nicht* den High Barnet nehmen musste.

Es machte Spaß, die alten Eindrücke wiederzubeleben. Die klassische Einfachheit des Streckenplans mit seinem geometrischen Muster aus verschiedenfarbigen Arterien. Der warme, schale Wind, der durch die cremefarben und grün gekachelten Fußgängertunnel fegte. Die Fahrgäste – vom Skinhead bis zu Männern in Nadelstreifenanzügen –, alle mit der gleichen Maske von gelangweiltem und würdevollem Missbehagen.

Als er in Hampstead ausstieg, wurde sein weiterer Weg vorgezeichnet durch ein Schild mit der Aufschrift WAY OUT, was er weit edler fand als das nichtssagende amerikanische EXIT. Hampstead war der höchstgelegene Londoner Stadtteil, und die Fahrt mit dem Lift zur Straße war die längste in der Stadt. Der Aufzug war ein ächzendes Jugendstilmonster mit einer Tonbandstimme, die so dumpf und brüchig klang («Bitte von der Tür zurücktreten»), als gehörte sie einem hier in der Kabine heimischen Gespenst. Er erinnerte sich sogar an diese Stimme von früher, und sie gab ihm einen ersten wohligen Schauer von Déjà-vu.

Die Straßen des Viertels waren zum Glück unverändert, trotz der rapiden Zunahme von Fast-Food-Lokalen und malvenfarbenen Frisiersalons mit viel Chrom, die sich auf «Haar-Design» spezialisiert hatten. Er schlenderte auf dem roten Ziegelpflaster der Hauptstraße entlang, bis er den wuchtigen Backsteinbau des Hospitals erreichte, hinter dem eine Seitenstraße zum New End Square führte.

Vier Minuten später blieb er unschlüssig vor dem Haus stehen, in dem er 1967 drei Monate gewohnt hatte. Die Chintzvorhänge, die einst das Wohnzimmer vor den Blicken der Passanten geschützt hatten, waren durch Jalousien ersetzt worden. Wohnte hier jetzt ein Schwuler? Waren die Mainwarings im Alter in eine charakterlose Eigentumswohnung in einem der Wohnparks in den Vororten umgezogen? Würde er die Veränderungen – wie immer sie aussehen mochten – ertragen können? Wollte er es überhaupt so genau wissen?

Nein, eigentlich nicht. Er ging zur Hauptstraße zurück und aß einen Happen in einem der neuen, auf Amerikanisch getrimmten Hamburgerrestaurants – einem «Café», das mit Neonkakteen und alten Coca-Cola-Reklameschildern dekoriert war. Früher, erinnerte er sich, gab es in London nur in den Wimpy-Bars Hamburger, und die hatten die Bezeichnung kaum verdient.

In einem seiner alten Stammlokale am Flask Walk trank er ein paar Gläser Cider und überlegte, was er mit dem Rest des Nachmittags anfangen sollte. Er könnte rüber ins Spaniards Inn gehen und dort noch ein oder zwei Glas trinken. Er könnte das Haus suchen, in dem einmal der Erfinder der Weihnachtskarten gewohnt hatte. Er könnte einen Spaziergang hinunter zum Vale of Health machen und sich ans Ufer des Teichs setzen, auf dem Shelley seine Papierschiffchen hatte segeln lassen.

Oder er könnte seinen Maurer suchen.

Noch ein Glas Cider, und sein Entschluss stand fest. Shelley und der Erfinder der Weihnachtskarten konnten es mit der Erinnerung an einen haarlosen Hodensack nicht aufnehmen. Im Nu war er aus dem Pub und schlenderte auf dem blassgrünen Hügelkamm über der Stadt in Richtung Jack Straw's Castle und Spaniards Road.

Die Heidelandschaft war noch genau so, wie er sie in Erinnerung hatte – sanft gewellte Wiesen, eingefasst von dunkelgrünem Stadtwald. Es schien mehr Abfall herumzuliegen (was für ganz London galt), doch die achtzig Hektar Park hatten noch immer etwas Geheimnisvolles. Bei seinem letzten Besuch hatte ihn das Rascheln des Winds im dichten Laub sofort an eine gespenstische Szene aus *Blow Up* erinnert – ein Film, der für ihn so sehr mit London verbunden war wie *Vertigo* mit San Francisco.

Er betrat den Park von der Spaniards Road und folgte einem breiten Weg, der zwischen den Bäumen hindurchführte. Als er Hampstead Ponds erreichte, blieb er eine Weile stehen und sah drei Kindern zu, die am Ufer herumtollten. Ihre Mutter, eine sommersprossige Rothaarige in einem grünen Pullover und Freizeithose, bedachte ihn mit einem sanften Lächeln, als wollte sie ihm danken, dass er ihrem Nachwuchs Aufmerksamkeit schenkte. Er erwiderte das Lächeln und pitschte einen flachen

Stein übers Wasser, um den Kindern ein paar Freudenschreie zu entlocken.

Er erinnerte sich, dass von hier ein Weg zum südlichen Rand des Parks führte – und zu der Straße, wo der Maurer gewohnt hatte. *Die Straße, wo er wohnte.* Die auf schwul umgemodelte Liedzeile brachte ihn zum Lachen, und er summte den Song aus *My Fair Lady* vor sich hin.

Die Straße hieß South End Road. Er erinnerte sich daran, weil sie sich mit Keats Grove kreuzte, wo einst der Dichter gewohnt hatte – und über Keats hatten sie sich (neben Paul McCartney, Motorrädern und dem Weltfrieden) damals nach dem Sex unterhalten.

Er fand das Haus fast auf Anhieb, da er das mit Nachtigallen bemalte edwardianische Glasfenster über der Haustür wiedererkannte.

Nicht lange überlegen, sagte er sich. Er schlug alle Vorsicht in den Wind und drückte auf die Klingel der Parterrewohnung. Ein alter Mann mit einer Strickjacke kam an die Tür.

«Das ist ein bisschen ungewöhnlich», begann Michael, «aber vor langer Zeit hat hier mal ein Freund von mir gewohnt, und ich wollte gern mal sehen, ob er noch hier ist.»

Der alte Mann musterte ihn einen Augenblick und sagte dann: «Wie hieß er denn?»

«Tja ... das ist das Ungewöhnliche ... Ich weiß es nicht mehr. Er war Maurer ... ein großer, kräftiger Bursche. Er muss jetzt um die fünfzig sein.» *Wenn ich mir's recht überlege ... ich glaube, er hatte einen haarlosen Sack.*

Der jetzige Bewohner schüttelte nachdenklich den Kopf. «Wie lange ist das her?»

«Sechzehn Jahre. 1967.»

Ein heiseres Lachen. «Da muss er schon lange weggezogen

sein. Meine Frau und ich wohnen hier schon länger als die anderen Mieter, und das sind jetzt grade acht Jahre. Sechzehn Jahre! Kein Wunder, dass Sie sich nicht mehr erinnern, wie er hieß!»

Michael dankte dem Mann und ging. Er fand sich damit ab, dass die Suche aussichtslos war. Eigentlich machte es auch nichts. Was hätte er denn sagen sollen, wenn er seinen Retter gefunden hätte? Sie kennen mich nicht ... aber danke, dass Sie damals mein Erster waren?

Die Sonne schien inzwischen recht warm herunter, und flauschige Wolken segelten über den Himmel. Er ging wieder durch den Park und auf den kleinen baumbestandenen Hügel zu, den die Einheimischen «Boadicea's Tomb» nannten. Niemand glaubte im Ernst, dass die Königin aus grauer Vorzeit tatsächlich unter diesem Hügel begraben war, doch der Name hielt sich trotzdem. Als er irgendwann in der *Times* gelesen hatte, dass der Orden der Barden, Seher und Druiden dort sein Mittsommernachtsritual abhielt, war er einmal um Mitternacht hingegangen, um es sich anzusehen. Seine gespannte Vorfreude hatte sich wie Ektoplasma in nichts aufgelöst, als er mit eigenen Augen sah, dass die «Druiden» Bankangestellte in Leintüchern und Omas mit Schmetterlingsbrillen waren.

Als auch diese Erinnerung wieder verblasste, setzte er sich ins Gras und ließ sich die Sonne ins Gesicht scheinen. Fünfzig Schritte unterhalb der Stelle, wo er saß, fuhr langsam einc große schwarze Limousine durch den Park und hielt an. Eine Frau stieg aus – blonde Haare, weiße Bluse, halblanger grauer Rock –, eine auffallende Erscheinung vor dem Hintergrund der weiten grünen Parklandschaft. Sie sah sich nach allen Richtungen um.

Einen Moment beobachtete er sie eher beiläufig, dann sprang er auf. Die widersprüchlichsten Bilder schossen ihm durch den Kopf.

«Mona!», schrie er.

Die Frau wandte abrupt den Kopf, um zu sehen, woher die Stimme kam.

«Ich bin's, Mona! Mouse!»

Die Frau erstarrte. Dann machte sie auf dem Absatz kehrt und stieg wieder ein.

Die Limousine verschwand in rascher Fahrt zwischen den Bäumen.

Ganz unter uns

Nach der Sendung war über Simon eine Welle der öffentlichen Aufmerksamkeit hereingebrochen, und Mary Ann machte sich langsam Sorgen, ob das alles für ihn nicht ein bisschen zu viel war. Er *schien* sich ganz wohlzufühlen, aber er war ein komischer Vogel, und es war ihr oft schleierhaft, was er wirklich dachte. Sie wollte auf jeden Fall vermeiden, dass er zu ihr auf Distanz ging.

Als das Wochenende kam, wartete sie den richtigen Moment ab (als Brian zum Waschsalon ging), um den Engländer einzuladen, sie auf ihrer Einkaufstour durch North Beach zu begleiten. Nach einer halben Stunde hatte sie nichts als ein Pfund eingelegte Pilze von Molinari's vorzuweisen.

«Und das ist dein ganzer Einkauf für eine *Woche*?», fragte Simon, als sie die Columbus Avenue zum Washington Square hinaufgingen.

Sie lachte und gestand ihm die Wahrheit: «Ich hab nur einen Vorwand gesucht, um aus dem Haus zu kommen. In letzter Zeit fällt mir die Decke auf den Kopf.»

«Wollen wir einen Spaziergang machen?», fragte er.

«Ja, prima.»

«Wohin? Sie sind hier zu Hause, Madam.»

Sie musste lächeln. Es gefiel ihr, wenn er sie Madam nannte. «Ich weiß genau das Richtige», sagte sie.

Sie ging mit ihm die Union Street zum Telegraph Hill hinauf, dann auf der Montgomery hinunter bis zu den Filbert Steps. «Direkt über uns», erklärte sie ihm, «ist das Penthouse von Lauren Bacall in *Das unbekannte Gesicht*.»

Er verrenkte seinen muskulösen Patrizierhals. «Tatsächlich?»

«Das, wo Bogart die Gesichtsoperation hat, nach der er wie Bogart aussieht. Erinnerst du dich?»

«Aber natürlich», antwortete er.

«Meine Freundin DeDe hat mal da gewohnt.»

«Ah. Muss ich sie kennen?»

«Die Frau, die dem Dschungel Guyanas entkommen ist.»

«Richtig.»

Sie ging mit ihm die hölzerne Stiege hinunter, blieb auf halber Höhe stehen, wedelte eine Stufe sauber und setzte sich.

«Ganz wie in der Barbary Lane», sagte er und setzte sich zu ihr.

Sie nickte. «Solche Stiegen gibt's in der ganzen Stadt. Technisch gesehen sind es Straßen.»

«Der Garten ist eine Pracht.»

«Den hat nicht die Stadt angelegt», sagte sie. «Wir verdanken ihn einer wunderbaren alten Dame. Früher lag hier alles voll Müll. Sie war Stuntfrau in Hollywood, und dann ist sie hierhergezogen und hat den Garten angepflanzt. Im Volksmund heißt er nur Grace's Garden. Sie ist kurz vor Weihnachten gestorben. Ihre Asche wurde bei der Statue da vorne beigesetzt.»

Ein amüsiertes Lächeln huschte über sein Gesicht. «Dein Fundus an Stadtgeschichten ist unerschöpflich.»

«Ich hab eine Story über sie gemacht», erklärte sie.

«Verstehe», sagte er mit leicht spöttischem Unterton. «Machst du über alle, die du kennst, eine Story?»

Sie zögerte. Was wollte er mit der Frage andeuten? «War es dir zu viel?», fragte sie schließlich.

«Nein, überhaupt nicht.» Sein Lächeln schien aufrichtig.

«Das hoffe ich.»

«Es erstaunt mich, dass es so eine Reaktion gegeben hat. Aber unangenehm war es mir nicht.»

«Gut.»

«Hauptsache, du verrätst deinen Journalistenkollegen nicht, wo ich mich aufhalte.»

«Keine Sorge», sagte sie. «Ich will dich ganz für mich.»

Er lächelte wieder, bog einen Zweig mit einer großen Blüte herunter und schnupperte daran.

«Die duften nicht», sagte sie.

Er ließ den Zweig wieder nach oben schnalzen.

«Hier werden sie ‹verhutzelte Auberginen› genannt», ergänzte sie, «weil sie aussehen wie ...»

«Sag es nicht. Lass mich raten.»

Sie lachte.

«Eine Bowlingkugel? Nein? Wie ein Brotlaib vielleicht?»

Sie rüttelte sein Knie. «Mach dich nicht über mich lustig.»

Einen Moment schwiegen sie. Ihre Hand auf seinem Knie war ihr peinlich, und sie nahm sie wieder weg.

«Wer wohnt in diesen Häusern?», fragte Simon.

Sie war froh, dass sie sich wieder in ihre Rolle als Fremdenführerin flüchten konnte. «Also, das ... sind Squatter-Hütten ...»

«Wirklich? Ich dachte, das gibt es nur in England.»

«O nein. Was glaubst du denn? Während des Goldrauschs ...»

Er unterbrach sie mit einem spröden Lachen. «Ich glaube, wir reden von verschiedenen Jahrhunderten. Ich meinte *jetzt*.»

Sie war völlig durcheinander und fing noch einmal ganz von vorne an. «Ihr habt heute noch Squatter?»

Er nickte. «London ist voll davon.»

«Du meinst ... Leute nehmen sich einfach ein Stück Land?»

«Nein, aber Häuser. Wohnungen. Die Hippies haben damit angefangen, als die Stadt leer stehende Wohnungen in ihrem Besitz verwahrlosen ließ. Sie zogen ein, richteten sie ein bisschen her ... und haben sie besetzt.»

«Tja», meinte sie, «das scheint nur fair.»

«Mhm. Es sei denn, du kommst irgendwann aus dem Urlaub und triffst in deinen vier Wänden eine Gruppe Hippies an ... oder sonst wen.»

«Hat's das gegeben?»

«Aber ja.»

«Die ziehen einfach ein? Nehmen sich die Möbel und alles?»

Er nickte. «Um sie wieder rauszukriegen, muss man beweisen, dass sie sich gewaltsam Zutritt verschafft haben. Das ist manchmal verdammt schwierig. Es kann ein monatelanges Gezerre geben, bis man sie raussetzen darf. Verstehst du, das ist eine komplizierte Angelegenheit.»

«Kann ich mir vorstellen.»

«In meinem Haus sind auch welche», fügte er hinzu. «Sie haben die leer stehende Wohnung über mir besetzt.»

«Du hast nichts mitgekriegt?»

Er schüttelte den Kopf. «Ich war mit dem Prinzenpaar auf Hochzeitsreise.»

«Und wie sind sie so?»

«Der Prinz und die Prinzessin?»

Sie lächelte. «Die Hausbesetzer.»

«Ach ... ein Bursche in mittlerem Alter und sein Sohn. Der Vater trinkt zu viel. Sie sind australische Ureinwohner. Der jüngere hat eine britische Mutter, genauer gesagt.»

Sie nickte, doch ein anderes Thema interessierte sie mehr. «Gut, und jetzt kannst du mir von den prinzlichen Flitterwochen erzählen.»

Das Lächeln, mit dem er reagierte, war diplomatisch reserviert. «Ich dachte, das hätten wir schon in unserem Interview abgehandelt.»

«Das war der offizielle Kram», sagte sie. «Jetzt will ich die schmutzigen Sachen.»

Er zog wieder den Zweig mit der Blüte herunter. «Und es bleibt ganz unter uns?»

«Na klar.»

«Ganz unter uns ... Es gibt nichts Schmutziges.»

«Ach komm.»

«Ich musste mich um den Funkverkehr kümmern. Von den Flitterwöchnern hab ich kaum was gesehen.»

«Ist sie hübsch?»

«Sehr.»

«Eine Schönheit?»

Er lächelte verhalten. «Du bist auf der richtigen Spur.»

«Würde sie dich erkennen, wenn sie dich auf der Straße sieht?»

Er nickte. «Ich bin mal mit ihr ausgegangen.»

«Du ... hast sie *ausgeführt*?»

«Ich war mit ihr bei einem David-Bowie-Konzert. Das Mädchen, mit dem sie zusammenwohnte, kannte einen Freund von mir. Wir sind zu viert gegangen. Es ist schon Jahre her ... Damals war sie nur eine Adlige.»

Sie kicherte. «Ein Doppelrendezvous mit Lady Di.»

«Bis jetzt», sagte er grinsend, «hat es dafür noch keine Orden gegeben.»

«War sie wirklich noch Jungfrau, als sie ihn geheiratet hat?»

Er zuckte mit den Schultern. «Soweit ich was damit zu tun hatte, ja.»

Sie sah ihm in die Augen. «Hast du was mit ihr versucht?»

Er kräuselte die Lippen. «Du lässt nicht so leicht locker, wie?»

«Na, was ist schon dabei?», meinte sie. «Das tun doch alle. Die Zeiten haben sich geändert. Alle machen, was sie wollen, und keinen kümmert es.»

«Und Diskretion», ergänzte er mit einem nachsichtigen Lächeln, «ist der letzte Akt der Ritterlichkeit.»

Es gelang ihr nur mit Mühe, ihre Erleichterung zu verbergen. Er hatte den Test mit Bravour bestanden. Mit einem nüchternen Lächeln gestand sie ihre Niederlage ein. «Über Bettgeschichten wird nicht geredet, hm?»

Er schüttelte den Kopf. «Dazu steige ich zu gerne in fremde Betten.»

Das Kreischen, das sie an ihrer nächsten Bemerkung hinderte, war so unverhofft und schrill, dass es einen Moment dauerte, bis ihr aufging, was es war.

«Großer Gott», murmelte Simon und streckte wieder einmal seinen wunderschönen Hals.

«Das sind Papageien», sagte sie. «Leben hier wild.»

«Bemerkenswert! Ich wusste gar nicht, dass es sie hier gibt.»

«Sie sind nicht von hier. Nicht direkt. Ein paar von ihnen waren ursprünglich mal in Käfigen. Die anderen stammen von denen ab, die entflogen sind. Sie haben sich einfach irgendwie ... gefunden.»

Er sah sie an und lächelte. «Das ist eine hübsche Geschichte.»

«Ja, nicht?»

English Leather

Fünf Stunden nach der Fata Morgana in Hampstead Heath aalte sich Michael in der Colville Crescent in einem seichten Bad. Schuld war der Traum, entschied er schließlich – der Traum vom Death Valley, in dem Mona seine Rufe vom Felsen herab ignoriert hatte. Irgendwas an diesem Erdhügel im Park, irgendwas an der blonden Frau und ihrer Haltung oder dem Blickwinkel, aus dem er sie beobachtet hatte, musste den Traum wieder heraufbeschworen und dazu geführt haben, dass er den Bezug zur Realität verlor.

Die Frau hatte kein bisschen wie Mona ausgesehen. Nicht mit diesem Haar. Und diesen Kleidern. Nicht einmal Haltung und Gang konnte man verwechseln. Er hatte allenfalls auf ihre Aura reagiert – eine so peinlich kalifornische Vorstellung, dass er sich schwor, keinem davon zu erzählen. Die elegante Fremde hatte bei ihm einfach einen wunden Punkt getroffen: Er grämte sich wegen einer Freundschaft, die sich im Grunde längst in Luft aufgelöst hatte.

Nein, er wollte nicht mehr daran denken. Er zog seine schwarze Levi's und das weiße Hemd mit der verdeckten Knopfleiste an und ging zum Notting Hill Gate, wo er in einem überfüllten indischen Restaurant ein Curry aß. Anschließend löste er im *Bureau de Change* einen Travellerscheck ein, kaufte sich an seinem Zeitungskiosk eine *Private Eye* und ging zurück nach Hause. Vor der Haustür stand Miss Treves.

«Ah, da sind Sie ja, mein Bester.»

«Hallo!» Er fand es angenehm, dass sie ihm schon wie eine gute Bekannte erschien. «Ich war nur kurz was essen.»

«Sie amüsieren sich prächtig, wie?»

«Klar», log er.

«Gut. Ich hab mein Köfferchen mitgebracht. Ist Ihnen doch recht?» Sie hielt ein grünes Lederköfferchen von der Größe eines Schuhkartons hoch.

Er begriff nicht. «Entschuldigen Sie, äh ... worum geht's?»

Sie packte ihn an der Hand, die ihr am nächsten war. «Diese schauerlichen Fingernägel. Da muss wirklich was geschehen. Wir können doch einen Freund von Simon nicht so verlottert rumlaufen lassen.» Sie legte den Kopf schräg und zwinkerte ihm zu. «Es dauert nicht lange.»

Er war verlegen und zugleich gerührt. «Das ist wirklich nett von Ihnen, aber ...»

«Ich werde Ihnen nichts berechnen. Oder haben Sie heute Abend schon was vor?»

Er hatte mit dem Gedanken gespielt, die Schwulenkneipen von Earl's Court zu erkunden, aber unter diesen Umständen schien das keine passende Antwort zu sein. «Nein», sagte er. «Die nächsten paar Stunden nicht.»

«Na fein», flötete sie, wandte sich um und ging im Hausflur voran. Als sie in der Wohnung waren, klappte sie ihr Maniküreköfferchen auf und entnahm ihm einen Zeitungsausschnitt, der vom vielen Falten schon leicht zerfleddert war. «Es ist alles reiner Quatsch, aber ich dachte, Sie möchten es vielleicht lesen.» Die Überschrift lautete: FUNKER DER QUEEN MISCHT FRISCO AUF.

Er überflog den Artikel. Sie stellten Simon als hemmungslosen Hedonisten hin, als verzogenen Aristokratenspross, der das Vermögen der Familie in der «Hauptstadt der Schwuchteln und Spinner» in unaussprechlichen Exzessen verprasste. Er gab die Zeitungsseite mit einem abschätzigen Lächeln zurück. «Sie haben recht. Alles reiner Quatsch.»

Miss Treves grummelte etwas und goss eine seifige Flüssigkeit in eine kleine Schale. Er musste sofort an den Palmolive-Werbespot mit Miss Tilly denken und fragte sich, ob seine Hände in Spülmittel eingeweicht würden. Die ganze Szene hatte etwas hochgradig Komisches.

Sie nahm seine Hand und drückte sie in die Schale. «Ist Ihnen aufgefallen, dass sie die Adresse veröffentlicht haben?»

«Mhm», sagte er.

Sie schwieg.

«Gibt das ... Probleme?»

«Ich weiß nicht, mein Bester.» Sie suchte in ihren Utensilien herum. «Ist Ihnen jemand aufgefallen, der hier rumschnüffelt?»

Was wollte sie damit andeuten? «Äh ... nein. Nicht, dass ich wüsste. Sie meinen ... Einbrecher oder so was?»

«Nein, nur so.»

«Mir ist nichts aufgefallen.»

«Gut.»

«Also, ich wäre Ihnen wirklich dankbar, wenn Sie ...»

«Schon gut, mein Lieber. Ich bin sicher, dass alles in Ordnung ist.» Sie drückte an seiner Nagelhaut herum. «Wenn ich meine Adresse in der Zeitung lese, werde ich nervös, das ist alles.»

Die Maniküre erwies sich als wohltuend intimes Erlebnis. Einfach dazusitzen, während diese resolute kleine Frau seine Fingernägel auf Vordermann brachte, gab ihm das Gefühl, zum ersten Mal seit seiner Ankunft in London richtig beachtet zu werden. «Machen Sie das schon lange?», fragte er nach einer Weile.

«Ach ... seit fünfzehn Jahren oder so.»

«Und davor waren Sie Simons Kindermädchen?»

«Mhm.»

«Haben Sie auch in anderen Familien gearbeitet?»

«Nein, nur bei den Bardills. Jetzt die andere Hand, mein Bester.»

Sie rückte ihren Hocker zurecht, und er gehorchte. «Wollten Sie immer schon Kindermädchen werden?», fragte er. Kaum war die Frage heraus, kamen ihm Zweifel, ob sie nicht vielleicht zu persönlich war. Er hatte sich nie Gedanken gemacht, welche beruflichen Möglichkeiten es für Kleinwüchsige gab.

«O nein!», antwortete sie sofort. «Ich wollte immer ins Showgeschäft. Ich *war* im Showgeschäft ...»

«Sie meinen, in ...?» In einem Zirkus, wollte er sagen, doch er sprach das Wort wohlweislich nicht aus.

«In einer Revue», sagte sie. «Tourneetheater. Bisschen Tanz und Gesang. Szenen aus Shakespeare-Stücken, so was in der Art.»

«Wirklich faszinierend», rief er, ganz hingerissen von dem Bild, das er vor Augen hatte: eine Kleinwüchsige in der Rolle der Lady Macbeth. «Warum haben Sie es aufgegeben?»

«Das Publikum hat *uns* aufgegeben», sagte sie mit einem tiefen Seufzer. «Das Fernsehen war unser Tod. Das habe ich immer gesagt. Wer sollte Bunny Benbow wollen, wenn man Serien wie *Coronation Street* im Fernsehen für umsonst bekam?»

«Bunny Benbow? Hieß so die Show?»

«Die Bunny Benbow Revue.» Sie kicherte wie eine der Mäuse in *Cinderella*. «Doof, nicht? Heute klingt es ganz altmodisch.»

«Ich hätte sie zu gern gesehen», sagte er.

«Simons Eltern haben mich aufgenommen, als wir dichtmachten. Ihre Bekannten hielten sie für meschugge, aber mir hat es wirklich das Leben gerettet. Ich verdanke ihnen viel. Sehr viel.» Sie feilte die letzte Unebenheit aus einem Fingernagel und schaute zu ihm hoch. «Und Sie, mein Bester? Womit verdienen Sie Ihre Brötchen?»

«Ich bin Gärtner.»

«Wie reizend.» Sie unterbrach ihre Arbeit und starrte einen

Moment versonnen ins Leere. «Auf unserem Landsitz in Sussex hatte Simons Mutter einen prächtigen Garten. Rosenspaliere. Die herzigsten kleinen Veilchen …»

Er sah, dass ihre Unterlippe leicht zitterte.

Schließlich seufzte sie und sagte: «Das Leben geht weiter.»

«Ja.»

Als sie eine halbe Stunde später ging, hatte sich seine Stimmung so gebessert, dass er beschloss, bei seinem ursprünglichen Plan zu bleiben und sich die Schwulenkneipen von Earl's Court anzusehen. Von der U-Bahn musste er nur noch einen Block gehen bis zu Harpoon Louie's, einer fensterlosen Bar, über deren Eingang der Union Jack flatterte. Offenbar wollte man demonstrieren, dass auch Schwule Patrioten sein können.

Drinnen war alles penetrant amerikanisch: helles Holz, Industrieleuchten, Warhol-Drucke an den Wänden. Aus den Lautsprechern tönte, vielleicht als Reverenz an die derzeitige Hausherrin von Kensington Palace, Paul Ankas «Diana». Die Bardame sah sogar aus wie eine etwas fülligere Version der Prinzessin von Wales.

Die Gäste waren wie geklont. Mit ihren knappen Trikots und Adidas-Sneakern machten sie genauso auf Pose wie das übliche Volk an einem Samstagabend auf der Castro Street. Ihre Zähne waren nicht so weiß, weil sie offenbar mehr rauchten, und ihre Körper waren nicht ganz so attraktiv, aber Disco Madness (circa 1978) hatte in Earl's Court bei guter Gesundheit überlebt.

Er setzte sich auf eine gepolsterte Bank an der Wand, nippte an einem Gin Tonic und sah dem Treiben eine Weile zu. Dann las er in einer Zeitung namens *Capital Gay* («kostenlos») eine Story über den Rocksänger Sylvester und ging nach hinten in den begrünten Hof, wo es nicht so laut und verqualmt war.

Als irgendwo eine Kirchturmuhr zehn Uhr schlug, machte er

sich auf den Weg und ging an einer Reihe von Backsteingebäuden mit hohen Fenstern vorbei, bis er nach ein paar Blocks die Schwulenbar Coleherne erreichte. Hier waren offensichtlich die Lederjungs zu Hause. Er orderte wieder einen Gin Tonic, stellte sich vors Schwarze Brett und las Ankündigungen für Meetings der Schwulen Tories und für Tombolas zugunsten gehörloser Lesben.

Als er sich an die hufeisenförmige Bar setzte, sah ihn ein Mann auf der anderen Seite mit einem breiten Lächeln an. Eigentlich war er noch ein Junge, nicht älter als achtzehn oder neunzehn, und seine Haut hatte dieselbe Farbe wie das dunkle Ale, das er trank. Das Überraschende an ihm waren die Haare – weiche braune Ringellöckchen, die im Schein der Deckenlampe golden schimmerten und über seine spitzbübischen Augen hingen wie ... na ja, wie der Schaum über den Rand seines Bierglases. Über einem weißen Hemd mit Fliege trug er einen karierten Pullunder und hob sich damit wohltuend ab von den Männern in schwarzem Leder, die ihn umgaben.

Michael erwiderte das Lächeln. Sein Bewunderer drückte die Spitze des Zeigefingers an die Lippen und warf ihm eine angedeutete Kusshand zu. Michael hob zum Dank sein Glas. Der Junge glitt von seinem Barhocker, drängte sich durch die Menge der mürrischen Ledermänner und kam auf Michaels Seite der Bar.

«Ich mag deine Jeans», sagte er. «Ist mir gleich aufgefallen, als du reingekommen bist.»

Michael sah kurz auf seine schwarze Levi's hinunter. «Danke», sagte er. «Ich sitze sie grade ein.»

«Hast du sie selber gefärbt?»

«Nein ... nein, sie war schon so.»

«Wirklich?»

Er hörte sich an wie ein naives Kind aus einem Roman von

Dickens, und Michael genoss es, dass ein Mann so eine Stimme haben und gleichzeitig so aussehen konnte. Aus der Nähe wirkte der Junge mit seinen vollen Lippen und der breiten Nase unverkennbar afrikanisch, doch sein helles Haar (heller als das von Michael) blieb ein Rätsel.

«Ich hab bloß 'ne normale.» Stolz hakte der Junge die Daumen in die Taschen seiner 501 – sie passte irgendwie nicht zu dem Rest seiner Aufmachung, aber er sah trotzdem ziemlich gut darin aus.

«Die sieht man nicht oft», sagte Michael. «Jedenfalls hier nicht.»

«Zwanzig Pfund in der Fulham Road. Und ihr Geld wert, wenn du mich fragst. Gefällt dir der Laden hier?»

«Ach ... ja», war alles, was er sich abringen konnte. Wenigstens bemühte man sich um die Atmosphäre einer normalen Kneipe. Trotzdem, es wirkte beinahe rührend, wie diese bleichen Briten versuchten, sich als derbe Rocker auszugeben. Sie waren einfach der falsche Menschenschlag für so was. Er fühlte sich an einen englischen Touristen erinnert, der so ziemlich seine ganze Zeit im Hinterzimmer von The Boot Camp verbracht hatte, ohne jemals ein Wort zu sagen. Der Mann hatte gesunden Realitätssinn bewiesen. Sprüche wie «Lutsch mir diesen dicken, fetten Schwanz!» und «Ja, du willst es, gib's zu» klangen einfach lachhaft, wenn sie mit einem Oxford-Akzent geraunt wurden.

Der Junge warf einen abschätzigen Blick in die Runde. «Die sehen alle aus, als hätt' sie der Hund verloren.»

Michael lachte. «Ich weiß zwar nicht, was das bedeutet, aber es klingt nicht gut.»

«Ist es auch nicht, Mann. Ist es auch nicht. Wo in den Staaten bist du her?»

«San Francisco.»

Der Junge wippte auf den Fersen. «Tja ... Homos, wohin man sieht, eh?»

Michael lächelte. «Kann man so sagen, ja.»

«Die Queen war da, nicht?»

«Stimmt.»

«Hat in Strömen geregnet.»

«Tut es auch noch, soviel ich weiß», sagte Michael. «Genau wie hier.»

Der Junge, noch immer auf den Fersen wippend, sah ihn von unten herauf an. «Also ... wollen wir es miteinander versuchen?»

«Äh ... wie?»

«Miteinander versuchen, Mann.» Er klatschte die Handballen aufeinander, um zu zeigen, was er meinte.

Michael lachte glucksend. «Ach so.»

«Und?»

«Danke, aber ... ich bin für 'ne Weile davon runter.»

«Hast was gegen Schwarze, eh?»

Mit seiner direkten Art wollte er Michael offenbar verunsichern.

«Nein, überhaupt nicht. Ich bin in letzter Zeit nur nicht besonders geil.»

«Na, was machst du dann hier?»

«Gute Frage. Die Sehenswürdigkeiten besichtigen, würde ich sagen.»

«Na schön ... ich bin eine davon. Ich heiße Wilfred.» Er streckte die Hand aus, und ein enormes Grinsen glitt wie ein Sonnenaufgang über sein Gesicht.

Michael schüttelte ihm die Hand. «Ich bin Michael.»

Die nächste halbe Stunde saßen sie nebeneinander an der

Bar und sagten kaum etwas. Mittlerweile pafften die Möchtegernlederjungs drauflos und wurden immer schriller, während draußen das Regenwasser gurgelnd in die Gullys strömte.

«Hast keinen Schirm dabei, was?»

«Nee. Dumm von mir.»

«Dann komm. Ich hab einen.»

Es klang wie eine weitere Aufforderung, es «miteinander zu versuchen», also griff Michael zu einer bequemen Ausrede. «Danke, aber ich glaube, ich bleib noch ein bisschen.»

«Das wirst du bereuen», meinte Wilfred.

«Wieso?»

«Schau mal, wie viel Uhr es ist, Mann.»

Auf der Wanduhr, die ein Werbespruch für Dane Crisps zierte, war es Viertel vor elf.

«Sie schließen gleich», erinnerte ihn Wilfred. «Kein hübscher Anblick.»

«Wie meinst du das?»

«Sie drehen das Licht voll auf. Wenn dir die Kerle jetzt schon warzig vorkommen, dann warte erst mal, bis es elf ist!»

Michael lachte. «Ein probates Mittel, um das Lokal zu leeren.»

Der Junge grinste. «Die wissen, was sie tun. In Heteroschuppen drehen sie das Licht *runter*, wenn sie schließen wollen. Wer sagt da, wir wären alle gleich, eh? Komm jetzt ... Was ist dein nächster Stopp?»

«Die U-Bahn. Ich fahr nach Hause.»

«Super. Ich auch.» Er nahm Michael am Arm und bugsierte ihn durch die Menge zur Tür. Draußen spannte er seinen Regenschirm auf. «Hier ... komm drunter, Mann.»

Da Michael fast einen Kopf größer war als sein Begleiter, hielt er den Schirm, und Wilfred fungierte als Führer und Navigator – mit seiner rechten Hand, die in der rechten Gesäßtasche von Michaels Levi's verschwand.

«Prinzessin Diana hat mal dahinten ein Stück die Straße runter gewohnt ... als sie noch Kindergärtnerin war. Stell dir das vor ... Auf dem Weg zu ihrem blöden Kindergarten hat sie immer an den ganzen Ledertypen vorbeigemusst. Pass auf! Der Lastwagen!»

Michael sprang auf den Bordstein zurück. Ein gewaltiger Lkw rumpelte vorbei und verfehlte ihn nur knapp.

Wilfred verdrehte die Augen unter dem Schirm. «Noch so 'ne Nummer, und wir sind für alle Zeiten vereint.» Er zeigte auf die weißen Lettern, die auf den Straßenbelag gemalt waren. «Siehst du? ‹Rechts schauen› steht da. Wir schreiben es für euch Amis extra hin.»

In flottem Tempo passierten sie einen Zeitungsstand, dann ein grellbuntes Restaurant – arabisch, wie es schien. Die Speisekarte war auf eine Spanplatte gemalt, und im Fenster, von rosa Lämpchen angestrahlt, sah man einen großen zylindrischen, undefinierbaren Brocken Fleisch, der sich an einem senkrechten Spieß wie ein träger Brummkreisel drehte.

«Da gehen die Kiffer essen», sagte Wilfred. «Hat bis spätnachts geöffnet. Hast du einen Liebhaber zu Hause in den Staaten?»

Michael lachte. «Eleganter Übergang.»

«Was?»

«Nichts. Nein, ich hab keinen Liebhaber.»

«Warum nicht?»

Michael zögerte. «Ich hatte mal einen. Es hat nicht funktioniert.»

«Heikles Thema, hm?»

«Ja.»

«Ich glaube, ich hätt gern einen, aber ich glaub nicht, dass ich im Coleherne einen finde.»

«Ich weiß, was du meinst», sagte Michael.

Wie es die Tradition zu verlangen schien, sprachen sie während der U-Bahn-Fahrt kaum ein Wort, während Wilfred sein blaues Jeansknie an das schwarze von Michael drückte.

«Was ist deine Haltestelle?», fragte Michael.

«Dieselbe wie deine, Mann. Notting Hill Gate.»

Michael war sprachlos.

Der Junge grinste. «Bin dir also wirklich nie aufgefallen, was?»

«Tut mir leid, ich weiß nicht, wo ...»

«Ich wohne direkt über dir, Mann. In der guten alten Colville Crescent 44.»

Der endgültige Beweis kam, als sie vor dem Gebäude standen und Wilfred einen Schlüssel hervorholte, der die Haustür öffnete. Er drückte auf den Lichtschalter, ehe er sich zu Michael umdrehte und ihn leicht auf den Mund küsste. «Gute Nacht, Mann. Danke fürs Bringen.»

Dann sprintete er die Treppe zum ersten Stock hinauf.

Fröhliche Ostern

Wie manches andere an ihr war Mary Anns Monatszyklus so zuverlässig, dass ihn Mussolini in seine Eisenbahnfahrpläne hätte einbauen können. Wenn die Welt mit Karacho aus den Fugen ging und das Chaos herrschte, konnte sie immer drauf zählen, dass sie pünktlich ihre Tage bekam – oder, wie ihre Mutter es einmal genannt hatte: «Die blutigen Tränen einer enttäuschten Gebärmutter.»

Heute war ihre Gebärmutter besonders enttäuscht gewesen, was bedeutete, dass ihre Halbzeitbeschwerden ziemlich exakt in vierzehn Tagen zu erwarten waren. Nach ihrem Arzt im St. Sebastian's (und einigen Fachautoren, die sie in der Phil-Donahue-Show erlebt hatte) waren diese Beschwerden – *Mittelschmerz* hieß der blöde Fachausdruck dafür – der sicherste Anhaltspunkt für einen Eisprung.

Manche Frauen hatten anscheinend nur ihre Tage und merkten vom Eisprung überhaupt nichts. Bei Mary Ann dagegen machte er sich unmissverständlich bemerkbar. Sie blätterte in ihrem *New Yorker*-Terminkalender vierzehn Tage vor und landete beim 3. April – Ostersonntag.

Ein Ostereisprung. Wie hübsch.

Brian erkundigte sich nie nach ihrem *Mittelschmerz*. Er verließ sich ganz romantisch auf etwas, das er «die gute alte Schrotschusstechnik des Babymachens» nannte. Der Ausdruck hatte sie immer gestört (warum waren Männer so *stolz* auf ihre Ahnungslosigkeit?), doch jetzt war sie plötzlich dankbar für seinen blinden Traditionalismus.

Sie klappte ihren Terminkalender zu, und als sie sich zurücklehnte, musste sie auf einmal an Mouse denken. Mit ihm hatte sie einmal über ihren *Mittelschmerz* gesprochen – unter anderem, um ihm ihre unbeherrschten Ausbrüche zu erklären –, und er hatte sie nie mehr damit in Ruhe gelassen. («Ach je», pflegte er zu sagen, wenn er sie in schlechter Laune antraf, «hast du etwa schon wieder deinen *ethelmertz*?») Die Erinnerung entlockte ihr ein Kichern, und sie hauchte ihm um die halbe Welt einen Kuss zu.

Der Rest ihres Arbeitstags war grauenhaft. Sie stritt sich eine Stunde mit einem Regisseur, der ihren Bericht über das Eisbärenbaby mit läppischer Disney-Musik unterlegen wollte, und dann kippte Bambi Kanetaka ihren Beitrag über die Wildblumen von Alcatraz zugunsten eines geschmacklosen Features über aufblasbare Sexpuppen in Marin County.

Als sie abends um acht nach Hause kam, war Brian in seiner Jeansschürze zugange, und auf dem Herd duftete ein köstlicher Eintopf. Er gab ihr ein Küsschen auf die Wange und merkte erst dann, wie erschöpft sie war. «Anstrengender Tag, hm?»

«Ja.»

«Na, da habe ich was zum Aufmuntern. Wir haben heute eine verlockende Einladung gekriegt.»

«So? Von wem?»

«Theresa Cross. Wir sollen uns ein Wochenende bei ihr vergnügen. Im Pool planschen, faulenzen und ... wer weiß, vielleicht machen wir sogar ein Baby oder zwei.» Als er ihre Miene sah, fügte er hinzu: «He, ich weiß, du magst sie nicht besonders, aber ... na ja, irgendwie ist es doch eine nette Geste, findest du nicht?»

«Ja», gab sie zu, «schon.»

Er wirkte erleichtert. «Es werden ein paar von ihren Rock-'n'-Roll-Freunden da sein.»

«Na prima. Und wann?»

«Ostern.»

Natürlich, dachte sie.

«Was ist denn?», fragte er.

«Tja ... da kann ich nicht.»

«Warum nicht?»

«Ich ... na, weil ich arbeiten muss.»

«An was denn?», entgegnete er streitlustig. «Herrgott, es ist Ostern.»

«Ich weiß, aber ... ich hab versprochen, das Osterfeature zu machen ... die Morgenandacht am Mount Davidson und solche

Sachen. Ich weiß, es ist zum Kotzen, Brian. Ich wollte dir's schon sagen. Pater Paddy hält die Andacht, und ich soll es für *Bay Window* covern.»

Er verzog das Gesicht. «Jessas», murmelte er.

«Es tut mir leid», sagte sie leise und verkniff sich den üblichen Jesus-Kalauer.

«Herrgott, *Ostern*. Wie kommen die dazu, von dir zu verlangen, dass du ...»

«Brian, es ist mein Job.»

«Ich weiß, dass es dein Job ist.» Auf seiner Stirn bildeten sich hässliche kleine Furchen – ein untrügliches Alarmzeichen. «Komm mir nicht wieder mit der alten Leier. Ich kenne deine Pflichten. Und deine Prioritäten auch. Ich bin einfach enttäuscht, ja? Oder hab ich vielleicht kein Recht dazu?»

«Doch, natürlich.»

«Lass mal», sagte er in ruhigerem Ton. «Ich sag Theresa, dass wir nicht können.»

Es wurmte sie, dass er die Rockwitwe beim Vornamen nannte, als wären sie alte Freunde. Doch wie hätte er sie sonst nennen sollen? Bestimmt nicht Mrs. Cross. «Nein, das machst du nicht», sagte sie. «Ich finde, du solltest hingehen.»

Er machte ein ungläubiges Gesicht.

«Ich *möchte*, dass du hingehst», ergänzte sie.

«Na, ich weiß nicht ...»

«Sieh mal, einer von uns muss doch rausfinden, wie es bei ihr ist. Wer kommt eigentlich noch?»

«Tja, zunächst mal Grace Slick.»

«Holla.»

Er sah sie misstrauisch an. «Seit wann sagst du *holla*, wenn der Name Grace Slick fällt?»

«Das ist nicht fair», maulte sie. «Ich mag Grace Slick.»

«Na, jetzt hör aber auf. Du magst sie *nicht*. Du hast sie nie gemocht.»

«Na ja ... das Holla war für dich gedacht. Es war ein uneigennütziges Holla. Ach Menschenskind, Brian, geh zu deiner Rock-'n'-Roll-Party. Ist doch genau deine Kragenweite. Wenn du nicht gehst, bist du ewig sauer auf mich.»

Er sah sie mit seinem Hundeblick an. «Ich wollte eine dabeihaben, mit der ich drüber lachen kann.»

Es war einer jener unkomplizierten Augenblicke des Einvernehmens, die einen für all die herben Kompromisse des Ehelebens entschädigen. Sie schmiegte das Gesicht an seinen Hals und sagte: «Wir lachen hinterher darüber. Ich versprech es.»

Er hielt sie von sich weg und lieferte ein unerwähntes Detail nach: «Sie lädt ihre Gäste über Nacht ein. Ich meine ... fürs ganze Wochenende.»

«Schön», meinte sie achselzuckend. «Prima.» Unter den gegebenen Umständen blieb ihr kaum etwas anderes übrig.

«Meinst du das ehrlich?», fragte er ernst. «Oder gibst du dir bloß Mühe, modern zu sein?»

Sie kaute auf dem Zeigefinger, als müsste sie darüber nachdenken. «Wenn sie dich anrührt, reiß ich ihr die Titten ab.»

Er lachte. Dann schnippte er plötzlich mit den Fingern. «Ich hab eine glänzende Idee!»

«Was?» Er machte sie allmählich nervös.

«Ich werde Simon mitnehmen.»

«Na, ich weiß nicht, Brian.» Sie ließ sich mehrere Argumente durch den Kopf gehen, ehe sie sich für eines entschied. «Das wäre ein bisschen taktlos.»

«Wieso?»

«Na ... sie hat uns beide eingeladen. Simon kennt sie nicht einmal. Und weil es unsere erste richtige Einladung bei ihr ist, wär es vielleicht ein bisschen aufdringlich, einen wildfremden Menschen anzuschleppen ... und erst recht einen, der quasi ein Groupie von ihr ist.»

«Deshalb finde ich es doch grade perfekt», sagte er. «Er ist verrückt nach ihr ... und ungebunden.»

«Schon. Aber Männer hat sie vermutlich im Überfluss.»

«Heteros?»

«Na ... was auch immer. Spiel da nicht den Kuppler, Brian.»

«Warum nicht?»

«Weil sie ... mit ihren Männern nicht nett umgeht.»

Er lachte. «Ich glaube, Simon kann schon auf sich aufpassen.»

«Sei dir nicht so sicher.» Sie kuschelte sich wieder an ihn. «Hast du mir schon verziehen?»

«Ich arbeite dran.»

«Gut. Es gibt noch was, woran wir arbeiten können.»

«Was?»

«Heb dir den Palmsonntag für mich auf, ja?»

«Warum?»

«Weil die Zeichen günstig stehen ... in Sachen Baby.»

Er brauchte eine Weile, bis er begriff. «Du meinst ... *Ethelmertz*?»

Sie nickte. *«Ethelmertz.»*

«Mensch!» Er drückte sie an sich. «Damit bin ich für Ostern schon völlig entschädigt.»

«Gut», sagte sie. «Das hatte ich auch gehofft.»

Der Junge von oben

Michael war bemerkenswert gut gelaunt, als er um Viertel vor neun in Simons muffigem Schlafzimmer erwachte. Eine Betonmischmaschine knirschte und gurgelte draußen auf der Straße, und nebenan briet jemand *Kippers*, klassische Bücklinge zum Frühstück, doch nichts konnte seine dunkle Ahnung erschüttern, dass das Leben endlich besser wurde.

Er knipste das Radio neben dem Bett an. Ein Nachrichtensprecher informierte ihn, dass man in einem schottischen Hochmoor einen gekreuzigten Schulrektor gefunden hatte und dass die Londoner Buchmacher jetzt Wetten annahmen, wann die Hauptstadt ihre ersten achtundvierzig regenfreien Stunden erleben würde. Das eine kümmerte ihn so wenig wie das andere.

Er machte sich gerade einen Tee, als jemand an die Tür klopfte. Dass er ziemlich sicher wusste, um wen es sich handelte, verschaffte ihm die angenehme Illusion, zu Hause zu sein.

«Morgen, Alter.»

Michael lächelte dem Jungen entgegen. «Morgen.»

Wilfred trug eine Variante des Ensembles vom Vorabend – eine Fliege (schwarz), einen Pullunder (türkis), ein weißes Hemd und die 501. Er schien sich einen «Look» zugelegt zu haben. Michael musste unwillkürlich an den Filzhut denken, den er in London mit sechzehn immer getragen hatte.

«Tee?», fragte er.

«Super», sagte Wilfred.

«Setz dich. Ich hol ihn.»

Er ging wieder in die Küche und kam mit den Teesachen auf einem Tablett zurück. «Warum hast du mir nicht gleich gesagt, dass du hier wohnst?»

Wilfred, der inzwischen lässig auf dem Sofa lag und das eine Bein über die Armlehne hängen ließ, zuckte mit den Schultern. «Ich wollte nicht der kleine Schwarze aus dem ersten Stock sein. Ich wollte dich kennenlernen in ...» Er suchte vergeblich nach den richtigen Worten.

«Bei unseren Leuten?», half ihm Michael auf die Sprünge.

«Genau.» Wilfred lächelte.

«Bist du mir zum Coleherne gefolgt?»

Der Junge machte ein halbwegs empörtes Gesicht. «Du bist nicht der einzige Schwule, der ins Cloneherne geht, weißt du.»

Der Wortwitz entging Michael nicht. «Die geklonten Homos im Cloneherne, hm?»

Wilfred zwinkerte ihm zu. «Den Namen hab ich selber erfunden.»

«Nicht schlecht.»

«Also ... was machst du in der Bude von Lord Zickendraht?»

«Wir haben die Wohnungen getauscht. Ich hab ihm für einen Monat meine Wohnung in San Francisco gegeben und ... Ist Simon etwa ein Lord?»

«Er führt sich jedenfalls wie einer auf. Ist er schwul?»

Michael schüttelte den Kopf. «Nee.»

«Hab ich auch nicht gedacht.» Wilfred sah sich naserümpfend um. «Nicht besonders ordentlich.»

In diesem Punkt zumindest schienen sie sich einig zu sein. «Ich glaube, es stört ihn nicht», sagte Michael.

«Wer ist die Kleine?»

«Die was?»

«Die kleine Frau. Die Zwergendame, die immer vorbeischaut.»

«Sein Kindermädchen», sagte Michael. «Und sieh dich vor mit deinen Ausdrücken. Kleinwüchsig heißt das heute.»

«Sein *Kindermädchen*. Na so was.»

«Was nimmst du in den Tee?»

«Wilfred!», brüllte jemand mit einer donnernden Stimme durchs Treppenhaus.

«Meine Güte», murmelte Michael. «Wer ist denn das?»

Der Junge strebte bereits zur Tür. «Pass auf ... wir treffen uns in 'ner halben Stunde an der U-Bahn-Station. Ich muss dir was ganz Seltenes zeigen.»

«Wilfred ... wer *war* das?»

«Ach ... bloß mein Alter.»

«Dein *Vater*?»

«U-Bahn. In 'ner halben Stunde, ja? Wirst es nicht bereuen.»

Er warf ihm eine Kusshand zu und verschwand.

Michael hörte zu, wie er die Treppe hinaufrannte. Dann setzte er sich hin und goss sich eine Tasse Tee ein. Das war ja eine völlig neue Entwicklung. Wenn Wilfred bei seinen Eltern wohnte, wollte Michael auf keinen Fall als der ausländische Verführer dastehen, der ihren Sohn zum Schwulsein «rekrutiert» hatte. Der liebe Daddy klang nicht gerade wie jemand, mit dem man vernünftig reden konnte.

Ach was. Pfeif drauf. Sein Leben hatte endlich wieder Schwung bekommen, und es war ein zu gutes Gefühl, um jetzt einen Rückzieher zu machen. Oder, wie Mrs. Madrigal es einmal ausgedrückt hatte: «Nur ein Narr verweigert die Gefolgschaft, wenn Pan durch den Wald gestelzt kommt.»

Also aß er seinen Toast mit Marmelade, machte das Bett und schlenderte dann auf der Portobello Road zur U-Bahn. Wilfred erwartete ihn bei den Fahrkartenautomaten. «Ich war mir nicht sicher, ob du da bist», sagte Michael.

«Wieso?»

«Na ja ... dein Vater klang stinksauer.»

Wilfred zuckte mit den Schultern. «Ach so. Na, er hat dauernd schlechte Laune.»

«Wegen was?»

Wilfred überlegte einen Augenblick. «Hauptsächlich wegen Maggie Thatcher und mir. Nicht unbedingt in dieser Reihenfolge, du verstehst.» Er äffte den dröhnenden Bass seines Vaters nach. «‹Wer braucht 'ne bescheuerte Dachdecker-Thatcher, wenn er nicht mal 'n Dach überm Kopf hat? Eh? *Eh?*› Das ist sein Lieblingswitz.»

Michael gluckste vor Lachen. «Du machst ihn gut nach.»

«Muss es mir ja auch oft genug anhören», sagte Wilfred.

Auf Geheiß des Jungen erstand Michael eine Fahrkarte nach Wimbledon, die Endstation der District Line, südlich vom Fluss. Während sie auf dem Bahnsteig warteten, fragte er Wilfred: «Hat das was mit Tennis zu tun?»

«Immer mit der Ruhe, Mann. Wirst schon sehen.»

«Ja, *Sir*.»

Wilfred grinste ihn spitzbübisch an. Michael fühlte sich einen Augenblick an Ned im Death Valley erinnert, als der sie neugierig gemacht hatte auf die verborgenen Wunderdinge, die immer gleich hinter dem nächsten Felsen liegen würden.

Als der Zug durch den rußigen Tunnel donnerte, fragte Michael: «Weiß dein Vater, dass du schwul bist?»

Wilfred nickte.

«Wie hat er's rausgekriegt?»

Der Junge zuckte mit den Schultern. «Die Bullen haben mich in einer Teestube geschnappt. Ich glaub, da ist ihm ein Licht aufgegangen.»

«Teestube?»

«Weißt schon ... wenn man's in 'ner Teestube macht.»

Michael war ziemlich verwirrt.

«Eine Teestube», wiederholte Wilfred. *«Ein öffentliches Klo.»*

Eine Frau, die ihnen gegenübersaß, schnitt eine angewiderte Grimasse.

«Oh», meinte Michael einigermaßen kleinlaut.

«Deswegen bin ich von der Schule geflogen ... und meinen Job hab ich auch verloren. Ich hab mal da unten in Wimbledon gearbeitet.»

«Bei uns heißt das Klappe», erklärte ihm Michael.

«Was? Wo ich gearbeitet hab? Das war 'ne dämliche Frittenbude!»

«Nein, eine Teestube. Statt Teestube sagen wir Klappe.» Ihre Unterhaltung hörte sich allmählich an wie eine schwule Variante des berühmten Baseball-Sketches von Abbott und Costello, und die Frau gegenüber war alles andere als amüsiert. «Ich glaube, wir sollten das Thema wechseln, Wilfred.»

«Von mir aus gern», meinte der Junge mit einem Schulterzucken.

An der Endstation kaufte er eine Tafel Cadbury-Schokolade, brach einen Riegel ab und gab ihn Michael. «Wir haben noch ein Stück zu gehen. Hoffen wir mal, dass der alte Dingo noch da ist.»

«Mhm», sagte Michael und lächelte in sich hinein. Er wollte erst gar nicht fragen, was damit gemeint war. Wilfreds Art, den Ausflug spannend zu machen, hatte wirklich eine verblüffende Ähnlichkeit mit der von Ned.

Der Junge steuerte die nächste Metzgerei an, ging an den Ladentisch und verlangte ein halbes Pfund Rinderleber. Er gab das Fleisch, das er in einer kleinen Pappschachtel bekam, an Michael weiter. «Nimm das mal bitte. Das brauchen wir später.»

Michael sah ihn zweifelnd an. «Doch nicht fürs Frühstück?»

«Nicht für unseres», sagte Wilfred grinsend und verließ mit ihm den Laden.

Sie gingen fünf oder sechs Blocks weit nach Wimbledon hinein. Tudor-Nachbauten wechselten sich ab mit öden Backsteinmietskasernen, und dazwischen lagen sattgrüne Rasenflächen. Michael fühlte sich irgendwie an Kansas City oder die Vororte von Städten im Mittleren Westen in den Zwanzigerjahren des letzten Jahrhunderts erinnert.

Vor einem Trümmergrundstück blieb Wilfred stehen. Das Gebäude, das hier einmal gestanden hatte, war offenbar bis auf die Grundmauern abgebrannt. «Nächsten Monat ziehen sie hier was Neues hoch. Dingo bleibt nicht mehr viel Zeit.» Er stieg gelenkig über Backsteine und Zementbrocken und arbeitete sich nach hinten durch, wo der Schutt am höchsten lag. Dann schnalzte er mit den Fingern in Michaels Richtung.

«Was ist?», fragte Michael.

«Die *Leber*, Mann.»

«Oh.» Er gab Wilfred die Schachtel, und der ließ den Inhalt auf einen flachen Stein plumpsen, der anscheinend schon häufiger diesem Zweck gedient hatte. «Mir wird es langsam unheimlich», flüsterte er.

«Pssst.» Wilfred legte den Zeigefinger auf die Lippen. «Wart's ab.»

Regungslos wie zwei Statuen standen sie zwischen den Trümmern.

«Hierher, Dingo.» Wilfred stimmte einen Singsang an. «Komm schon, Kleiner.»

Irgendwo unter dem Schutt hörte Michael eine Bewegung. Dann erschien ein glitzerndes Augenpaar in einer Öffnung neben dem flachen Stein. Nach vorsichtigem Schnuppern kam das Tier ans Tageslicht.

«Meine Güte», murmelte Michael. «Ein Fuchs, was?»

«Gut geraten.»

«Was macht der hier?»

Wilfred zog die Schultern hoch. «Sie sind überall in London.»

«Du meinst, am Stadtrand?»

«Wo sie halt irgendwie über die Runden kommen. Stimmt's, Dingo?» In fünf Meter Entfernung schaute der Fuchs kurz von seiner Mahlzeit hoch, ehe er geräuschvoll weiterfutterte. «Nächsten Monat räumen sie hier alles ab. Dann ist Dingo echt in Schwierigkeiten.»

«Warum nennst du ihn Dingo?»

Wilfred drehte sich zu ihm um. «So heißen in Australien die Wildhunde.»

«Ach so.»

«Ich hab ihn entdeckt, als ich in der Frittenbude gearbeitet hab. In der Mittagspause hab ich ihm mal was von meinen Fish and Chips hingeworfen, und er war so dankbar dafür, dass ich am nächsten Tag wiedergekommen bin. Aber dann haben sie mich gefeuert, und seitdem komm ich mit der U-Bahn her, sooft ich kann. Ist schon 'ne Weile her seit dem letzten Mal. Hab ich dir gefehlt, Dingo? Eh?»

Schweigend sahen sie dem Fuchs beim Fressen zu. Dann sagte Michael: «Wir haben Kojoten in Kalifornien. Ich meine ... sie kommen manchmal in die Städte.»

«Ja?»

Michael nickte. «In L.A. durchstöbern sie die Mülltonnen, sie sind schon mitten auf dem Sunset Boulevard gesichtet worden. Die Tiere gehören nicht mehr in die Wildnis, aber in die Stadt gehören sie auch nicht.»

«Sie sitzen in der Falle. In dem Schlamassel, den wir angerichtet haben. Sie wissen es auch. Dingo weiß es. Er kann sich bloß noch in dem Loch da verkriechen und auf das Ende warten.»

«Kannst du ihn nicht von hier ... wegbringen?»

«Wohin denn, Mann? Einen Fuchs mag doch niemand.» Wilfred drehte sich um und hatte Tränen in den Augen.

«Ich hab ihm diesmal was besonders Gutes mitgebracht. Weil ich nämlich nicht mehr herkomme. Meine Nerven halten das nicht aus.»

Michael war selbst schon den Tränen nahe. «Er scheint dir sehr dankbar zu sein.»

«Ja. Sieht so aus, nicht?», sagte Wilfred mit einem matten Lächeln und wischte sich über die Augen.

«Und du?», fragte Michael. «Kann ich dich zum Frühstück einladen?»

«Sicher. Klar, Mann.» Wilfred sah noch einmal zu Dingo hinüber. Der Fuchs trollte sich.

«Kennst du ein gutes Café?», fragte Michael.

«Klar.»

Das Café erwies sich als winzige griechische Imbissbude nur zwei Blocks von der Fuchshöhle entfernt. Wilfred bestellte für sie beide. Er bestand auf der Spezialität des Hauses: gebratene Eier und Würste mit geschmorten Tomaten. Während sie aßen, ging wieder ein Platzregen nieder und polierte die kleine gusseiserne Statue eines blinden Kindes, die am Eingang stand.

Michael besah sich die Statue durch das regenverwaschene Fenster. «So eine hab ich noch nie gesehen», sagte er. «Steckt man da Geld durch einen Schlitz im Kopf?»

Wilfred nickte. «Es gibt auch welche für Hunde und Katzen.»

Michael sah ihn mit einem mitfühlenden Lächeln an. «Aber nicht für Füchse.»

«Nein.»

«Hast du mal einen richtigen Dingo gesehen?»

«Nee. Mein Großvater hat mir von ihnen erzählt.»

«War er ... Australier?»

«Ein Abo», erwiderte Wilfred. «Kannst es ruhig sagen, Mann.»

«Was?», fragte Michael, der mit dem Ausdruck nichts anfangen konnte.

«Aborigines, die Ureinwohner Australiens. Hast du doch sicher schon gehört.»

«Ach so.»

«Die, auf denen die Nigger rumhacken dürfen», ergänzte der Junge mit einem verschmitzten Grinsen.

Michael fühlte sich sofort unbehaglich. «Davon weiß ich nichts.»

«Na, ich aber.» Der Junge säbelte ein Stück Wurst ab und schob es sich in den Mund. «Meine Oma war Holländerin. Sie und mein Großvater sind im Zweiten Weltkrieg aus Darwin weg ... als ihr Amis überall zugange wart und alle dachten, die Japaner kommen. Mein Dad ist in London geboren.»

«Und deine Mutter?»

«Ist abgehauen, als ich acht war.»

«Warum?»

«Was weiß ich?», meinte der Junge schulterzuckend. «Weil sie meinen Alten und seinen dämlichen Portwein satthatte. Oder vielleicht hatte sie keinen Bock auf mich.»

«Das glaube ich nicht.»

«Du hast ja auch keinen Bock auf mich.» Er schaute auf seinen Teller, während er es sagte.

«Das ist nicht wahr.»

«Du willst nicht mit mir ins Bett.»

«Wilfred ...»

«Sag mir doch, warum nicht. Dann frag ich auch nicht mehr.»

Michael zögerte. «Ich glaube, es ergibt keinen rechten Sinn. Nicht mal für mich selber.»

«Versuch's halt.»

«Na ja ... mein Liebhaber und ich, wir haben uns nicht getrennt. Er ist an Aids gestorben.»

Der Junge sah ihn verständnislos an.

«Weißt du, was das ist?»

Wilfred schüttelte den Kopf.

«Es ist diese Krankheit, die schwule Männer in den Staaten kriegen, eine schwere Immunschwäche. Und wenn sie es haben, dann infizieren sie sich mit allem, was durchs Fenster reinkommt. Mehr als tausend sind schon daran gestorben.» Es kam ihm seltsam kaltblütig vor, die Geschichte so verkürzt zu erzählen und das Grauen auf die reinen Tatsachen zu reduzieren.

Wilfred schaute betroffen. «Ich hab mal was drüber gelesen.»

«Mein Lover hat noch vierzig Kilo gewogen, als er starb. Er war ein großer, schlaksiger Typ, und er wurde einfach ... weggerafft. Ich war vor sechs Jahren selber mal krank ... gelähmt ... und er hat mich immer getragen, und ...» Er spürte, wie die Tränen in seinen Augen brannten. «Und dann wurde er zu diesem Gespenst, zu diesem bejammernswerten Wesen ...»

«He, Mann ...»

«Die letzten zwei Wochen seines Lebens war er blind. Und musste die meiste Zeit durch eine Sauerstoffmaske atmen. Als ich das letzte Mal bei ihm war, konnte er mich nicht mehr sehen. Dass mir die Tränen runterliefen, konnte er nur spüren, weil er seine Hand an meiner Backe hatte. Ich saß da, drückte seine Hand an mein Gesicht und erzählte ihm einen blöden Witz, den ich in der Zeitung gelesen hatte ... und machte Pläne für einen Trip nach Maui.» Er riss eine Papierserviette aus dem Spender und tupfte sich die Augen ab. «Entschuldige.»

«Macht doch nichts, Mann.»

«Weißt du, es ist einfach so ...»

Wilfred sprach es für ihn aus. «Er fehlt dir.»

«Ja, sehr ... ach, furchtbar ...» Er konnte nicht mehr an sich halten und begann zu schluchzen. Wilfred kam auf seine Seite, setzte sich neben ihn und drückte ihm die Schulter. «Darum halte ich mich im Moment aus allem raus. Mir ist einfach nicht danach, mit jemand so zusammen zu sein.» Er fing sich wieder und wischte sich noch einmal die Tränen ab. «Nicht dass ich Angst vor Sex habe oder so. Ich hab nur schon ziemlich lange keine Lust mehr darauf.»

«Natürlich», sagte Wilfred mitfühlend. «Aber sehnt sich nicht dein Herz manchmal danach?»

Michael sah ihn mit tränenverschleierten Augen an und lächelte. «Manchmal schon.»

«Na ... und ein Freund wär da 'ne Hilfe, nicht?»

Das Angebot kam so überraschend, dass ihm gleich wieder die Tränen kamen. «Kleiner, ich hab noch nie Nein gesagt zu so einem ...»

«Gibt's hier 'n Problem?»

Sie schauten hoch und sahen einen beleibten vierschrötigen Kerl, der die Arme über seinem Schmerbauch verschränkte und finster auf sie herabsah.

«Entschuldigung», sagte Michael. «Wenn wir zu laut sind ...»

Wilfred platzte der Kragen. «Wir sind nicht zu laut. Wir sind bloß zu nett zueinander.» Er fixierte den Mann wie ein Fuchs, der einen Angreifer belauert. «Warum kümmerst du dich nicht um deinen eigenen Kram, eh?»

«Passt mal auf», sagte der Mann. «Ihr Typen habt eure eigenen Lokale.»

«Ganz recht, und das ist eins davon. Also schieb ab.»

Der Mann funkelte ihn noch einen Augenblick an, dann drehte er sich um und ging wieder hinter den Tresen zurück.

«Scheißgriechen», maulte Wilfred.

Michael strahlte ihn an. «Wie alt bist du eigentlich?»

«Sechzehn», sagte der Junge. «Und ich lass mir nichts bieten.»

Ihre Klein-Mädchen-Sachen

Unter der Post, die Mary Ann auf ihrem Schreibtisch vorfand, waren ein paar Werbesendungen: eine Pressemitteilung von Tylenol, in der ein «kindersicherer» Schraubverschluss erläutert wurde; eine Kostprobe Kaugummi, das mit NutraSweet gesüßt war; und ein merkwürdiger Plastiktrichter, der sich Sani-Fem nannte.

Sie ließ alles auf die Tischplatte fallen, setzte sich und drehte den Sani-Fem hin und her. *Ideal für Wandertouren*, verkündete die Broschüre, *oder wenn sich öffentliche Toiletten als unhygienisch erweisen*. Das breite Ende des Trichters war so geformt, dass es passgenau auf der gesamten Vulva saß.

Sie fand das so genial, dass sie laut jubelte.

Sally Rinaldi, die Sekretärin des Nachrichtenchefs, blieb an der offenen Tür stehen und schaute herein. «Gehaltserhöhung gekriegt oder was?»

«Schau dir mal das Ding da an», sagte Mary Ann grinsend.

«Was ist das?»

«Das ist ... ein Sani-Fem. Damit kannst du im Stehen pinkeln.»

«Ach komm!»

Mary Ann hielt ihr die Broschüre hin. «Lies mal.» Sie nahm

wieder den Sani-Fem in die Hand. «Das muss ich sofort ausprobieren.»

Sally wich zurück. «Tja, lass dich von mir nicht stören.»

Mary Ann lachte. «Im *Klo*, Sally.»

«Nur zu.»

«Ja, und Bambi überrascht mich dabei.»

Die Sekretärin lachte. «Dann geh halt ins Männerklo. Vielleicht sieht dir William Buckley zu.»

«Was?»

«Larry macht 'ne Besichtigungstour mit ihm. In diesem Augenblick.»

«William F. Buckley junior?»

«Eben der.»

Gott, was für eine Vorstellung! Buckley und Larry Kenan vor der gekachelten Wand, ein leeres Pissbecken als Sicherheitsabstand zwischen sich, wie sie gerade ihre Dödel abschütteln, und herein schlenzt die Reporterin, schick und karrierebewusst gekleidet mit Gabardinehose, weißer Bluse und einer zur Fliege gebundenen schwarzen Samtschleife. Und *voilà* – da zückt sie auch schon ihren Sani-Fem. *Morgen, die Herren. Wie läuft's denn so?*

«Na, mach schon», sagte Sally feixend.

«Du spinnst», meinte Mary Ann und verstaute den Trichter im untersten Fach ihres Aktenschranks.

«Kein Mumm», war Sallys augenzwinkernder Kommentar, ehe sie verschwand.

Mary Ann verbummelte den Rest des Tages und nahm nach Feierabend den Sani-Fem mit nach Hause. Im Garten vor dem Haus traf sie Mrs. Madrigal, der sie die Vorrichtung zeigte und in knappen Worten ihre Funktionsweise erklärte.

Mrs. Madrigal verzog keine Miene, doch ihre Augen blitzten

amüsiert. «Komisch, und ich musste zweiundvierzig Jahre auf das Privileg warten, es im Sitzen tun zu dürfen.»

Mary Ann wurde rot. Man vergaß so leicht, dass Mrs. Madrigal erst zur Frau geworden war, als Mary Ann schon in die Pubertät kam.

«Trotzdem», fügte die Vermieterin hinzu, um erst gar keine Verlegenheit aufkommen zu lassen, «ich finde, es ist eine fabelhafte Idee ... Du nicht auch?»

«Mhm», brummte Mary Ann, eine Eigenheit, die sie von Simon übernommen hatte. «Übrigens ... Mouse hat mir geschrieben. Er lässt Sie herzlich grüßen.»

«Wie lieb von ihm.»

«Er sagt, Simons Wohnung ist reichlich versifft.»

Die Vermieterin lächelte. «Englische Aristokraten sind oft stolz auf ihre Bröckelpaläste.»

«Ja. Sieht ganz so aus.»

«Wenigstens erstreckt es sich nicht auf sein Äußeres. Er ist sehr gepflegt, dieser Simon.»

Mary Ann nickte. «Haben Sie sich näher mit ihm angefreundet?»

«Ähm. Doch, ja. Warum?»

«Nur so. Ich hab mich bloß gefragt, welchen Eindruck Sie von ihm haben.»

Mrs. Madrigal steckte eine lose Haarsträhne fest, während sie überlegte. «Er ist gescheit, würde ich sagen. Aufgeweckt. Gibt sich vielleicht ein bisschen ausweichend.» Sie lächelte. «Aber ich nehme an, das gehört bei Briten eben dazu.»

«Ja.»

«Ansonsten sieht er natürlich fabelhaft aus. War das mit deiner Frage gemeint?»

Im Tonfall der Vermieterin schien eine versteckte Anzüglichkeit mitzuschwingen. Mary Ann fühlte sich unbehaglich. «Nein ... ich meinte nur ... generell.»

«Generell, würde ich sagen, ist er eine tolle Partie. Falls sich eine für ihn interessieren sollte.»

Mary Ann nickte.

Die Vermieterin ging in die Hocke und zupfte ein Unkraut aus. «Hört sich an, als wolltest du ihn verkuppeln. Ich dachte, das ist hier mein Job.»

Mary Ann kicherte. «Wenn ich eine für ihn finde, werde ich es erst von Ihnen absegnen lassen.»

«Tu das», sagte Mrs. Madrigal.

Das schalkhafte Glitzern in den Augen der Vermieterin war ziemlich irritierend. *Sieh dich vor*, ermahnte sich Mary Ann. *Diese nette alte Dame, die mal ein Mann gewesen ist, könnte ohne Weiteres wissen, was bei allen anderen insgeheim vor sich geht.*

Mary Ann stieg die Treppe hoch, zögerte aber auf dem Flur, drehte sich dann um und klopfte an Simons Tür. Er öffnete in Michaels dunkelgrünem Cordsamtbademantel, den er so lose trug, dass sie ein beeindruckendes Dickicht von braunem Brusthaar sehen konnte. Er knabberte an einer Möhre.

«Nanu ... hallo.»

«Hallo», sagte sie. «Ich dachte, ich schau mal kurz vorbei. Oder komme ich ungelegen?»

«Absolut nicht. Moment, ich zieh mir schnell eine Hose an. Dauert nur ...»

«Nein, es ist so eine ... spontane Idee. Du bist angezogen genug. In deinen Joggingshorts habe ich schon mehr von dir gesehen.»

Er sah flüchtig an sich herunter. «Da hast du auch wieder recht», sagte er. Dann, mit einem launigen kleinen Schlenker mit der Möhre in seiner Hand: «Na ... willst du nicht reinkommen?»

Das Wohnzimmer war natürlich noch unverkennbar das von Mouse: die Regale mit dem kunterbunten Geschirr in tropischen Farben; die nostalgische Sammlung von Gummientchen aus den Vierzigerjahren; das Poster von Bette Midlers Album *Thighs and Whispers* im verchromten Rahmen. Die einzige persönliche Note von Simon waren die neueste Ausgabe des *Rolling Stone* und eine Flasche Brandy auf dem Couchtisch.

Er setzte sich aufs Sofa. «Ich wollte mir gerade einen kleinen Schluck genehmigen. Trinkst du einen mit?»

«Klar.» Sie setzte sich ans andere Ende des Sofas, sodass ein Kissen als Niemandsland zwischen ihnen blieb. «Aber nur einen ganz kleinen. Von Brandy krieg ich Kopfweh.»

«Brandy verlangt ein gewisses Engagement», meinte er leicht amüsiert. Er goss einen Schluck in ein rosarotes Glas und reichte es ihr. «Runter damit.»

Sie nippte daran. «Übrigens, was ich fragen wollte ... hast du für Ostern schon was vor?»

Er grinste.

«Was ist denn so komisch?»

«Na, wir sind doch hier im Lotusland, nicht? An christliche Feiertage hab ich noch keinen Gedanken verschwendet.» Er lachte leise. «Bis jetzt hab ich meistens heidnische Rituale zelebriert.»

«Das kann ich mir denken», sagte sie. «Aber, weißt du, ich dachte ... es wäre gut, wenn wir jetzt schon was planen ... weil du ja gleich danach weggehst.»

Er nickte nachdenklich. Was mochte er jetzt denken?

«Es ist schon das übernächste Wochenende», ergänzte sie.

Er machte ein erstauntes Gesicht. «Ach wirklich?»

«Mhm.»

Er schüttelte den Kopf. «Wie doch die Zeit vergeht, wenn man eine Stadt auf den Kopf stellt.» Er sah sie von der Seite an. «Was hast du dir denn so gedacht?»

«Aber nicht lachen», sagte sie.

«Na schön.»

«Es ist ... eine Morgenandacht.»

Ein kurzes Zögern. «Ah.»

«War das ein gutes Ah oder ein schlechtes?»

Er lächelte. «Ein Sag-mir-mehr-Ah.»

«Mehr ist dazu nicht zu sagen», meinte sie schulterzuckend. «Ich soll für den Sender was drüber machen. Es ist am höchsten Punkt der Stadt. Da steht so ein riesiges Kreuz. Alle sehen von da oben zu, wie die Sonne über Oakland aufgeht. Es ist was typisch Kalifornisches ... Gemeinschaftsgefühl ... was fürs Herz und für die Seele und so ... aber du findest so einen rührseligen Kram vielleicht zum Brüllen.»

«Zum Brüllen», wiederholte er. Sein Lächeln näherte sich bedenklich einem spöttischen Grinsen.

«Du findest es grauenhaft, hab ich recht?»

«Nein ... nein. Ich frag mich nur ... wie kommen wir auf diesen höchsten Punkt?»

«Zu Fuß», antwortete sie. «Aber es ist nicht anstrengend.»

«Rauf nach Golgatha, hm?»

Sie kicherte. «Genau.»

«Tja ...» Er tippte sich mit dem Zeigefinger an die Lippen. «Ich bin ungenießbar, wenn ich so früh aufstehen muss.»

«Mir macht es nichts aus.»

«Und Brian?»

«Was?» Er machte sie allmählich nervös. Sie hoffte, dass es ihr nicht anzumerken war.

«Das frühe Aufstehen. Macht es ihm was aus?»

«Oh, äh ... er kommt gar nicht mit. Er geht zu einer Party

bei Theresa Cross in Hillsborough. Wir sind beide eingeladen, aber ... na ja, ich hab diesen Auftrag am Hals.»

«Verstehe.»

«Meine Motive sind vielleicht ein bisschen eigennützig.» Sie sah ihn mit ihrem gewinnendsten Lächeln an. «Ich wollte einfach ein bisschen nette Gesellschaft bei der langweiligen Andacht.»

«Wie Jesus zu Maria Magdalena sagte.» Seine Augen blitzten unternehmungslustig.

«Vielleicht ist es doch keine so gute ...»

«Doch», sagte er, «ich würde sehr gern mitkommen.»

«Bist du sicher?»

«Absolut. Also ... abgemacht!» Er bekräftigte seine Zusage, indem er die Hände auf die Knie klatschte.

Sie stand auf. «Prima. Außerdem, hab ich mir gedacht, könnten wir am Abend vorher zusammen essen. Falls du nicht schon was vorhast.»

Er sah sie einen Augenblick an. «Reizend», sagte er dann.

Als sie ging, spürte sie, wie er ihr nachsah. Es war ein Gefühl, von dem ihr beinahe schwindlig wurde, deshalb ging sie hinauf in das Häuschen auf dem Dach, um ihre Gedanken zu ordnen, ehe sie Brian gegenübertrat. Die Nacht war klar und roch nach frischem Regen. Im Schein der neuen Straßenlaternen in der Barbary Lane wirkte das junge Laub der Eukalyptusbäume gespenstisch bleich wie das sanfte Graugrün von oxidiertem Kupfer. Sie zählte vier erleuchtete Schiffe, die lautlos über die schwarze Fläche der Bucht glitten. Der große Neonfisch von Fisherman's Wharf schimmerte pinkfarben über der Wasserfläche wie ein Talisman der Urchristen aus den Katakomben.

Sie suchte den Polarstern und wünschte sich das Einzige, woran sie im Augenblick denken konnte.

«Lass mich raten.»

Sie fuhr zusammen, als sie Brians Stimme hörte. Er stand an der Tür und lächelte.

«Gott, hast du mich erschreckt», sagte sie.

«He. Tut mir leid.» Er kam zu ihr und küsste sie auf den Nacken. «Du hast dir grade was gewünscht, hm?»

«Geht dich nichts an, Klugscheißer.»

Er lachte in sich hinein und nuschelte an ihrem Hals herum. «Ich mag es, wenn du so Klein-Mädchen-Sachen machst.»

Sie gab einen mürrischen Laut von sich.

«Ich habe nachgedacht», sagte er, ohne sie loszulassen. «Wie wär's mit Sierra City?»

«Wieso?»

«Für unseren Ausflug.»

Damit wusste sie absolut nichts anzufangen.

«Sag bloß, du hast es schon wieder vergessen.»

«Na komm, lass mich nicht lange raten.»

«Dieses Wochenende», sagte er. *«Ethelmertz?»*

«Ach so. Richtig.»

«Oder irgendwo sonst an der Küste, ganz egal.»

«Nein, Sierra City ist okay.»

«Na schön», meinte er. «Was hast du in der Tüte da?»

Sie war so in Gedanken gewesen, dass sie den Sani-Fem fast vergessen hatte. «Ach ... das ist ein ... Ach, lass mal. Interessiert dich sowieso nicht.»

«Aber ja doch.» Er nahm ihr die Tüte ab und zog den Plastiktrichter heraus. «Großer Gott, was ist denn das?»

Sie schnappte sich den Sani-Fem und ging entschlossenen Schritts zum Rand des Flachdachs an der Bay-Seite.

«Verdammt, was machst du denn?»

Sie sah hinunter in das dunkle Pflanzendickicht. «Nichts.»

«Nichts?»

«Bloß eine von meinen Klein-Mädchen-Sachen.» Sie ließ ihre Hose fallen und streifte den Slip herunter.

«Menschenskind, Mary Ann …!»

«Nicht so laut», sagte sie. «Sonst guckt noch jemand rauf.»

Wieder diese Frau

Wilfreds Vater brüllte so wütend herum, dass Michael aus einem Traum hochschreckte, in dem er Jon auf einer Gartenparty von Buckingham Palace begegnet war. Er setzte sich im Bett auf und klammerte sich an die Fantasie wie an eine Daunendecke, während der Patriarch im Stockwerk über ihm Möbelstücke an die Wand donnerte. Durch den Lärm hindurch konnte er gerade noch Wilfreds dünne, kindliche Stimme ausmachen, die schrille Verzweiflungsschreie ausstieß.

«*Schwuchtel!*», dröhnte der Vater. «*Elende Schwuchtel … widerliches Dreckstück … Dir werd ich's geigen, du kleiner …*»

Entsetzt sprang Michael aus dem Bett und zog sich Simons roten Satinmorgenmantel über. Er öffnete die Tür zum Flur und schaute vorsichtig ins Treppenhaus, als oben jemand aus der Tür kam und sie krachend hinter sich zuschlug. Er huschte zurück in die Wohnung, zog leise die Tür zu und wartete, bis Wilfreds Vater mit schweren Schritten die Treppe herunterkam, durch den Flur stapfte und das Haus verließ. Als er nichts mehr hörte, stieg er ein Stück die Treppe hinauf und rief: «Wilfred?»

Keine Antwort.

«Wilfred … alles in Ordnung?»

«Wer ist da?»

«Ich bin's. Michael. Hat er dir was getan?» Er wollte die restlichen Stufen hinaufsteigen.

«Bleib da, Mann. Ich komm gleich runter. Mir ist nichts passiert.»

Also ging er in die Wohnung zurück, setzte einen Kaffee auf und wartete. Schließlich kam Wilfred herein. Er grinste tapfer und presste eine Handvoll Klopapier gegen seine Schläfe. «Tut mir leid wegen dem Krach, Mann.»

«Meine Güte», sagte Michael leise. «Was hat er gemacht?»

«Ach ... er hat mich gegen den Schrank geschmissen.»

«Dich geschmissen?»

«Ist das so schwer? Ich bin kein Arnold Schwarzenegger.»

Michael lächelte ihn an. «Komm her, lass dich mal anschauen. Was hast du eigentlich gemacht, dass er so ausgerastet ist?»

Wilfred kam näher und nahm das Klopapier von der Schläfe. «Er hat mein altes *Zipper* im Müll gefunden.»

«Dein was?»

«Ein Magazin mit nackten Typen.»

«Oh. Meine Güte, das wird ja 'ne richtige Beule. Moment ... ich hab Alkohol und Heftpflaster in meinem Kulturbeutel.» Er fand, was er brauchte, kam zurück und tupfte dem Jungen die Schläfe ab. «Liest du das Zeug?»

Wilfred fand so viel Ahnungslosigkeit erschütternd. «Das ist nicht zum Lesen, Mann, das ist 'ne Wichsvorlage.»

Michael lächelte. «Ich lass mich gern belehren.»

«Hast du dir so was nie gekauft?»

«Doch, klar. Bei uns zu Hause sind die Dinger im Moment ziemlich populär. Sex mit einem Magazin ist viel sicherer. Tut das weh?»

«Und wie», sagte Wilfred.

«Gut. Dann wirkt es auch. Mein Freund Ned nennt es

periodical sex. Das fand ich immer sehr treffend.» Er drückte das «fleischfarbene» Heftpflaster fest und überlegte, wie deplatziert und gedankenlos dieser Ausdruck doch war. «So. Jetzt bist du wieder fast wie neu.»

Wilfred sog die Luft ein. «Ist das Kaffee?»

«Ja. Willst du eine Tasse?»

«Super.»

Als er ihm den Kaffee brachte, fragte er: «Schon was vor für heute?»

Der Junge zuckte mit den Schultern.

«Prima. Dann komm mit mir zu Harrods.»

«Ist das dein Ernst?»

«Klar. Ich brauch ein paar Sachen für meine Freunde zu Hause.»

Also tat ihm Wilfred den Gefallen und ging mit ihm in das fürstliche Kaufhaus, wo Michael sich mit königlichem Kitsch eindeckte: Prinz-William-Eierbecher, Prinzessin-Diana-Scheuerlappen, Queen-Mum-Terminkalender. Er suchte vergeblich nach irgendetwas mit dem Gesicht von Prinzessin Anne, doch Briten – ob *camp* oder nicht – schien dieses Konterfei wenig zu bedeuten.

Als sie in die Abteilung Herrenbekleidung kamen, zupfte ihn Wilfred am Ärmel. «Sieh mal ... Prinzessin Diana.»

«Lass man», meinte Michael, «ich hab ja schon den Scheuerlappen.»

«Nee, Mann, die *richtige*.» Mit einer Kopfbewegung wies er auf eine schlanke Blondine, die sich einen Herrenschlafanzug ansah. Sie trug einen blassgrauen Kaschmirpulli zu einem geblümten Laura-Ashley-Rock in Pink, dezente Perlenohrclips und eine Perlenkette. Ihre Füße steckten in schwarzen Lacklederpumps.

Michael ging hinter einer Säule in Deckung und forderte Wilfred mit einer verstohlenen Geste auf, das Gleiche zu tun.

Der Junge kicherte. «He, Mann, sie ist gar nicht ...»

«Schsch. Sie darf dich nicht sehen.»

Wilfred amüsierte sich köstlich. «Das ist bloß 'ne Sloane Ranger», flüsterte er.

«Eine was?»

«'ne Zickendraht-Tussie. Sie kaufen alle am Sloane Square ein und versuchen auszusehen wie ...»

«Wilfred, komm hierher!»

«Hast du nicht mehr alle ...?»

«Ich kenne sie», flüsterte Michael. «Glaub ich jedenfalls. Sieht sehr nach einer alten Bekannten von mir aus.»

Wilfred verdrehte die Augen. «Warum sprichst du sie nicht einfach an?»

«Das hab ich schon mal versucht, und sie ist abgehauen.»

«Wann?»

«Vor 'ner Woche ungefähr, in Hampstead Heath. O Gott ... Ist sie weg?»

«Noch nicht. Der Verkäufer zeigt ihr noch mehr Schlafanzüge.»

Michael versuchte angestrengt, ihre Stimme herauszuhören, doch sie verlor sich im vornehmen Geräuschpegel des Kaufhauses. «Das ist verrückt», murmelte er. «Sie muss in Schwierigkeiten stecken.»

«Wieso?»

«Ich weiß nicht. Warum hat sie nicht mit mir reden wollen? Irgendwas läuft bei ihr fürchterlich schief.»

Wilfred zuckte mit den Schultern. «Auf mich wirkt sie ganz normal.»

«Eben», sagte Michael. «Das ist es ja.»

Der Junge lugte noch einmal hinter der Säule hervor. «Sie geht jetzt. Was willst du machen?»

«Meine Güte. Wenn sie mich sieht, geht sie uns vielleicht endgültig stiften.»

«Und wenn ich ihr nachgehe? Mich kennt sie ja nicht.»

«Hm. Ich weiß nicht ...»

«Ein Schwarzer würde sie erschrecken, was?»

Michael sah ihn stirnrunzelnd an. «Nein, so ist sie nicht. Also gut ... dann lauf los. Schau mal, was du rausfinden kannst. Moment! Wo sollen wir uns wieder treffen?»

Der Junge überlegte angestrengt. «Tja ... im Markham Arms in der King's Road ... Oder nee, heute ist ja nicht Samstag.»

«Was?»

«Der Laden ist nur samstags schwul.»

«Scheiß drauf. Wir treffen uns da in einer Stunde.»

«Is' gut. Markham Arms, King's Road.»

«Alles klar», sagte Michael. «Sieh zu, dass sie nichts merkt, Wilfred. Behalt sie nur im Auge, ja?»

Der Junge salutierte kurz, indem er die Fingerspitzen an sein Heftpflaster legte, und nahm die Verfolgung auf. Michael wartete eine Viertelstunde, dann verließ er das Harrods und fuhr mit einem Taxi zum Markham Arms. Die Leute, die sich lärmend im Pub drängten, machten einen ziemlich schicken Eindruck, und viele hatten offenbar einen Einkaufsbummel unterbrochen und waren vor dem ersten größeren Regenguss des Tages hierhergeflohen. Er ließ sich ein Glas Cider geben und zwängte sich in eine Ecke. In der Musikbox lief gerade Stings Hitsingle «Spread a Little Happiness» an.

Als Wilfred zur verabredeten Zeit nicht erschien, ließ er sich noch ein Glas Cider und eine Tüte Vinegar Chips geben. Kurz unterhielt er sich mit einem gut aussehenden Geschäftsmann, der den Eindruck machte, als könnte er an Samstagen hier Stammgast sein. Sie sprachen gerade über das Musical *Cats*, als Wilfred sich durch die Menge drängte und die Regentropfen von seinen goldbraunen Locken schüttelte.

«Also zunächst mal», verkündete er, «ist sie Amerikanerin.»

«Das wusste ich schon. Was noch?»

Wilfred grinste. «Ein Stout würde mir die Zunge lösen.»

«Ist gebongt.» Michael winkte den Barkeeper heran und bestellte ein Guinness und noch eine Tüte Chips. «Sie hat dich doch nicht gesehen?»

«Ich glaub nicht», erwiderte der Junge. «Ich hab Abstand gehalten. Es war nicht leicht, Mann. Sie war ständig in Bewegung.»

«Wo ist sie hingegangen?»

«He ... mein Bier.»

Michael drehte sich um, nahm dem Barkeeper das Glas ab und reichte es Wilfred weiter. «Dahinten sind zwei Plätze frei. Wollen wir uns rübersetzen?»

«Gute Idee», meinte der Junge. «Ich bin total geschafft.»

Mit einem «Machen Sie's gut» verabschiedete sich Michael von dem Geschäftsmann und folgte Wilfred durch die lärmige Menge. Als sie sich gesetzt hatten, sagte der Junge: «Sie ist was Besseres, hm? Hat sich die ganze Zeit am Beauchamp Place umgetan.»

«Wo ist das?»

«Nicht weit von Harrods. Von der Brompton Road ein Stück rein. Hauptsächlich für reiche Leute und Amerikaner. Affige Boutiquen ... solches Zeug.»

«Und wo ist sie da reingegangen?»

«Ach ... in ein Juweliergeschäft namens Emeline. Ich glaub nicht, dass sie was gekauft hat, aber es war schwer zu sagen. Ich konnte sie nur von der Straße aus beobachten. Der Laden war zu klein, um drin zu spionieren.»

«Gut gedacht.»

«Dann ist sie in ein Ding rein, das hieß Spaghetti.»

«Ein Restaurant?»

«Kleiderladen. Sie ist nicht lang geblieben. Es fing wieder zu regnen an, und sie ist ein Stück den Gehsteig entlanggerannt. Ein Motorradfahrer hat ihr das Kleid eingedreckt, da ist sie stehen geblieben und hat ihm den Finger gezeigt und gesagt: ‹Fick dich ins Knie, Mac!›»

Michael grinste. «Tatsächlich, sie ist es.»

«Ich hab ein bisschen gewartet, und dann bin ich ihr nachgegangen in einen Laden namens Caroline Charles. Die Zicke hinterm Ladentisch hat mich fies angeglotzt, deshalb konnte ich mich da nicht lang rumtreiben.»

«Hat sie irgendwas gesagt? Meine Bekannte, mein ich.»

«Nicht viel. Sie hat ein Kleid gekauft. Hat ein dickes Geldbündel aus der Handtasche gezogen und bar bezahlt.»

«Hat sie das Kleid mitgenommen?»

Wilfred schüttelte den Kopf. «Sie wollte, dass sie's ihr schicken. Hat gesagt, sie braucht es bis Ostern.»

«Fabelhaft! Hat sie gesagt, wohin?»

«Leider nicht, Mann. Sie hat's der Verkäuferin aufgeschrieben.»

«Bist du ihr gefolgt?»

«Ging nicht. Sie hat ein Taxi genommen.»

«Welche Farbe hatte das Kleid?»

«So 'ne Art Pink», antwortete Wilfred. «Nein, pfirsichfarben. Mit großen Puffärmeln. Warum?»

«Komm mit, Kleiner. Schnappen wir uns ein Taxi. Jetzt bin ich mit Detektivspielen dran.»

Eine Viertelstunde später ließ er Wilfred in einem Coffeeshop am Beauchamp Place zurück und ging allein zu Caroline Charles. Die Frau hinterm Ladentisch war so abweisend, wie Wilfred sie geschildert hatte.

«Ja, Sir? Kann ich Ihnen helfen?»

«Danke, ja. Meine Frau hat hier gerade ein Kleid gekauft ... etwa vor einer halben Stunde. Eine Amerikanerin ... in einem grauen Pulli und einem Rock in Pink.»

«Ja.»

«Es war ein pfirsichfarbenes Kleid. Sie wollte, dass es ihr zugeschickt wird.»

«Ich erinnere mich sehr gut, Sir. Was kann ich für Sie tun?»

«Tja ... ich weiß, das hört sich furchtbar albern an, aber sie glaubt, dass sie Ihnen vielleicht die falsche Adresse genannt hat. Sie hat in letzter Zeit ... äh ... gesundheitliche Probleme und ist manchmal ein bisschen schusselig. Sie meint, dass sie Ihnen vielleicht unsere Winteradresse gegeben hat statt der ... wo wir im Sommer wohnen, Sie verstehen, und, na ja, ich dachte, ich sollte mich lieber vergewissern.»

Die Frau sah ihn stirnrunzelnd an.

Michael senkte die Stimme zu einem Flüstern. «Ehrlich gesagt, wenn ich sie vom Valium runterkriegen könnte, hätten wir diese Probleme nicht. Letzte Woche hat sie vergessen, wo sie den Bentley geparkt hat, und wir haben zwei Tage gebraucht, um ihn wiederzufinden.»

Die Verkäuferin kräuselte ein wenig die Lippen, holte den Lieferschein hervor und legte ihn vor Michael hin. Er las die Adresse und prägte sie sich ein:

Roughton
Easley-on-Fen

Bei Chipping Camden
Gloucestershire

«Gut», sagte er. «Alles in Ordnung. Ich schätze, es gibt vielleicht doch noch Hoffnung für die Gute.»

Bis er in den Coffeeshop kam, bestand die Adresse nur noch aus wirren Buchstabenfolgen. Als er Wilfred sah, hinderte er ihn mit einer Handbewegung am Reden und schrieb erst mal alles auf. Dann schob er ihm den Zettel hin.

«Kannst du damit was anfangen?»

«Mit Gloucestershire schon», meinte der Junge schulterzuckend. «Ich glaub, von Chipping Camden hab ich auch mal gehört, aber der Rest ...»

«Ist Roughton ein Familien- oder ein Ortsname?»

«Könnte beides sein, würd' ich sagen. Heißt sie nicht so?»

«Nein. Sie heißt Ramsey. Mona Ramsey.»

«Vielleicht war das Kleid bloß ein Geschenk für jemanden. Oder nee ... Das ist nicht sehr wahrscheinlich.»

«Warum?», fragte Michael. Der Gedanke war ihm selbst schon gekommen. Wenn Mona sich von einer reichen Wohltäterin aushalten ließ, konnte es durchaus sein, dass sie ihr auch mal was Kleines schenkte.

«Na, weil sie's doch anprobiert hat», sagte Wilfred. «Es sei denn, ihre Freundin hat genau die gleiche Größe.» Er machte eine Pause und schien Michaels Gedanken zu erraten. «Sie steht auf Mädels, was?»

«Meistens, ja», sagte Michael mit einem Lächeln. «Aber sie ist sehr zugeknöpft. Sie traut keinem Menschen. Sie denkt, das Leben ist ein Scheißspiel.»

«Da hat sie auch recht», meinte Wilfred.

«Sie lässt sich nichts gefallen. In der Beziehung ist sie wie du.»

«Ist ja auch nicht verkehrt, Mann.»

«Ich weiß. Ich sollte mir die Einstellung auch zulegen. Ich hab noch keinen Südstaatler getroffen, der seine Höflichkeit nicht zum eigenen Schaden übertrieben hat.»

«Du bist aus dem Süden?»

Michael nickte.

«Aus dem tiefen Süden?»

«Nicht direkt. Aus Orlando. Und sieh mich jetzt nicht so an. Ich hab nie jemanden gelyncht.»

Wilfred grinste und trat ihn an die Wade. «Was machst du jetzt mit ihr?»

«Tja ... ich könnte ihr einen Brief an diese Adresse schreiben. Aber was soll mir das nützen, wo sie schon im Park vor mir abgehauen ist?»

«Bist du sicher, dass sie dich erkannt hat?»

«Ganz sicher. Und ich weiß auch, warum sie abgehauen ist.»

«Warum?»

«Weil ich so was wie ihr schlechtes Gewissen bin.»

«Macht sie denn was Schlimmes?»

«Na ja ... etwas, das ihr peinlich ist. Sie hat sich dafür sogar eine Tarnung zugelegt. Sie sieht normalerweise nicht so aus. Ihr Haar ist sonst rot und strubbelig. Und Perlen hat sie in ihrem Leben noch nie getragen. Ganz zu schweigen von *Pink*.»

«Kennst du sie schon lang?»

Michael dachte kurz nach. «Mindestens acht Jahre. Meine Vermieterin in San Francisco ist ihr ...» Er konnte sich ein Lachen nicht verkneifen, obwohl das gegenüber Mrs. Madrigal etwas despektierlich war. «Meine Vermieterin ist ihr Vater.»

Wilfred sah ihn verständnislos an.

«Sie ist transsexuell. Sie wurde als Mann geboren.»

«Eine Geschlechtsangleichung?»

Michael nickte. «Aber das vergisst man völlig. Sie ist einfach ein netter Mensch ... der netteste Mensch, der mir je begegnet ist.» Er merkte, dass er sie mehr vermisste als seine richtigen Eltern.

Doch jetzt wollte er sich wegen Mona nicht länger den Kopf zerbrechen. Sie gingen zurück zu Harrods und erledigten den Rest ihrer Einkäufe. Zwei Stunden später, beladen mit Royal-Family-Souvenirs, schleppten sie sich mit müden Schritten wieder in die Colville Crescent 44. Während Michael seine Schätze sichtete, stelzte Wilfred in der Küche herum und machte Sandwiches.

«Das schmeckt fabelhaft», murmelte Michael, als er in ein Roggenbrot belegt mit Hühnchen und Chutney biss.

«Gut.»

«Wie geht's übrigens deinem Schädel?»

«Ach ... ich merk schon gar nichts mehr.»

«Kannst du wieder nach Hause, ohne dass was passiert?»

Wilfred schaute von seinem Sandwich hoch. «Hast du genug von mir?»

«Ach komm. Ich mach mir bloß Sorgen wegen deinem Alten. Dauert es lange, bis seine Wut verraucht?»

Der Junge schüttelte den Kopf. «Bei dem dauert gar nichts lange.»

Die Türklingel schrillte, und Michael zuckte zusammen. Er stand auf und schielte durch die Vorhänge. Draußen stand eine Frau von etwa dreißig Jahren. In einem weinroten Blazer mit einem Hermès-Schal machte sie einen ziemlich aristokratischen Eindruck. Ihr marineblauer Faltenrock schien einen Unterleib von so beachtlichen Dimensionen zu verbergen, dass er einem Zentauren alle Ehre gemacht hätte. Ihr aschblondes Haar war in der Mitte gescheitelt und drehte sich seitlich ungefähr auf Kinnhöhe einwärts, sodass es wirkte wie zwei Klammern um einen überflüssigen Einschub.

«Oh», sagte sie emotionslos, als er ihr die Haustür öffnete. «Sie sind nicht Simon.»

«Heute nicht.» Er grinste. «Kann ich ihm was ausrichten?»

«Er ist noch verreist?»

Er nickte. «Er kommt kurz nach Ostern wieder. Wir haben die Wohnungen getauscht.»

«Aha. Sie sind aus Kalifornien?»

«Ja. Äh ... möchten Sie reinkommen?»

Stirnrunzelnd dachte sie über sein halbherziges Angebot nach und sagte dann: «Ja, danke.» Sie warf den beiden schwarzen Kindern, die auf dem Sandhaufen neben der Betonmischmaschine spielten, einen eisigen Blick zu. «Drinnen ist es wenigstens *sicherer*.»

Er dachte nicht daran, ihr recht zu geben. «Ich bin Michael Tolliver», sagte er und streckte ihr die Hand hin.

Sie hielt ihre auf halber Höhe, als erwarte sie einen Handkuss. «Fabia Dane.» Als sie durch den Hausflur gingen, verzog sie angewidert das Gesicht. «Mein Gott, dieser Geruch! Hat hier jemand seine Grütze abgeladen?»

Er entschied, dass sie Kotze meinte. Ganz unverhofft verspürte er den uncharakteristischen Drang, das Haus in Schutz zu nehmen. Er verabscheute diese Frau schon jetzt. «Es ist ein altes Gebäude», sagte er in neutralem Ton. «Da lassen sich Gerüche kaum vermeiden.»

Sie tat diese Theorie mit einem knappen Grunzlaut ab. «Das Problem unseres lieben Simon ist, dass er noch nie zwischen Boheme und Schmuddel unterscheiden konnte. Eine leicht angegammelte Wohnung in Camden Town könnte man ja noch verstehen ... oder selbst in Wapping, Herrgott noch mal ... aber *das* hier? Es muss schrecklich für Sie sein. Und diese grässlichen Abos mit ihrem Getrommel Tag und Nacht ...»

Ihre Schmährede brach jäh ab, als sie ins Wohnzimmer stürmte und Wilfred lässig auf dem Sofa liegen sah. Er begrüßte sie mit einem munteren «Booga booga».

Michael grinste ihn an. Fabia wandte sich mit steinerner Miene zu ihm um. «Was ich zu sagen habe, ist privat. Wenn Sie nichts dagegen haben ...»

Wilfred sprang auf. «Wollte grade gehen, gnä' Frau.»

Michael sah keinen Grund, ihr gefällig zu sein. «Wilfred, du kannst gerne bleiben.»

«Ich weiß.» Er zwinkerte Michael zu. «Bis später, Kumpel.»

Sobald er draußen war, pflanzte Fabia ihr massives Hinterteil in einen Sessel und sagte: «Simon wäre das bestimmt nicht recht.»

Michael setzte sich so weit wie möglich von ihr weg. «Was denn?»

«Dass Sie diesen Aborigine hier ein und aus gehen lassen.»

Michael versuchte, sich zu beherrschen. «Davon hat er mir nichts gesagt.»

«Trotzdem. Ein bisschen gesunder Menschenverstand wäre ganz angebracht, würde ich meinen.»

«Wilfred ist ein Freund von mir. Ja?»

«Das sind Hausbesetzer, müssen Sie wissen.»

«Wer?»

«Dieser Junge und sein grässlicher Vater. Sie zahlen keine Miete für die Wohnung da oben. Sie sind einfach eingezogen und haben sich da breitgemacht. Na, was soll's. Sie denken bestimmt, das geht mich nichts an. Aber ich finde es besser, wenn Sie Bescheid wissen.»

«Aber ... wenn es illegal ist, warum hat ...»

«O nein, es ist ganz legal. Nur nicht sehr anständig. Aaaalso ... wenn Simon sauer auf Sie ist, dann wissen Sie, warum.» Sie setzte das dünne selbstgefällige Lächeln einer Petze auf.

Michael verspürte plötzlich den Drang, es ihr mit einer Dachlatte wegzuschlagen. Stattdessen wechselte er das Thema. «Was soll ich Simon von Ihnen ausrichten?»

«Er kommt in vierzehn Tagen wieder?»

«So ungefähr.»

«Er wird uns doch nicht schwul geworden sein, oder?»

Keine Dachlatte. Ein Vierkantholz. Mit einem Nagel drin. «Ich hab ihn nicht nach seinem Privatleben ausgefragt», sagte er kühl.

Sie musterte ihn einen Augenblick. Dann sagte sie: «Na, jedenfalls ... richten Sie ihm aus, dass er eine fabelhafte Hochzeit verpasst hat.» Sie machte eine Pause, die offenbar auf Effekt abzielte. «Meine, um genau zu sein.»

«Das mache ich.»

«Mein Name ist jetzt Dane. Mein Mädchenname war Pumphrey. Aber Fabia genügt. Mehr hat sich Simon ganz sicher nie gemerkt.»

Da war sich Michael auch ganz sicher.

«Auf jeden Fall, mein Mann und ich veranstalten eine kleine Sommerparty auf unserem neuen Landsitz, und ohne Simon wäre die Gästeliste nicht komplett. Die schriftliche Einladung kommt noch, aber Sie können ihn ja schon mal vorwarnen. Damit er sich eine wirklich überzeugende Ausrede zurechtlegen kann.»

Die letzte Bemerkung war so gehässig, dass er sich fragte, ob es sich bei ihr um eine abgewiesene Geliebte handelte. War sie nur vorbeigekommen, um Simon ihre Heirat unter die Nase zu reiben?

«Wenn ich mir's recht überlege», fügte Fabia hinzu, «sollten Sie ihm lieber auch meinen Nachnamen sagen. Ich möchte nicht, dass er irgendwas durcheinanderbringt. *Dane.*» Sie buchstabierte es für ihn.

«Wie in ‹Dane Vinegar Chips›?»

«Ja», sagte sie, «ganz genau so.»

«Im Ernst?»

«Das ist die Firma meines Mannes.»

«Na so was. Wilfred und ich haben grade vorhin welche gegessen.»

«Wilfred?»

«Der Aborigine.»

«Ah.»

Michael stand auf. «Ich werde Ihre Nachricht an Simon weitergeben.»

Fabia musterte ihn mit einem kalten Blick, dann stand sie auf und ging zur Tür. Dort blieb sie kurz stehen, als überlege sie sich eine passende Bemerkung für ihren Abgang. Michael verschränkte die Arme und reckte das Kinn vor. Sie bedachte ihn mit einem säuerlichen Lächeln und ging.

Er blieb stehen, bis sie draußen war. Dann setzte er sich und aß sein Sandwich vollends auf.

Zehn Minuten später kam Wilfred zurück. «Ist sie weg?»

«Ja, Gott sei Dank.»

«Was hat sie gewollt?»

«Nichts. Nichts Wichtiges. Sie hatte nur eine Nachricht für Simon.»

«Das mit den Trommeln sind nicht wir, musst du wissen.»

«Und wenn schon», meinte Michael lächelnd.

«Trotzdem, das sind nicht mein Dad und ich. Es sind die blöden Jamaikaner da drüben.»

«Setz dich», sagte Michael. «Vergiss diese Schreckschraube. Iss dein Sandwich zu Ende.»

Der Junge setzte sich. «Weißt du, dass ein Typ deine Wohnung beobachtet hat?»

«Wann?»

«Grade eben. Ein dicker Kerl. Ich hab ihn von meinem Fenster gesehen.»

«Ach», sagte Michael, «wahrscheinlich ihr Mann, der auf sie gewartet hat.» Der allmächtige Mr. Dane, König der Vinegar Chips.

«Nee», meinte Wilfred stirnrunzelnd, «das glaub ich nicht.»

«Wieso?»

«Na, weil er sich verzogen hat, als sie rauskam.»

Michael ging zum Fenster. Die Kinder tollten noch immer draußen bei der Betonmischmaschine herum. Sonst war niemand zu sehen. «Wo hat er gestanden?»

«Da unten», sagte der Junge und zeigte in die entsprechende Richtung. «Neben der Telefonzelle.»

«Und er hat ... bloß raufgeschaut?»

Wilfred nickte. «Das Fenster angestarrt. Als wollte er sehen, wer dahinter ist.»

Die Jesustortilla

Es waren nur noch ein paar Stunden bis zu ihrem Palmsonntagwochenende, als Brian bei Mary Ann im Sender anrief. «Ich hab sozusagen eine einseitige Entscheidung getroffen», sagte er. «Ich hoffe, es macht dir nichts aus.»

Sie reagierte inzwischen auf jede Veränderung äußerst misstrauisch. «Worum geht's denn?», fragte sie.

«Ich hab unsere Reservierung in Sierra City abgesagt.»

«Warum?»

«Ach … ich hab gedacht, dass wir uns in dieser Situation was Besseres gönnen sollten. Wie findest du das Sonoma Mission Inn?»

«Oh, Brian … zunächst mal teuer.»

«Wir können es uns leisten», meinte er, aber schon deutlich weniger euphorisch.

«Ja. Kann sein.»

«Du klingst nicht sehr begeistert.»

«Tut mir leid. Ich bin bloß … Ich find's toll. Wirklich. Ich wollte da schon immer mal hin.»

«Das hab ich nicht vergessen», sagte er.

Es machte ihr ein schlechtes Gewissen, dass er etwas so Ausgefallenes plante, nur weil sie ihm mit ihrem Mittelschmerz falsche Hoffnungen gemacht hatte. «Müssen wir noch an irgendwas denken?», fragte sie. «Muss ich nicht bessere Klamotten mitnehmen?»

«Du hast noch Zeit zum Packen», sagte er. «Wir sind erst für heute Abend um sieben angemeldet.»

«Prima. Ich müsste spätestens um vier zu Hause sein.»

Bis dahin gab es noch einiges zu tun. Sie machte einen Beitrag über die kalifornische Küche sendefertig, erledigte Anrufe und beantwortete Anfragen, die seit Wochen auf ihrem Schreibtisch lagen. Sie wollte sich gerade diskret aus dem Staub machen, als sie von Hal, dem stellvertretenden Sendeleiter, im Flur abgefangen wurde.

«Kenan will dich sprechen», sagte er.

«Mist. Ich wette, er hat einen Auftrag.»

«Wer hoch hinauswill, darf nicht rasten», meinte er grinsend.

Sie überlegte, was sie tun sollte. Wenn sie wegging, ohne sich bei Kenan zu melden, gab es keine Garantie, dass Hal sie nicht anschwärzen würde. Er war berüchtigt für so was. Also biss sie die Zähne zusammen, machte sich verärgert auf den Weg zu Kenans Büro und legte sich unterwegs eine ganze Palette von Ausreden zurecht.

Kenans Allerheiligstes war wie immer eine wahre Deponie für kitschige Werbegeschenke: Miniaturausgaben von eiförmigen Fußbällen, bedruckt mit dem Logo des Senders; vier oder fünf verschiedene Wandkalender aus Mylar; ein Zauberwürfel mit Name und Anschrift eines Videotapeherstellers. Die einzige Veränderung war, dass nicht mehr Bo Derek an der Decke über Kenans Schreibtisch hing – sie hatte Christie Brinkley Platz machen müssen.

Die Hände hinter dem Kopf verschränkt, ließ der Nachrichtenchef seinen Drehsessel in eine aufrechte Position kippen und fixierte Mary Ann mit seinen kleinen Knopfaugen. «Gut. Da sind Sie ja.»

«Hal hat gesagt, dass Sie mich sprechen wollen.»

Sein Lächeln war nichts anderes als eine Form von Aggression. «Erinnern Sie sich, was ich Ihnen gesagt habe, als Sie hier anfingen ... dass ein guter Reporter der einzige Mensch ist, der in einem Fall von höherer Gewalt immer zur Stelle zu sein hat? Wissen Sie noch?»

«Klar», sagte sie. Soviel sie wusste, mussten sogar die Hausmeister des Senders diesen blödsinnigen Vortrag über sich ergehen lassen. «Was ist damit?»

«Tja, Gnädigste ...» Er machte es spannend und zögerte es so lange wie möglich hinaus. «Ich hab was für Sie, das hat genau diese Dimension.»

Als sie Brian anrief und ihm die schlechte Nachricht durchgab, war sein Zorn ebenso groß wie berechtigt. «Scheiße, Mary

Ann! Wir planen den Trip schon die ganze Woche. Das hast du denen doch gesagt, oder etwa nicht?»

«Natürlich.»

«Na, warum keilen sie dann ausgerechnet dich?»

«Weil ich ... auf der untersten Sprosse stehe und weil sie wissen, dass ich ...»

«Was ist denn so rasend wichtig, dass es nicht wenigstens bis Montag warten kann?»

«Tja ... es ist so 'ne Art Osterstory ... Karwoche, besser gesagt ... deshalb brauchen sie's gleich, wenn sie ...»

«*Kommt der Papst? Oder was?*»

«Du regst dich nur auf, wenn ich's dir sag, Brian.»

«Ich reg mich jetzt schon auf. Was, zum Kuckuck, ist es?»

«Eine Frau in Daly City. Sie glaubt, dass ihr Jesus erschienen ist.»

«Na toll.»

«Brian ...»

«Wo hat sie ihn denn gesehen? An ihrem Armaturenbrett?»

«Nein. Auf einer Tortilla.»

Er knallte den Hörer auf die Gabel.

Minuten später verließ sie den Sender und fuhr nach Daly City. Ort des Wunders war ein kleines mexikanisches Restaurant namens Una Paloma Blanca. Eine weiße Taube. Schon mal sehr passend zum Karwochenthema. Der Kameramann war bereits da und moserte wegen irgendwelchen technischen Schwierigkeiten.

«Ich sag dir, das kommt nicht raus», zischte er. «Kannste mir glauben. Ich weiß, von was ich rede.»

«Schau her», konterte sie, «*ich* kann es sehen ... Das da ist der Bart. Das hier ist ein Teil vom Backenknochen. Und der Schlenker nach links ist seine Schädeldecke.»

«Na prima, Mary Ann. Erzähl das mal der Kamera. Wir haben nicht genug Kontrast, sag ich dir. So einfach ist das.»

Sie seufzte und murmelte: «Scheiße.» Mrs. Hernandez, die Entdeckerin der Tortilla, reagierte mit einem strafenden Unmutslaut. In Erwartung ihres Fernsehdebüts hatte sich die stattliche Matrone mit dem Spitzenschal und der Mantilla ihrer Großmutter ausstaffiert.

«Verzeihung», sagte Mary Ann und unterstrich ihre Aufrichtigkeit mit einer leichten Verbeugung.

«Wir könnten es rauskitzeln», schlug der Kameramann vor.

«Was?»

«Das Gesicht auf der Tortilla. Wir könnten es retuschieren.»

«Nein!» Sie kam sich von Minute zu Minute schmieriger vor. Ihr ewiger Kalauer, dass sie für die «Schundpostille der Mattscheibe» arbeite, kam der Wahrheit näher, als sie je hatte wahrhaben wollen.

«Aber wenn wir erklären ...»

«Matthew, *lass die Finger von der Tortilla*, ja?»

Er hob beschwichtigend die Hände. «Schon gut, schon gut.» Er sah sich in der beengten Küche mit den rußgeschwärzten Töpfen und Pfannen um. «Drehen wir's hier?»

«Sie hat es hier entdeckt, oder nicht?»

«Ja, aber es ist nicht genug Platz für all die Leute.»

«Welche *Leute* denn?»

«Die ganzen Wallfahrer da vorne im Restaurant. Die wollen alle ins Fernsehen.»

«Na, das geht aber nicht!»

«Fein. Sag du es ihnen.»

Sie stöhnte genervt und ging nach vorn zum Münztelefon, rief Larry Kenan an und schlug vor, die Story zu kippen. Seine Reaktion war knapp und ätzend: «Wenn Sie's nicht hinkriegen,

Gnädigste, setz ich eben Pater Paddy drauf an. Bleiben Sie dort und rühren Sie diese Tortilla nicht an!»

Eine Dreiviertelstunde später entstieg der Moderator der christlichen Fernsehshow *Honest to God* in vollem Ornat seinem roten Cadillac Eldorado Biarritz, Baujahr 1957. «Liebste!», rief er strahlend, als er Mary Ann sah. «Sie Ärmste! Das ist Ihr erstes Wunder, nicht?»

«Ich bin nicht sicher, ob es die Bezeichnung verdient», brummte sie.

«Na, na. Mit Wundern ist es wie mit der Schönheit, sag ich immer ... Es liegt ganz im Auge des Betrachters. Wo ist übrigens die Betrachterin?»

«Dahinten.» Sie zeigte über die Köpfe der Menge hinweg. «In der Küche.»

«Na, wunderbar.» Wie eine Luxusjacht glitt der Priester durch die versammelten Fernsehzuschauer, die seinen Anblick mit ehrfürchtigem Gemurmel quittierten. «Die Sache ist die», sagte er zu Mary Ann, «Wunder sind für die Menschen etwas sehr Gutes. Wir können uns da nicht von ein paar technischen Problemchen aufhalten lassen. Manche Wunder sind natürlich unkomplizierter als andere, aber ich bin sicher, wir kriegen das hin. Ist Ihnen übrigens aufgefallen, dass es immer Jesus oder die Muttergottes ist? *Guten Abend, mein Kind. Gott segne dich.* Sie sollten eigentlich den Heiligen Geist sehen ... Er ist schließlich der Sonderbotschafter, wenn Sie verstehen, was ich meine. Aber nie erblickt jemand den Heiligen Geist auf einer Tortilla ... *Gott segne euch, Gott segne euch* ... weil niemand die leiseste Ahnung hat, wie der arme Teufel aussieht. Gott, ist das heiß hier drin. Wo ist die Tortilla?»

Als sie in die Küche kamen, benutzte eine betagte Bekannte von Mrs. Hernandez die Tortilla gerade als Kompresse und drückte sie gegen ihren arthritischen Ellbogen. «Ach herrje», sagte Pater Paddy. «Ich fürchte, wir haben Ihn verloren.»

Eine rasche Untersuchung der Tortilla ergab den beruhigenden Befund, dass die heiligen Gesichtszüge noch erkennbar waren.

«Auf Tape ist das nicht zu sehen», sagte der Kameramann.

Pater Paddy sah ihn mit einem wissenden Lächeln an. «Nehmen Sie indirekte Beleuchtung, dann sprechen wir uns wieder.»

«Wie?»

«Tun Sie, was ich sage, Matthew. Der fromme Vater weiß, wie so was geht.» Er drückte beruhigend Mary Anns Hand. «Keine Angst, Liebste. Jetzt haben wir's im Griff.»

Er hatte recht, wie sich herausstellte. Die indirekte Beleuchtung unterstrich nicht nur die Farbabstufungen des Teigs, sodass das Antlitz des Herrn hervorgehoben wurde, sondern verlieh dem Fladen auch einen erbaulichen Heiligenscheineffekt. Als das Bild auf dem Monitor erschien, gaben die dreiundvierzig Mitglieder des Hernandez-Gefolges ein beifälliges Gemurmel von sich.

«Ausgezeichnet», schnurrte Pater Paddy. «Gute Arbeit, Matthew. Ich wusste, dass Sie's hinkriegen.»

Der Kameramann lächelte bescheiden und hielt für Mary Ann den Daumen hoch. Doch sie hatte immer noch Bedenken. «Wird man die Wäscheklammern auch nicht sehen, Matthew?»

«Nee.»

«Bist du sicher?»

«Ich pass auf, dass sie nicht ins Bild kommen. Mach dir keine Sorgen.» Er griff nach dem Bindfaden, an dem die Tortilla hing. «Wir wollen doch nicht, dass der Herr aussieht, als hätte man ihn zum Trocknen aufgehängt.»

Sie lachte matt und hoffte im Stillen, dass Mrs. Hernandez

die Bemerkung überhört hatte. Allmählich konnte sie sich für diese Story sogar erwärmen. Das Gesicht auf der Tortilla erinnerte tatsächlich sehr an Jesus, wenn man einmal absah von der schiefen Nase und einem dunklen Fleck, der sich vielleicht als zusätzliches Ohr interpretieren ließ. Sie konnte sich schon die musikalische Untermalung vorstellen, die sie verwenden würde. Etwas Erhebendes und Ätherisches. Aber mit einem menschlichen Touch. Vielleicht etwas aus einem Steven-Spielberg-Film.

Allerdings – war es überhaupt noch ihre Story? Sie wandte sich an Pater Paddy. «Wollen Sie das in *Honest to God* bringen?»

Der Priester verzog das Gesicht. «Wie bitte?»

«Na ja, Kenan klang so verärgert, dass ich dachte, er hat Ihnen vielleicht ...»

«Nein, nein, nein. Ich bin nur als Berater hier. Das ist Ihre Story.»

«Oh ... tja, wenn das so ist, sollte ich Sie vielleicht dazu interviewen. Damit ich auch die offizielle Meinung der Kirche habe.»

«Liebste ...» Pater Paddy senkte die Stimme und sah sich verstohlen um. «Die Kirche *hat* keine offizielle Meinung zu dieser Tortilla.»

«Was müssen wir tun, um eine zu bekommen?»

Der Kirchenmann kicherte. «Den Erzbischof zu Hause anrufen. Haben *Sie* dazu Lust?»

«Sie müssen es ja nicht offiziell zum Wunder erklären. Könnten Sie nicht einfach was sagen wie ...» Sie machte eine Pause und versuchte, sich vorzustellen, was es sein könnte.

«*Was* denn?», sagte der Priester. «‹Nein, was für eine hübsche Tortilla! Und diese Ähnlichkeit!› Ich bitte Sie. Der Erzbischof hat es mit dem Turiner Grabtuch schon schwer genug. Da sollten wir ihm wenigstens die Tortilla von Daly City ersparen.»

«Moment mal», sagte sie. «Letzten Dezember, wegen dieser Statue, da haben Sie angerufen. Das weiß ich noch.»

«Wegen welcher Statue?»

«Sie wissen schon. Die geblutet hat. In Ukiah oder weiß der Geier, wo.»

Der Priester nickte bedächtig. «Ja ... das stimmt.»

«Also ... wo ist da der Unterschied?»

Pater Paddy seufzte geduldig. «Der Unterschied, meine Liebste, ist, dass die Statue tatsächlich was getan hat. Sie hat *geblutet*. Diese Tortilla hier mag als Kirchenschmuck ganz charmant sein, aber sie liegt einfach da ... oder hängt da, um genau zu sein.»

Sie gab es auf. «Na gut. Vergessen Sie's. Dann mach ich es eben ohne.»

Er machte ein schuldbewusstes Gesicht. «Sind Sie mir jetzt böse?»

«Nein.»

«Doch.»

«Na ja ... Sie waren es, der von einem Wunder gesprochen hat.»

«Und vermutlich ist es auch eins, Liebste.» Er stupste sie unters Kinn. «Ich glaube nur nicht, dass es *Nachrichtenwert* hat.»

Das glaubte sie auch nicht, als sie um zehn ermattet nach Hause kam und einen schmollenden Brian in dem kleinen Häuschen auf dem Dach antraf. «Ich konnte es nicht ändern», sagte sie verlegen. «Ich weiß, du bist sauer, aber solche Sachen passieren nun mal.»

«Wem sagst du das», murmelte er.

«Wir können doch morgen noch da rauffahren.»

«Nein, können wir nicht. Ich hab unser Zimmer abbestellt. Wir hatten verdammtes Glück, dass wir überhaupt noch eins gekriegt haben. Ich konnte ja nicht wissen, ob du wieder so ein Ding abziehst.»

«Und da hast du gedacht, du lässt es mich spüren. Ist ja fabelhaft.»

Er sah sie von der Seite an. «*Ich* lass es *dich* spüren, aha?»

Sie beschloss zu retten, was noch zu retten war, und setzte sich zu ihm aufs Sofa. «Ich habe einen Plan B. Falls es dich wirklich interessiert.»

«Und zwar?»

«Wir könnten in eins der kitschigen kleinen Motels am Ende der Lombard Street gehen ... Das wollten wir doch schon immer mal machen. Und wir wären in 'ner Viertelstunde da.» Sie fuhr ihm mit dem Zeigefinger den Rücken hinunter. «Würde es das nicht genauso tun?»

Er grummelte etwas.

«Und sag nicht, dass es eine blöde Idee ist. Sie stammt nämlich von dir. Sie ist dir gekommen, als wir in *Body Heat* waren, weißt du noch?»

Er schüttelte den Kopf. Seine Hände hingen schlaff zwischen seinen Schenkeln.

«Außerdem», fügte sie hinzu, «ein bisschen schummriges Neon, finde ich, würde bei uns beiden Wunder wirken. Ganz zu schweigen von der Vibrationsmatratze ... und diesen koreanischen Ölgemälden von Paris im Regen. Wir können beide Betten nacheinander zerwühlen, wenn wir wollen, und ...»

«Menschenskind!»

Die Heftigkeit seines Ausbruchs erschreckte sie. «Was ist denn ...?»

«So hast du dir das also vorgestellt?»

«Na, es war ja nur ein ...»

«Vielleicht hab ich alles völlig falsch verstanden», sagte er.

«Ich dachte, wir wollten ein neues Leben in die Welt setzen. Ich dachte, wir hätten die ganze Zeit von unserem Kind geredet!»

«Haben wir ja auch», sagte sie gepresst. «Unter anderem.»

«Warum, zum Donnerwetter, willst du dann so was Abgeschmacktes daraus machen?»

Jetzt warf sie ihre Zurückhaltung über Bord. «Ach Gott, ja! Die Mommy soll bloß keinen Spaß dabei haben. Hier geht's ja um was Heiliges. Weißt du, was, Brian? Warum gehst du nicht runter zu den Rosen und holst 'ne Handvoll Blütenblätter ... Die können wir dann auf unser gottverdammtes Bett der ehelichen Seligkeit streuen, damit das kleine Balg weiß, dass es unser Ein und Alles ist ... er oder sie, oder was immer wir da heute Abend fabrizieren.»

Er starrte sie an, als wäre sie eine Tote im Leichenschauhaus und er der nächste Angehörige. Dann stand er auf, ging ans Fenster und sah auf die Bay hinaus. Nach langem Schweigen sagte er: «Ich bin anscheinend schwer von Begriff. Ich hab hier irgendwas die ganze Zeit falsch verstanden.»

«Wie meinst du das?» Ihre Stimme war jetzt ruhiger.

Er zuckte mit den Schultern. «Ich hab gedacht, du *willst* ein Kind. Ich hab es wirklich geglaubt.»

«Will ich doch, Brian. Will ich doch auch. Ich kann's nur nicht ertragen, wenn ... du so tust, als ginge es nur *darum*, wenn wir zusammen schlafen. Sieh mal ... ich komm von einem grauenhaften Arbeitstag nach Hause, und du sitzt da wie ein verwöhnter kleiner Junge, der *auch* noch was von mir erledigt haben will. Tut mir leid, aber mehr als ein Wunder pro Tag schaff ich nicht.»

«Wunder?», fragte er stirnrunzelnd. «Was soll das denn wieder heißen?»

«Nichts. Ich wollte nur sagen ... ich möchte, dass du mich

willst, wenn wir miteinander schlafen. Ich will nicht schon eifersüchtig sein auf ein Kind, das wir noch gar nicht haben.» Sie machte ihm mit einem vorsichtigen Lächeln ein Versöhnungsangebot. «Das ist alles, Brian. Können wir nicht, bloß heute Abend mal, einfach so zusammen ins Bett?»

«Sicher», sagte er sanft. «Klar.»

«Verstehst du, was ich dir sagen will?»

Er nickte. «Tut mir leid, Kleines. War nicht so gemeint.»

«Ich weiß», sagte sie. «Ich weiß.»

Später rauchten sie dann einen Joint und liebten sich auf dem Fußboden im Fernsehraum. Vielleicht war es die Anspannung des Tages, die Mary Anns Orgasmus hinauszögerte, bis sie sich vom Gewohnten in die Fantasie flüchtete, es sei Simons Körper, der ihren Po in den Teppichboden drückte.

«Siehst du?», sagte Brian hinterher mit einem Grinsen. «Einfach so. Nur wir beide.»

Ein Toter vor der Tür

Nach einigen Nachforschungen stellte Michael fest, dass Londons angesagtester Lesbennachtclub in Mayfair lag und Heds hieß. Diskret in einem Untergeschoss versteckt, war er nur an einem unscheinbaren Messingschild neben dem Eingang zu erkennen: GENTLEMEN WERDEN HÖFLICH GEBETEN, IHRE WAFFEN VOR BETRETEN DES ETABLISSEMENTS ABZUFEUERN. Die brünette Türsteherin hatte dunkelviolett geschminkte Lippen und einen Pagenschnitt à la Louise Brooks.

«Wart ihr Jungs schon mal hier?»

Michael wandte sich an Wilfred. «Waren wir?»

«Ja», sagte der Junge. «Keine Sorge, wir sind andersrum.»

«Man weiß ja nie», sagte die Türsteherin lächelnd. «Dann amüsiert euch mal schön.»

Der niedrige Raum war rauchgeschwängert, und an einer Wand entlang reihte sich Couch an Couch. Vier oder fünf Lesbenpärchen tanzten unter einer blitzenden Discokugel zu einem langsamen Song von Anne Murray. Die meisten Frauen waren elegant gekleidet. Manche waren erstaunlich schön. Michael setzte sich auf eine Couch und forderte Wilfred auf, sich ihm anzuschließen.

«Kein sehr aussichtsreicher Versuch», meinte er.

Der Junge zuckte mit den Schultern. «Schaden kann's nicht.»

«Ist nicht grade ihre Sorte von Lokal. Viel zu ... unpolitisch.»

«Mhm.»

«Klar ... ihr Styling ist jetzt ganz anders. Da hat sich vielleicht auch alles andere verändert.»

«Hast du mal dran gedacht, sie anzurufen?»

«Du meinst, unter dieser Adresse? Das hab ich vor drei Tagen probiert. Roughton in Easley-on-Fen steht nicht im Telefonbuch.»

Eine Cocktailkellnerin blieb vor ihnen stehen. «Was zu trinken, die Herren?»

«Nein danke», sagte Michael. Er warf Wilfred einen Seitenblick zu. «Du?»

Der Junge schüttelte den Kopf.

Michael sah wieder zu der Kellnerin hoch. «Sie kennen nicht zufällig eine Amerikanerin namens Mona Ramsey?»

Die Kellnerin überlegte kurz und schüttelte den Kopf.

«Sie ist Ende dreißig. Hat eine Frisur wie Prinzessin Diana. Flucht wie ein Matrose.»

«Tut mir leid, Süßer. Namen merk ich mir fast nie.» Sie lächelte entschuldigend und ging weiter.

«Wie lange hast du noch?», fragte Wilfred.

«Bis wann?»

«Bis du wieder zurückfliegst?»

«Oh.» Er dachte nach. «Sechs Tage noch, wenn ich richtig gezählt habe. Ich fliege Dienstag.»

Wilfred nickte.

«Warum?», fragte Michael.

«Na ... wir könnten hinfahren.»

«Wohin?»

«Weißt schon ... nach Easley-on-Fen.»

«Hm.»

«Wir könnten über Ostern hin, was meinst du? Gloucestershire ist landschaftlich wunderschön. Wir könnten mit dem Zug fahren. Ich hab ein bisschen Geld auf der hohen Kante. Und wenn wir sie nicht finden ... schaden kann es ja nicht, oder?»

Die Ernsthaftigkeit des Jungen ängstigte ihn. «Weißt du», sagte er vorsichtig, «ich glaube, genau das mach ich vielleicht.»

Wilfred blinzelte ihn an. «Du meinst ... ohne mich?»

Er zögerte.

«Versteh schon», sagte Wilfred. «Vergiss es.»

«Es ist nicht wegen dir», sagte Michael.

«Ist ja auch egal.»

«Nein. Ich will nicht, dass du denkst, ich mag dich nicht.»

«Ich weiß, dass du mich magst.»

«Ich glaube bloß ... es ist leichter, wenn ich's allein mache. Ich meine, wenn ich in ihre Szene reinplatze ... was immer das ist. Verstehst du, was ich meine?» Er tastete nach der Hand des Jungen und drückte sie.

Wilfred nickte.

«Wollen wir tanzen?»

Der Junge sah sich um. «Hier?»

«Klar.»

Wilfred zuckte mit den Schultern und stand auf. Michael legte den Arm um seine Taille und führte. Sie tanzten zu «You Needed Me».

«Herrje», murmelte Wilfred an Michaels Brust. «Wenn mich meine Kumpel jetzt sehen könnten. Das wär vielleicht peinlich.»

Michael lachte leise. «Geht mir genauso.» Er dachte daran, wie er und Jon in San Francisco am Billardtisch in Peg's Place herumgeturtelt hatten. Für zwei verliebte Männer war eine Lesbenbar der beste Ort auf der Welt. Er fragte sich, ob Lesben genauso von Schwulenkneipen dachten.

«Wann willst du fahren?», fragte Wilfred. «Nach Gloucestershire, mein ich.»

«Ach, Freitag wahrscheinlich.»

«Seh ich dich danach noch mal?»

«Klar. Ich werde noch einen Tag da sein, eh ich ... nach Hause fliege.»

«Mhm.»

«Werd mir jetzt nicht schwermütig, Wilfred.»

«Is' gut.»

Es war fast Mitternacht, als sie in die Colville Crescent zurückkamen. Wilfreds Vater polterte oben herum und war offensichtlich betrunken. Michael schloss die Wohnungstür auf und sagte zu dem Jungen: «Willst du noch ein bisschen reinkommen? Wenigstens, bis er eingeschlafen ist.»

Wilfred nickte und folgte ihm ins Wohnzimmer, als das Telefon klingelte. Michael nahm den Hörer ab und ließ sich aufs Sofa plumpsen.

«Hier ist Miss Treves», sagte die Stimme am anderen Ende.

«Oh. Hallo.»

«Hören Sie, mein Bester ... hatten Sie irgendwelchen Ärger?»

«Ärger?»

«Na ja ... hat sich jemand draußen herumgetrieben?»

«Nein, nicht, dass ich wüsste. Um was geht es?» Ihre ominösen Warnungen und Andeutungen gingen ihm allmählich auf die Nerven.

«Ach, na ja ... es könnte vielleicht ein bisschen ... wahrscheinlich nichts Ernstes, aber ich dachte, es ist besser, ich sag Ihnen Bescheid ... für alle Fälle. Es hat ein Missverständnis gegeben, und der dumme Esel ist betrunken, und da ...»

«Miss Treves ...»

«Bleiben Sie einfach, wo Sie sind, mein Bester. Ich komme gleich vorbei. Dann erkläre ich Ihnen alles.»

«Gut, aber ...»

«Schließen Sie die Tür ab. Lassen Sie niemanden rein. Sehen Sie auch bei den Fenstern nach. Ich bin in fünf Minuten da.»

Sie legte auf.

Michael stand auf. Ihm war ein bisschen schwindelig.

«Wer war dran?», fragte Wilfred.

«Miss Treves.»

«Wer? Ach ... die Kleinwüchsige?»

«Sie hat gesagt, ich soll die Türen und Fenster dicht machen.»

«Warum?», fragte der Junge.

«Gute Frage. Weil jemand betrunken ist. Es ergibt keinen Sinn. Sie kommt rüber und will's mir erklären ...» Er unterbrach sich, weil ihm die Tür einfiel, die von der Küche in den Garten führte. Er lief los, um sie abzuschließen.

Wilfred folgte ihm wie ein ängstliches Hündchen. «Vielleicht ist es der dicke Kerl, den ich gesehen hab.»

«Welcher dicke Kerl?»

«Weißt schon. Als diese Zicke hier war.»

«Ach der.»

Als er die Tür abschloss, sah er in den dunklen Garten hinaus, aber er konnte nur das düstere Filigran des verrosteten Lattenrosts erkennen, der am Zaun lehnte. Der Himmel reflektierte die Lichter der Stadt in einem kitschigen orange-rosa Schimmer. Nirgends bewegte sich etwas. Er ging zum Schiebefenster in der Küche und zerrte an der unteren Hälfte. «Das verdammte Ding geht nicht ganz zu.»

«Wir haben oben auch so eins», sagte Wilfred ernsthaft. «Sag mal ... was ist eigentlich los? Will dich jemand überfallen?»

«Ich weiß nicht. Sie scheint so was zu glauben.»

«Warum gehen wir nicht einfach weg?»

«Das geht nicht. Miss Treves will doch vorbeikommen.»

Der Junge schwieg eine Weile. Dann sagte er: «Du hast das Schlafzimmerfenster vergessen.»

«Gott, ja! Du hast recht!»

Sie rannten ins Schlafzimmer, doch das Fenster war bereits verriegelt. Schließlich gingen sie ins Wohnzimmer zurück, wo Michael sich nervös ans Fenster zur Straße stellte und abwartete.

«Was ist, wenn er vor ihr aufkreuzt?»

«Mach es nicht noch schlimmer», sagte Michael. Ein Wagen fuhr draußen an der wuchtigen Silhouette der Betonmischmaschine vorüber. Michael sah ihm nach, bis er um die Ecke bog und verschwand. Ob Miss Treves ein Auto hatte?

Augenblicke später sah er die kleine Maniküre zu Fuß kommen. Sie trippelte rasch den Gehsteig entlang, als wollte sie ihn vor der bösen Hexe warnen. Wilfred machte ihr die Haustür auf, ehe sie klingeln konnte.

«Tut mir leid, mein Bester», sagte sie in einem ernsten Flüstern. Sie huschte ins Zimmer und drückte die Tür hinter sich zu. «Eigentlich sollten Sie mit dieser Sache nicht behelligt werden.»

«Wir sind zu zweit. Das ist mein Freund Wilfred.»

Sie nickte dem Jungen zu und wandte sich dann wieder an Michael. «Es kann auch sein, dass gar nichts ist. Ich wollte nur hier sein, falls es ... unangenehm wird.»

Na toll, dachte Michael.

Miss Treves ging ans Fenster und sah hinaus.

«Hören Sie», sagte er, «können Sie mir wenigstens sagen, wer uns ins Haus steht?»

Sie zögerte einen Augenblick und sagte: «Bunny Benbow.»

«Wer?»

«Leise, mein Lieber.» Sie kletterte auf ihren bevorzugten Sessel. «Machen Sie die Vorhänge zu. Bitte. Schnell!»

Während er die Vorhänge zuzog, hörte er draußen Schritte – die schweren, unsicheren Schritte eines Betrunkenen. Der Mann murmelte etwas vor sich hin, aber er lallte so sehr, dass man nichts verstand. Michael hielt den Atem an und sah von Wilfred zu Miss Treves, die regungslos auf der Sesselkante hockte und den Zeigefinger an die Lippen legte.

Die Schritte hielten an.

Für einen Augenblick war nichts zu hören als das wütende Quietschen von Autoreifen ein paar Ecken weiter. Dann brüllte der Mann ein einziges Wort – *«Simon!»* – und stieß eine der Mülltonnen vor dem Haus um. Sekunden später schrillte die Türklingel, und die drei Lauscher verkrampften sich wie Opfer einer simultanen Hinrichtung auf dem elektrischen Stuhl.

Michael und Wilfred warfen Miss Treves einen fragenden Blick zu. Sie schüttelte langsam den Kopf und machte ihnen erneut das Zeichen mit dem Zeigefinger.

Die Klingel schrillte noch einmal. Dann schlug eine Männerfaust dumpf an die Haustür. *«Simon! Du elender kleiner Bastard! Ich weiß, dass du da bist!»*

Auch jetzt wies Miss Treves sie stumm an, dass sie sich ruhig verhielten.

«Simon, mein Junge ... komm schon ... Ich bin's, dein alter Herr ... Ich tu dir nichts.» Der Mann wartete auf eine Antwort. Dann schlug er einen ruhigeren Tonfall an. «Simon ... sie erzählt dir Lügen über mich ... Sie ist eine verdammte Lügnerin, mein Junge ... Komm schon, mach auf. Du musst deinem alten Herrn helfen, Junge.»

Er bekam keine Antwort.

«Simon!», brüllte er wieder.

«He!», brüllte jemand genauso wütend zurück. *«Zisch ab!»*

Michael sah zu Wilfred, der nach oben zeigte, um anzudeuten, wer der zweite Brüller war.

«Wer war das?», schrie der Mann an der Tür.

«Hier oben, du Blödmann!»

Der Mann torkelte offenbar rückwärts, denn eine weitere Mülltonne fiel scheppernd um. *«Zu mir sagt niemand Blödmann, du dreckiger Bastard! Komm runter und sag das noch mal, du kraushaariger Abo!»*

Der Mann ging wieder zur Haustür und hämmerte dagegen. Im nächsten Augenblick gesellte sich zu dem Lärm das drohende Poltern von Schritten auf der Treppe – Wilfreds Vater kam herunter.

«Komm, Junge ... willste nich' mal sehen, wie dein Alter aussieht? Ich weiß, wie *du* aussiehst. Ich sag dir was, Junge ... Red wenigstens 'n paar Worte mit mir, dann lass ich dich in Ruh. Eh? Das is das Mindeste, was du ...» Der Rest ging unter in dem markerschütternden Wutschrei von Wilfreds Vater und dem Scheppern der Haustür, die so heftig aufgerissen wurde, dass sie gegen die Wand knallte.

«Hab ich dir nicht gesagt, du sollst abzischen?!»

Michael wandte sich an Wilfred und flüsterte, obwohl es jetzt nicht mehr nötig war: «Das ist Wahnsinn. Wir können doch nicht einfach hier sitzen bleiben.»

«Wieso nicht?», gab der Junge zurück. «Ich geh da nicht raus.»

Miss Treves rutschte von ihrem Sessel herunter und näherte sich vorsichtig der Tür. «Meine Güte», murmelte sie, «das ist ja grässlich. Können wir denn gar nichts tun?»

Der Krach im Hausflur war fürchterlich – eine Mischung aus animalischem Grunzen und hochgradig erregtem Keuchen. Jemand flog mit solcher Wucht gegen die Wand, dass in Simons Wohnzimmer ein Kupferstich vom Nagel fiel. Das verzweifelte Ringen dauerte fast eine Minute; dann war nur noch ein Mann zu hören, der schwer atmete. Jemand trat aus der Haustür hinaus, machte sie hinter sich zu und lief davon. Es war wieder still.

Michael ging zur Tür.

«Warte!», rief Wilfred.

«Wir müssen nachsehen», sagte Michael.

Miss Treves, die zitternden Hände an der Kehle, sagte nichts.

Michael drückte sein Ohr an die Tür und lauschte. Nichts. Er machte die Tür vorsichtig auf und erkannte im Hausflur einen korpulenten Mann, der auf dem Rücken lag. Er ging zu ihm und kniete nieder, um zu sehen, ob der Mann noch atmete. Dann legte er in der Herzgegend sein Ohr auf das durchgeschwitzte Nylonhemd.

«Es ist der Dicke», sagte Wilfred.

Miss Treves kam angetrippelt. «Er ist nur ... bewusstlos, nicht?»

Michael schaute hoch und schüttelte den Kopf.

«Er ist *tot*?», fragte Wilfred.

Mit einem leisen Stöhnen sank Miss Treves ohnmächtig an den gewölbten Bauch des Toten.

Nach einem Blick zu Wilfred schaute Michael auf das makabre Tableau zu seinen Füßen. Sein Hirn spielte ihm einen perversen Streich und ließ ihn an die letzte Szene in *Romeo und Julia* denken.

Wilfred kam als Erster auf einen vernünftigen Gedanken. «Hast du Riechsalz?»

Michael schüttelte den Kopf. Gab es denn überhaupt noch Riechsalz? Plötzlich kam ihm eine Idee. «Moment», sagte er, «ich glaube, ich hab was, was vielleicht hilft.» Er rannte ins Badezimmer und kam mit der kleinen Flasche von Boots zurück, die konzentrierten WC-Reiniger enthielt.

Wilfred runzelte die Stirn. «Ich weiß nicht, Mann ... Echt jetzt, Poppers?»

«Kein Poppers.» Michael kniete nieder, fasste Miss Treves um die Schultern und zog sie ein wenig hoch. Er schraubte die Flasche auf und wedelte ihr mit dem scharf riechenden Zeug unter der Nase herum. Nichts geschah. Er stellte die Flasche auf den Boden. «Wahrscheinlich ist nicht genug Ammoniak drin. Das ist, als wenn ich sie mit Haarfestiger einsprühe.»

«Ich hol was Nasses», schlug Wilfred vor und lief los. Er kam mit einem nassen Schwamm aus dem Bad wieder und tupfte der kleinen Frau sachte das Gesicht ab.

Als Erstes reagierte die Nase von Miss Treves. Dann zuckte ihr linkes Augenlid. Dann durchlief sie ein leichtes Zittern, und sie kam zu sich. «Gott sei Dank», murmelte Michael. Er trug sie ins Wohnzimmer zurück und bettete sie vorsichtig auf das Sofa. Es dauerte einen Augenblick, bis sie sich erinnerte, wo sie war. Der Ausdruck von Entsetzen kehrte in ihr Gesicht zurück. «Sind Sie sicher, dass er tot ist?», fragte sie Michael.

«Mhm.»

«Wer war der Kerl, der das getan hat?»

«Wilf... äh, der Mann von oben.»

«Mein Dad», warf der Junge ein. Mit einem raschen Blick gab er Michael zu verstehen, dass er keine Schonung nötig hatte.

«Sie waren beide betrunken», sagte Michael. «Es war einfach ... vertracktes Pech.»

Miss Treves nickte gequält. «Bunny hat ein schwaches Herz.» Sie sah hinaus zu dem Toten im Treppenhaus. «Der blöde Kerl ... der dumme, blöde Kerl. Ich habe ihm gesagt, er soll es lassen, aber er war ja immer so ...» Verzweiflung überkam sie, und ihre Stimme versagte.

«Geht's jetzt wieder?», fragte Michael.

Sie nickte.

«Ich weiß nicht, was das alles zu bedeuten hat, Miss Treves, aber ich werde die Polizei verständigen müssen.»

«Nein! Noch nicht ... bitte, mein Lieber. Noch nicht.»

«Warum nicht?»

Ihre Hände flatterten wie zwei flügellahme Sperlinge. «Es ist besser, wir reden zuerst. Simon zuliebe. Es wäre nichts gewonnen, wenn wir alles zerstören, was er je ...»

Michael machte eine Kopfbewegung zu der Leiche hin. «Ist das Simons Vater?»

Miss Treves schluckte und schaute weg.

«Ist er es?», fragte Michael.

Sie nickte.

«Und er dachte, *ich* wäre Simon?»

Wieder ein Nicken. «Ich hab dem blöden Kerl gesagt, dass Sie's nicht sind. Er hat diesen gemeinen Artikel im *Mirror* gelesen und Sie eines Tages aus dem Haus kommen sehen, und er war überzeugt, Simon wäre aus Kalifornien zurück.»

Jetzt kam Michael überhaupt nicht mehr mit. «Er wusste nicht, wie sein eigener Sohn aussieht?»

«Ähm ... du», sagte Wilfred und zupfte ihn am Ärmel. «Da draußen liegt ein Toter. Das ist jetzt nicht die Zeit für 'n netten kleinen Plausch.»

«Er hat recht», sagte Miss Treves. «Wir sollten ihn vielleicht hereinholen.»

«Also, Moment mal ...»

«Nur für eine Weile, mein Bester. Wir können ihn dann wieder draußen hinlegen.»

«Aber die Polizei wird merken, dass etwas ...»

«Nein, wird sie nicht, mein Bester. Seien Sie nur vorsichtig mit Fingerabdrücken. Der Junge wird Ihnen helfen. Nicht wahr, mein Engel?» Sie sah Wilfred mit einem überraschend gewinnenden Lächeln an.

«Na», sagte der Junge achselzuckend zu Michael, «sie können uns ja nicht verhaften, bloß weil wir ihn von der Stelle bewegt haben, nicht?»

Michael gab nach. Wilfred und er zogen den Toten an den Füßen in die Wohnung. Miss Treves dankte ihnen mit einem erneuten Lächeln und sagte: «Würden Sie ihn bitte zudecken, mein Lieber? Nur für den Augenblick.» Michael zögerte. Dann holte er Simons Daunendecke aus dem Schlafzimmer und drapierte sie über die Leiche.

«So», sagte er knapp und wandte sich wieder an Miss Treves. «Und was soll ich nun tun?»

Sie schaute auf ihre Hände hinunter. «Eigentlich nichts weiter. Nur ... Sie dürfen auf keinen Fall erwähnen, was er gesagt hat. Dass er Simons Vater ist.»

Michael sah sie forschend an. «Ich nehme an, Simon weiß gar nichts davon.»

«Nein. Und er darf es auch nicht erfahren. Niemals.»

«Dieser Kerl ...», er wies auf die Gestalt unter der Daunendecke, «... hat Simons Mutter geschwängert?»

«Nein», sagte das ehemalige Kindermädchen. «Na ja ... doch. Technisch gesehen.»

Wilfred kicherte.

Michael achtete nicht darauf. «Und sein Name war ...»

«Benbow. Bunny Benbow. Er war der Direktor der Revue, in der ich mal aufgetreten bin. Wir gastierten in einem Hotel auf Malta und trafen dort die Bardills, die gerade auf einer Weltreise waren. Mrs. Bardill interessierte sich für Bunny ... was ganz natürlich war, denn wir waren ja alle im Showbusiness. Selbstverständlich war Mrs. Bardill viel berühmter als wir, aber ...» Sie schaute fast bedauernd auf den Toten hinunter. «Bunny machte damals eine glänzende Figur.»

«Und heute Abend ist er also hergekommen ...»

«Um seinen Sohn zu sehen. Unter anderem. Er hatte seine Fehler, aber er war hoffnungslos sentimental. Er wusste, dass die Bardills nicht mehr leben ... und da dachte er, er könnte vielleicht ... wieder Simons Vater sein.»

«Wieder?», fragte Michael stirnrunzelnd. «Hört sich eher so an, als wäre er es nie gewesen.»

Miss Treves wurde verlegen. «Er wollte auch Geld. Nach dem Artikel im *Mirror* konnte man meinen, Simon wäre sehr reich.»

«Also kommt der Kerl wieder angewalzt nach ... was? Achtundzwanzig Jahren? Und erwartet, dass Simon ihm das abkauft? Und ihm Geld gibt? Nur weil er damals Simons Mutter geschwängert hat?»

Das Kindermädchen sah weg. Ihre Unterlippe zitterte.

«Miss Treves ...»

«Den größten Teil dieser Zeit war er im Zuchthaus. Er hat ein

Hotel in Brighton ausgeraubt. Deshalb hat sich die Revuetruppe aufgelöst. Und deshalb bin ich zurück nach London gegangen und habe die Bardills aufgesucht und sie gebeten, mich als Simons Kindermädchen einzustellen.»

Michael starrte sie wortlos an.

«Er hat damals versucht, mit Simon in Kontakt zu kommen», fuhr sie fort. «Er hat ihm aus dem Zuchthaus geschrieben, aber ich habe die Briefe abgefangen. Er hatte kein Recht, das Leben der Bardills zu verpfuschen. Oder Simons Leben. Wir waren alle so glücklich ...»

«Moment mal. Wie konnte er so sicher sein?»

«Wegen was?»

«Dass er Simons Vater ist.»

Sie sah ihn verzweifelt an.

«Ich muss die Wahrheit wissen, Miss Treves.»

«Mein Bester ... ich sage Ihnen ja die Wahrheit.»

Er griff nach ihrer kleinen Hand. «Die ganze?»

Sie gab einen resignierten Seufzer von sich. «Mr. Bardill war unfruchtbar.»

Er nickte ihr aufmunternd zu.

«Die Bardills wollten unbedingt ein Kind. Unbedingt.» Sie rieb sich mit einer kreisenden Bewegung der Fingerspitzen die Schläfen, als wollte sie einen Dämon vertreiben. «Entschuldigen Sie, mein Lieber. Auf dem Wandbord über dem Kühlschrank steht eine Flasche Cognac. Könnten Sie so nett sein ...»

«Ich hol sie», piepste Wilfred. Er sprang auf und machte auf dem Weg zur Küche einen Bogen um den toten Bunny Benbow.

«Sie müssen mein Freund sein», sagte sie zu Michael.

«Ich bin Ihr Freund.» Er drückte ihre Hand. «Sie haben mir schließlich die Fingernägel gemacht, nicht?»

Sie brachte ein schwaches Lächeln zustande. Wilfred kam mit

einem Cognacschwenker zurück. Nach zwei energischen Schlucken hielt sie ihm das leere Glas hin. «Danke, mein Lieber.»

«Gern geschehen», erwiderte Wilfred und setzte sich wieder auf den Boden. Er stützte das Kinn auf die Faust und betrachtete die beiden, als säße er vor einem Fernseher, den er gerade eingeschaltet hatte. «Lasst euch von mir nicht stören.»

Michael wandte sich an Miss Treves. «Also ...?»

«Ja. Also, wie gesagt, Mr. Bardill war unfruchtbar ... und das hat beiden große Sorgen gemacht. Als wir sie im Selmun kennenlernten, wusste ich gleich, dass ...»

«Im was?»

«Im Selmun Palace Hotel. Wo wir aufgetreten sind.»

«Ach so.»

«Es war ein reizendes altes Gebäude, weit außerhalb von Valletta ... auf einem Hügel, mit Blick aufs Meer. Einer aus dem Malteserorden hatte dort vor langer Zeit mal gewohnt. Die Hotelgäste waren alle reizende Menschen, und die Bardills waren die reizendsten von allen. Sie war eine berühmte Schauspielerin, aber kein bisschen eingebildet. In Valletta kauften sie sich Fahrräder, mit denen sie auf der ganzen Insel rumfuhren, sie trug wunderschöne Schals, die hinter ihr im Wind flatterten wie ...»

«Miss Treves.» Das mit dem Cognac war eine ganz schlechte Idee gewesen. «Unsere Zeit ist knapp.»

Sie nickte. «Sie sollen nur wissen, dass ich die Bardills nicht als Fremde empfand. Ich hatte damals das Gefühl, als würde ich sie schon ein Leben lang kennen.»

«Na schön.»

«Ich wusste, dass ich ihnen vertrauen kann.»

Er nickte.

«Auf jeden Fall ... Eines Abends machte Mrs. Bardill mit Bunny einen langen Spaziergang und erzählte ihm ... von Mr. Bardills Problem. Bunny bot an, alles Nötige zu tun, damit sie ... zu einem Kind kommen.»

«Sie meinen, eins adoptieren?»

«Nein», sagte sie leise. «Eins kaufen.»

Wilfred stockte der Atem. Michael warf ihm einen kurzen Blick zu und wandte sich wieder an Miss Treves. «Aber Sie haben doch gesagt, dass er ... Wollen Sie etwa sagen, es war *sein* Kind? Er hat Simon an die Bardills verkauft, weil sie sich ein ...»

«Ja», antwortete sie, ehe er ausreden konnte.

«Er hat sein eigenes Kind *verkauft*?»

«Unser Kind.»

Er sah sie verständnislos an.

«Simon ist mein Sohn.»

In der Colville Crescent rauschte ein Wagen durch eine Pfütze. Wilfred machte große Augen. Da Michael keine Reaktion zustande brachte, fühlte sich Miss Treves zu einer Erklärung genötigt. «Es kann eine Generation überspringen, wissen Sie.»

Er schluckte verlegen. «Entschuldigung, ich wollte nicht ...»

«Seien Sie nicht albern. Es ist nicht grade das, was man erwarten würde, nicht?»

«Nein ... wahrscheinlich nicht.»

«Bunny und ich waren nicht verheiratet. Wir waren nicht einmal ein Liebespaar im üblichen Sinn. Es war in erster Linie eine berufliche Verbindung. Wir waren Partner. Simon war einfach das Ergebnis einer ... leichtsinnigen Nacht. Es war ein dummer Fehler, aber wir haben uns ganz gut aus der Affäre gezogen. Bis heute.»

Michael zögerte, ehe er sie fragte: «Sie ... wollten gar kein Kind?»

«Nein, mein Bester.» Sie schenkte ihm ein liebreizendes Lächeln. «Ich wollte Karriere machen.»

Er nickte.

«Ehrlich gesagt, ich wollte ein Star werden, aber das war ja nicht möglich. Dann raubte Bunny das Hotel in Brighton aus, und für mich brach eine Welt zusammen. Wenn mich die Bardills nicht als Simons Kindermädchen genommen hätten ...»

«Sie nahmen Sie auf, obwohl sie wussten, dass Sie Simons ...»

«Aber nein! Bunny hatte ihnen gesagt, Simon wäre das Kind einer jungen Frau aus Valletta. Er hatte sich einfach als ... Vermittler ausgegeben. Sie haben wahrscheinlich geahnt, dass er der Vater war, aber sie haben es nie angesprochen. Ihnen war nur wichtig, dass sie einen wunderbaren Sohn hatten, für den sie sorgen konnten.»

«Simon hält sie also für seine leiblichen Eltern?»

«Alle tun das. Die Bardills waren fast drei Jahre aus England weg. Sie erzählten ihren Bekannten, er sei während ihres Aufenthalts in Malta in einem Krankenhaus zur Welt gekommen ... was ja auch stimmte. Mr. Bardill ließ sogar ... ich weiß nicht, wie ... eine Geburtsurkunde ausstellen. Er war Anwalt, wissen Sie.»

«Aber angenommen, Simon ...»

«... wäre kleinwüchsig geworden? Tja, aber so ist es eben nicht gekommen.»

«Nein.»

«Es war nicht ganz anständig von uns – das gebe ich zu –, aber es hat damals die Probleme aller Beteiligten gelöst.»

Michael warf einen Blick auf das Problem unter der Daunendecke. «Und dieser Bursche ... ist hergekommen, um auszupacken ... und hat erwartet, dass ihm Simon Schweigegeld zahlt?»

«Nicht direkt. Sicher, er wollte Geld ... aber er dachte, Simon wüsste schon alles über ihn.»

«Haben Sie ihm das gesagt?»

Sie nickte. «Ich dachte, es würde ihn davon abhalten, zu Simon zu gehen. Das war leider ein Irrtum. Es hat ihn nur in Rage gebracht.» Sie warf dem Vater ihres Sohnes einen strafenden Blick zu. «Der da kann ziemlich jähzornig werden.»

Michael wollte nichts Passendes einfallen, was er in dieser Situation hätte sagen können. Miss Treves merkte, dass er sich unwohl fühlte, und lächelte mitfühlend. «Es ist ein bisschen viel, nicht?»

Er ließ noch einen Augenblick verstreichen, ehe er fragte: «Was soll ich also der Polizei sagen?»

«Alles», sagte sie. «Nur nicht, warum er hergekommen ist.»

Sie wandte sich an Wilfred. «Das macht die Sache für deinen Vater nicht schlimmer, mein Lieber. Sie waren beide betrunken ... Das ist eindeutig ... Und sie sind in einen sinnlosen Streit geraten. Bunny kam draußen vorbei ... und machte zu viel Lärm. Das ärgerte deinen Vater, und sie kriegten sich in die Haare. Ich bin sicher, die Polizei wird feststellen, dass er an einem Herzschlag gestorben ist.»

Michael hatte Bedenken. «Aber könnten sie ihn nicht mit Simon in Verbindung bringen?»

«Wie denn? Ich selbst habe Bunny mehr als zwanzig Jahre nicht gesehen. Sie haben gar keinen Grund zu der Vermutung, es könnte eine Verbindung zu mir geben ...»

«Und wenn Wilfreds Vater zurückkommt?»

Der Junge schüttelte den Kopf. «Das wird er nicht.»

Miss Treves sah ihn mitleidig an. «Vielleicht doch, mein Lieber. Aber ich glaube nicht, dass ihm die Polizei die alleinige Schuld ...»

«Ist doch egal. Macht mir nichts aus.»

«Natürlich macht es dir etwas aus. Sei nicht albern.»

Wilfred schüttelte lächelnd den Kopf.

Miss Treves setzte sich auf und tastete mit ihren winzigen Füßen nach dem Boden. Als sie aufstand, schwankte sie ein wenig – zweifellos wegen des Cognacs –, doch sie wirkte recht entschlossen, als sie sich dem Toten näherte.

«Was wollen Sie denn?», fragte Michael.

Sie kniete neben der Leiche nieder. «Etwas suchen.»

Michael wurde zunehmend nervös, während sie Bunny Benbows Taschen durchsuchte. «Ich finde, Sie sollten das nicht tun. Die Polizei könnte merken, dass jemand ...»

«Wir haben nur nach Ausweispapieren gesucht», meinte sie knapp. «Das ist ganz begreiflich. Ah!» Sie hatte gefunden, was sie suchte: Benbows zerfledderten Ausschnitt aus dem *Mirror* – FUNKER DER QUEEN MISCHT FRISCO AUF. Sie hielt ihn Michael hin. «Verbrennen Sie das, mein Bester.»

Michael steckte den Artikel in die Tasche. «Hat er sonst noch was bei sich?»

Ihre Durchsuchung förderte nur ein paar Münzen und eine Christophorus-Medaille zutage. Sie wischte sich die Hände ab und stand auf. «Also ... sind wir uns einig?»

«Ich glaub schon», sagte Michael.

Sie wandte sich an Wilfred. «Und du, mein Lieber?»

Der Junge nickte.

«Gut. Dann mache ich mich jetzt wieder auf ...»

«Moment», platzte Michael heraus. «Wo sollte die Leiche liegen, wenn die Polizei eintrifft?»

«Ach so, ja ... also, ich denke, wir sollten ihn wieder in den Hausflur legen, meinen Sie nicht? Dann können Sie sagen, dass er ins Haus eingedrungen ist, als ... der Vater des Jungen die Tür aufgemacht hat. Sie hätten ihn natürlich auch hier reinschaffen können ... Nein, der Hausflur ist wohl am besten. Wenn Sie so nett wären ...»

Michael und Wilfred schleiften also Bunny Benbow zurück an den Ort seines jähen Hinscheidens.

«Ausgezeichnet», meinte Miss Treves zufrieden, als sie die Lage des Toten betrachtete. «Ich finde, so wirkt es sehr natürlich.» Sie wandte sich zum Gehen. «Dann mache ich mich jetzt auf den Heimweg. Würden Sie mich anrufen, mein Bester, wenn die Polizei wieder weg ist?»

«Moment ...»

«Meine Telefonnummer steht auf dem Zettel am Kühlschrank. Unter ‹Miss Treves›.»

«Oh ... ja, gut.»

«Ich wohne gleich um die Ecke. Chepstow Villas.» Sie lächelte ihm aufmunternd zu. «Kopf hoch, mein Lieber. Bald ist alles ausgestanden.»

Sie griff nach dem Türknauf – vielmehr langte sie hoch –, verharrte, drehte sich noch einmal um und sagte mit einem wehmütigen Blick auf die Leiche: «Wiedersehen, Bunny. Glückliche Reise.» Ihre Augen schimmerten feucht, als sie Michael ansah. «Er war ja so ein Kind, der da. Ein erwachsenes, übergroßes Kind.»

Mehr wird nicht verraten

Mary Ann schnitt gerade eine Kiwi in Scheiben, als Michaels Anruf kam.

«Du klingst so nah», sagte sie. «Bist du sicher, dass du aus London anrufst?»

«Ich bin sicher.» Sein Tonfall wirkte ein bisschen ironisch.

«Hast du was?»

«Nein ... mir geht's gut. Wie viel Uhr ist es bei euch?»

«Ach ... Zeit zum Abendessen.»

«Ist Simon da?»

«Nein. Warum sollte er hier sein?»

«Ich meinte ... im Haus.»

«Oh.» Sie hatte offenbar viel zu defensiv reagiert. «Er und Brian sind gerade joggen. Wir haben ihn zum Abendessen eingeladen. Moment ... wie viel Uhr ist es denn bei euch da drüben?»

«Spät. Oder eher früh. Ich hab gerade einen Bobby zur Tür gebracht.»

«Einen *Bobby*?» Sie kicherte. «Du scheinst ja ganz schön unterwegs zu sein.»

«Nicht auf die Tour.»

«Oh.»

«Ein Mann hat in unserem Hausflur einen Herzschlag gekriegt. Er hat sich mit einem geprügelt und ist direkt vor meiner Tür tot umgefallen.»

«Ach, Mouse ... wie schrecklich.»

«Ja.»

«Bist du in Ordnung?»

«Klar.»

«Du klingst aber nicht so.»

«Na ja ... ich bin ziemlich durcheinander. Ich bin es nicht gewohnt, verhört zu werden.»

«Was wollten sie denn wissen?»

«Ach, nur ... was ich gehört hab.»

«Und was hast du gehört?»

«Eigentlich nicht viel. Nur zwei Betrunkene, die rumgeschrien haben.»

«War es jemand, den du gekannt hast?»

«Nein. Na ja ... der eine wohnt über mir. Er ist weggerannt, als ... der Kerl einen Herzschlag kriegte. Jedenfalls ist es jetzt vorbei. Und wie geht's *dir*, mein Schatz?»

«Bestens. Na ja ... gut. Passabel.»

«Amüsiert sich Simon?»

«O ja. Soviel ich weiß.»

«Ich hab eine Nachricht für ihn. Sag ihm, Fabia Dane war hier. Sie hieß mal Fabia ... äh ... Pumphrey, aber sie hat geheiratet und möchte, dass er ...»

«Moment, das schreib ich mir lieber auf.» Sie suchte hektisch nach einem Bleistift. «Wie war noch mal der Name?»

Er buchstabierte ihn für sie. «Sie gibt eine Sommerparty auf ihrem neuen Landsitz. Die Einladung schickt sie ihm noch. Ihr Mann macht Geld mit Kartoffelchips. Und sie ist eine Zicke.»

«Gehört das noch zur Nachricht?»

«Das ist eine Fußnote. Ich glaube, er weiß es eh schon.»

«Na gut. Sonst noch was?»

«Nein, das wär's. Sie kam mir vor wie eine abgewiesene Geliebte von ihm.»

«Ach wirklich?»

«Mhm.»

«Wie war sie denn so?»

«Ach ... hat ‹Zicke› nicht gereicht?»

«Na ja ...»

«Dann Oberschichtzicke. Wie ist das?»

«Perfekt.» Sie kicherte. Seine Ausführung gefiel ihr. Sie brauchte jede Bestätigung, die sie kriegen konnte. «Wann sehen wir dich wieder?»

«Dienstagabend, schätze ich. Sag Simon, ich lass die Schlüssel bei seinem Kindermädchen.»

«Seinem *Kindermädchen*?»

Er lachte. «Das ist wieder eine Geschichte für sich. Sie *war* mal sein Kindermädchen. Ab übermorgen kannst du mich hier nicht mehr erreichen. Ich fahr über Ostern aufs Land.»

«Wie elegant.»

«Wer weiß. Ich bin mir nicht so ganz sicher, wo ich da eigentlich hinfahre. Ich meine ... ich weiß, wohin ich fahre, aber ich weiß nicht, was mich dort erwartet.»

«Macht doch nichts.»

«Doch. Halt dich fest: Ich glaub, Mona ist da.»

«Mona? *Unsere* Mona?»

«Ja, aber ich kann's nicht mit Sicherheit sagen. Sie will nicht mit mir reden.»

«Du hast sie gesehen?»

«Nur kurz. Aus einiger Entfernung. Sie ist jetzt blond und hat eine Frisur wie Prinzessin Diana.»

«Ist ja nicht zu glauben.»

«Makaber, was?»

«Woher weißt du, dass sie da auf dem Land ist?»

«Weiß ich eben nicht. Es ist bloß eine Vermutung. Was weiß ich ... Wenigstens werd ich was von der Landschaft sehen.»

«Fährst du allein?»

«Ich weiß noch nicht.»

«Komm schon, Mouse ...»

«Ich fahr vielleicht mit einem Freund.»

Sie hörte im Hintergrund jemanden laut aufjubeln. «Ähm, Mouse ... wer war das denn?»

«Na, wer schon? Der Freund.»

«Der gerade erfahren hat, dass er mitdarf, hm?»

«Richtig.»

«Es scheint ihn zu freuen.» Er schien sogar begeistert zu sein – er jubelte immer noch. «Wie alt ist er?»

«Im Moment ist er elf. Wilfred, geh da runter!»

«Wilfred, hm? Britischer geht's kaum noch. Er ist doch nicht wirklich elf?»

«Nein.»

Sie wartete auf nähere Angaben. Als keine kamen, sagte sie: «Ist das alles, was ich erfahre?»

«Das ist alles, mehr wird nicht verraten. Bis ich nach Hause komme.»

«Erfährst du da drüben guten Klatsch und Tratsch?»

«Reichlich. Eigentlich mehr als genug. Ich bin nicht sicher, ob du mir's glauben wirst.»

«Zum Beispiel?»

«Wenn ich nach Hause komme, Babycakes.»

«Spielverderber», schmollte sie.

Ausgefuchst

Der Karfreitag war grau und regnerisch. Michael stand in der Paddington Station auf dem Bahnsteig und sah gebannt auf die eingerußten, silbrig glänzenden Züge, die donnernd in die verglaste Höhle des Bahnhofs einfuhren. Überall drängten sich abgehetzte Londoner, die entschlossen waren, das Osterfest woanders zu verbringen.

Er schaute auf die Uhr. Vier Minuten vor zwölf. Der Zug nach Oxford fuhr in siebzehn Minuten. Er stellte den Koffer ab und musterte die Fahrgäste auf Bahnsteig vier. Wilfred war eindeutig nicht darunter.

Sie hatten sich vorsichtshalber für halb zwölf verabredet. Der Junge war also schon fast eine halbe Stunde verspätet. Wenn sie diesen Zug verpassten, würden sie in Oxford keinen Anschluss mehr bekommen. Er tadelte sich, weil er dem Jungen vertraut hatte, als der in letzter Minute «schnell noch was erledigen» wollte.

Na schön. Nur nicht aufregen. Er schleppte seinen Koffer zum Zeitungsstand und vertiefte sich in die knalligen Schlagzeilen der Boulevardblätter. Eine lautete: RANDY ANDY ZEIGT ALLES. Dazu gab es ein enttäuschendes, mit Teleobjektiv aufgenommenes Foto von Prinz Andrew in Badehose. Und über einem Bild des weiblichen Pornosternchens, mit dem der Prinz derzeit liiert war, stand in dicken Lettern: KUH D'ETAT.

Er kaufte sich einen Apfel und sah noch einmal nach der Zeit. Noch zehn Minuten. Was, zum Kuckuck, war bloß los? Hatte Wilfred es sich anders überlegt? Oder die Abfahrtszeit des Zuges falsch verstanden? War etwa Wilfreds Vater zurückgekommen?

Diese Vorstellung war so schauerlich, dass er gar nicht daran denken wollte. Er ging wieder zum Bahnsteig, wo der Zug inzwischen eingetroffen war. Zunehmend nervöser lief er an den Waggons entlang. *Wehe, er hat keinen ernsthaften Grund*, dachte er. *Aber hoffentlich ist es nicht zu ernst.* In dieser Ungewissheit konnte er nicht fahren. Er musste die Reise einfach sein lassen.

«Entschuldigen Sie», wandte er sich an einen Schaffner. «Ich versuche, nach Moreton-in-Marsh zu kommen.»

«Da sind Sie richtig. Das ist Ihr Zug. In Oxford umsteigen.»

«Ich weiß, aber wenn ich den Zug nicht nehme ...»

«Dann kommen Sie heute nicht mehr nach Moreton-in-Marsh. Erst morgen wieder.»

«Mist.»

«Sie warten noch auf jemanden?»

«Ich habe gewartet, ja. Vielen Dank.» Missmutig und zutiefst enttäuscht wandte er sich zum Gehen. Dann blieb er wie angewurzelt stehen, denn in der Menge tauchte ein bronzefarbener Wuschelkopf auf. Wilfred drängte sich zu ihm durch.

«Da bist du ja endlich.»

Der Junge machte ein angemessen schuldbewusstes Gesicht.

«Tut mir leid, Mann.» Er trug Jeans und einen knallgelben Pullunder mit passender Fliege. Unter dem einen Arm hatte er eine Reisetasche aus Segeltuch und unter dem anderen eine große Pappschachtel.

Michael verkniff sich eine Standpauke. «Du, wir wollen nirgends einwandern», meinte er grinsend.

Wilfred nahm sich nicht die Zeit für eine Antwort. Er stieg in den Zug und ging durch die Waggons, bis er einen fand, der nur schwach besetzt war. «Wie wär's hier?», fragte er.

«Gut.»

Der Junge setzte sich auf einen Fensterplatz und verstaute seine Reisetasche unter dem Sitz. Den Karton behielt er auf dem Schoß. «Es hat länger gedauert, als ich dachte», sagte er.

«Was denn?»

Wilfred lächelte geheimnisvoll und tätschelte die Seitenwand des Kartons.

Michael besah sich die Pappschachtel. Sie war mit Klebeband umwickelt, und der Deckel hatte vier oder fünf kleine Luftlöcher. Jetzt dämmerte es ihm. «Herrgott, Wilfred ... *wenn es das ist, was ich denke* ... »

«Nicht so laut, Mann.»

«Die werfen uns aus dem Zug.»

«Nein, tun sie nicht.»

«Es gibt garantiert eine ... Bestimmung gegen so was.»

Der Junge zuckte mit den Schultern. «Du kannst doch gut mit der Polente.»

Michael starrte ihn ungläubig an und schaute wieder auf den Karton. «Bist du sicher, dass er da nicht rauskann?»

Der Junge nickte.

«Und wenn er sich durchnagt?»

«Das versucht er gar nicht, Mann. Er ist vollgedröhnt.»

«Was?»

«Ich hab ihm ein bisschen Haschisch ins Fressen getan.»

Der Zug fuhr mit einem Ruck an, und im gleichen Augenblick kam ein Schaffner in den Waggon. Wilfred beugte sich vor und verschränkte die Arme auf dem Karton. Dann fiel ihm wohl seine Fahrkarte ein. Er zog sie aus der Gesäßtasche, gab sie Michael und beugte sich rasch wieder über den Karton.

Der Schaffner baute sich vor ihnen auf. «Wo geht's hin, die Herren?»

«Moreton-in-Marsh», antwortete Michael und händigte ihm die Fahrkarten aus.

«Reizendes Dörfchen. Im Herzen Englands.»

«Ja, das haben wir auch gehört», sagte Michael mit einem Lächeln, dem man bestimmt anmerkte, dass es gezwungen war. «Eigentlich wollen wir in einen Ort in der Nähe. Easley-on-Fen.»

Der Schaffner streifte Wilfred mit einem Seitenblick und sagte: «Osterurlaub, was?»

«Richtig.» Wieder ein gequältes Lächeln.

«Dann wünsch ich schöne Tage.»

«Danke», sagten beide gleichzeitig.

Der Schaffner trollte sich zum nächsten Waggon.

Michael nahm den Jungen ins Visier. «Spinnst du?»

«Nö, kein bisschen.»

«Was sollen wir denn mit ihm machen?»

«Einfach laufen lassen», meinte Wilfred schulterzuckend.

«Und wo?»

«Was weiß ich. In Gloucestershire. Irgendwo.»

«Na toll», murmelte Michael. *«Born Free.»*

«Was?», meinte der Junge naserümpfend.

«Ein Film. Vor deiner Zeit. Und gib mir nicht dauernd das

Gefühl, als wär ich uralt. Sag mal, was ist, wenn der olle Bingo da ...»

«Dingo.»

«Dingo. Was ist, wenn seine Dröhnung verfliegt, ehe wir in die freie Wildbahn kommen?»

Wilfred warf ihm einen kurzen, ungeduldigen Blick zu. «Na, da können wir jetzt auch nichts mehr dran ändern, oder?»

Darauf wusste Michael keine Antwort.

«Entspann dich, Mann. Da ... Sieh raus. Unser liebliches grünes Land. Das soll 'n Ausflug sein, denk dran.»

Michael verdrehte die Augen, lehnte sich zurück und sah aus dem Fenster. Sie waren inzwischen in den Außenbezirken, und eine endlose Reihe von Hinterhöfen glitt im Regen vorüber. Dann kamen verrußte Art-déco-Fabrikgebäude, Schrottplätze und Tankstellen im nachgemachten Tudorstil – alles düster hingeduckt unter einem flanellgrauen Himmel.

«Es klart schon auf», sagte Wilfred.

Michael warf ihm einen genervten Blick zu und schaute wieder hinaus. «Wann wird es denn mal idyllisch?»

Der Junge verdrehte die Augen. «Ihr Amis und eure doofen Idyllen.» Nach einer Pause fragte er: «Wo wollen wir in Gloucestershire übernachten?»

«Ach ... in einem Bed & Breakfast, würde ich sagen. Wir suchen uns eins, wenn wir da sind.» Irgendwie fand er Gefallen an dieser Vorstellung. «Irgendwelche Vorschläge?»

Der Junge schüttelte den Kopf. «Ich war noch nie da.»

«Wir müssen uns vielleicht ein Auto mieten. Je nachdem, wie weit es zu dieser Adresse ist.»

«Mhm.»

«Was ist mit deinem Vater?»

«Wieso?»

«Was machst du, wenn er nicht mehr wiederkommt?»

Wilfred tat die Frage mit einem trockenen Lachen ab. «Das Gleiche wie vorher, Mann.»

Die Landschaft wurde hügelig und zunehmend grüner. Der Zug hielt an vier oder fünf putzigen Stationen, ehe er Oxford erreichte, wo sie ausstiegen und auf ihren Anschlusszug warteten. In der Snackbar am Bahnhof bestellten sie sich Kaffee und Gebäck, während ein prasselnder Platzregen die liebevoll gehegten Blumenrabatten neben dem Bahnsteig verwüstete.

Den letzten Teil der Reise begannen sie schweigend, während der Zug durch die verregnete Landschaft zuckelte. Dingo hatte angefangen, sich zu regen, aber noch so zurückhaltend, dass es niemandem auffallen konnte. Ab und zu redete Wilfred beruhigend auf ihn ein und stopfte ihm Stücke von einem Schinkensandwich durch die Luftlöcher. Der Fuchs schlang sie dankbar schmatzend hinunter.

«Was hat dein Liebhaber gemacht?», fragte der Junge nach einer Weile.

Michael schaute von seinem Cotswold-Reiseführer hoch. «Du meinst beruflich?»

Wilfred nickte.

«Er war Arzt. Auf einem Passagierdampfer.» Er lächelte versonnen. «Als ich ihn kennenlernte, praktizierte er als Frauenarzt.»

«Ehrlich?»

Michael nickte. «Die Witze kenne ich alle schon.»

Der Junge grinste. «Wie lange war er dein Liebhaber?»

«Schwer zu sagen. Gekannt hab ich ihn ungefähr sieben Jahre.»

«Hat er nicht mit dir zusammengelebt?»

«Einen Teil der Zeit. Am Anfang nicht, dann haben wir zusammengelebt, und dann haben wir uns getrennt. Als wir wieder zusammenkamen, hatte er den Job auf dem Schiff und war viel unterwegs. Ich glaube, da waren wir am glücklichsten. Immer mal zehn Tage oder drei Wochen zusammen. Ich habe immer alles Mögliche gesammelt, was ich ihm erzählen konnte, wenn er nach Hause kam.»

«Was denn so?»

«Ach, weißt du ... halt so alles Mögliche. Sachen aus der Zeitung. Sachen, die wir beide mochten ... oder über die wir unterschiedlicher Meinung waren. Barbra Streisand, zum Beispiel. Ich kann sie nicht leiden, und er hat sie verehrt, also war es meine Aufgabe, allen Barbra-Klatsch zu sammeln, der ihm auf See vielleicht entgangen war. Es war ein grässlicher Fluch, aber ich hab's getan.» Er lächelte. «Ich tu es *noch*.»

«Hast du mit anderen Typen angebändelt, wenn er weg war?»

«Oh, klar. Und er auch. Wir haben nicht mehr zusammen geschlafen.»

«Warum nicht?»

Michael zuckte die Schultern. «Das mit dem Sex hat sich einfach gelegt. Wir waren zu sehr wie Brüder. Das wär uns ... wie Inzest vorgekommen.»

Der Junge runzelte die Stirn. «Das ist echt schade.»

«Ach, ich weiß nicht. Ich denke, es hat uns die Freiheit gegeben, uns zu lieben. Weil wir nicht mehr so viel voneinander verlangt haben. Unser Verhältnis wurde immer enger. Wir hatten tollen Sex mit anderen und eine tolle Freundschaft miteinander. Es war nicht das, was ich mir im Leben vorgestellt hatte, aber es schien besser zu funktionieren als alles andere.»

«Aber», meinte der Junge nachdenklich, «das ist dann nicht grade ein Liebhaber.»

«Oh, ich weiß. Und wir haben auch immer dafür gesorgt, dass

unsere Boyfriends das genau wussten. Wir haben gesagt: ‹Jon ist nur ein Freund ... Michael wohnt nur mit mir zusammen ... Wir waren mal verliebt, aber jetzt sind wir bloß Freunde.› Wenn du je mal der Dritte in so einer Situation warst, dann weißt du, dass diese Unterscheidung rein gar nichts bedeutet. Diese Typen sind wie *Ehepartner* ... und die beiden sind immer die Letzten, die es kapieren.»

«Aber ihr habt es gewusst», sagte Wilfred.

Michael nickte. «In dieser letzten Zeit, ja.»

«Dann ... ist das doch besser als nichts.»

Michael lächelte ihn an. «Es ist besser als alles.»

«Wissen deine Eltern, dass du schwul bist?»

«Klar», sagte Michael. «Ein paar Monate bevor Jon krank wurde, haben wir sie in Florida besucht.» Bei der Erinnerung musste er lächeln. «Sie mochten ihn sehr ... Ich hatte nichts anderes erwartet ... aber wer weiß, wie sie sich unser Verhältnis vorgestellt haben. Komisch, nicht? Dabei hätten sie sich gar keine Gedanken machen müssen. Ich hatte fünf Jahre gebraucht, um sie daran zu gewöhnen, dass ich mit Männern schlafe ... und da bringe ich ihnen den einen mit, mit dem ich's gar nicht mehr mache.»

«Wo hast du ihn kennengelernt?», fragte Wilfred.

«Auf einer Rollschuhbahn. Wir sind zusammengestoßen.»

«Ehrlich?»

«Ich kriegte Nasenbluten. Er war so wahnsinnig ritterlich, dass ich's gar nicht fassen konnte.» Er schaute aus dem Fenster, wo ein grünes Tal mit zwei mausgrauen Dörfern vorbeizog. «Anschließend sind wir zu mir gegangen. Mona hat uns am nächsten Morgen ein Frühstück ans Bett gebracht.»

«Du meinst ... die von Harrods.»

«Ja. Ich hab damals mit ihr zusammengewohnt.» Über den

fernen Bergen war jetzt da und dort ein Stück blauer Himmel zu erkennen. Er fühlte sich plötzlich so zuversichtlich, dass es ihm fast pervers vorkam. «Ich hoffe, du wirst sie kennenlernen können. Sie ist in Wirklichkeit gar keine ... Wie hast du sie genannt?»

«Eine Zickendraht-Tussi?»

«Genau. Das ist sie gar nicht. Sie ist einfach 'ne ganz patente, normale Lesbe.»

Wilfred machte ein skeptisches Gesicht.

«Du wirst sehen», sagte Michael. «Ich hoffe es jedenfalls.»

In Moreton-in-Marsh wies ihnen der Bahnhofsvorsteher den Weg ins Ortszentrum, eine ehemalige Römerstraße namens Fosse Way. Die Häuser zu beiden Seiten waren aus rötlich grauem Cotswold-Kalkstein und vorwiegend dem Tourismus gewidmet – Porzellanläden, Postkartenboutiquen, Teestuben. Am Ende der Straße, wo die Kirche war, gab es einen Pub namens Black Bear. Sie fanden einen freien Tisch in einer Ecke des verräucherten Schankraums.

«Siehst du 'ne Bedienung?», fragte Michael.

«Ich glaub, das macht Doll.»

«Wer?»

«Hinterm Tresen, Mann. Die mit dem Kajal um die Augen.»

«Woher weißt du ihren Namen?»

Wilfred zeigte mit einem selbstgefälligen Lächeln auf ein Schild über dem Tresen: IHRE WIRTSLEUTE – DOLL UND FRED. «Sonst noch Fragen?»

«Ja. Was wird mit unserm ... kleinen Freund?» Er zeigte auf Dingos Karton.

«Ja, ja. Gleich. Wie wär's erst mal mit einem Cider?»

«Gute Idee.»

Wilfred ging an den Tresen, und Michael studierte derweil

die Titel in der Musikbox. Er entdeckte Duran Duran und die Boystown Gang, San Franciscos eigene schwule Rockgruppe. Das globale Dorf wurde mit jeder Sekunde kleiner. Er setzte sich wieder und flüchtete sich in Träumereien von uralten Gasthöfen und wettergegerbten Wanderern und heimlichen Schwulitäten.

«Geschafft», verkündete Wilfred strahlend und stellte zwei Gläser auf den Tisch.

«Wie das?»

«Ich hab die olle Doll nach Roughton gefragt.»

«Und?»

«Also zunächst mal ... Roughton ist *Lord* Roughton.»

Michael pfiff durch die Zähne.

«Außerdem ist das Anwesen sehr stattlich ... eins der größten in den Cotswolds.»

Michael überlegte. «Ich schätze, da können wir nicht einfach hingehen und klingeln.»

Der Junge lächelte geheimnisvoll. «Nicht direkt.»

«Wilfred ... spann mich nicht auf die Folter.»

«Tu ich ja gar nicht. Es gibt eine Führung.»

«Du meinst ... durch das Anwesen?»

Wilfred nickte. «Ein Tourbus fährt direkt hm.»

«Dann könnten wir ...»

«Ich hab zwei Plätze gebucht. Für morgen früh.»

Es war fast zu gut, um wahr zu sein. Michael konnte nur noch den Kopf schütteln.

«War das falsch?», fragte Wilfred.

«Machst du Witze? Es ist perfekt. Hat sie gesagt, ob man hier übernachten kann?»

«Im ersten Stock. Da haben sie Zimmer. Der Bus fährt morgen früh um zehn hier ab. Zehn Pfund für uns beide. Für die Tour, meine ich. Das Zimmer kostet noch mal acht.»

Michael stand auf und tastete nach seiner Brieftasche. «Dann sollte ich …»

«Schon erledigt, Mann.»

«Also, Wilfred …»

«Du kannst ja das Abendessen bezahlen. Setz dich wieder hin. Trink deinen Cider.»

Das tat Michael, und er prostete dem Jungen anerkennend zu.

Wilfred erwiderte die Geste, ohne eine Miene zu verziehen. «Ich werd mal ’n wunderbarer Ehemann.»

Bei Einbruch der Dämmerung hatte es völlig aufgeklart. Sie gingen zum Ortsrand und fanden eine Wiese, die von einem dichten Buchengehölz umgeben war. Wilfred stellte Dingos Karton auf die Erde. Er machte es sehr zeremoniell und würdevoll. Dann zog er am einen Ende das Klebeband ab.

Der Fuchs kam ein wenig benommen heraus. Er stand regungslos da und beobachtete den Menschen, der ihn so lange eingesperrt hatte.

«Mach schon», sagte Wilfred. «Hau ab.»

Der Fuchs lief ein paar Schritte. Er war noch unsicher auf den Beinen. Dann blieb er wieder stehen.

«Er will nicht weg», sagte der Junge.

«Doch. Die Umgebung ist ihm nur fremd.»

Dingo wartete noch einen Augenblick und ging mit sich zurate. Dann lief er los, auf den Schatten unter den Bäumen zu, in die Freiheit.

Die Rockwitwe lässt bitten

Brian war sicher, dass es ein kalorienreiches Wochenende werden würde, darum joggte er am Samstagmorgen zwei Meilen zusätzlich. Auf dem Heimweg ging er in die Feuerwehrwache am Russian Hill und nahm einen der rot und silbern bedruckten Babysticker mit, die er in North Beach an vielen Fenstern gesehen hatte.

Mit dem Aufkleber zeigte man den Feuerwehrleuten, welches Fenster sie einschlagen mussten, um ein Kind zu retten. Er war bedruckt mit dem Bild eines unvorstellbar wackeren Feuerwehrmanns, der ein kleines Mädchen in den Armen hält.

Die Aufkleber mochten spießig sein, aber sie waren praktisch. Im Übrigen waren sie nicht halb so spießig wie der Sticker, den Chip Hardesty auf der hinteren Stoßstange seines Saab kleben hatte: HABEN SIE HEUTE SCHON IHR KIND IN DEN ARM GENOMMEN? Das Ding machte ihn jedes Mal wahnsinnig, wenn er an Hardestys Haus vorbeikam.

In der Barbary Lane schrubbte Mrs. Madrigal gerade den schleimigen Moosbelag von den Stufen vor dem Haus. «Es wird so rutschig», sagte sie und schaute hoch. «Ich hatte Angst, dass mal jemand stürzt.»

«Da würde ich mir keine Sorgen machen», meinte er.

Sie richtete sich auf und wischte ihre Hände an der Schürze ab. «Um etwas *muss* ich mir Sorgen machen. Es ist so ruhig hier. Hat denn niemand Probleme?»

«Wenn's Ihnen so dringend ist», sagte er grinsend, «können wir uns bestimmt ein oder zwei Katastrophen einfallen lassen.»

«Nein, nein, schon gut.» Sie beäugte den Babysticker. «Was haben wir denn da?»

«Oh.» Er spürte, wie ihm die Schamröte ins Gesicht stieg. «Das ist ... eigentlich bloß so eine Art Witz.»

Sie merkte, dass es ihm peinlich war. «Sieh einer an», zog sie ihn auf. «Was hast du denn? Hab ich dich bei irgendwas ertappt?»

Da konnte er nur noch lachen. «Müssen Sie erst noch fragen?»

«Nein», sagte sie und richtete ihre Frisur. «Du hast ganz recht. *Tja»,* sie machte ein munteres Gesicht und wechselte das Thema, «da wirst du ja morgen schon früh auf den Beinen sein.»

Er verstand nicht, was sie meinte.

«Wegen der Morgenandacht», ergänzte sie.

«Oh ... nein, da geht Mary Ann alleine hin. Ich fahr übers Wochenende nach Hillsborough.»

«Ah», sagte sie, doch sie wirkte immer noch etwas irritiert.

Er fragte sich allmählich, ob *er* auf der Leitung stand. «Sie meinen ... sie hat Ihnen gesagt, ich würde mitgehen?»

«Nein ... nein.»

«Aber woher wissen Sie dann ...»

«Na, Simon hat von der Morgenandacht erzählt ... und ich nahm einfach an, dass ihr zu dritt ...» Sie tippte sich an die Stirn und ärgerte sich offenbar über sich selbst. «Hör nicht auf die alte Dame. Sie wird langsam senil. Was tut sich denn in Hillsborough?»

«Äh ... wie?» Für einen Augenblick hatte er den Faden verloren. «Oh ... eine Party. Theresa Cross. Erinnern Sie sich? Die aus dem Cadillac Café?»

«Ja, nur zu gut.» Ihre Miene sagte alles.

«Sie halten nichts von ihr?»

«Na ja ... ich kenne sie eigentlich nicht.»

«Ich geh auch nur hin, weil sie einen Swimmingpool hat.»

Die Vermieterin sah ihn von unten herauf an.

«Ich bin ein großer Junge, wissen Sie.»

«Oh, mein Lieber ... das *weiß* ich.» Sie warf ihm einen neckischen Blick zu und signalisierte das Ende der Unterhaltung, indem sie sich nach ihrer Schrubberbürste umsah.

Als er vor seiner Wohnungstür stand, hörte er drinnen Mary Ann und steckte den Babysticker in die Tasche seiner Canterbury-Shorts. Er wollte nicht, dass sie hinter solchen Kleinigkeiten eine Taktik vermutete, um sie unter Druck zu setzen. Ihre Stimmung war in letzter Zeit zu sprunghaft.

«Komm mir nicht zu nah», sagte sie, als sie den Schweißfilm auf seiner Haut sah.

Er tat so, als wäre er gekränkt. «Ich dachte, du *magst* es, wenn ich völlig verschwitzt bin.»

«In gewissen Momenten schon, mein Schatz. Aber nicht jetzt. Musst du nicht packen?»

«Was denn packen? Ich bin doch morgen Mittag schon wieder da.»

«Na ... 'ne Badehose wenigstens.»

«Ich zieh unter meine Jeans eine an», meinte er schulterzuckend.

Sie überlegte. «Die Speedos, hm?»

Er nickte. «Die anderen sind zu bauschig. Warum?»

«Nur so.»

Theresa machte ihr mal wieder Sorgen. Das gefiel ihm.

«Geh unter die Dusche», sagte sie.

Er ging ins Schlafzimmer, streifte die Schuhe von den Füßen und zog Shorts und Jockstrap aus. Während er nachdenklich auf der Bettkante saß, kam Mary Ann an die Tür, als hätte sie gespürt, dass er sich Gedanken machte.

Er schaute zu ihr hoch. «Du hast mir nicht gesagt, dass Simon mitgeht.»

«Wohin denn? ... Ach so, zu der Mount-Davidson-Geschichte?»

Er nickte.

Sie ging an ihre Frisierkommode und schob ein paar Schminksachen ziellos hin und her. «Na ja, das hat sich mehr so in letzter Minute ergeben. Der arme Kerl wusste offensichtlich nicht, was er Ostern machen soll, und da hab ich gedacht, es wär 'ne nette Abwechslung für ihn.»

Er ging nicht darauf ein.

Sie drehte sich zu ihm um. «Tu das nicht, Brian.»

«Was denn?»

«Dir wieder was einreden. Ich dachte, das hätten wir hinter uns.»

«Hab ich was gesagt? Ich hab mich nur gewundert, dass du's mit keinem Wort erwähnt hast. Das ist alles.»

Sie zuckte mit den Schultern. «Bin gar nicht auf die Idee gekommen. Ist doch nichts Besonderes. Nur ein Job.»

«Um fünf Uhr morgens.»

Sie tat die Bemerkung mit einem spöttischen kleinen Lacher ab. «Und wie spitz ich um diese Tageszeit bin, das wissen wir ja.»

Sie bekam das Lächeln, das sie wollte. «Na schön», sagte er, «is' ja gut.»

Sie setzte sich neben ihn, beugte sich herüber und leckte ihm einen Schweißtropfen von der Brust. «Du großer, verschwitzter Idiot. Entspann dich mal.» Sie richtete sich auf und sah ihm ins Gesicht. «Woher weißt du, dass Simon mitgeht?»

«Mrs. Madrigal hat es erwähnt.» Er kam sich mittlerweile schon blöde vor. «Lassen wir das, ja?»

«Aber gern.» Sie schnupperte an seiner Achselhöhle. «Puh,

ist das *potent*. Lass das bloß nicht die Drachenlady riechen.» Sie küsste ihn seitlich auf den Hals und stand auf. «Ich hab heute Morgen das Auto innen gesaugt.»

«Prima. Danke.»

«Es steht in der Union Street, neben dem Bel-Air. Ich glaub, Benzin ist noch genug drin.»

Er stand auf. «Du, es tut mir leid, wenn ...»

«He», unterbrach sie ihn. «Keine Entschuldigungen. Ist doch alles bestens.»

Eine ausgiebige heiße Dusche möbelte ihn wieder auf. Er zog seinen Bademantel über, und als er ins Schlafzimmer kam, saß Mary Ann immer noch auf dem Bett. Er ging zum Kleiderschrank und stellte fest, dass der Babysticker an der Spiegeltür klebte. Er drehte sich um und sah sie an.

Sie hatte darauf gewartet und sagte mit einem zögernden Lächeln: «Ich hab gedacht, wir kleben ihn schon mal irgendwohin. Bis wir wissen, wo wir das Kinderzimmer einrichten.» Ihre Miene drückte zärtliche Entschlossenheit aus. Er ging vor ihr in die Hocke und legte ihr den Kopf in den Schoß. Sie strich ihm die Haare glatt. «Ich will auch eins», sagte sie leise.

Es war kurz vor drei, als er in Hillsborough vor dem weitläufigen Haus von Theresa Cross eintraf. An den Seiten der gigantischen Auffahrt zum Haus der Rockwitwe war reichlich Platz zum Parken. Er stellte den Le Car zwischen einem Rolls-Royce und einem Mercedes ab und schämte sich, dass er dabei ein peinliches Gefühl hatte. Ausgerechnet hier sollten solche Dinge wirklich keine Rolle spielen. Schließlich war es Bix Cross gewesen, der ihn gelehrt hatte, materiellen Werten mit Misstrauen zu begegnen.

Er ließ sich von einem lateinamerikanischen Dienstmädchen den Weg erklären, und nachdem er ein perlgraues Wohnzimmer durchquert hatte, stieß er auf eine Gruppe von Gästen, die am Swimmingpool heftig dem Alkohol zusprachen. Sie hatten die Zielstrebigkeit einer Ameisenkolonie, die sich vorgenommen hat, etwas Großes und Totes von da nach dort zu transportieren.

Ein Mann löste sich aus dem plaudernden Zirkel, als hätte ihn eine mysteriöse Zentrifugalkraft abdriften lassen. Er war Anfang vierzig und hatte ein nichtssagendes, aber immerhin sonnengebräuntes Gesicht. «Hallo», sagte er und streckte die Hand aus. «Ich bin Arch Gidde, Theresas Makler und ständiger Begleiter.»

«Hallo. Brian Hawkins.»

«Ich nehme an, Sie suchen die Dame des Hauses.»

«Gewissermaßen, ja. Das hier ist wohl die Party.» Es war ein dummer Spruch, aber er fühlte sich irgendwie unwillkommen.

«Das ist sie», meinte Arch Gidde mit einem Grinsen. Er warf einen Blick auf das üppige Buffet, das kaum jemand angerührt hatte. «Wenn ich daran denke, wie viele Lachse dafür umsonst ihr Leben lassen mussten.»

«Äh ... hat sie denn mehr Leute erwartet?»

Wieder das Grinsen. «Sehen Sie irgendwo Grace Slick? Oder Boz Scaggs? Oder wenigstens Ann Getty?»

Was, zum Teufel, sollte er darauf antworten? «Hat das ... äh ... einen bestimmten Grund?»

«Ach Gott, Sie wissen es noch gar nicht? Und jede Wette, dass Sie einer von Theresas Rock-'n'-Roll-Freunden sind. Was für ein Reinfall. Sie haben das große Ereignis verpasst.» Er seufzte theatralisch. «Wir *alle* haben es verpasst.» Er beugte sich vor und senkte verschwörerisch die Stimme. «Yoko Ono gibt in ihrer Suite im Clift einen kleinen Empfang.»

«Äh ... Sie meinen, heute?»

Der Makler nickte grimmig. «In diesem Augenblick.»

«Echt blöd.» Mehr brachte er nicht heraus.

«Und Madame ist sauer. Madame ist äußerst sauer. Den ganzen Nachmittag über haben ihr die Gäste abgesagt, einer nach dem anderen.»

«Verstehe.» *Großer Gott. Yoko Ono in San Francisco.*

«Also», fuhr Arch Gidde fort, «hat sie sich in ihre Gemächer zurückgezogen, um etwas für ihre Contenance zu tun.» Er tippte mit dem Zeigefinger an seinen Nasenflügel. Dann kniff er die Augen zusammen und musterte Brian. «Sie kommen mir irgendwie sehr bekannt vor.»

Brian zuckte mit den Schultern. Lackaffen wie den hier hatte er in seiner Karriere als Kellner massenhaft bedient. «Ich glaube nicht, dass wir uns kennen.»

«Möglich. Aber ich habe einfach das Gefühl ...»

«Was ist denn der Anlass der Party?»

«Die hier? Oder die andere?»

«Die andere. Ich meine ... warum ist Yoko Ono in der Stadt?»

«O Gott.» Der Makler hielt sich die Hände vors Gesicht. «Davon weiß Mutter Theresa noch gar nichts ... Mrs. Lennon sucht hier ein Haus.»

«Sie meinen ... sie will hierherziehen?»

Sein Informant nickte. «Sie findet, das ist der richtige Platz für ihren kleinen ... Wie heißt er noch?»

«Sean», sagte Brian.

«Stellen Sie sich vor, was das für Theresa bedeutet. Zwei Rockwitwen in der gleichen Stadt. Zwei Mrs. Norman Maines.»

Er wusste nicht, wer das war, und er wollte auch nicht danach fragen. Er wollte den Kerl loswerden und sah sich suchend um, bis er seine Gastgeberin entdeckte, die gerade ihre Klausur beendet hatte. Sie trug einen Bikini mit einem Leopardenmuster in Schwarz und Pink. Ihre Haarpracht wirkte üppiger denn je.

Am Rand der Terrasse blieb sie stehen, verlagerte ihr Gewicht aufs Standbein und klatschte in die Hände. «Also, Leute! Ins Wasser mit euch! Ihr wisst, wo ihr euch umziehen könnt. Ich will nackte Haut sehen.» Sie ging auf Brian zu und zeigte mit dem Finger auf ihn. «Besonders *Ihre*.»

Er versuchte, cool zu bleiben. «Tach», sagte er.

«Hallo.» Sie blieb stehen und belastete wieder das Standbein. «Wo ist Mary Ann?»

«Oh ... ich dachte, sie hätte es Ihnen gesagt. Sie muss arbeiten. Es tut ihr wirklich leid, dass sie nicht kommen konnte.» Das klang irgendwie sehr geheuchelt, darum fügte er hinzu: «Ich bin hier, damit ich ihr erzählen kann, was sie verpasst hat.»

«Gut», meinte Theresa und zog eine Augenbraue hoch, «aber erzählen Sie ihr nicht alles.» Ihre leicht anzügliche Bemerkung hatte einen Unterton, der sie harmlos machte. Was sie zu offerieren schien, war nicht so sehr wirkliche Lust, sondern eher eine augenzwinkernde Karikatur davon – die Achtzigerjahre-Version eines Betty-Boop-Comics. Sie war es offenbar gewohnt, dass Männer vor ihr zurückschreckten, und schien es von vornherein einzukalkulieren.

Ihre Figur überraschte ihn einigermaßen. Das Volumen ihres Busens lag nur wenig über dem Durchschnitt, aber ihre bäuerlich großen Brustwarzen dellten das Bikini-Oberteil wie zwei Macadamianüsse aus. Ihr Hintern war groß und herzförmig und viel straffer, als er erwartet hatte. Alles in allem ein Paket, das an allerhand interessante Möglichkeiten denken ließ.

«Also», sagte sie. «Steigen Sie aus den Klamotten. Die Sonne ist bald weg.»

Einige der Gäste zogen sich bereits um, und auch er streifte Hemd, Schuhe und Jeans ab und verstaute sie hinter der Cabana. Theresa ließ sich mittlerweile am tiefen Ende des Pools vorsichtig ins Wasser gleiten und achtete darauf, dass ihrer gewaltigen Lockenmähne nichts passierte.

Brian zog seine Speedo zurecht und ging zum Pool zurück. Die ausladende Turmfrisur der Rockwitwe schwebte auf dem Wasser wie ein dicht bewachsenes Atoll. «Wenn Sie mich nass spritzen, sind Sie dran», sagte sie.

Er grinste sie an, machte einen Hechtsprung und tauchte ohne einen Spritzer ein. Es war eine seiner Spezialitäten. Als er wieder an die Oberfläche kam, paddelte ihm Theresa entgegen. «Schon was gegessen?», sagte sie leise, als wäre es eine intime Frage.

Er schüttelte den Kopf, und Wassertropfen flogen ihm aus den Haaren. «Sieht lecker aus.»

«Tun Sie's lieber jetzt. Später wird Ihnen nicht mehr danach sein.»

Er wusste nicht, was sie damit sagen wollte, bis sie Arch Giddes Geste nachahmte und ihre Nasenflügel antippte. «Richtig», sagte er. «Hört sich gut an.»

Eine halbe Stunde später machte sie ihr Versprechen wahr. Sie führte ihn in den Vorführraum mit den flanellbespannten Wänden und fing an, auf einem Spiegeltablett ein Häufchen Kokain zu häckseln. «Nehmen Sie die da», sagte sie und zeigte auf die dickste Linie. «Das dürfte Ihr Kaliber sein.» Sie reichte ihm einen zusammengerollten Geldschein.

Er zog sich die Linie in einem Rutsch rein und verzog pflichtgemäß das Gesicht, um zu zeigen, dass es guter Stoff war. «Danke, Theresa.»

«Terry», murmelte sie.

«Ehrlich? Hab ich noch nie gehört.»

Sie lächelte und sah ihn mit einem Schlafzimmerblick an. «Jetzt haben Sie's.»

Er nickte.

«Nur die echten Leute dürfen mich so nennen.» Sie nahm den Rest des Kokains mit der Spitze ihres Zeigefingers auf und rieb es sich in den Gaumen. «Ich verschwende es nicht an falsche Fuffziger. Wenn Sie verstehen, was ich meine.»

Er nickte wieder. «Ja, dann ... vielen Dank.»

«Terry, so hat mich Bix immer genannt.»

Dass er auf so legere Art in die Aura des Unsterblichen einbezogen wurde, schien dem Kokain zusätzlichen Biss zu verleihen. Er war sicher, dass sie das wusste.

«Ich wünschte, die würden endlich gehen», sagte sie.

«Wer?»

«Die. Die anderen.»

«Sind das nicht Ihre Freunde?»

«Ich mach das sonst nie», sagte sie, ohne auf seine Frage einzugehen. «Ich hasse es, heimlich zu sniefen. Aber wenn ich denen davon anbiete, werd ich sie nicht mehr los. Ich weiß doch, wie sie sind.»

«Mhm.»

Plötzlich griff sie nach seiner Hand. «Hab ich Ihnen schon die Höschensammlung von Bix gezeigt?»

Es kränkte ihn ein wenig, dass sie es schon wieder vergessen hatte. «Ja. Letztes Mal. Bei der Versteigerung.»

«Ach ja. Stimmt ja.» Sie lächelte schuldbewusst. «Hirnschaden.»

«Macht doch nichts.»

«Ich zeig sie nicht jedem. Nur den echten Leuten.»

Er nickte.

«Sie sind ein guter Typ, Brian.»

«Danke, Theresa.»

«Terry», sagte sie.

«Terry.»

An der Tour nahmen insgesamt elf Leute teil, von denen sechs Amerikaner waren. Der Fahrer fungierte gleichzeitig als Touristenführer und begann mit seinem Vortrag, als der Bus das Dorf hinter sich ließ und in das satte Grün der Landschaft eintauchte.

«Meine Damen und Herren, wir besichtigen heute Easley House, die bedeutendste Sehenswürdigkeit von Easley-on-Fen. Easley House ist ein Herrensitz, der in herausragender Weise den jakobethanischen Stil verkörpert.» Er gab ein mechanisches Lachen von sich, das Fremdenführern in aller Welt eigen ist. «Ganz recht. Sie haben richtig gehört. *Jakobethanisch.* Das ist eine Kombination aus jakobinisch und elisabethanisch, müssen Sie wissen. Das Gebäude wurde zwischen 1587 und 1635 von den Ashendens aus Easley-on-Fen gebaut, einem Adelsgeschlecht aus Gloucestershire, das bereits seit der Zeit vor der normannischen Eroberung Ländereien in der Grafschaft besaß.»

Wilfred hielt sich die Hand vor den offenen Mund, als müsste er gähnen.

Michael lächelte ihn an. «Es war deine Idee», sagte er leise.

«Sie ist *deine* Freundin», sagte der Junge.

«Darauf würd' ich mich nicht verlassen», gab Michael zurück. Er sah aus dem Fenster und betrachtete eine Schafherde auf einer Wiese. «Ich verlass mich auf nichts.»

Der Bus verlangsamte die Fahrt, als sie Easley-on-Fen erreichten – ein Bilderbuchdorf, in dem sämtliche Gebäude aus bröckeligem dunkelbraunem Kalkstein bestanden. Ein oder zwei Minuten schaukelten sie durch einen Hohlweg, dann ging die schmale Straße durch eine Wiese mit weidenden Schafen, und schließlich tauchte der Herrensitz vor ihnen auf.

«Sieh dir *das* an, Mann», sagte Wilfred in beinahe ehrfürchtigem Ton.

«Ich seh es», murmelte Michael. «Donnerwetter.»

Easley House erstrahlte in demselben brünierten Glanz wie das Dorf und war ein Konglomerat von Spitztürmchen, Kaminen und hohen geteilten Fenstern, deren Scheiben in der Sonne blitzten. Es war größer, als er es sich vorgestellt hatte. Viel größer.

«Sie muss im Drogengeschäft sein», meinte Wilfred.

Einige Hundert Meter vor dem Haus hielt der Fahrer auf einem Parkplatz. Alle stiegen aus und versammelten sich in einer passiven Gruppe wie eine Kompanie frischer Rekruten, die auf Befehle wartet. Der Fahrer mit seiner lauten Stimme, seinen abgedroschenen Anekdoten und dem unangenehm breiten Grinsen hätte in der Tat einen passablen Kommissschleifer abgegeben.

«Von hier gehen wir zu Fuß weiter. Easley House ist die Privatresidenz von Lord Edward Roughton. Er ist der Sohn von Clarence Pirwin, dem vierzehnten Earl of Alma ... Ich verlasse mich darauf, dass wir uns das alle merken und uns von nun an entsprechend benehmen.»

Wilfred machte ein Furzgeräusch.

Der Fahrer überhörte diesen Einwurf und fuhr fort: «Das erste Gebäude zu Ihrer Linken ist der strohgedeckte Tennispavillon, der aus den Zwanzigerjahren stammt. Gegenüber sehen Sie die Zehntscheuer des Dorfes, die die Äbte von Easley gegen Ende des vierzehnten Jahrhunderts errichten ließen. In ihr wurden die Feldfrüchte gelagert, die ihre Bauern an sie abzuliefern hatten. Die Fensterluken im Giebel dienten der Belüftung ... und zu was noch?» Er schaute in die Runde, grinste wieder breit und wartete auf eine Antwort. Es kam keine. «Keine Idee? Nun ... das war der Privateingang für die Eulen. Die brauchte man, müssen Sie wissen, damit sich die Ratten und Mäuse nicht zu sehr vermehrten.»

Vier oder fünf aus der Gruppe gaben zu erkennen, dass sie die Luken sahen. «Siehst du, Walter?», sagte eine Amerikanerin und zupfte ihren Mann am Ärmel. «Siehst du sie, die kleinen Luken für die Eulen?» Ihr Mann nickte mürrisch. «Ich seh sie, Phyllis. Ich hab ja Augen im Kopf. Ich seh die Luken.»

Michael und Wilfred bildeten die Nachhut, als die Gruppe durch einen prunkvollen Torbogen aus dem allgegenwärtigen goldbraunen Kalkstein ging. Links von ihnen lag eine Kapelle, überwachsen von Moosflechten und an den Kanten zernagt von fünfhundert Gloucestershirewintern. Die Grabsteine daneben hatten eine verblüffende Ähnlichkeit mit den Zähnen des Fremdenführers.

«Jetzt», sagte dieser, «kommen wir am Brauhaus vorbei, das bis in die Zeit vor dem Ersten Weltkrieg in Betrieb war; in den letzten Jahren kam jeden Herbst eine Braumeisterin mit dem Fahrrad, um die jüngste Gerstenernte zu brauen. Wir werden das Herrenhaus durch den Bogengang direkt vor uns betreten und kommen zunächst in die alte Küche ...»

«Mit anderen Worten», flüsterte Wilfred, «durch den Dienstboteneingang.»

«Benimm dich», sagte Michael.

Neben dem Eingang war eine verrostete Rasenwalze abgestellt, und daneben lag ein V-förmiges Schild, das dort auf die Sommersaison wartete. In abblätternden Lettern stand darauf: EASLEY HOUSE – ZUM TEE GEÖFFNET. Michael stellte sich einen arthritischen alten Butler vor, der es am Sommeranfang hinunter zur Straße schleppen würde.

«An den Wänden», intonierte der Führer, als sie das Haus betraten und im Gänsemarsch durch einen schmalen Flur gingen, «werden Sie diese eigenartigen Eisenstangen bemerken. Der Flur wurde einmal als Speisekammer benutzt, und an den Stangen hingen die Fleischstücke.»

«Siehst du's?», fragte Phyllis.

«Ich seh's», brummte ihr Gatte.

Dann wurden sie in einen leeren getäfelten Raum geführt, den der Führer als Esszimmer auswies. Die Bezeichnung war bestenfalls ein ehrendes Andenken, denn der Raum wurde offensichtlich schon seit Jahren nicht mehr benutzt. Als Nächstes kamen die Spülküche und das Lampenzimmer – «wo man die Paraffinlampen gereinigt hat, bevor das Haus 1913 ans Stromnetz angeschlossen wurde».

«Als Nächstes betreten wir das Pachtzimmer», fuhr er fort. «Lord Roughton ist mit Recht stolz darauf, dass er die Bauernhäuser, die zu seinem Besitz gehören, nie verkauft hat. Er hat sich alle Mühe gegeben, das ganze Dorf in seinem ursprünglichen Charme zu erhalten. Seine Lordschaft nimmt die vierteljährlich zu entrichtenden Pachtzahlungen persönlich in Empfang, und zwar an einem ausschließlich dafür vorgesehenen Tisch ... das ist er, da in der Mitte ... und dieser Tisch wurde 1780 speziell für Easley House angefertigt. Seine Lordschaft hat uns wissen lassen, dass dieses Verfahren nicht nur Porto spart, sondern es den Leuten auch leichter macht, Beschwerden wegen schadhafter Dächer und dergleichen vorzubringen.»

Als sie endlich in die große Halle kamen, war Michael schon ganz lethargisch von dem monotonen Geleier. Umso weniger war er auf die Dimension des Raums gefasst, die hohen, himmelwärts ragenden Fenster mit Blick auf die Kapelle, das hallende Echo der Schritte auf den blanken Bodendielen.

Am allerwenigsten war er auf den Anblick von Mona gefasst.

Cool und blond stand sie auf einer Empore und sah zu ihnen herunter.

Erkannte ihn.

Runzelte die Stirn.

Und verschwand.

Er stupste Wilfred an. «Ich hab sie gesehen.»

«Wo?»

«Da oben.» Der Junge folgte seinem Blick. «Auf der kleinen Empore dahinten.»

Mit geradezu unheimlichem Timing lenkte der Führer die Aufmerksamkeit der Gruppe genau auf diese Stelle. «Über uns, meine Damen und Herren, sehen Sie die Überreste der ursprünglichen Musikantengalerie. Dort spielten die Musiker für die vornehmen Herrschaften auf, die sich in der großen Halle eingefunden hatten. Um 1850 wurde die Galerie in einen Schlafraum umgewandelt, und die Stützpfosten aus Eiche wurden mittels einer Stuckverkleidung zu den dorischen Säulen, wie wir sie heute dort sehen.»

«Bist du sicher?», flüsterte Wilfred.

«Ja.»

«Und was jetzt?»

«Nichts. Wir können hier nicht weg. Noch nicht.»

Der Junge schaute sich verschmitzt um.

«Ich weiß nicht, an was du grade denkst», sagte Michael leise, «aber tu's *nicht*.»

«Da drüben neben dem Erkerfenster», quasselte der Führer weiter, «sehen Sie einen sehr seltenen Chippendale-Gymnastikstuhl. Das Wippen auf dieser recht seltsamen Vorrichtung sollte angeblich gut für die Gesundheit sein.» Mit seinem dümmlichen Grinsen wandte er sich an den Mann namens Walter. «Wie ist es, Sir? Wollen Sie's mal ausprobieren?»

«Nee danke», war die mürrische Antwort.

«Ach, Walter, sei doch nicht so piefig.» Seine Frau gab ihm einen kleinen Schubs.

«Phyllis ...»

Der Führer streckte seine große fleischige Pranke aus und ermunterte sein Opfer. «Kommen Sie, Sir. Na also, das nenn ich Sportsgeist. Wie wär's mit etwas Applaus für den Gentleman?»

Selbst Michael verfolgte nun das Missgeschick des Mannes und schloss sich dem Beifall an, während der glücklose Walter auf dem an Seilen hängenden Stuhl Platz nahm und auf und nieder wippte. Das Gelächter, das nun folgte, war genau die Ablenkung, auf die Wilfred gewartet hatte. Als Michael sich nach ihm umsah, war er verschwunden.

Seine Abwesenheit fiel nicht auf, als die Gruppe eine kurze Treppe erklomm und in den Salon geführt wurde. Er wurde auch nicht vermisst, als man die Bibliothek und das Damenzimmer besichtigte. «Das Damenzimmer», erläuterte der Führer, «wird manchmal auch Boudoir genannt. Weiß jemand, was *boudoir* im Französischen bedeutet?»

Fehlanzeige.

«Nun, *boudoir* ist das französische Wort für ‹schmollen›. Das ist also der Ort, wohin sich die Damen von Easley House zurückzogen, um sich über das unmögliche Benehmen ihrer Gatten zu ärgern.» Ein herzhaftes männliches Lachen. «Ich nehme an, die anwesenden Damen können davon auch ein Lied singen.»

Allgemeines Gekicher. Michael schaute besorgt den Flur hinunter, doch Wilfred war nirgends zu sehen. Er hätte den Jungen erwürgen können.

Der Führer bugsierte die Gruppe auf einen Hof hinter dem Haus, wo er auf die Stallungen, den Ziergarten mit Heckenschnittfiguren und einen pyramidenförmigen Pavillon auf der Spitze des Hügels hinwies, der das Anwesen überragte. «Sie können gern ein bisschen herumlaufen», sagte er, «aber gehen Sie nicht zurück ins Haus. Wir treffen uns in dreißig Minuten auf dem Parkplatz. Ich bitte darum, dass alle pünktlich sind. Vielen Dank.»

Michael trieb sich zwischen den Heckenschnittfiguren herum und behielt das Haus im Auge. Dabei überlegte er schon, wie er sich am besten aus der Affäre ziehen konnte, falls Wilfred nicht mehr auftauchte. Mit dem einfachsten Plan, der ihm eingefallen war, versuchte er es fünf Minuten vor der Abfahrt auf dem Parkplatz.

«Ich brauche keine Fahrt zurück nach Moreton-in-Marsh», sagte er zum Fahrer. «Ich werde über Nacht in Easley-on-Fen bleiben.»

«Und Ihr Freund?»

Mist. Er hatte es bemerkt. «Ach ... der ist schon vor zwanzig Minuten ins Dorf gegangen. Er fühlte sich nicht gut und wollte sich im Gasthof ein bisschen hinlegen.»

«Verstehe. Dann fahren Sie mit uns bloß bis zum Dorf?»

«Na ja ... es ist ja nur über die Wiese. Ein bisschen Bewegung wird mir sicher ...»

«Trotzdem, Sir ...»

«Schön. Meinetwegen. Ist mir recht. Klar. Danke.»

Also fuhr er mit dem Bus zurück ins Dorf.

«Da», sagte er und zeigte auf den ersten plausibel wirkenden Gasthof. «Das ist es. Das ist unser Quartier. Lassen Sie mich einfach an der Ecke raus.»

Der Fahrer grummelte etwas und hielt an.

Michael spürte, wie ihm die Blicke der anderen folgten, als er aus dem Bus stieg und zielstrebig den Schankraum des Gasthofs ansteuerte. Drinnen fing er an, Gefallen an seiner absurden Lage zu finden, und ging an den Tresen, um einen Cider zu bestellen.

Als er eine Viertelstunde später den Gasthof verließ, fühlte er sich wesentlich besser. Er schaute in beide Richtungen die Straße entlang. Der Bus war nicht mehr zu sehen. Das einzige Fahrzeug, das ihm auffiel, war ein grüner Toyota, der neben dem Gasthof parkte. Es wurde allmählich Abend, und ein ciderfarbener Dunst hatte sich auf die fernen Wiesen gelegt. Am Dorfrand warf eine Reihe von Platanen längliche violette Schatten. Zum ersten Mal an diesem Tag war er allein und fühlte sich ruhig und ausgeglichen.

Er machte sich auf den Weg zum Herrenhaus und pfiff den Michael-Jackson-Song mit, der aus dem Gasthof drang. *She says I am the one, but the kid is not my son* ...

Die moosbewachsenen Wände des Hohlwegs blieben hinter ihm zurück, und der ansteigende Weg führte über die Wiese. Eine Weile leistete er einem Schaf Gesellschaft und machte sich einen Spaß daraus, ihm ein paar idiotische Sachen an den Kopf zu schmeißen. Seine Sicht auf das Herrenhaus wurde verdeckt von einem Eichenwäldchen, und er musste noch ein ganzes Stück laufen, bis er wieder freies Gelände erreichte.

Die Fenster von Easley blitzten in den letzten Strahlen der untergehenden Sonne, und der uralte Kalkstein bekam einen prachtvoll rötlichen Schimmer. Er hatte diesen Farbton immer gemocht, diese Mischung aus Orange und Pink, die bei jeder Veränderung des Lichts changierte. Er und Jon hatten einmal ein Schlafzimmer in dieser Farbe gestrichen.

Es gab offensichtlich keine Möglichkeit, sich dem Haus unbemerkt zu nähern. Man konnte ihn aus Dutzenden von Fenstern beobachten; ganz zu schweigen von dem Balkon, der sich über die Front des Hauses erstreckte. Na schön, dann musste er also wie ein ganz normaler Besucher auf das Haus zugehen.

Tja. Und was sollte er ihnen sagen? *Entschuldigen Sie, mir ist ein Schwarzer schwuler Junge abhandengekommen.*

Ihnen? Wem überhaupt? Es hatte einige Zeichen von Leben im Haus gegeben – neuere Zeitschriften; Ansichtskarten, hinter Spiegelrahmen gesteckt –, aber ansonsten hatte das Haus einen unbewohnten Eindruck gemacht. War Lord Roughton, abgesehen von Mona, allein? Wohnte er überhaupt hier? Und angenommen – nur mal angenommen –, dass es doch nicht Mona war?

Er beschloss, sich am Haupteingang als legitimer Besucher zu präsentieren. Ein absurdes Vorhaben, wie ihm klar wurde, als er den Türklopfer betätigen wollte – einen rostigen Eisenring, der fast die Größe eines Pferdegeschirrs hatte. Die Tür war zugenagelt. Seit Jahren war hier niemand mehr eingetreten.

Er ging zurück zu dem Bogengang, der das Haupthaus mit dem Brauhaus verband. Als er vor der Küchentür stand, klopfte er an, und schon nach wenigen Sekunden hörte er drinnen jemanden kommen. Die Frau mit der Lady-Di-Frisur machte die Tür auf und funkelte ihn an.

«Du bist ein Arschloch», sagte sie. «Ich hoffe, das weißt du.»

Ethelmertz

Als Mary Ann von ihrer Aerobic-Stunde bei Peter & Paul zurückkam, stieß sie auf Simon, der sich im Garten ausgestreckt hatte und ein Sonnenbad nahm. «Na», sagte sie, «ich sehe, du hast Barbary Beach entdeckt.»

«Oh ... hallo.» Er stützte sich auf die Ellbogen und blinzelte in die Sonne. «So heißt das also?»

Sie nickte. «Der Name stammt von Michael.»

«Ah.»

«Pass auf, dass du nicht zu viel abkriegst. Du bist schon ein bisschen rot.»

Er kniff sich in den Unterarm. «Na ... wenigstens ein Beweis.»

«Für was?»

Er sah sie mit einem zärtlichen, versonnenen Lächeln an. «Meine Fahnenflucht ins sonnige Kalifornien.»

«Ach so. Schade, dass nicht schöneres Wetter war.»

«War auch so ganz gut.»

«In London war es laut Michael genauso schlecht.»

«Ja, hab ich gehört.»

Sie setzte sich zwei Schritte von ihm entfernt auf die Gartenbank. «Ich kann's nicht fassen, dass du schon in zwei Tagen wegfährst. Es kommt mir vor wie gestern. Olive Oil's, meine ich.»

Er sah sie irritiert an.

«Die Kneipe, wo wir uns kennengelernt haben», ergänzte sie.

«Oh ... ja. Geht mir auch so.»

«Was machst du ... wenn du wieder zu Hause bist?»

Er zuckte mit den Schultern. «Etwas Ziviles, denke ich. Vielleicht im Verlagswesen. Das reizt mich eigentlich sehr. Mein Onkel Alex arbeitet bei William Collins. Ich denke, er wird sich für mich einsetzen.»

«Ist das ein Verlag?»

«Mhm. Sie drucken die Bibel. Unter anderem.»

«Aha.» Bei der Vorstellung musste sie grinsen. «Das klingt sehr ... gediegen.»

Er lächelte. «Ich *bin* sehr gediegen.»

«Ja», sagte sie und kicherte. «Ich schätze, das stimmt.»

Er schwieg und fixierte sie kurz mit seinen dunklen Augen. Dann sagte er: «Deine Freundin, äh, Connie war hier.»

«Wann?» Wurde man die Frau überhaupt nicht los?

«Als du beim Aerobic warst. Sie hat einen enttäuschten Eindruck gemacht, weil du nicht da warst.»

«Ach ... na ja ...» Es war ihr wirklich gleichgültig, und es störte sie nicht, wenn er es merkte.

Er lächelte. «*Du* bist nicht enttäuscht, was?»

«Na ja, sie ist eine ziemliche Nervensäge.»

Er nickte.

«Sie ist eine von diesen Jugendfreundinnen, die man nicht mehr loswird. Ich hab nichts gegen sie, aber wir haben nicht besonders viel gemeinsam. Wollte sie ... äh ... was Bestimmtes?»

«Nein.»

«Ist sie immer noch schwanger?»

«Sehr», sagte er lächelnd.

Sie stand auf. «Tja ... dann verzieh ich mich jetzt mal. Bleibt es bei heute Abend?»

«Zum Essen?»

«Ja.»

«Sicher. Mit Vergnügen.»

Sie wandte sich zum Gehen und blieb noch einmal stehen. «Und sei vorsichtig mit der Sonne.»

Drei Stunden später saßen sie an einem Tisch mit Blick auf den Washington Square. «Du wirst schnell braun», sagte sie.

«Ja», meinte er. «Eigentlich komisch. Meine Eltern sind beide nie braun geworden.»

«Steht dir gut», sagte sie.

Er sah etwas verlegen aus dem Fenster. «Ich mag das Lokal. Du bist oft hier, nicht?»

Sie nickte. «Meistens zum Frühstück. Ich fühle mich hier fast zu Hause.»

«Na ja ... ich nehme an, der Name trägt dazu bei: Mama's.»

«Ja. Nur dass meine Mutter als Köchin 'ne ziemliche Niete war.»

Er lächelte sie an. «Meine auch. Und keiner brachte es übers Herz, es ihr zu sagen. Wir haben die Tage herbeigesehnt, an denen mein Kindermädchen das Kochen übernahm.»

Plötzlich fiel es ihr wieder ein. «Mist.»

«Was ist denn?»

«Ich hab vergessen, dir was auszurichten.»

Das schien ihn nicht groß zu stören.

«Ich soll dir von Michael sagen, dass er die Schlüssel bei deinem Kindermädchen lässt.»

«Ich weiß», sagte er, «ich habe gestern mit ihr telefoniert.»

«Oh.»

«War sonst noch was?»

«Ja. Eine Frau namens Fabia hat vorbeigeschaut. Sie hat geheiratet und will, dass du im Sommer zu ihrer Party kommst.»

Er zuckte abschätzig mit den Lippen. «Hat sie gesagt, wen sie geheiratet hat?»

«Ähm ... einen Typ namens Dane, der sein Geld mit Kartoffelchips verdient.»

Wieder das Zucken.

«Du kennst ihn?»

Er nickte. «Der Ärmste.» Er trank einen Schluck Wein, während er sich offenbar an den Gedanken gewöhnte. «Na ja ... er hat wenigstens Geld, hinter dem sie her ist, wenn schon nicht den Stammbaum.»

Sie zögerte einen Moment und fragte dann: «War sie hinter *dir* her?»

«Sie war hinter jedem her. Als Prince Charles seine Verlobung bekannt gegeben hat, war sie kurz davor, Trauer zu tragen.»

«Na», stichelte sie, «Michael hatte den Eindruck, dass du ihr das Herz gebrochen hast.»

«Fabia? Von einem Herz war bei der noch nie die Rede.»

Sie lachte.

«Mit Herzen kenne ich mich aus», sagte er mit einem warmen Lächeln.

Sie spürte, wie sie rot wurde. Was meinte er denn *damit*? Rasch wechselte sie das Thema. «Du ... äh ... hast ein Kindermädchen? Oder hattest eines.»

«Ich hab sie immer noch. Sie kümmert sich sehr um mich.»

«Ich nehme an, das ist ziemlich alltäglich in England. Ich meine ... nicht *alltäglich*, aber ...»

Er lachte in sich hinein. «Weitverbreitet.»

«Danke.»

«Nein, eigentlich nicht. Es ist schrecklich teuer geworden.»

«Es ist eine schöne Tradition.»

Er kniff die Augen zusammen, als versuche er, sich an etwas zu erinnern. Dann rezitierte er: «‹Als unsere Welt nur eine Wiege war, Nanny Marks, als unsere Kindergesichter dich im Dunkeln riefen, hast du uns glücklich gemacht ... die Rassel geschüttelt und uns gewickelt. Du warst unser Ein und Alles, Nanny Marks.›»

«Wie süß! Von wem ist das?»

«Äh ... Lord Weymouth, glaube ich.»

«Empfindest du so was auch für dein Kindermädchen?»

Er nickte. «Sie hat mich natürlich nicht gewickelt. Ich war schon ein kleiner Junge, als sie zu uns kam. Sie behandelt mich noch immer so. Sie sorgt sich endlos um mich.»

«Gut», meinte sie. «Ich bin froh, dass du jemand hast, der sich um dich sorgt.»

Er musterte sie einen Augenblick, sagte aber nichts.

Sie gab jede Zurückhaltung auf, griff über den Tisch und drückte seine Hand. «Es ist mir gar nicht recht», sagte sie.

«Was?»

«Dass du fortgehst.»

«Wirklich?» Er hatte den Druck ihrer Hand noch nicht erwidert.

Sie nickte. Und gab sich Mühe, nicht in Panik zu geraten. «Ich glaube, wir sind uns ... viel näher, als wir es zulassen.»

Seine Augenbraue zuckte kaum merklich nach oben.

«Ich bin nicht gekränkt, wenn's nichts Gegenseitiges ist, Simon. Ich musste es einfach sagen.»

«Tja, ich ...»

«Ist es, Simon?»

«Was?»

«Gegenseitig?»

Endlich drückte er ihre Hand. «Es ist nicht so einfach.»

«Warum?»

«Weil du einen Mann hast. Und er mein Freund ist.»

Ihre Antwort kam von Herzen. «Denkst du, ich würde ihm wehtun?»

«Nein, das nicht.»

«Was dann?»

Simon sagte: «Ich reise in zwei Tagen ab.»

«Und Brian ist bis morgen Mittag weg.»

Er schaute auf den Platz hinaus. Kinder ließen Frisbees in die Abenddämmerung segeln. Sein Blick trübte sich und wurde undurchschaubar. Er sah sie wieder an. «Würde eine Nacht so viel Unterschied machen?»

«Für mich ja», sagte sie leise.

Er zögerte und schaute auf seinen Teller.

«Wir sind erwachsen», sagte sie. «Wir wissen, was wir tun.»

«Wissen wir das?»

«Ich schon. Ich weiß, was ich will.»

Er sah sie lange an. Dann streifte sein Blick die Reste ihres Hamburgers. «Hast du darum gesagt, sie sollen die Zwiebeln weglassen?»

Sie lachte nervös.

Mit einem leicht ironischen Lächeln griff er nach der Rechnung. «Komm», sagte er.

Unter einem Himmel in tiefstem Lila machten sie sich auf den Heimweg. Sie war erleichtert, als es den Russian Hill hinaufging, denn der steile Anstieg machte das Reden schwer, und sie hatte für diese Situation keinen passenden Small Talk parat. Simon ging es anscheinend genauso.

Der Zufall wollte es, dass Mrs. Madrigal im Garten war und ihren Abendjoint rauchte. Ihr Outfit war alles andere als mütterlich – ein Paisleykaftan über violetten Hosen, dazu Peter-Macchiarini-Ohrringe und blassgrüner Lidschatten –, doch Mary Ann fühlte sich schuldbewusst wie ein flatterhafter Teenager, den die strenge Mutter bei etwas ertappt hat.

«Herrlicher Abend», sagte die Vermieterin.

«Ja, nicht?», antwortete Simon.

«Wundervoll», sagte Mary Ann.

Mrs. Madrigal machte einen Zug an ihrem Joint und hielt ihn den beiden hin. «Möchte jemand ...?»

Sie lehnten dankend ab.

«Früh zu Bett, was?», sagte sie mit einem Lächeln.

Mary Ann spürte, wie ihre Wangen brannten.

Simon half ihr aus der Patsche. «Können Sie sich das vorstellen ... morgens um fünf aufstehen? So schlimm war es nicht mal in der Marine Ihrer Majestät!»

«Sie werden es nicht bereuen», meinte die Vermieterin. «Es

ist eine wunderschöne Andacht. Mehr heidnisch als christlich.» Ein schelmischer Ausdruck erschien in ihren blauen Augen. «Ich schätze, darum hab ich es immer so gemocht. Tja ... ich will euch nicht aufhalten, Kinder. Geht nur. Schlaft gut.»

Als sie im Haus waren und die Treppe hinaufstiegen, sagte Simon: «Bin ich nur paranoid, oder kann diese Frau Gedanken lesen?»

«Das frage ich mich seit Jahren», sagte Mary Ann.

Im ersten Stock blieb Simon stehen. «Entschuldige die dumme Frage, aber ... zu mir oder zu dir?»

Darauf war sie vorbereitet. «Zu dir.»

Er nickte. «Gut.»

Als er den Schlüssel in die Tür steckte, musste sie daran denken, dass es Michaels Wohnung war – und dass sie ihm niemals von dieser Nacht erzählen durfte. Der Gedanke stimmte sie ein wenig traurig. Sie hatte sonst nie Geheimnisse vor Mouse.

Kaum hatte Simon die Tür geschlossen, ging er sofort zur Bar. «Was ist mit dir?», fragte er und hielt die Brandyflasche hoch. «Auch einen Kleinen?»

«Oh ... ja, danke. Kann ich mal dein Bad benutzen?» Die Frage war angesichts der Umstände peinlich und viel zu formell.

Simon spürte es. «Mein Haus ist dein Haus», sagte er.

Im Badezimmer entdeckte sie, was sie zu finden hoffte: den vertrauten klebrigen Ausfluss, die unverkennbaren *Mittelschmerz*-Tränen. Hastig machte sie ihr Gesicht zurecht und vergewisserte sich, dass sie keine Essensreste zwischen den Zähnen hatte. Dann ging sie ins Wohnzimmer zurück.

Simon hatte inzwischen nur noch seine braune Cordhose an. Er gab ihr ein Glas Brandy.

«Danke.» Sie trank die Hälfte und wartete, bis das brennende Gefühl im Magen nachließ.

«Trink deine Medizin», sagte Simon. Es klang fast ein wenig vorwurfsvoll.

«Wie fühlst du dich?», fragte sie.

«Gut.»

«Schön. Ich auch.» Sie kippte den Rest Brandy und stellte das Glas ab. «Könnten wir ... äh ... ins Schlafzimmer gehen?»

«Was hast du gegen hier?», meinte er achselzuckend.

«Ich weiß nicht.» Sie schaute kurz auf das Poster mit dem verchromten Rahmen an der Wand gegenüber. «Bette Midler sieht uns zu.»

Simon lächelte. «Und im Schlafzimmer sieht uns Christopher Isherwood zu.»

«Du hattest diese Diskussion schon mal», sagte sie grinsend.

«Ein paarmal.» Sein Blick hatte etwas Verspieltes.

«Jede Wette.»

Sein Blick verweilte noch einen Augenblick auf ihr, dann nahm er sie an der Hand und führte sie ins Schlafzimmer. Sie zogen sich aus, und als Simon auf ihr lag, packte sie seine kleinen, festen Hinterbacken und versuchte angestrengt, an Brian zu denken. Es schien ihr das Mindeste zu sein, was sie tun konnte.

Mo

In der Küche herrschte wie üblich Grabeskälte, also setzte Mona den Butanheizofen in Betrieb und rollte ihn in die Ecke neben der Spüle. Durch die rautenförmigen Fensterscheiben über der Anrichte sah sie blauen Himmel, aber der unverhoffte Sonnenschein konnte nichts ausrichten gegen die feuchte Kälte von Easley House, die einem bis ins Mark kroch.

Zwischen Teddys bunt zusammengewürfeltem Geschirr

fand sie zwei angestoßene Porzellanschüsseln, in die sie Cornflakes schüttete. Als sie den Kühlschrank öffnete, stieß sie auf eine Schale mit grünlichen Nieren, auf denen pelziger Schimmel wuchs. Sie verzog angewidert das Gesicht und warf sie in den Abfalleimer. Dann goss sie Milch über die Cornflakes und steckte vier Toastscheiben in Teddys verchromten, fleckig angelaufenen Toaster. Zusammen mit Marmelade, Tassen und einer Kanne Tee stellte sie alles auf ein chinesisches Lacktablett und stieg die Treppe zum zweiten Stock hinauf.

Als sie vor der richtigen Tür stand, setzte sie das Tablett ab und klopfte dreimal.

«Es ist offen», rief von drinnen eine missmutige Stimme.

Sie drückte die Tür auf, nahm das Tablett und ging hinein. Mouse saß im Bett wie ein Pascha, der seine Konkubine erwartete. Als sie seine mürrische Miene sah, versuchte sie, ihren eigenen Ärger zu zügeln, so gut es ging. «Fröhliche Ostern», murmelte sie und stellte das Tablett auf die Truhe am Fußende des Bettes.

«Danke», sagte er knapp.

Sie ging ans Fenster. «Das Wetter bessert sich. Wenigstens hat der Regen aufgehört.»

Das Einzige, was sie darauf zu hören bekam, war ein Brummen.

Sie drehte sich um und sah ihn an. «Hör zu, Mouse. Es tut mir leid, dass ich dich gestern Abend angeranzt habe.»

Er weigerte sich, ihr in die Augen zu sehen. «Wenn ich gewusst hätte, dass du so reagierst ...»

«Hast du aber nicht», sagte sie so ruhig, wie sie konnte. «Du hast gar nichts gewusst, und ... du hast gedacht, es wär ein gelungener Spaß, hier aufzukreuzen. Das versteh ich.»

Er zwirbelte einen losen Faden an seiner Steppdecke.

«Ich versuch, dir begreiflich zu machen, dass auch ich hier ... nur zu Besuch bin. Eigentlich nicht mal das. Ich bin geschäftlich hier. Ich fliege übermorgen nach Seattle zurück. Es geht nicht, dass Freunde von mir ... einfach hier reinplatzen. Nachdem sie sich von einer Besichtigungstour abgeseilt haben. Herrgott noch mal.»

Er zuckte mit den Schultern. «Wir hätten gestern Abend zurückfahren können.»

«Mouse ... in der ganzen beschissenen Grafschaft gibt's nur ein einziges Taxi.»

«Und das Auto?»

«Welches Auto?»

«Der gelbe Honda im Hof.»

Sie schaute rasch aus dem Fenster. Er hatte recht. Teddy war aus London zurück. «Das ist ... äh ... heute Nacht gekommen.»

«Ach wirklich?», meinte er süffisant. «Hat es auch jemand gefahren?»

Sie warf ihm einen wütenden Blick zu. «Ich werd sehen, ob euch jemand nach Moreton-in-Marsh fahren kann. Eine Zugverbindung nach London kriegt man fast immer.»

«Ist das Lord Roughton, der heute Nacht gekommen ist?»

Sie zögerte mit einer Antwort und nickte schließlich.

«Und ist er dein Klient?»

Sie wandte sich zum Gehen. «Ich hol das Tablett später. Mach dir nicht die Mühe, es runterzubringen.»

«Darf ich das Zimmer verlassen?»

«Wenn du willst. Das Frühstück ist auch für Wilfred.»

«Der treibt sich draußen irgendwo rum», sagte Michael.

Das machte sie nervös. «Äh ... was ist er eigentlich?»

«Wie meinst du das?»

«Komm schon, Mouse ... aus welcher Kultur?»

«Aborigine», sagte er und grinste dabei. «Mit ein paar Holländern und Engländerinnen im Stammbaum.»

«Er macht einen sehr netten Eindruck», sagte sie.

«Er *ist* nett.»

«Schläfst du mit ihm?»

Er funkelte sie wütend an.

«Schon gut, schon gut. Ich kümmer mich um das Auto.»

Sie ging wieder hinunter in die Küche. Dort war es inzwischen viel wärmer geworden, und sie setzte sich eine Weile hin, schlürfte ihren Tee und ordnete ihre Gedanken. Das Rosinenbrot, das sie vorhin auf dem Kühlschrank gesehen hatte, lag jetzt auf der Anrichte. Offenbar hatte sich Teddy rasch etwas zum Frühstück gemacht und war wieder auf sein Zimmer gegangen.

Als sie im Ziergarten jemanden pfeifen hörte, stand sie auf und sah aus dem Fenster. Es war Wilfred, der übermütig wie ein kleiner Hund durch den Sonnenschein lief und das Alleinsein genoss. Sie musste unwillkürlich lächeln und ging zur Tür.

«In Michaels Zimmer steht Frühstück für dich», rief sie ihm zu.

Er blieb stehen. «Danke, Mo!», rief er zurück.

Mo? Wo hatte er das denn her?

Sie ging zu ihm. «Schönes Wetter heute, nicht?»

«Super!» Sein Pullunder hatte genau die Farbe der Osterglocken am Weg. Er legte den Kopf in den Nacken und atmete tief ein. «Es riecht ... so würzig.»

«Das sind die Buchsbaumhecken», erklärte sie ihm. «Wenn die Sonne draufscheint, fangen sie an zu duften.»

«Hm, was sagt man dazu.»

Sie zögerte ein wenig, bevor sie ihn fragte: «Warum hast du mich Mo genannt?»

Er zog die Schultern hoch. «Weiß nicht.»

«Hat Mouse mich so genannt?»

«Mouse?»

«Michael», verbesserte sie sich.

«Oh ... nein. Mo ist meine Idee.»

Sie musste lächeln. «Du kennst mich erst einen halben Tag.»

Er legte den Kopf schräg und sah sie an. «Na und? Ich denk mir für alles Namen aus.»

«Oh.» Sie war gerührt, dass sie in der Welt dieses Jungen schon einen festen Platz hatte. «Hast du Lust auf einen Spaziergang?»

«Klar.»

«Prima.» Sie wies auf die Stallungen. «Gehen wir in die Richtung. Ach ... ich hab ja ganz vergessen, dass du noch nicht gefrühstückt hast.»

«Macht doch nichts», sagte er.

«Ich mach dir später was. In Ordnung?»

«Super.»

Sie gingen nebeneinander durch die duftenden Spaliere des Ziergartens. Schließlich fragte sie: «Hat dir Michael was von mir erzählt?»

«Ein bisschen», antwortete er.

«Zum Beispiel?»

«Na ... er hat gesagt, ich würde dich mögen.»

Das schmerzte ein wenig. Sie fand, dass sie sich alles andere als liebenswert benommen hatte. «Ich bin sonst nicht so», sagte sie.

Der Junge nickte. «Das hat er mir auch gesagt.»

Sie sah ihn von der Seite an.

«Er hat gesagt, dass du sonst ’ne andere Haarfarbe hast und eigentlich ’ne ganz patente normale Lesbe bist.»

Sie kam aus dem Tritt und blieb stehen. «Das hat er gesagt?»

«Mhm.»

«Tja ...» Sie ging weiter. «In letzter Zeit war ich gar nicht so normal.»

«Du meinst ... du hast mit Männern geschlafen?»

«Gott nein. Ich meine ... ich war nicht so politisch wie sonst.»

Der Junge sah sie fragend an.

«Das sagt dir nichts, hm?»

Er schüttelte den Kopf.

«Muss schön sein, so hinterm Mond zu leben.»

«Wie bitte?» Das hatte er anscheinend in den falschen Hals bekommen.

«Ich wollte sagen ... du hast wohl nicht viel mitgekriegt von der Scheiße, die bei uns in den Staaten läuft. Da drüben ist es anders als hier.»

«Hm, ich weiß nicht ...»

«Doch. Kannst mir glauben. Wie alt bist du?»

«Sechzehn.»

«Herrje.»

Er machte ein Gesicht. «Das hat *er* auch gesagt. Sechzehn ist gar nicht mehr so wahnsinnig jung.»

«Na gut. Wenn du meinst.»

«Stimmt doch.»

Sie pflückte ein Blatt von einem Strauch. «Du und Michael ... habt ihr ...?»

Er sprach es für sie aus. «Ob wir's miteinander treiben?»

Sie lachte in sich hinein. «Ja.»

«Er will nicht», sagte Wilfred. «Glaub mir, ich hab mein Bestes getan.»

Sie lächelte ihn mitfühlend an. «Manchmal wird man nicht aus ihm schlau.»

Der Junge schaute vor sich hin und nickte. «Stimmt.»

«Nimm es nicht persönlich.»

«Tu ich auch nicht», sagte er.

Sie blieb stehen und sah hinauf zu dem Pavillon auf dem Hügel. Es roch nach Hyazinthen, feuchter Erde und dem warmen Moschus der Hecken. Am wolkenlosen blauen Himmel flogen Schwalben im Zickzack hin und her. «Ich will hier nicht weg», sagte sie.

«Wann musst du?», fragte er.

«Übermorgen.»

«Wie lange warst du hier?»

«Ach ... fast drei Wochen. Zwischendurch war ich ab und zu in London.»

Er nickte. «Da haben wir dich gesehen.»

«Du warst mit im Park an dem Tag?»

«Nee. Bei Harrods. Als du den Schlafanzug gekauft hast.»

Sie war schockiert. «Ihr wart *da*?»

Er nickte vergnügt. «Ich bin dir zum Beauchamp Place nachgegangen. Wo du das Kleid gekauft hast.»

Sie schüttelte völlig verblüfft den Kopf.

«Das Kleid, das sie dir bis Ostern schicken sollen.» Er strahlte wie ein kleiner Teufel nach einem gelungenen Streich.

Einen Augenblick war sie sprachlos. Dann sagte sie mit einem tadelnden Blick: «Du bist ja gemeingefährlich.»

Er lachte.

«Und dadurch seid ihr an meine Adresse gekommen.»

Er nickte stolz.

«Hat Michael gesagt, wie er ... das hier findet?»

Er zuckte mit den Schultern. «Er weiß nicht, was du hier machst.»

«Und du?»

«Ich auch nicht. Er denkt, es ist was, das dir peinlich ist.»

«Es ist nichts, was einem peinlich sein muss», sagte sie einigermaßen kleinlaut. «Und hör auf, meine Haare anzustarren.»

«Tu ich ja gar nicht.»

«Doch.»

«Ich hab mich nur gefragt, weißt du ... wie sie wirklich aussehen.»

«Na, im Moment sehen sie wirklich *so* aus», zischte sie.

«Schon gut.»

«Ich hab sie mir bloß gefärbt ... für den Job hier. Ich wollte mal was anderes, und da war mir der Vorwand grade recht.»

Er nickte.

«Sie sehen beschissen aus, stimmt's?»

Erneutes Nicken.

«Deine Offenheit ist erfrischend», sagte sie finster.

Eine Theorie

Es war inzwischen der dritte oder vierte Ausflug in den Vorführraum.

«Mein Appetit ist futsch», sagte Brian.

Theresa beugte sich über den Spiegel und häckselte drauflos. «Darum hat man Sushi erfunden. Und nach Beverly Hills importiert. Hier ... die da ist für Sie.» Ihr blutroter Fingernagel wies ihm den Weg ins Nirwana.

Brian zog es sich in die Nase.

«Da draußen lichten sich die Reihen», sagte sie. «Gott sei Dank.»

«Ist schon Ostern?»

Sie verdrehte die Augen. «Seit zwei Stunden schon. Wo sind Sie denn gewesen?»

«Na ja ... kein Mensch hat auf ’ner Tröte geblasen oder ein buntes Hütchen aufgesetzt.»

«Mhm.» Sie nahm ihm den gerollten Geldschein aus der Hand.

«Wie viele bleiben über Nacht?», fragte er.

«Ach ... fünf oder sechs, nehme ich an. Mehr will ich morgen zum Brunch auch nicht um mich haben. Arch und seine neue Affäre. Die Stonecyphers. Binky Gruen vielleicht. Und Sie. Ich weiß nicht ... Wir werden sehen.»

«Und der mit dem Bart?»

Theresa sniefte eine Linie. «Was? Wer? Ach ... Bernie Pastorini?»

«Ja. Wenn er so heißt.»

«Ich weiß nicht, ob er bleibt oder nicht. Was ist mit ihm?»

«Nichts. Ich hab mich bloß gefragt ...»

«Was?»

«Na ja ... er wollte über irgendwas mit mir reden. Irgendwas mit Maximal. Ich hab’s nicht kapiert.»

«Oh ... *Maxi-Male*?»

«Was ist das?»

«Sein Kurs für männliche Selbstermächtigung.»

«Wie bitte?»

«Tja ... die Theorie dahinter ist, dass manche Männer durch den Feminismus und die Friedensbewegung zu Schlappschwänzen geworden sind ... Darum kriegen sie in dem Kurs beigebracht, wieder aggressiv zu sein.» Sie schob ihm den Spiegel hin. «Nehmen Sie noch.»

«Nein danke.»

«Na los!»

Widerstrebend tat er ihr den Gefallen. «Ist das ... äh ... ernst gemeint?»

«Bei dreihundert Dollar pro Kopf? Und ob! Er scheffelt Geld wie Werner Erhard in seinen besten Zeiten.»

«Meine Güte.»

«Ich kann's verstehen», meinte sie schulterzuckend. «Ich kenne einige von der Sorte.»

«Von welcher Sorte?»

«Softies. So nennen sie die.»

«Was stellen sie mit ihnen an?»

«Was weiß ich. Trampen durch die Wildnis ... Überlebenstraining, lauter solche Sachen. Bisschen Aikido gibt's auch, glaub ich. Und Hypnose.»

Er fühlte sich allmählich auf den Schlips getreten. «Der Kerl denkt also, ich bin ein Schlappschwanz, ja?»

Sie warf ihm einen Seitenblick zu. «Nehmen Sie's nicht persönlich. Er keilt jeden damit. Außerdem kommt's immer noch drauf an, was *Sie* von sich halten.»

«Ist doch wirklich unglaublich.»

«Nö, gar nicht.»

«Ein Seminar für Typen mit Muschitrauma.»

Sie warf ihre Mähne nach hinten und lachte schallend. «Also, *den* Ausdruck hab ich seit gut hundert Jahren nicht mehr gehört.»

Er machte ein betretenes Gesicht. «Ich schätze, er ist wieder in Mode.»

«Immer mit der Ruhe», sagte sie. «Ich finde, bei Ihnen wär es rausgeschmissenes Geld.» Sie ließ anerkennend ihren Blick über seinen Körper gleiten. Dann seufzte sie. «Der verstorbene Mr. Cross dagegen, das war was anderes. Der war ein klassischer Fall.»

«Von was?»

«Softie.»

«Wirklich?»

Sie nickte. «Er war ja soooo eingestimmt auf seine Gefühle. Meine Güte. Manchmal fand ich es richtig zum Kotzen.»

Es schmerzte ihn, sein Idol so herabgewürdigt zu sehen. «Ich hab ihn dafür bewundert», sagte er.

Sie zuckte mit den Schultern. «Ich schätze, es war gut für ’n paar hübsche Songs.»

«War auch kein schlechter Kerl, der sie sang.»

«Hör’n Sie mal», sagte sie. «Sie waren nicht mit ihm verheiratet. Wie oft hab ich versucht, ihn zu einer energischen Reaktion zu provozieren, und er hat jedes Mal gekniffen. Es gibt Zeiten, da will eine Frau ... verstehen Sie ... Autorität.»

«Also marschieren wir wacker zurück in die Fünfzigerjahre und schleifen unsere Frauen an den Haaren durch die Gegend, wie?»

«Manchmal», gab sie zurück, «ist genau das angesagt.»

Er überlegte. «Wenn die Männer heute Softies sind ... dann deshalb, weil die Frauen es so wollen.»

«Ich kenne Ehen», sagte sie mit einem matten Lächeln, «die an dieser falschen Annahme kaputtgegangen sind.»

Er sah ihr in die Augen und fragte sich, was sie damit sagen wollte.

«Natürlich», fügte sie hinzu, «ist *Ihre* bestimmt eine Ausnahme.»

Ein Ort zum Verlieben

Als Wilfred nicht zurückkam, verließ Michael sein Zimmer und durchstreifte den Flur auf der Suche nach einer Toilette. Die meisten Zimmer, an denen er vorbeikam, waren leer – muffige, modrige Räume, in denen nur Spinnen hausten. Plötzlich erschien hinter einem Türpfosten der Kopf eines Mannes. «Hallo!»

Michael zuckte zusammen.

«'tschuldigung», sagte der Mann. «Sie haben mich aber auch erschreckt.»

Michael fing sich wieder. «Ich suche das Badezimmer», sagte er. «Tut mir leid.»

«Na, das muss Ihnen nicht leidtun. Letzte Tür auf der rechten Seite. Es sei denn, Sie meinen das Klo.»

«Eigentlich, ja», sagte Michael mit einem verlegenen Lächeln.

«Ah. Gleich hier gegenüber.»

«Vielen Dank.»

Der Mann hielt ihm die Hand hin. «Ich bin Teddy Roughton. Ähm ... und was machen Sie hier?»

«Oh.» Errötend schüttelte ihm Michael die Hand. «Ich bin Michael Tolliver, ein Freund von Mona. Ich dachte, sie hätte es Ihnen gesagt.»

«Na ... macht ja nichts. Das wird sie wohl noch. Fabelhaft ... ein Gast zu Ostern.»

«Gäste eigentlich. Wir sind zu zweit.»

«Umso besser.»

«Hoffentlich ist es keine Zumutung für Sie.»

«Seien Sie nicht albern. Schauen Sie ... warum bringen Sie nicht rasch Ihren Gang zur Toilette hinter sich und kommen dann zum Elf-Uhr-Tee zu mir?»

«Wenn Sie wirklich meinen ...»

«Natürlich meine ich das wirklich.»

«Vielen Dank. Dann werd ich mal ...» Er machte eine halbherzige Handbewegung in Richtung Toilette.

«Ja, nur zu. Ich erwarte Sie.»

Als Michael eintrat, saß Lord Roughton an einem kleinen Tisch vor dem Schlafzimmerfenster und goss gerade den Tee ein. Er war etwa fünfundvierzig, groß und schlank, beinahe schlaksig, und er hatte melancholische graue Augen, die ein wenig hervorquollen. Sein grau meliertes Haar war kurz geschoren, und er trug den Schlafanzug, den Mona bei Harrods gekauft hatte.

«Also», sagte er und schaute hoch, «wie stehen die Dinge in Seattle?»

«Oh ... ich bin nicht aus Seattle.»

«Aber setzen Sie sich doch, herrje.»

Michael setzte sich.

«Und wo *kommen* Sie her?»

«Aus San Francisco.»

«*Tatsächlich?* Ist ja hochinteressant.»

«Wieso?»

Die grauen Goldfischaugen quollen noch weiter heraus. «Weil ich dort hinziehe. Hat Ihnen Mona das nicht erzählt?»

«Nein, hat sie eigentlich nicht.»

«Na ja ... es ist aber so. Ich war vor sechs Monaten dort, und seitdem bin ich verrückt nach der Stadt. Was nehmen Sie in Ihren Tee?»

«Danke, aber ich habe vorhin schon ...»

«Bitte. Ich bestehe darauf. Sie werden vielleicht mein letzter Hausgast sein.»

Michael lächelte ihn an. «Danke. Nur Milch.»

«Gut.» Der Lord rührte Milch in den Tee und reichte Michael die Tasse. «Ich muss sagen, das ist eine angenehme Überraschung.»

Michael verschanzte sich hinter seiner Teetasse. «Wann ziehen Sie nach San Francisco?», fragte er.

«Ach ... in vierzehn Tagen oder so. Ich muss erst noch das Haus verkaufen.»

Damit hatte Michael nicht gerechnet. «Verstehe. Dann ist Ihr Umzug also ... für immer.»

«O ja.»

«Und Sie haben keine Angehörigen, die ...»

«... hier weitermachen? Nein, das will ich nicht hoffen. Ich bin ... Wie soll ich das dezent umschreiben ...»

«Der Letzte Ihrer Art.»

Lord Roughton nickte. «Der Letzte meiner Art», flüsterte er, als sei es ein intimes Geständnis.

Michael reagierte mit einem Lächeln.

Der Lord erwiderte es. «Mummy und Daddy leben noch, wie Sie bald sehen werden ... aber ich fürchte, sie werden von den Scillys nicht mehr hierher zurückziehen.»

Von den «Sillies»? Waren sie etwa senil? «Sie wollen sagen ...?»

«Sie leben jetzt auf den Scillys. Aus Steuergründen.»

Michael nickte.

«Vor Land's End, wissen Sie. Die Inseln.»

«Oh ... ach so.»

«Es ist die einzige Möglichkeit, wie man im Ausland leben und trotzdem Brite bleiben kann.» Er hob seine Teetasse und betrachtete Michael über die Nasenspitze hinweg. «Wir haben unsere Aristokraten ins Meer getrieben.»

Michael lachte.

«Also», sagte Lord Roughton, «wie lange leben Sie schon in San Francisco?»

«Beinahe neun Jahre.»

Der Lord seufzte und schaute hinaus auf das moosbewachsene Torgebäude und die Felder dahinter. «Wir leben seit neun-

hundert Jahren hier.» Er warf Michael einen genervten Blick zu. «Die Roughtons als Familie, wohlgemerkt. Ich selbst nur knapp *halb* so lange.»

Michael weigerte sich, auf das Lamento einzugehen. «So schlimm kann es nicht sein.»

«Na ja ... ist es auch nicht. Nicht immer. Aber ich habe gewisse Entscheidungen bezüglich meines Lebens getroffen, und Easley hat darin keinen Platz mehr. Wissen Sie, was ich hier tue? Ich bin Vermieter. Einmal im Monat sitze ich da unten an dem Tisch und kassiere Geld von den Dorfbewohnern. Ich wohne in zwei Zimmern ... meistens in der Küche, weil man die heizen kann ... und manchmal bekomme ich Geld, weil ich Leute mit Namen wie Gary und Shirley, die in Ausflugsbussen vor meine Tür gekarrt werden, zum Tee einlade. Ich verbringe lange geruhsame Vormittage damit, die Fledermauskötel aus den Gästeschlafzimmern zu fegen und Moos vom Gemäuer zu rupfen, denn es kostet fünfhundert Pfund, auch nur einen einzigen der Ornamentblöcke am Wehrgang zu ersetzen, und das Moos frisst das Gebäude bei lebendigem Leib.»

Michael lächelte. «Das erzählen Sie hoffentlich nicht Ihren Kaufinteressenten.»

Der Lord lachte in sich hinein. «Ich habe schon eine Käuferin.»

«Jemand aus Ihrem Bekanntenkreis?»

Er nickte. «Eine Frau, die ich schon seit Jahren kenne, und der grässliche Mensch, den sie kürzlich geheiratet hat. Sie tönen bereits, dass sie dem Anwesen seinen früheren Glanz zurückgeben wollen.» Er schüttelte sich.

«Ich mag es, wie es ist», sagte Michael. «So verwittert und ein bisschen heruntergekommen.»

«Danke.»

«Ich meine es ehrlich.»

«Das merke ich.» Er legte die Stirn in Falten. «Wäre es Ihnen sehr unangenehm, wenn ich Ihnen etwas zeige?»

«Nein», sagte Michael, «natürlich nicht.»

Lord Roughton zögerte. Dann stellte er seine Tasse hin, knöpfte die Schlafanzugjacke auf und hielt sie auseinander. An seinen Brustwarzen baumelten zwei ansehnliche goldene Tittenringe.

«Aha», sagte Michael verlegen.

«Folsom Street», sagte Lord Roughton.

«Tatsächlich.»

Der Lord schaute auf seine Ringe hinunter wie eine stolze Muttersau, die ihren Wurf beäugt. «Ich brauchte drei Glas Scotch, um mir Mut anzutrinken. Ein Verkäufer in dem kleinen Geschäft über dem Ambush hat es gemacht. Kennen Sie das?»

«Klar. Das ist eigentlich die Harrison Street. Aber egal, direkt daneben.»

Lord Roughton ließ die Aufschläge seines Schlafanzugs wieder los.

«Hübsche Arbeit», fügte Michael aus Höflichkeit hinzu.

«Ich nehme an, für Sie ist das ein total alter Hut.» Er knöpfte die Jacke zu.

«Nein ... Na ja, ich hab so was schon gesehen, aber ... es steht Ihnen gut, finde ich.» Der Mann gab Königin und Vaterland auf, um sich Schmuck an die Brustwarzen hängen zu können. Da konnte man ihm wenigstens ein kleines Kompliment machen.

Der Lord bedankte sich mit einem Nicken. «Das mit dem Pyjama ist ein bisschen feige, fürchte ich. Ich trage sonst keinen.»

«Ich war dabei, als Mona ihn gekauft hat.»

«Ach wirklich?»

Michael nickte. «Bei Harrods.»

«Was für ein außergewöhnlicher Zufall.» Sein Kinn hing einen Augenblick herunter, dann spannte er es wieder an. «Auf jeden Fall ... ich fand es besser, das Geschmeide zu verdecken, solange ich Gäste im Haus habe.»

«Sie meinen ... es kommen noch welche?»

«Möglich, ja. Mummy und Daddy ganz bestimmt. Und Mummy hat die fürchterliche Angewohnheit, morgens in fremde Schlafzimmer hineinzuplatzen. Ich hoffe doch, Sie bleiben ein bisschen?»

«Na ja ... Mona und ich haben eigentlich noch gar nicht ...»

«Ach, Sie *müssen* noch bleiben. Das wird die ganze Sache erst richtig aufregend machen.»

Welche Sache? «Tja ... vielen Dank, aber mein Flug nach San Francisco geht in zwei Tagen.»

Lord Roughton atmete hörbar ein. «In zwei Tagen schon?»

«Ja, leider.»

«Ich kann es Ihnen nicht verdenken. Wenn ich mich mit einem Fingerschnipsen da rüberzaubern könnte ...» Sein Blick glitt sehnsüchtig durchs Fenster nach draußen.

Michael lächelte ihn an. «Wo werden Sie in San Francisco wohnen?»

«Bei Freunden», sagte Lord Roughton. «Zwei reizende Jungs, die eine Wohnung in der Pine Street haben.» Er schenkte Michael noch etwas Tee nach und füllte auch seine Tasse wieder. «Der eine ist Barkeeper im Arena. Der andere handelt mit homoerotischen Grußkarten.»

«Ich glaube, die kenne ich», sagte Michael grinsend.

«Wirklich?»

«Nein, ich meine ... den Typ schwuler Jungs.»

Der Lord wirkte etwas verwirrt.

«War nur ein Scherz», sagte Michael lahm.

«Ah.»

Er schien ein wenig pikiert zu sein. Michael machte sich Vorwürfe. In Gegenwart eines Pilgers sollte man keine Scherze über das Heilige Land machen. «Wann haben Sie sich dazu entschlossen rüberzugehen?», fragte er schließlich.

Lord Roughtons Blick wurde wieder feurig. «Möchten Sie den genauen Zeitpunkt wissen?»

«Klar.»

«Es war ... kurz vor Halloween, und ich war im Hot House. Kennen Sie das Hot House?»

«Selbstverständlich.»

«Ich war im Orgienraum. Es war schon spät. Ich hatte ein Pfeifchen Sinsemilla geraucht und fühlte mich fabelhaft. Neben mir waren zwei Knaben, die sich gegenseitig einen geblasen haben, und ein anderer hat mir einen geblasen, und ich hatte bei jemand das Gesicht zwischen den Arschbacken, und es war mit Sicherheit der triumphalste Augenblick meines Lebens.»

Michael grinste. «Ich glaube, das kann ich Ihnen nachfühlen.»

«Das glaube ich gern. *Also* ... mittendrin höre ich auf einmal ‹Turn Away›!»

«Den Song von Bix Cross?»

«Ja, genau. Und was glauben Sie, wo der aufgenommen wurde?»

«Wo?»

«Im übernächsten Dorf von hier. Chipping Camden. Da gibt es ein Aufnahmestudio in einer umgebauten Scheune.»

Michael nickte. «Das ist ... wirklich interessant.»

«Aber begreifen Sie denn nicht ...? Ich war *dabei*. Ich war dabei, als er die Platte aufgenommen hat, und dann ist mir dieser blöde Song um die halbe Welt gefolgt bis in diesen Raum, in dem sich lauter traumhafte Männer tummelten. Mir sind fast die Tränen gekommen. Ich *habe* geweint. Es war ein so ergreifender Augenblick, Michael. Ich habe einfach ... aufgegeben. *So*, habe ich mir gesagt, *jetzt habt ihr mich so weit. Ich gebe auf*. Es war eine solche Befreiung.»

«Ja», sagte Michael.

«Sie finden nicht, dass sich das idiotisch anhört?»

«Nein. Ich kann mich auch an so einen Augenblick erinnern.»

Lord Roughton lächelte ihn an. «Man lernt in Orgienräumen eine ganze Menge. Kameradschaft. Geduld. Humor. Wie man mit völlig Fremden liebevoll und großzügig umgeht. Es ist gar nicht so verdorben und herzlos, wie immer behauptet wird.» Er legte den Kopf schräg und überlegte. «Nur lauter verängstigte Kinder, die im Dunkeln zärtlich zueinander sind.»

Michael nippte an seinem Tee.

«Leider», sagte Lord Roughton, «ist die Lederszene hierzulande ziemlich erbärmlich.»

Michael schaute hoch. «Ich bin im Coleherne gewesen.»

«O Goott!»

«So schlimm ist es gar nicht», sagte Michael und gab sich Mühe, höflich zu sein.

«Doch, natürlich ist es schlimm. All diese herumlungernden ... Uriah-Heep-Verschnitte!»

«Na ja ...»

«Kein Vergleich zu San Francisco und Ihren herrlichen Lederkerlen in den glänzenden schwarzen Pritschenwagen.»

Michael amüsierte sich über so viel Schwärmerei. «Damit transportieren sie ihre Fikusbäumchen, müssen Sie wissen.»

Der Lord sah ihn verwirrt an. «Wie bitte? Ach ... Sie machen sich schon wieder lustig. Nur zu. Ich habe die Sache sehr gründlich studiert. Ich weiß, wovon ich rede.»

«Ich bin ganz Ihrer Meinung», sagte Michael mit einem Lächeln. «Glauben Sie mir.»

«Wirklich?»

«Ja. Ich freue mich nur über ... Ihre Unschuld.»

Lord Roughton gab sich eingeschnappt. «Ich zeige Ihnen meine Tittenringe, und Sie nennen mich unschuldig. Was soll ich davon halten, Sir?»

Michael lachte. «Wir haben alle etwas, von dem wir nichts verstehen.»

«Ganz recht.» Seine Lordschaft zog eine Augenbraue hoch. «Und was ist es bei Ihnen?»

Michael überlegte. «Landsitze, in erster Linie.»

Sein Gastgeber lachte jovial. «Ich nehme an, Mona hat Sie herumgeführt?»

«Tja, nein, ich hab die reguläre Besichtigungstour gemacht.»

«Ach je, das müssen wir ja *auf der Stelle* nachholen. Wo ist Ihr Freund? Vielleicht möchte er sich uns anschließen?»

Ja, wo *war* Wilfred eigentlich? «Das würde er sicher gerne, aber ... Sagen Sie, kann ich ganz offen sein?»

Lord Roughton hob mahnend den Zeigefinger. «Nur wenn Sie mich mit Vornamen anreden. Ich heiße Teddy.»

«Schön», sagte Michael lächelnd. «Teddy. Ich bin Michael.»

«Gut. Schieß los, Michael.»

«Na ja ... ich habe keine Ahnung, was Mona hier macht.»

Teddy furchte die Stirn. Dann lachte er. «Du nimmst mich auf den Arm, oder?»

«Nein. Sie hat es mir noch nicht verraten.»

Der Lord schnappte nach Luft wie ein Goldfisch auf dem Trockenen. «Nein, dieses dumme Mädchen ... so ein dummes, dummes Mädchen.»

Heiliger Bimbam

Als sie um vier Uhr früh vom Piepen ihrer Armbanduhr aufwachte, stellte Mary Ann fest, dass sie unter Simons linkem Arm eingezwängt war. Vorsichtig rutschte sie darunter hervor, setzte sich auf die Bettkante und rieb sich, beobachtet von Christopher Isherwood, die Augen.

«Wo willst du hin?», flüsterte Simon.

Seine Frage kam unerwartet. «Nach oben. Mich fertig machen.»

«Ist schon Ostern?»

«Fürchte, ja.» Ihre Stimme klang heiser und belegt.

Er stemmte sich auf die Ellbogen hoch. «Dann ... werde ich unten im Garten auf dich warten.»

Sie drückte sein Knie. «Du musst nicht mit.»

Es dauerte einige Sekunden, bis er sagte: «Ich dachte, du willst Gesellschaft.»

«Na ja, das hab ich zwar gesagt, aber ...»

«Du wolltest in Wirklichkeit das hier.»

Obwohl die Bemerkung scherzhaft gemeint war, fühlte sie sich unbehaglich.

«He», sagte sie leise – Mrs. Madrigal sollte auf keinen Fall etwas hören. «Wenn du mit einer lebenden Toten nach Golgatha raufwillst, bist du jederzeit willkommen.» Sie griff hinter sich und zog ihn freundschaftlich am Schwanz. «Alles klar?»

«Wie ist die Kleiderordnung?»

«Salopp.» Sie stand auf. «Gib mir 'ne halbe Stunde und warte auf mich vor dem Haus. Kreppsohlen wären vielleicht nicht schlecht. Falls von dem Kraut noch was da ist, könntest du uns einen Joint drehen. Alles klar?»

«Ist gut. Aber wie kommen wir hin?»

«Mein Team holt uns ab.»

«Natürlich. Dein Team.»

«Sonst noch was?»

«Ja. Wo ist meine Hose?»

«Im Schrank. Du hast sie selber reingehängt. Weißt du nicht mehr?»

«Ach ja.» Er stand auf und steuerte das Badezimmer an. Ärgerte er sich über irgendwas? Sogar sein perfekter kleiner Hintern wirkte angespannt.

Auf der Fahrt zum Mount Davidson schwieg er die meiste Zeit, und sie fachsimpelte mit ihrem Kameramann. Sie parkten am Myra Way – näher kam man mit dem Wagen an das Betonkreuz nicht heran – und gingen auf einem schlüpfrigen Pfad zwischen Eukalyptusbäumen hinauf zum Gipfel.

Am Fuß des gewaltigen Monuments hatten sich schon ein paar Dutzend Leute eingefunden. Im perlgrauen Schimmer der Morgendämmerung wirkten ihre Gesichter so bleich und graugrün wie das junge Eukalyptuslaub. Mary Ann betrachtete andächtig das prachtvolle Panorama der Stadt und den rötlichen Schein, der im Osten über dem Mount Diablo den Himmel zu verfärben begann.

Sie berührte Simon am Arm. «Ist es nicht traumhaft?»

«Traumhaft», wiederholte er. Es klang nicht überzeugend.

Sie musterte sein ausdrucksloses Gesicht. «Du bist ja morgens genauso schlecht gelaunt wie ich.»

«An deiner Stelle würde ich nicht ...» Er unterbrach sich.

«Würdest du was nicht?»

«Ich würde nicht ...»

«Liebste, Sie wollen einfach nicht hören. Ich hab doch gesagt, dass Sie nicht kommen müssen.» Es war Pater Paddy, der wie gewohnt aus dem Nichts auftauchte.

«Oh ... hallo», rief sie überrascht.

«Sie sind so verdammt *edelmütig*, Mary Ann!» Der Priester packte Simon am Arm. «Seit Wochen sage ich diesem lieben, reizenden Mädchen, dass ich diesen Gig ohne Weiteres auch allein erledigen kann, aber sie *muss* sich einfach aufopfern.» Er drückte ihr ein Küsschen auf die Wange. «Stimmt's, Liebste?» Dann warf er einen Blick auf Simon. «Diese wackere Seele kenne ich doch. Vom Bildschirm. Sie sind der desertierte Lieutenant, nicht?»

«So ungefähr», war die eher reservierte Antwort.

«Tja, Sie haben unsere kleine Stadt im Sturm erobert.»

Simon reagierte mit einem dünnen, eisigen Lächeln.

Pater Paddy wandte sich wieder an Mary Ann. «Es gibt Kaffee und Donuts, wenn Sie 'ne Stärkung brauchen, und ... *oh* ... ist Matthew heute unser Kameramann?»

«Ja.»

«Fabelhaft. Sagen Sie ihm bitte, er soll meine Unterseite in Ruhe lassen.»

«Wie bitte?»

«Er soll mich nicht von unten aufnehmen, Liebste. Da sieht man nur das Doppelkinn, und das macht den kleinen Kindern Angst. Alles klar?»

«Ist gut.»

«Sie sind ein Engel», sagte der Priester und mischte sich wieder unter seine Schäfchen.

Sie warf Simon einen unsicheren Blick zu. «Ich hätte dich vielleicht vor ihm warnen sollen.»

Er gab keine Antwort.

«Hast du was?», fragte sie.

Er zupfte ein Blatt von einem Strauch und drehte es hin und her. «Du hast das arrangiert, nicht?»

«Was arrangiert?»

«Diesen Morgen. Du hast dich extra einteilen lassen für diesen *Gig*, wie er es nennt. Damit du mit mir die Nacht verbringen kannst.»

«Na ja ... ich würde sagen, es hat sich so ergeben. Aber geplant hab ich es nicht.»

Er sah sie stirnrunzelnd an.

«Und wenn schon?», meinte sie. «Wär das so schlimm?»

«Wie lange planst du das schon? Zwei Wochen? Drei? Ich stehe schon eine ganze Weile in deinem kleinen Terminkalender.»

Sie starrte ihn an und spürte, dass sie einen trockenen Hals bekam.

«Sag mir, ob ich damit schiefliege», fügte er hinzu.

«Also ... gefreut hat es mich schon, als mir klar wurde, dass wir zusammen sein können ... wenn du das meinst. Was ist schon dabei? Und ich konnte unmöglich wissen, dass Brian von Theresa übers Wochenende nach Hillsborough eingeladen wird.»

«Ihr beide.»

«Was?»

«Sie hat euch beide eingeladen.»

«Na und?»

«Und Brian wollte mich an deiner Stelle mitnehmen, aber du warst dagegen.»

«Das stimmt nicht», sagte sie.

Er zuckte mit den Schultern. «Hat er mir aber gesagt.»

«Na ja ...» Sie hätte Brian erwürgen können. «Also gut ... ich bin eine verzweifelte Frau, du quetschst es aus mir raus, also gestehe ich: Ich mache vor nichts halt, bis ich dich in meinen Klauen hab. Komm schon, Simon ... was willst du eigentlich von mir hören?»

«Du sollst zugeben, dass du es so arrangiert hast.»

Sie hob die Hände. «Na schön, kein Problem. Ich hab es arrangiert.»

«Du hast es schon vor mindestens zwei Wochen ausgeheckt, weil du genau gewusst hast, dass es der letzte Abend vor meiner Abreise ist.»

«Verdammt, Simon, worauf willst du hinaus?»

«Ich denke, das weißt du.»

«Ich hab nicht die leiseste Ahnung, was ...»

«Du und Brian, ihr wollt ein Kind. Das weiß ich bereits.»

Einen Augenblick verschlug es ihr die Sprache. «Von Brian, wie?»

«Ja.»

«Na ... und wenn schon?» Das war nicht viel, aber mehr brachte sie gerade nicht heraus.

«Dann heißt das ... dass du die Pille abgesetzt hast.»

Sie spürte, wie ihr das Blut in den Schläfen hämmerte. Der Augenblick bekam eine unheilvolle Atmosphäre, als hinter dem Kreuz eine Frau mit Schmetterlingsbrille auf einer elektrischen Orgel das Kirchenlied «Er ist auferstanden» anstimmte. Mary Ann sah sich suchend nach ihrem Kameramann um und wandte sich dann wieder Simon zu. «Ich schwör dir, das ist die bizarrste Unterhaltung, die ich je ...»

«Du hast nie ein Wort von Verhütung gesagt, Mary Ann. Nicht ein Wort. Findest du das nicht ein bisschen merkwürdig von einer Frau, die ...»

«Ich finde, du hast keine beschissene Ahnung von romantischen Gefühlen, Simon. Das finde *ich*. Was hast du denn erwartet? Dass ich dich frage, ob du einen Gummi zur Hand hast? Ich kann nicht glauben, dass wir *darüber* eine Diskussion führen!»

«Nein, was sind wir entrüstet», sagte er mit einem matten, distanzierten Lächeln.

«Na, was zum Teufel ... Hör zu, ich muss meinen Kameramann suchen.»

Er hielt sie am Arm fest. «Nein.»

«Wie bitte?»

«Ich hab dir noch was anderes zu sagen.»

«Was?»

«Deine Freundin Connie ... die vorbeigeschaut hat.»

«Ja?»

«Ich soll dir was von ihr ausrichten.»

Bitte, lieber Gott, dachte sie, *lass Connie nicht den letzten Nagel in meinen Sargdeckel schlagen.*

«Du hättest dir gestern Mittag um zwei unbedingt Channel Nine anschauen sollen.»

Sie nickte. «Und?»

«Na, du warst nicht zu Hause ... und da ich ein hilfsbereiter Mensch bin, hab ich es mir für dich angeschaut. Weißt du, was dir entgangen ist?»

«Simon, die Andacht fängt genau in ...»

«Komm schon, rate doch mal.»

«Ehrlich gesagt, mir ist es völlig wurscht, was dieses doofe Weib ...»

«Es war eine Talkshow, Mary Ann. Drei Hausfrauen sprachen darüber, dass ihre Männer unfruchtbar sind.»

Das Wort hing wie ein Wölkchen Nervengas zwischen ihnen.

«Connies Mann», sagte sie schließlich, «ist zufällig unfruchtbar, und sie hat sich für künstliche Bef...»

«Zufällig hat Connie gar keinen Mann.»

Sie schaute zur Seite.

«Hat *sie* wenigstens gesagt», ergänzte er.

Sie zögerte. Dann sagte sie: «Klingt ja, als hättet ihr euch prima verstanden.»

«Ja», sagte er, «sie war mir ganz sympathisch. Ich fand ihre Offenheit erfrischend.»

«Na prima. Toll.» Sie wandte sich zum Gehen.

Wieder hielt er sie zurück. «Ist das deine Art, mit so was umzugehen?»

«Mit was denn? Ich hab hier einen Job zu erledigen.»

«Ach ja ... richtig. Du hast ja so *viel* zu tun an diesem Wochenende.»

«Lass mich los, Simon.»

«Du hast dich schon richtig reingekniet, was?»

«Simon ...»

«Bist du auch ganz sicher, dass dreimal genug war? Oder sollen wir gleich hier noch mal nachlegen?»

Sie riss sich los und verpasste ihm eine Ohrfeige. Er wankte, rührte sich aber nicht vom Fleck. Sie sah den Abdruck ihrer Hand auf seiner bleichen Wange. Seine Nasenflügel bebten. Als er sich an die Wange fasste, war das zynische Glitzern aus seinen Augen verschwunden, und der Ausdruck, der jetzt darin lag, tat ihr wirklich weh.

«Es tut mir leid», sagte sie.

«Nicht nötig», wehrte er ab.

«Was willst du von mir hören?»

Er zuckte mit den Schultern. «Dass du's abstreitest, wahrscheinlich.»

Sie zögerte.

«Dachte ich mir», sagte er mit einem kurzen Nicken und drehte sich um.

«Simon, warte mal, es ist nicht so schwarz-weiß, wie ... Wo willst du hin?»

«Nach Hause. Oder was man so nennt.»

«Aber die Andacht ...»

«Vielen Dank, aber ich weiß schon, wie das ausgeht.»

«Nein, ich meinte ... du hast doch kein Auto, und ich kann hier nicht weg, bis ...»

«Ich nehm mir ein Taxi.» Er zwängte sich durchs Gebüsch und steuerte den Weg an, den sie hochgekommen waren.

«Simon, geh bitte nicht so ...»

Aber er war schon verschwunden.

Bloß keine Hemmungen

Es war schon nach Mittag, als Mona in die Küche zurückkam und dort auf Teddy stieß, der gerade das Frühstücksgeschirr abwusch. «Dein Freund ist sehr attraktiv», sagte er.

«Welcher denn?», fragte sie, um es ihm nicht so leicht zu machen.

«Na ja, der Kleine ist ganz niedlich, aber ...»

«Schon gut. Verschon mich damit.»

«Ich habe mit den beiden meine Kurztour durch das Anwesen gemacht. Samt Hundefriedhof ... alles inklusive. Ich glaube, sie waren ziemlich begeistert. Ich muss sagen, es war ganz reizend ... alles mal durch ihre Augen zu sehen.» Er bearbeitete einen eiverkrusteten Teller mit dem nassen Spüllappen. «Ich finde, du solltest mit deinem Freund reden, Mona.»

«Warum? Was war denn?»

«Na ja ...»

«Du hast ihm doch nichts von heute Abend gesagt?»

«Tja, ich wundere mich eigentlich, dass *du* es ihm noch nicht erzählt hast.»

Sie suchte nach an einer Antwort, als sie draußen auf dem Hof das knirschende Geräusch von Autoreifen hörten. Teddy lugte durch das bleiverglaste Fenster über der Spüle, und seine Augen wurden vor Entsetzen noch größer. «Ach du Scheiße!»

«Wer ist es?»

«Die Käufer. Beziehungsweise seine Frau.»

«Ich dachte, die sollten erst ...»

«Sollten sie auch. Ich nehme an, sie ist hier, weil sie noch ein paar Polaroidfotos machen will.»

«Wozu denn?»

«Was weiß ich. Vielleicht für ihren Innenarchitekten. Es ist so grässlich, ich mag gar nicht dran denken. Da, sieh dir das an. Ich hatte recht. Sie hat ihre verdammte Kamera dabei.» Hastig trocknete er sich die Hände an dem feuchten Lappen ab. «Sei ein Engel, ja? Ich kümmere mich um sie, aber in zehn Minuten kommst du und rettest mich.»

Als er gegangen war, stieg sie die Treppe neben der Bibliothek hinauf und ging in ihr Zimmer, um ihr Make-up nachzubessern. Ihre kastanienbraunen Haarwurzeln waren schon wieder deutlich zu sehen und erinnerten sie daran, dass ihr Trip sich dem Ende näherte. Wenn sie ihr Haar noch ein oder zwei Wochen wachsen ließ, ohne nachzufärben, konnte sie als Punkerin durchgehen, und keiner würde was merken.

Sie wartete die vereinbarten zehn Minuten und schlenderte dann mit einer schlecht vorbereiteten Lüge in die große Halle. «Entschuldige die Störung, Teddy, aber Mr. Harris möchte dich sprechen. Am Telefon.»

Teddy und die Käuferin standen an dem hohen Fenster mit Blick auf die Kapelle. Die Frau war eine robuste Blondine und trug einen blauen Blazer. «Mr. Harris?», sagte Teddy und drehte sich verwundert zu Mona um.

«Du weißt schon ... der Gärtner.»

«Oh. Natürlich, Mr. Hargis. Schön. Tja, ich nehme an, er wartet auf Instruktionen. Fühl dich bitte ganz wie zu Hause, Fabia. Oh ... Fabia, das ist Mona. Ich bin sicher, dass ihr beiden euch gut versteht.» Er setzte sich rückwärts ab und verließ beinahe im Laufschritt die Halle.

Die Frau verfolgte seinen Abgang mit einem wissenden Grinsen. Dann wandte sie sich an Mona. «Ist ja sehr eigenartig.»

«Äh ... was?»

«Sagten Sie nicht, Mr. Hargis hat *angerufen*?»

«Ja.»

«Warum hat man dann das Telefon nicht klingeln hören?»

«Na ja, ich nehme an ... Tja, ich weiß auch nicht. Seltsam, nicht?»

«Ja. Sehr seltsam.»

«Jedenfalls ... wenn ich Ihnen vielleicht etwas zeigen kann?»

Die Frau machte große Augen. «Wie bitte?»

«Ich meine, im Haus oder so.»

Das Lachen der Frau kam so unverhofft wie das Hupen eines Sattelschleppers in einer Haarnadelkurve. «Meine liebe Moira, ich habe hier schon Weihnachten gefeiert, als ich acht war.»

«Oh, verstehe.»

Die Frau hob ihre Polaroidkamera und richtete sie auf die Musikantengalerie. *Klick. Surr.* Dann sah sie wieder Mona an. «Ich beobachte den traurigen Niedergang von Easley schon seit vielen Jahren.» Sie verschanzte sich hinter einem affektierten Lächeln, zog das Foto aus dem Auswurfschlitz und legte es mit spitzen Fingern auf den Fenstersims. «Er hat Ihnen kein bisschen von mir erzählt, wie?»

«Nein», gab Mona ruhig zurück. «Kein bisschen.»

«Tja ... das ist schade.»

«Wirklich?»

Das falsche Lächeln kehrte zurück. «Wenigstens würde Ihnen

dann Ihre kleine *Scharade* viel leichter fallen, Moira. Das meinte ich damit.» Sie nahm das Foto und beäugte es. «Ich fürchte, hier ist zu wenig Licht.»

«Mona», sagte Mona.

«Mhm?»

«Ich heiße Mona, nicht Moira.»

«Oh. 'tschuldigung.» Sie besah sich wieder das Foto.

«Ich nehme an, Sie brauchen mich hier nicht.»

«Nein, wozu auch?», sagte die Frau lächelnd.

Mona verließ mit energischen Schritten den Saal und machte erst halt, als sie das ganze Haus durchquert hatte und im Wohnzimmer vor Teddy stand. «Verdammt noch mal, warum hast du mich so ins Messer laufen lassen?»

Mit einem zerknitterten Lächeln schaute er von seinem Martin-Amis-Roman hoch. «Ist sie nicht ein Herzchen?»

«Du hättest mir sagen können, dass sie Bescheid weiß.»

«Tja, ich ... Sie weiß es also?»

«Ja. Hast du das nicht gewusst?»

«Nein ... Na ja, ich hätte es mir denken können. Ihr entgeht so gut wie nichts. Entschuldige, Mona. Über mich wird nun mal geredet. Ich habe es nie verhindern können, und ... es ist unvermeidlich, dass du auch was abkriegst. Ist sie schon weg?»

«Ich weiß nicht», sagte sie. «Ist mir auch egal.»

«Mir auch.» Er legte das Buch weg. «Ich habe noch ein bisschen von dem wunderbaren Haschisch. Wollen wir eine kleine Runde auf dem Wehrgang drehen und sie in Ruhe durch die Hallen stapfen lassen?»

«Prima Idee», sagte sie.

Sie folgte ihm nach oben in das wasserfleckige Schlafzimmer, von wo aus man die Treppe zum Dachgeschoss erreichte. Während sie mit eingezogenen Köpfen einem schmalen Lichtstreif entgegenstiegen, wölbten sich über ihnen die Dachbalken von Easley House wie die geschwärzten Rippen eines prähistorischen Tieres. Teddy drückte die Tür zum Wehrgang auf, und einen Augenblick wurden sie von der grellen Aprilsonne geblendet.

Mona schaute zu den Bergen im Westen hinüber und genoss die duftende Frühlingsbrise. «Genau das richtige Plätzchen für uns.»

Teddys Augen blitzten vergnügt. «Allerdings, ja.» Mit zwei Fingern stocherte er in der Brusttasche seines grau-schwarz gesprenkelten Tweedjacketts und förderte einen seiner dicken Tabak-und-Hasch-Joints zutage. Er zündete ihn mit seinem Wegwerffeuerzeug an, nahm einen Zug und hielt ihn Mona hin. «Ich sollte dich vorwarnen wegen meinem Vater», sagte er.

Sie sah ihn argwöhnisch an, während sie an dem Joint zog und die Luft in der Lunge hielt.

«Eigentlich soll es keine Warnung sein. Eher ... eine Erklärung.»

Sie nickte.

«Daddy ist ... äh ... geistig verwirrt.»

Sie blies den Rauch aus.

«Ich garantiere dir, es ist ganz harmlos. Die Ärzte sagen, er hat sich gewissermaßen von der Realität zurückgezogen und in eine glücklichere Zeit geflüchtet ... seine glücklichste, um es genau zu sagen. Er durchlebt sie immer wieder. Es gibt einen medizinischen Fachausdruck dafür ...» Er nahm ihr den Joint wieder ab. «Aber er fällt mir im Moment nicht ein.»

«Was war denn seine glücklichste Zeit?», fragte sie.

«Tja, *anscheinend* sind es die vierzehn Tage, die er bei den Annenbergs verbracht hat.»

«Bei wem?»

«Ach, ich dachte, die kennt in Kalifornien jeder. Walter und Lee Annenberg. Er war amerikanischer Botschafter in London, als Daddy ihn kennenlernte. Sie haben sich auf Anhieb verstanden, Daddy und Walter. Und dann haben Mummy und Daddy einige Zeit in der Villa der Annenbergs in Palm Springs verbracht. Und da ist Daddy nie drüber weggekommen, fürchte ich.»

«Du willst sagen ...»

Er nickte. «Er denkt, er ist noch immer da.»

Sie schmunzelte. «Du nimmst mich auf den Arm, nicht?»

Er schüttelte lächelnd den Kopf.

«Er läuft in Gloucestershire rum und denkt, er ist in Palm Springs?»

Er schüttelte erneut den Kopf. «Auf den Scillys.»

«Wie?»

«Er läuft auf den Scilly-Inseln rum und denkt, er ist in Palm Springs.»

«Oh.»

Er bot ihr den Joint wieder an.

«Nein danke», sagte sie. «Von dem Tabak wird mir schwindelig.»

«Zum Glück haben sich die schlimmeren Symptome größtenteils gelegt. Die weißen Schuhe, die Golfklamotten und den ganzen Quatsch hat Mummy ihm abgewöhnt.»

«Das ist gut.»

«Ich dachte nur, du solltest es wissen. Es kann manchmal verdammt peinlich werden.»

«Danke», sagte sie. «Das ist nett von dir.»

Er seufzte tief und schaute wieder in die Landschaft hinaus.

«Ist das wirklich Wales?», fragte sie.

«Nein», antwortete er, «eigentlich nicht. Aber vom Pavillon

aus kann man Wales sehen. Die entferntesten Berge sind die Black Mountains. Man kann auch die Malvern Hills sehen.»

Eine Weile stand sie schweigend neben ihm, dann sagte sie: «Ich begreif es nicht.»

«Was?»

«Dass du das hier alles ... aufgibst. Dass du es dieser fiesen Schlampe da unten in den Schoß fallen lässt.»

Er wandte sich ab. «Ich lasse ihr Easley nicht in den Schoß fallen.»

«Na, wie würdest du es denn nennen?»

«Mona ...» Er zupfte einen Klumpen Moos von der Brüstung. «Easley ist nichts als Arbeit, und das bin ich gründlich leid. Glaub mir, ich weiß, was du meinst. Aber ich kann mich nicht zweiteilen.»

Verloren in der Weite der Landschaft, rumpelte ein weißer Lieferwagen auf der schmalen Straße von Easley-on-Fen heran. «Wenn ich mich nicht irre», sagte Teddy, «ist das der Partyservice.»

«Sieht so aus», sagte sie. Es gab ihr irgendwie ein mulmiges Gefühl, dass der spontane Entschluss, den sie an einem verregneten Abend in Seattle gefasst hatte, nun so viele Leute auf den Plan rief.

Teddy spürte ihre Verunsicherung. «Alles in Ordnung, Mona?»

«Klar.»

«Der Tabak, hm?»

«Ja. Ich glaube, ich leg mich noch mal ein bisschen hin.»

«Natürlich», sagte er mit einem mitfühlenden Lächeln. «Ruh dich aus.»

Sie tätschelte ihm die Schulter und stieg zurück ins Dunkel des Dachstuhls. Als sie in ihrem Zimmer war, schloss sie leise die Tür zur Musikantengalerie, denn in der großen Halle war noch immer das grässliche Surren der Polaroidkamera zu hören. Trotzdem fand sie keinen Schlaf. Also wappnete sie sich für eine Auseinandersetzung mit Michael und ging zu seinem Zimmer.

Er saß auf der Fensterbank und hatte eine alte Ausgabe der *Country Life* auf den Knien. Wilfred lag bäuchlings auf dem Bett und sah ihn an. Als sie sich räusperte, schaute Michael auf. «Was ist?», fragte er. «Noch 'ne Standpauke?»

Sie rang sich ein Lächeln ab. «Ich dachte, wir könnten vielleicht ein bisschen reden.»

«Na gut», meinte er gleichgültig.

Wilfred machte einen Purzelbaum vom Bett. «Und Kinder ab ins Spielzimmer.» Bevor er ging, gab er Mona einen flüchtigen Kuss auf die Wange.

«Du bist kein Kind», sagte sie.

«Zwanzig Minuten», verkündete Wilfred.

Sie ging durchs Zimmer und setzte sich in den Sessel am Fenster. «Er ist wirklich ein Engel», sagte sie.

Michael zuckte mit den Schultern. «Denkt er von dir anscheinend auch.»

«Na, er ist schwer in dich verknallt, das seh ich sofort.»

Er blinzelte sie an und schaute aus dem Fenster.

«Ist das ein Problem?», fragte sie.

«Ich weiß nicht. Ich frag mich halt, was er macht, wenn ich wieder nach Hause fahre.»

«Und seine ... Familie?»

«Er hat keine. Er hat bei seinem Vater gewohnt, aber der ist abgehauen. Er hat einen umgebracht.»

Mona runzelte die Stirn. «Dann ist Wilfred so vielleicht besser dran.»

«Na, ich weiß nicht. Ist es besser, wenn man niemanden mehr hat?»

Sie spürte, dass ihm die Sache an die Nieren ging, und versuchte, die Situation zu retten. «Ich kann damit leben», sagte sie lächelnd.

Mit ungerührter Miene wandte er sich von ihr ab. Sie merkte, wie sehr er sich verändert hatte. Fast schien es, als hätte er seine humorvolle Leichtigkeit an Wilfred abgegeben. Seine Ironie war verpufft, und er wirkte kalt und farblos.

«Soll ich jemandem was ausrichten?», fragte er schließlich.

«Äh ... wem?»

«Den Leuten in der Barbary Lane. Seit Jahren hat keiner mehr von dir gehört.»

«So lange ist es gar nicht», meinte sie.

«Dann eben anderthalb Jahre. Wie wär's damit?»

Sie sah Wilfred am Hang des Hügels. Ein kleiner Fleck, gelb und braun, der zum Pavillon hinaufstieg. Aus der Entfernung wirkte er wie eine Hummel. «Ich musste mit mir ins Reine kommen», sagte sie.

«Ich weiß. Seit 1967.»

«Das ist ungerecht.»

«Dann bleib mir weg mit dieser mickrigen Ausrede.»

«Mouse ...»

«Herrgott, du hättest wenigstens mal 'ne Postkarte schreiben können! Du bist weggezogen und hast uns nie deine neue Adresse gesagt. Deine Nummer war nicht rauszukriegen ...»

«Die meiste Zeit hatte ich gar kein Telefon.»

«Aber du hättest uns anrufen können. Irgendwas. Was ist denn los, Mona? Willst du uns nicht mehr in deinem Leben haben? Was ist los, verdammt noch mal? Weißt du, wie weh du Mrs. Madrigal tust?»

Dieser Vorwurf schmerzte ein bisschen. «Pass mal auf», sagte sie, «ich wollte mich bei euch nicht melden, bis ich meinen Kram auf der Reihe hab. Ihr wusstet genau, dass ich nicht tot bin. Ich wollte einfach aus heiterem Himmel bei euch aufkreuzen und euch was Tolles von mir erzählen können.»

«Und das hier ist es jetzt, ja?» Er kniff ungläubig die Augen zusammen.

«Was?»

«Die Heirat mit ... Prinz Tittenring?»

Es war ihr peinlich, und zugleich war sie erleichtert. «Nein», sagte sie ruhig. «Ich hatte nicht vor, es publik zu machen.»

«Hattest du vor, es *mir* zu sagen?»

«Ja.»

«Wann?»

«Jetzt.» Sie lächelte ein wenig. «Bisschen spät, hm?»

Er wandte sich ab und schaute wieder hinaus. Wilfred hatte den Pavillon erreicht und war jetzt nur noch ein gelber Tupfer unter dem hohen kegelförmigen Dach. «In mehr als einer Hinsicht», sagte er.

«Es hat gar nichts zu bedeuten», meinte sie.

«Was?»

«Die Heirat. Das ist bloß ein Arrangement, um die Einwanderungsbehörde ruhigzustellen, damit Teddy eine Arbeitserlaubnis kriegt ...»

«Und sich in San Francisco durch die Lederszene vögeln kann.»

«Darüber unterhalten wir uns nicht», sagte Mona.

Er starrte sie an. «Wie ist es dazu gekommen? Ich meine ... seit wann ist das in der Mache?»

«Seit drei Wochen oder so. Nicht lange.»

«Habt ihr euch hier kennengelernt oder in Seattle?»

«Weder noch. Es lief über ’ne Art Vermittlungsagentur in Seattle.»

«Eine Agentur?» Er spuckte das Wort förmlich aus. «Agentur für *was*? Bräute aus dem Katalog?»

«Ja», sagte sie ungerührt. «Genau das.»

Er verdrehte die Augen. «Weiß das *hier* jemand?»

Sie musste an diese Fabia denken, die im Moment knipsend durchs Haus lief. «Na klar», sagte sie. «Es scheint das am schlechtesten gehütete Geheimnis von Easley zu sein.»

«Typisch», sagte er. «Ich bin immer der Letzte, der was erfährt.»

Seine Nörgelei ging ihr auf die Nerven. «Du solltest es gar nicht erfahren, Mouse. Du solltest überhaupt nicht hier sein.»

«Wann ist denn die Hochzeit?»

«Heute Abend. In der Kapelle.»

«Reizend.»

«Nur die Familie. Und ein paar Freunde.»

«Keine Sorge, ich halt mich raus.»

«Das hab ich nicht gemeint.» Sie war trotzdem erleichtert. Die ganze Veranstaltung war ohnehin schon peinlich genug. «Es hat wirklich nichts weiter zu bedeuten», fügte sie hinzu. «Es gibt dauernd Scheinheiraten, damit Leute immigrieren können. Es ist einfach was rein Geschäftliches.»

«Wie viel?»

«Was?»

«Wie viel zahlt er dir?»

«Ach so ... fünftausend.»

«Nicht schlecht.»

«Tja», sagte sie nicht ohne Stolz, «normalerweise sind’s bloß tausend oder so, aber das war ein spezieller Fall, und mir haben sie zugetraut, dass ich damit klarkomme.» Sie musste sich eingestehen, dass die Hochzeit nichts war, mit dem sie angeben konnte. «Die Agentur kriegt natürlich zehn Prozent. Wie jede Agentur. Jedenfalls ist es für alle Beteiligten ein fairer Preis.»

«Klar», gab er zurück, «eine Hochzeit mit Doppelringen.»

Sie begriff nicht gleich.

Er zwickte sich in eine seiner Brustwarzen.

«Oh.» Sie lachte verlegen und versuchte, mit einem eigenen Witz zu kontern. Das war vielleicht die einzige Rettung aus dieser verfahrenen Situation. «Ja, ich hab ihm gesagt, die Einwanderung kann er sowieso vergessen. Er kommt gar nicht erst durch den Metalldetektor.»

Sein mürrischer Ausdruck blieb unverändert.

Sie musterte ihn einen Augenblick, dann stand sie auf, ging zum Buffet und stellte das Frühstücksgeschirr aufs Tablett. «In zwei Tagen fliege ich nach Seattle zurück», sagte sie. «Ich hatte einen netten kleinen Urlaub und hab ganz schön Geld verdient. Und allen ist gedient. Tu bloß nicht so, als hätte ich mir was vorzuwerfen, Mouse.»

«Ich mach dir keine Vorwürfe», sagte er. «Wenn, dann machst du die dir selbst.»

Sie knallte das Marmeladenglas aufs Tablett. «*Scheiße!* Seit wann bist du so ein überheblicher Arsch?»

Er antwortete nicht gleich. «Du hast keine Ahnung, was ich bin», sagte er ruhig. «Du hast vor lauter Weglaufen gar keine Chance gehabt, es rauszufinden.»

«Mouse ...»

«Was willst du überhaupt von mir?»

«Wieso?»

«Warum erzählst du mir das jetzt? Was willst du von mir hören? Herzlichen Glückwunsch zu einer lukrativen, aber bedeutungslosen Heirat?»

Sie nahm das Tablett und ging zur Tür. «Wahrscheinlich hab ich gehofft, dass du mir deinen Segen gibst. Ich weiß auch nicht, warum. Ich weiß nicht mal, warum ich überhaupt mit dir rede.»

«Wenn du je eine richtige Bindung ...»

«Ach leck mich doch, Mouse! Lass mich bloß in Ruhe. Das hab ich nicht nötig. Seit wann verstehst du denn was von Bindungen? Du und Jon und eure halbherzige kleine ... wie ihr eure Beziehung gerade bezeichnet ...»

Sein langer, stummer Blick brachte sie zum Schweigen. «Ich bestell ihm einen schönen Gruß von dir», sagte er.

Sie richtete sich auf und versuchte, ruhig zu bleiben. «Ich bin selber wer», sagte sie.

«Schön», entgegnete er. «Mach das Beste draus.»

Sie starrte ihn noch einen Augenblick an, ehe sie mit dem Tablett hinausstiefelte und auf ihr Zimmer ging. Dort warf sie sich aufs Bett und hätte am liebsten losgeheult. Stattdessen stand sie wieder auf und schleuderte einen Briefbeschwerer auf die Ritterrüstung neben dem Fenster.

Teddy kam angerannt, als er den Krach hörte. «Großer Gott», sagte er leise, «was ist mit dir?»

Sie starrte wütend auf den Haufen Metall am Boden. «Ich hasse diesen beschissenen Militaristenfummel.»

Er nickte. «Ich steh auch nicht besonders auf Rüstungen.»

Sie sank auf einen Stuhl.

«Bist du nervös wegen der Hochzeit?», fragte er.

«Wir müssen reden», sagte sie.

Schadensbegrenzung

Es war ungefähr halb acht, als Mary Ann von ihrem Team an der Treppe zur Barbary Lane abgesetzt wurde. Ohne die Osterglocken zu bewundern, die zwischen den Mülltonnen wuchsen, ging sie direkt ins Haus und klopfte bei Simon. Er kam in Michaels grünem Morgenmantel an die Tür.

«Ja?»

«Ich will's wiedergutmachen», sagte sie.

«Wie hast du dir das gedacht?»

«Ich will dich um Verzeihung bitten.»

Er lächelte matt. «Warte noch ein bisschen, bitte. Ich hab mir selbst noch nicht verziehen.»

«Wegen was?»

«Ach, dass ich so aus dem Ruder gelaufen bin.»

«Wie?»

«Ich hab gewusst, was du machst», sagte er. «Ich hab es geahnt. Ich hätte Nein sagen können, und ich hab es nicht getan.»

«Das war nicht das Einzige, was ich gemacht hab, Simon.»

«Lass mal», sagte er. «Das muss nicht sein. Wozu in Motiven rumstochern?»

«Nein. Ich will, dass du klarsiehst.» Sie machte sich Sorgen wegen Mrs. Madrigal und sah nervös über die Schulter nach hinten. «Kann ich reinkommen?»

Er zögerte.

«Bitte», flüsterte sie. «Nur ganz kurz.»

Er nickte und machte ihr Platz. Sie ging hinein und setzte sich in die eine Sofaecke. Er verschränkte die Arme und ging mit ernster Miene auf und ab. Es genügte, seine Augen zu sehen, um zu wissen, was sie angerichtet hatte.

«Ich hatte fest vor, es dir zu sagen», begann sie.

Er murmelte etwas Unverständliches.

«Ich hätte das nie mit jemandem gemacht, der mir nichts bedeutet.»

Er blieb stehen und sah sie an.

«Kannst du das nicht als Kompliment auffassen?»

«Könnte ich», sagte er. «Aber ich bin noch nicht so weit.»

«Na, denk drüber nach. Das war für mich kein flüchtiges Abenteuer. Ich hab mir allerhand dabei gedacht, weißt du.»

Das schien ihn zu amüsieren. «Weiß es Brian?»

«Nein, natürlich nicht.»

«Na ja, wir sind hier im lockeren Kalifornien, da kam es mir ganz naheliegend vor, dass ...»

«Denkst du etwa so von mir, Simon?»

Er zuckte mit den Schultern.

«Na schön, du brauchst nicht zu antworten. Aber Brian würde so etwas nie mitmachen.»

«Beruhigend», meinte Simon.

«Er weiß von nichts.» Sie beschloss, ihm alles zu beichten. «Er weiß nicht mal, dass er unfruchtbar ist. Das Schlimme ist ... *Er* ist derjenige, der ein Kind will. Mir ist es nicht so wichtig. Er hat keinen Job, und er denkt, das Baby wäre etwas, womit er ...»

«Stopp. Moment mal.»

«Ja?»

«Woher weißt du, dass er unfruchtbar ist, wenn *er* es nicht mal weiß?»

«Ich weiß es eben», sagte sie.

Er nickte. «Na gut. Erzähl weiter.»

«Tja, das wär schon alles. Ich wollte ihm ein Kind schenken ... und da bin ich auf diese blöde Idee gekommen.»

«Und an künstliche Befruchtung hast du nicht gedacht?»

«Connie hat es mir vorgeschlagen, aber ich finde den Gedanken grässlich. Es ist mir ... zu unpersönlich.» Es klang so bescheuert, und sie lächelte entschuldigend. «Ich dachte, es geht, ohne jemandem wehzutun. Hat aber nicht geklappt. Ich hab Mist gebaut.»

Er sah ihr in die Augen. «Dann war letzte Nacht ...?» Er verscheuchte den Gedanken gleich wieder.

«Was letzte Nacht?»

«Hat es dir wirklich ...»

«... Spaß gemacht?», vollendete sie seine Frage.

«Ja?»

«Simon, hast du das nicht gemerkt?» Sie nahm seine Hand in ihre. «Bitte geh nicht nach England zurück und behalte mich nur als so ein Monster in Erinnerung. Es war so wunderbar mit dir.»

Er stand da und hielt noch immer Distanz.

«Ich finde, du bist ein zärtlicher, intelligenter Mann ... und unglaublich sexy.»

«Danke», sagte er leise.

«Ich mein es auch so.»

Er nickte.

«Ich werde dich nie vergessen. Dazu brauche ich kein Kind.»

«Danke.»

«Sag nicht immer Danke. Komm her. Sei nicht so unsicher.»

«Ich hatte eine Vasektomie», sagte er.

«Was?»

«Ich hab mich sterilisieren lassen.»

Sie versuchte, in seinem Gesicht zu lesen. «Meinst du das im Ernst?»

«Ja», sagte er. «Und du?»

Sie schaute ihn noch einen Augenblick an, dann senkte sie den Kopf und nahm seinen Schwanz in den Mund.

«Danke», sagte er.

Diesmal machte sie sich nicht die Mühe zu antworten.

Bettzeit

Das Oberlicht in Theresas Wohnzimmer hatte sich gespenstisch milchgrau aufgehellt – wie ein riesiger Augapfel mit grauem Star. Brian starrte ungläubig hinauf. Hatten sie wirklich die ganze Nacht durchgemacht?

«Du bist ja sehr unterhaltsam», sagte Theresa.

«Oh, tut mir leid.» Hatte sie ihn etwas gefragt? Wie viel Uhr war es eigentlich?

«Du kriegst kaum noch die Zähne auseinander», sagte sie. Sie saß ihm gegenüber auf dem Sofa und hatte die Füße unter ihrem herzförmigen Hintern. «Ich glaub, es ist Bettzeit.»

«Ja.»

«Willst du 'n Glas Papayasaft?»

«Prima, ja.»

Sie stand auf. «Ich bring uns auch eine Quaalude mit.»

«Nein, lass mal.»

«Das holt uns wieder runter.»

Er schüttelte den Kopf. «Ich nehm schon ewig keine Quaaludes mehr.»

«Dann eben einen Joint.»

Drei Minuten später kam sie mit einem Glas Saft und einem schon glimmenden Joint zurück. Sie ließ ihn einen Zug machen und presste ihre Finger auf seine Lippen. «Ich mag, wie sich dein Mund anfühlt», sagte sie.

«Danke», erwiderte er.

Ihr Lachen klang spröde. «Das kannst du aber auch noch besser.»

«Entschuldige. Ich bin ein bisschen überdreht.»

«Nach dem Joint bist du wieder klar.»

Er musste wohl deutlicher werden. «He ... ich will kein Spielverderber sein, aber ich bin echt geschafft. Es war toll, wirklich. Wenn du mir zeigst, wo ich schlafen soll ...»

«Menschenskind!» Sie warf den Joint in einen Aschenbecher. «Was, zum Kuckuck, haben wir denn die ganze Nacht gemacht?»

Der Schreck fuhr ihm in die Glieder. «Äh ... gequatscht, dachte ich.»

«*Gequatscht?* Was für 'ne altmodische Vorstellung!»

«Ehrlich, Terry, es tut mir leid, ja?»

«Komm, hör auf.»

«Du hast gewusst, dass ich verheiratet bin», sagte er.

Sie starrte ihn ungläubig an. «Du wirst mir doch nicht sagen wollen, dass das der Grund ist?»

«Na ja, zum Teil schon.»

«Und was ist der andere Teil?»

«Na ja, das ist der Hauptgrund. Mehr oder weniger.»

«Scheiße, ist ja verdammt noch mal nicht zu fassen.»

«Außerdem bin ich nach so viel Coke nicht grade in bester Verfassung fürs Bett. Das ist noch ein Grund.»

«Das ist gar kein Grund. Ich sag doch, ich hab Quaaludes da.»

Er stand ein wenig unsicher auf. «Glaub mir, es war ein echtes Erlebnis.»

«Na reizend.»

«Wenn du mir vor einem Monat gesagt hättest, dass ich das ganze Osterwochenende koksen würde mit der Frau des Mannes, der ...»

«Komm mir nicht mit dem.»

«Ich wollte nicht sagen, dass du nicht ...»

«Ich weiß, was du sagen willst, Brian. Ich weiß, wegen wem du gekommen bist.» Sie griff nach dem Joint und zündete ihn mit zitternden Fingern wieder an. «Du hättest *ihn* ficken sollen, als er noch gelebt hat. Ihm hätt's vielleicht Spaß gemacht.»

Sie sah ihn mit einem überraschend zärtlichen Lächeln an und reichte ihm die Jointkippe. «Ich glaub, du solltest jetzt nach Hause gehen.»

Nanny weiß es am besten

Sie bildeten ein großes T auf dem zerwühlten Laken – Simon quer über dem Bett, sie mit dem Kopf auf seinem straffen Bauch.

«Kann ich dich mal was fragen?», sagte sie.

«Mhm.»

«Warum hast du dich sterilisieren lassen?»

«Ach ... tja, eigentlich hat mich mein Kindermädchen dazu überredet.»

«Ach komm ...»

«Doch, es ist wahr. Sie hat mir einen kurzen, aber strengen Vortrag gehalten. Sie hat gesagt, ich sei ein eingefleischter Junggeselle und krass verantwortungslos, und deshalb wäre es das einzig Anständige. Es war eine bemerkenswerte kleine Rede.»

«Hatte sie recht?»

«Womit? Mit dem ‹krass verantwortungslos›?»

«Nein, mit dem eingefleischten Junggesellen.»

Er zögerte. «So ziemlich, würde ich sagen. Ein echter Romantiker tut sich schwer in einer Ehe.»

«Was meinst du damit?»

«Du weißt, was ich meine.»

«Vielleicht», sagte sie.

«Eine gewisse Spontanität geht verloren, würde ich sagen.»

«Nicht unbedingt.»

«Warum machen wir dann das hier?»

Sie wälzte sich herum und küsste ihn auf den Nabel. «Weil ich dich sehr mag. Und weil ich's gern tue, ohne ans Kinderkriegen zu denken.»

«Du bedauerst es nicht, hm?»

«Nein.»

«Es hat deine Ehe nicht restlos zerrüttet?»

Sie lächelte und knuffte ihn in die Rippen.

«Ich frag ja nur.»

«Brian bedeutet mir nicht alles, aber ... er ist das einzig Konstante in meinem Leben.»

«Du musst dich nicht rechtfertigen.»

«Es würde lange dauern, bis ich meine Gefühle für ihn verliere. Ich hab lang genug gebraucht, sie zu entwickeln. Er ist wie ein ... Labyrinth, in dem ich mich verlaufen habe.»

«Du bist gescheiter als er», sagte er.

«Ich weiß. Das macht mir nichts. Er gibt mir was anderes.» Sie verlagerte ihr Gewicht und küsste ihn noch einmal. «Du hast mir auch was gegeben.»

«Was?»

«Oh, eine neue Sicht.»

«Auf deinen Mann.» Er sagte es ohne boshaften Unterton.

«Nicht nur das.»

«Dann ... freut es mich.»

«Ich werd dich nicht vergessen», sagte sie.

«Ich dich auch nicht», sagte er. «Müssen wir auf die Zeit achten?»

«Hm?»

«Wegen Brian.»

«Ach, der kommt erst heute Nachmittag wieder.»

Er lachte in sich hinein. «Ich hätte wissen müssen, dass du das weißt.»

Auf frischer Tat

Die Uhr des Le Car zeigte 8:23, als Brian auf der Leavenworth parkte und den Holzsteig zur Barbary Lane erklomm. Vögel zwitscherten in den Eukalyptusbäumen, und der getigerte Kater aus der Nachbarschaft hatte sich bereits ein sonniges Plätzchen auf dem ersten Treppenabsatz gesichert. Brian ging in die Hocke und kraulte dem alten Stromer den Bauch.

«Wie geht's, Boris? Schöne Ostern? Ach, du hast nicht gewusst, dass Ostern ist? Na, dann wach mal auf und schnupper den Kaffee, Alter!»

Unten an der steil ansteigenden Straße kamen zwei Knirpse aus einem Haus und stritten sich um einen Plüschschlumpf, der größer war als sie beide. Er beobachtete sie eine Weile, dann formte er die Hände zu einem Trichter vor dem Mund und rief: «He, Jungs!»

Das Gezeter hörte auf. Sie sahen zu ihm hoch.

«Hat euch den der Osterhase gebracht?»

Sie gaben keine Antwort, sondern standen nur da und starrten den Verrückten auf der Treppe an.

«Bleibt cool», sagte er.

Die Kinder verzogen sich ins Haus und kamen Sekunden später mit ihrer Mutter wieder heraus.

Brian winkte den dreien zu. «Fröhliche Ostern!», schrie er.

Die Frau winkte halbherzig zurück und bugsierte die Kinder zurück ins Haus.

Brian richtete sich auf und ging durch den Blätterwald der Barbary Lane. Als er das Haus erreichte, fielen ihm die rosa Hyazinthen auf, die aus der lockeren dunklen Erde sprossen, wo die Urne mit Jons Asche vergraben war. Zweifellos eine gute Tat von Mrs. Madrigal.

Da die Vermieterin wahrscheinlich noch schlief, achtete er darauf, die Haustür besonders leise hinter sich zu schließen. Er durchquerte auf Zehenspitzen die Diele, und auf der mit Teppichläufern belegten Treppe wich er den vertrauten knarrenden Stellen aus.

Im ersten Stock hörte er ein Geräusch aus Simons Wohnung. Der Engländer war also schon auf. Einen Augenblick war er unschlüssig. *Soll ich anklopfen und ihm von meiner Nacht mit der Rockwitwe erzählen?*

Ja, warum eigentlich nicht?

Die Klingel war zu laut, also klopfte er an die Tür.

Drinnen hörte er Bewegung, aber niemand kam.

Er klopfte noch mal.

Schritte.

Das Rasseln der Türkette.

Die Tür ging einen Spalt auf, und Simon spähte heraus. «Oh ... hallo.»

«Ich hoffe, ich hab dich nicht geweckt», sagte Brian leise.

«Na ja ... äh ... nicht direkt.»

«Ich bin zurück vom Einsatz», sagte Brian grinsend.

«Was?»

«Theresas Party.»

«Ah ...»

«Wir haben uns die ganze Nacht die Nase gepudert.»

Simon nickte.

«Es war irre, Mann. Sie war so was von spitz auf mich.»

Simon zog eine Augenbraue hoch. «Ehrlich?» Er versuchte, sich beeindruckt zu geben, aber irgendwas lenkte ihn ab.

Jetzt dämmerte es Brian. «Ach herrje.» Er schlug sich mit dem Handballen an die Stirn. «Du hast Damenbesuch.»

Simon blinzelte. Dann nickte er.

«Entschuldige», flüsterte Brian und setzte sich rückwärts ab. «Wir reden später.» Er hielt den Daumen nach oben und sagte: «Weitermachen, Sportsfreund.»

Er stieg die Treppe zum zweiten Stock hoch und ärgerte sich über seine Blödheit. Das Coke hatte offenbar seinem Verstand zugesetzt. Es war Sonntagmorgen. Der Morgen nach dem Samstagabend. Da war kaum zu erwarten, dass Simon allein war.

Nein.

Simon war doch mit zur Morgenandacht gegangen.

Vielleicht hatte er es sich doch anders überlegt.

Vielleicht hatte er in letzter Minute abgesagt.

Vielleicht hatte er bei der Andacht eine Frau aufgegabelt.

Vielleicht auch nicht.

Vielleicht war es gar nicht nötig gewesen.

Er stand vor seiner Wohnungstür und stellte fest, dass abgeschlossen war. Er tastete nach seinen Schlüsseln, und das Blut hämmerte in seinen Schläfen. *Bleib cool*, ermahnte er sich mit dem letzten Rest seines Verstandes. *Bleib cool.*

Er ging sofort ins Schlafzimmer.

Das Bett war leer.

Vielleicht musste Mary Ann noch arbeiten.

Vielleicht hatte es technische Probleme gegeben.

Vielleicht war sie anschließend noch frühstücken gegangen.

Er setzte sich hin. Dann stand er wieder auf und ging zum

obersten Treppenabsatz. Er stand schon fast eine Minute da, als er hörte, wie unten Simons Tür auf- und zuging. Rasch verzog er sich in die Wohnung, setzte sich und massierte seine Schläfen, während das lähmende grüne Gift in seine Hirnwindungen sickerte.

Jemand kam die Treppe herauf.

Es gibt ein Wort dafür

Sie versuchte, Haltung zu bewahren – den Kopf hoch und die Schultern gerade, wie Maria Stuart auf dem Weg zum Schafott. Wenn Brian die ganze Nacht gekokst hatte, war es umso wichtiger, dass sie einen klaren Kopf behielt.

Sie machte die Tür auf. Er saß im Sessel und sah ihr entgegen.

«Hallo», sagte sie und drückte die Tür hinter sich zu.

Mit seinem Gesicht gingen ein Dutzend Dinge gleichzeitig vor.

«Ich werd dir nichts vorlügen», sagte sie.

«Tu dir bloß keinen Zwang an», meinte er finster. «Eine Lüge mehr oder weniger macht den Kohl nicht fett.»

«Es ist nicht so schlimm, wie es aussieht, Brian.» Sie ging an seinem Sessel vorbei zur Küche.

«Wo gehst du hin?»

«Uns was zu trinken holen.»

«*Nein!* Komm wieder her. Wir reden.»

«Gut, aber ...»

«*Komm her, hab ich gesagt.*»

Sie kam zurück und setzte sich aufs Sofa. «Jetzt ist kein guter Moment. Du warst die ganze Nacht auf. Du bist mit den Nerven runter. Du kannst unmöglich vernünftig ...»

«Sei still, verdammt!»

Sie faltete die Hände im Schoß.

«Warst du die Nacht da unten bei ihm?», fragte er.

«Ja.»

Er sah sie völlig schockiert an.

«Brian, es war ... in erster Linie freundschaftlich.»

«Freundschaftlich?»

«Ich meine nur ... Es war nicht der Anfang, sondern das Ende von was.»

«Ach ja? Wie lange habt ihr zwei denn schon ...?»

«Nein, so hab ich es nicht gemeint. Letzte Nacht war das einzige Mal.»

«*Verflucht* noch mal, dieser *elende* ...»

«Bitte gib nicht Simon die Schuld.»

«Ach, du hast ihn dazu gezwungen, wie?»

«Nein, aber er ist dein Freund.»

«Ja, und du meine mich liebende Ehefrau. Es gibt ein Wort dafür, nicht?»

«Ich liebe ihn nicht», sagte sie und fand sich merkwürdig treulos gegenüber Simon.

«Du bist bloß ein *Flittchen*, hm?»

«Brian ...»

«Na, was könnte es denn sonst für einen Grund ...»

«Hör doch auf. Flittchen gibt's nicht mehr. Ich *mag* Simon, das ist alles. Ich hab es nicht drauf angelegt, aber es ist halt passiert. Ein Problem wird es für uns nur, wenn du's dazu machst.»

«Schon verstanden», sagte er. «*Ich* bin hier das Problem. Ich und meine altmodische Vorstellung von liebenden Ehemännern und Ehefrauen und *Flittchen*.»

Er betonte das Wort, als wäre es ein Schnappmesser, mit dem er sie zu einem Kampf reizen wollte. Sie betrachtete ihn schweigend. Dann stand sie auf und ging zur Schlafzimmertür. «Ich geh mich duschen», sagte sie. «Wenn du über Flittchen diskutieren willst, schlage ich vor, du diskutierst das mit der Frau in Hillsborough, die so spitz auf dich ist.»

Als sie seinen Gesichtsausdruck sah, wurde ihr klar, dass sie das nicht hätte sagen sollen. «Vielleicht mach ich das», sagte er. «Verdammt noch mal, vielleicht mach ich genau das!» Er sprang auf und schnappte sich seinen Schlüsselbund vom Couchtisch.

«Brian ...»

«Stell dich unter deine Scheißdusche. Ich bin sicher, du hast sie nötig.»

«Brian, du kannst nicht ...»

«*Was* kann ich nicht?»

«Du kannst nicht fahren in diesem Zustand. Sieh dich doch an. Du bist übernächtigt.»

«Denkst du, ich bleib hier?»

«Bitte ruh dich erst ein bisschen aus. Dann mach, was du willst. Aber fahr nicht wieder auf den Freeway in diesem ...»

Aber er war bereits aus der Tür.

Hochzeit

Es war inzwischen fast dunkel. Michael hatte sich in den Pavillon auf dem Hügel zurückgezogen, der Easley House überragte. Von hier oben konnte er die funkelnden Lichter von drei Dörfern und die von innen erleuchteten bunten Fenster der Familienkapelle von Easley sehen. Immer wieder glitten Scheinwerfer über ein Feld neben dem Herrensitz – sie gehörten zu den Autos, mit denen auf der Straße von Easley-on-Fen nacheinander die Gäste eintrafen. Ein unsichtbarer Organist schlug probeweise einige

Akkorde an. Durch den Hof hinter dem Haus hallte das schrille Lachen einer Frau. Hier saß er nun, auf einem Hügel, von dem man bis nach Wales schauen konnte, und dort unten war Mona Ramsey, die ihr Schicksal wahrscheinlich verfluchte, aber im Begriff stand, die Ehe einzugehen.

Er empfand absolut gar nichts.

Ein Rädchen in seinem emotionalen Mechanismus hatte aufgehört, sich zu drehen. Alles war ihm egal. Man hatte lange genug auf seinen Gefühlen herumgetrampelt.

Er wollte hier warten, bis es vorbei war. Dann wollte er Wilfred suchen, und sie würden jemanden bitten, sie nach Moreton-in-Marsh mitzunehmen. Sie konnten im Black Bear übernachten und am Morgen den ersten Zug nach London nehmen.

In der Kapelle begann jemand, ein ihm unbekanntes anglikanisches Kirchenlied zu orgeln. Fast gleichzeitig wurde die Abenddämmerung von Monas unverkennbarem Organ erschüttert: *«Mouse! Wo bist du, verdammt!»*

Sie stand auf dem Hof und sah sich suchend um – wie an jenem Tag im Park, nur dass sie jetzt mit einem pfirsichfarbenen Hochzeitskleid bekleidet war. *«Ich lass mir so 'n Scheiß nicht bieten, Mouse!»*

Er zögerte noch einen Augenblick, dann rief er: «Ich bin hier oben. Beim Pavillon.»

Sie fuhr herum und nahm den Pavillon ins Visier. Dann raffte sie den Saum ihres Kleids bis zu den Knien und lief den Hang hinauf. Ihre Flüche explodierten wie Knallfrösche, wann immer sie mit ihren hohen Absätzen in ein Maulwurfsloch trat. Als sie oben ankam, war sie völlig außer Atem. «Warum hast du's mir nicht *gesagt*?»

Er antwortete nicht.

«Wilfred hat es mir grade erzählt. Ich kann's nicht fassen!

Was ist denn los mit dir? *Warum hast du's mir nicht gesagt, verdammte Scheiße?*»

«Du heiratest», sagte er. «Das ist kaum der richtige Moment, um ...»

«Ach, hör doch auf mit dem Scheiß! Ich hatte ein Recht, es zu erfahren!»

«Du hast dich kein einziges Mal nach ihm erkundigt ...»

«Na schön, dann bin ich eben ein egoistisches Arschloch! Was soll ich denn sagen? Herrgott, Mouse, du hast es drauf angelegt, dass ich dir wehtue! Du hast absichtlich ...» Sie brach ab. Tränen liefen ihr übers Gesicht. «Er kann nicht tot sein», sagte sie mit schwächerer Stimme. «Wie kann dieser wunderbare Mann denn tot sein?»

Er spürte, wie ihm die Knie weich wurden. «Ich weiß es nicht», sagte er, und als er die Hände nach ihr ausstreckte, kamen auch ihm die Tränen.

Lange hielten sie einander fest in den Armen und schluchzten.

«Wir haben versucht, dich zu erreichen», sagte er schließlich.

«Ich weiß.»

«Ich sollte dir einen lieben Gruß von ihm sagen. Er wollte, dass ich dir den Türkisring gebe, der dir immer so gefallen hat.»

«O Gott, Mouse!»

«Ich weiß. Es ist fürchterlich. Ich weiß.»

«Hat er sehr gelitten?»

«Schon. Eine Zeit lang. Nicht immer. Er hat es bewundernswert ertragen ... hat Witze gerissen und seine Tallulah-Bankhead-Nummer abgezogen und mit den Pflegern geflirtet.»

«Dieser kleine Hurenbock.» Sie wischte sich die Tränen ab.

«Sie waren natürlich begeistert, weil er ja Arzt war und den ganzen Insider-Tratsch kannte. Es war nicht so schlimm, Mona.

Nicht die ganze Zeit. Wir haben noch mehr zueinandergefunden. Nicht nur er und ich ... wir alle. Man weiß gar nicht richtig, was man an einer Familie hat, bis einer stirbt. Bis so was passiert, hat man gar keine Vorstellung davon.»

Sie schob ihn von sich weg. «Und du hast es mir nicht sagen wollen.»

«Was meinst du, warum ich dir quer durch England gefolgt bin?»

«Ich weiß nicht. Um mich abzustrafen, nehm ich an. Damit ich mich beschissen fühle. Deine üblichen Motive.»

Er lächelte. «Du irrst dich. Und du verpasst deine Trauung.»

«Die kann auch noch 'ne Minute warten.»

«Ja, *Ma'am*.»

«Ich muss jetzt mal was wissen.»

«Was?»

«Haben wir uns ... immer noch gern?»

«Mona ...»

«Ich *hab* dich nämlich gern, du kleines Aas. Und wenn du denkst, du kannst so tun, als wär's nicht so, dann kannst du mich mal!»

Er war gerührt und lächelte sie an.

«Gut, ich hätte mich melden sollen», sagte sie. «Damit hast du recht. Ich hätte anrufen sollen, völlig klar. Und ich hätte im Park nicht vor dir weglaufen sollen ...»

«Warum hast du das eigentlich gemacht?»

Sie schaute weg. «Ich weiß nicht ... Mir war ein bisschen mulmig wegen der ganzen Geschichte. Außerdem war dieser Mensch von der Visa-Behörde dabei, und die ganze Vorstellerei wäre sehr peinlich geworden. Ich hab mir gedacht, ich schreib dir's mal in einem Brief.»

«Es hat ausgesehen, als ob du jemanden suchst.»

«Hab ich auch», sagte sie. «Teddy.»

«Hast du nicht gesagt, du warst mit ihm zusammen unterwegs?»

«Ja, aber da nicht mehr. Wir haben zu dritt in einem Gasthaus am Park zu Mittag gegessen. Anschließend haben wir Teddy aus den Augen verloren. Man kann diesen Mann nicht in die Nähe von Sträuchern lassen.»

Er grinste.

«Wenn du das komisch findest, hättest du mal hören sollen, wie ich es dem Mann von der Visa-Behörde erklärt hab.»

Er drückte sie kurz an sich. «Mir geht's wieder gut. Los jetzt, lass dich trauen.»

«Du hast meine Frage noch nicht beantwortet.»

«Welche?»

«Hast du mich gern?»

Er lächelte sie an. «Ja.»

«Kommst du mit zur Trauung?»

«Ich glaub, ich bleib noch ein bisschen hier. Macht's dir was aus?»

Sie hob die Hände. «Hey, ist doch nicht so wichtig.» Sie gab ihm einen Kuss auf die Wange. «Komm dann aber zum Empfang. Ich hab 'ne kleine Überraschung für dich.»

«Was?»

«Da musst du schon kommen, Mouse.»

«Tja, meine Klamotten sind nicht grade ...»

«Hör mal, die arme Braut hat Dreck an den Schuhen. Mach du dir mal keine Gedanken.» Sie raffte ihr Kleid und machte sich an den tückischen Abstieg.

«Ich mag keine Überraschungen», rief er ihr nach.

«Die wirst du mögen», rief sie zurück. «Wehe, wenn nicht.»

«Wo ist der Empfang?»

«In der großen Halle.» Sie trat in ein Maulwurfsloch und fluchte.

«Hals- und Beinbruch!»

«Leck mich», gab sie zurück.

Die Freude über ihr vertrautes Gefluche hielt ihn warm, während er noch eine halbe Stunde im Pavillon saß und in der Dunkelheit den Duft der Wiesenblumen genoss, bis die letzten Orgelklänge wie das Donnern eines Sommergewitters im Tal verhallt waren. Dann stand er auf, klopfte sich den Staub vom Hosenboden und ging langsam den Abhang hinunter.

Er betrat Easley House durch die Küche und orientierte sich am gedämpften Stimmengewirr der Gäste. In der großen Halle standen ein paar Dutzend Menschen und machten Konversation. Ein Streichquartett spielte, und an einem langen Tisch vor dem Fenster wurde Champagner ausgeschenkt.

«He, Mann!», rief Wilfred und schlängelte sich zu ihm durch.

«He, Kleiner.»

«Wo bist du gewesen?»

«Oben im Pavillon.»

«Geht's dir gut?»

«Klar. Prima.»

«Die Trauung war super.»

«Gut. Mona sagt, sie hat eine Überraschung.»

Der Junge warf ihm einen Seitenblick zu. «Du weißt es schon?»

«Was soll ich wissen?»

Wilfred kicherte. «Von mir erfährst du nichts, Mann.»

«Also komm ...»

«Ich hol uns Champagner.» Er huschte wieder davon. Michael kam mit einem netten älteren Herrn ins Gespräch. Wie sich herausstellte, handelte es sich um Mr. Hargis, den Gärtner.

Sie fachsimpelten über Blumen. Das gefiel ihm an England – hier durften sich Männer ernsthaft über Blumen unterhalten.

Als Wilfred den Champagner brachte, wirkte er pikiert. «So 'n alter Knacker.»

«Wer?», fragte Michael und ließ sich ein Glas geben.

«Da vorne ... der olle Glatzkopf an der Bar.»

«Was hat er gemacht?»

«Er hat mir fünfzig Pence gegeben und gesagt, ich solle seine Golftasche holen.»

«Ach nee.»

«Doch. Er hat gesagt: ‹Hol meine Golftasche und sag Bob Hope, ich erwarte ihn im Clubhaus.›»

«Sollte bestimmt ein Scherz sein.»

«Ich hab ihm gesagt, er kann mich mal.»

Mona kam auf die beiden zu. «Hallo, Jungs.»

«Hallo», sagte Michael. «Ist Bob Hope da?»

«Wie?»

«Jemand hat Wilfred gesagt, Bob Hope wär da.»

Sie runzelte einen Moment die Stirn, dann begriff sie und verdrehte die Augen. «Der Mann da an der Bar, nicht?»

«Ja, der», sagte Wilfred.

«Das ist der Earl», erklärte ihm Mona. «Teddys Vater. Wir hatten vorhin schon einen reizenden Plausch über Betty Ford. Wenn du nett zu ihm bist, macht er dich mit ihr bekannt.»

Michael war sprachlos. *«Betty Ford ist hier?»*

«Niemand ist hier», sagte Mona. «Er ist ein lieber alter Opa, aber er ist nicht mehr ganz klar im Kopf.» Sie wandte sich an Wilfred. «Hast du Teddy gesehen?»

Der Junge nickte. «Er sagt es grade Fabia.»

«Moment mal», sagte Michael. «Fabia?»

«Kartoffelchips-Fabia», sagte Wilfred.

Michael konnte es nicht fassen. «Sie ist *hier*? Die Frau, die ...»

«Jetzt halt aber die Klappe», sagte Mona zu Wilfred.

Der Junge grinste und fügte sich.

Michael sah von einem zum anderen, doch beide hielten eisern dicht. Sekunden später schlenderte Teddy in die große Halle und stellte sich zu ihnen. «Oh, Michael, wie schön. Ich freue mich sehr, dass Sie kommen konnten.» Er wandte sich an Mona. «Ich denke, wir haben jetzt alles geregelt.»

«Wie hat sie's aufgenommen?», fragte Mona.

Teddy verzog das Gesicht. «Es war nicht sehr komisch.»

«Kann sie was dagegen unternehmen?»

«Rein gar nichts, meine Liebe. Es ist noch nichts unterschrieben.» Er kletterte auf einen Shuffleboardtisch aus dem siebzehnten Jahrhundert und requirierte ihn als Rednertribüne. «Meine Freundinnen und Freunde», rief er. «Darf ich um Ihre Aufmerksamkeit bitten.»

Das Gemurmel in der großen Halle verebbte.

«Reizend», sagte Lord Roughton. «Also, wie die meisten von Ihnen wissen, beabsichtige ich seit einiger Zeit, nach Kalifornien zu ziehen, um dort meine anthropologischen Studien fortzusetzen.»

Wilfred sah zu Michael hoch und feixte.

«Beherrscht euch, ihr beiden», flüsterte Mona. Sie strahlte eine Würde aus, wie Michael sie noch nie bei ihr erlebt hatte.

«Dieser Entschluss», fuhr Teddy fort, «zwang mich, der unerfreulichen Tatsache ins Auge zu sehen, dass ich mich von unserem geliebten Easley würde trennen müssen.» Mitfühlendes Gemurmel der Anwesenden. «Glauben Sie mir, ich habe jede Anstrengung unternommen, damit das Anwesen in die Hände von Menschen gelangt, die es in seiner unbefangenen Schönheit erhalten wollen.» Da und dort war liebevolles Kichern zu hören, als Teddy mit einem Lächeln zu einer schlanken weißhaarigen Frau in einem blassgrünen Cocktailkleid hinuntersah. «So wünscht es sich meine Mutter ... und wie sie mir versichert, hätte es auch mein Vater so gewollt.»

«Ich dachte, er ist hier», sagte Michael leise.

«Ist er auch», antwortete Mona.

«Der olle Knacker», sagte Wilfred.

«Bei meinem letzten Aufenthalt in Amerika», fuhr Teddy fort, «habe ich die außergewöhnliche Frau kennengelernt, die mir die Ehre erwiesen hat, Lady Roughton zu werden.» Als er die Arme nach Mona ausstreckte, wandten sich die Gäste ihr zu und applaudierten höflich. Sie antwortete mit einem unbehaglichen Lächeln und einem halbherzigen Winken, dem der Queen nicht unähnlich.

Teddy strahlte sie mit aufrichtiger Zuneigung an. «Dieses reizende Mädchen hat mich davor bewahrt, eine falsche Entscheidung zu treffen.»

Mädchen, dachte Michael. Wer Mona ein Mädchen nannte, spielte mit seinem Leben.

Mona sah ihn in sich hineingrinsen und reagierte, indem sie den Mittelfinger an ihre Schläfe hielt.

«Um zur Sache zu kommen», sagte Teddy. «Ich habe mir die ganze Angelegenheit noch einmal überlegt und mich gegen einen Verkauf von Easley entschieden.»

Tosender, anhaltender Applaus rauschte durch die große Halle.

Teddy schien hocherfreut. «Wohlgemerkt, ich werde nach wie vor die nächsten Jahre in Kalifornien verbringen. Aber meine geliebte Frau hat sich ritterlich erboten, hier in Easley zu bleiben und die Verwaltung des Anwesens, also gewissermaßen den Vorsitz am Pachttisch, zu übernehmen.»

«Mein Gott», murmelte Michael.

Mona grinste ihn an, griff nach seiner Hand und sah wieder zu Teddy hinauf.

«Es ist eine undankbare Aufgabe, wie ich finde, und eine, für die ich mich immer weniger zu eignen scheine. Deshalb bin ich sehr dankbar, dass sie sich in dieser Weise engagiert. Nicht nur für den Fortbestand von Easley, wie wir es kennen, sondern auch ... für die Fortführung meiner Studien.» Er beugte sich zu Wilfred herunter. «Darf ich Ihr Champagnerglas entführen, mein Freund?»

Der Junge reichte ihm sein Glas.

Teddy richtete sich auf und prostete Mona zu. «Auf die Dame des Hauses!»

Die Gäste fielen im Chor ein: *«Auf die Dame des Hauses!»*

Allgemeiner Applaus. Teddy stieg vom Shuffleboardtisch herunter. Sein Lächeln galt immer noch Mona.

«Ich danke dir», sagte sie.

«Ganz meinerseits», gab er zurück.

«Ich glaub es nicht», sagte Michael.

«Glaub es ruhig», sagte Mona strahlend. Dann, zu Teddy: «Hast du sonst noch gesellschaftliche Verpflichtungen?»

«Nein, das wäre alles. Wir sind fertig.»

«Na fein. Wie wär's, wenn du Wilfred hilfst, sich ein Zimmer auszusuchen? Michael und ich machen einen kleinen Spaziergang.»

Mit einem Grinsen sagte Wilfred zu Michael: «Ich werd hier wohnen, Mann! Wie findste das?»

«Ziemlich gut, Kleiner.» Er legte Wilfred den Arm um die Schultern und rüttelte ihn sanft. Dann sah er Mona an. «Du bist heute Abend voller Überraschungen.»

«Komm», sagte sie, «wir drehen eine Runde auf dem Wehrgang.» Sie nahm ihn am Arm und zog ihn fort. Nach ein paar Schritten blieb sie noch einmal stehen und rief Wilfred zu: «Aber nimm ja nicht das über der Bibliothek. Das ist meins. Es ist das einzige, wo's nicht reinregnet.»

Als sie die Treppe hinaufstiegen, fragte Michael: «Wann hast du *das* denn eingefädelt?»

«Heute Mittag.»

«Du willst mich verarschen.»

«Nö. Na ja, vielleicht schon 'n bisschen früher, aber heute Mittag hab ich endlich mit Teddy darüber gesprochen. Ich hab daran gedacht, was du gesagt hast, weißt du. Ich war tatsächlich drauf und dran, mal wieder zu kneifen. Ich hab mir's zu einfach gemacht, und das war mir auch klar. Weißt du, Teddy war nie besonders scharf drauf, Easley zu verkaufen. Er wollte bloß die Verantwortung nicht haben.»

«Na gut», meinte er, «aber was ist mit dem Geld, um das es ging?»

«Ach, ich verzichte auf meine fünftausend.»

Er lachte. «Ich meine das Geld, das er für den Verkauf des Anwesens bekommen hätte.»

«Na, das kriegt er jetzt eben nicht. Aber es kommt ja nach wie vor die Pacht von den Leuten im Dorf, und ich schick ihm jeden Monat einen Scheck. Das wird ganz gut hinhauen. Wilfred will mir im Sommer helfen, eine Teestube für die Touristen einzurichten.»

«Im Ernst? Eine Teestube?»

«Einen *echten* Tearoom, du Idiot.»

Er grinste. «Natürlich.»

«Wir könnten einen Gärtner gebrauchen», sagte sie, als sie das Schlafzimmer durchquert hatten und am Fuß der Treppe standen, die hoch zum Wehrgang führte.

Das Angebot entlockte ihm ein Lächeln. «Ihr habt doch Mr. Hargis.»

«Du hast ihn schon kennengelernt, was?»

Er nickte. «Grade vorhin.»

«Ist er nicht fabelhaft?»

«Ja, das ist er.»

«Seine Frau ist auch der Hammer. Sie wissen, wie hier alles funktioniert ... oder nicht funktioniert, je nachdem. Ich krieg das hin, Mouse. Ich weiß, dass ich es kann. Lady Roughton! Ist das zu fassen? Findest du nicht, dass ich eine tolle Vermieterin abgebe?»

«Kein Wunder», meinte er. «Bei so einem Vater.»

Ihr Lächeln war voller Wärme. «Wie geht's ihr?»

«Gut. Und wenn ich ihr von dir erzähle, wird's ihr noch besser gehen.»

«Ich geb dir einen Brief mit. Diese Neuigkeit, finde ich, sollte sie von mir erfahren.» Sie ging in der Dunkelheit auf der schmalen Stiege voran. «Das Problem mit ihr und mir ist ... Wir sind uns zu ähnlich. Sie will, dass ich eins von ihren Küken bleibe, aber ich will meinen eigenen Hühnerstall.» Sie öffnete die Tür zum Wehrgang und ging hinaus in den Mondschein.

Er folgte ihr. «Ja, aber ihr Glucken könntet euch ja ab und zu treffen.»

Unter ihnen strichen Scheinwerfer über die dunklen Felder – die ersten Gäste machten sich auf den Heimweg. «Ich kann sie mir hier gut vorstellen», sagte Mona. «Du nicht auch? Wie sie mit ihrem Glockenhut auf dem Kopf durch die Gegend stiefelt.»

«Gott, ja», stimmte ihr Michael zu.

«Ich möchte, dass du bleibst, Mouse.»

Er wandte den Kopf und sah sie an.

«Wir drei könnten so viel Spaß haben», sagte sie.

«Ich hab schon daran gedacht, Mona. Seit du den Gärtnerjob erwähnt hast.»

«Na, lass dir's noch mal durch den Kopf gehen. Ein ganz neues Leben, Mouse. Weit weg von all dem Scheiß zu Hause.»

Er lachte in sich hinein.

«Was ist?», fragte sie.

«Na ja ... ich *mag* den ganzen Scheiß.»

«Ach nee.»

«Doch. Ich weiß nicht, wie lange ich das alles entbehren könnte. Eigentlich fehlt es mir jetzt schon.»

Sie seufzte und schaute zum Horizont. «Wenn du meinst.»

Er erinnerte sich an etwas und musste leise lachen.

«An was denkst du?», fragte sie.

«Diese drei Dinge ... was war das noch mal? Toller Job, toller Liebhaber und ...»

«... tolle Wohnung.»

Er lachte. «'ne tolle Wohnung, würd ich sagen, ist das hier.»

«Und ein toller Job», ergänzte sie.

«Mit der Liebe wird es hier draußen vielleicht ein bisschen schwierig.»

Sie gab sich entrüstet. «Hast du schon die Postmeisterin von Chipping Camden gesehen?»

«Nein», sagte er und grinste.

«Dann wär ich mir an deiner Stelle auch nicht so verdammt sicher.»

«Eine tolle *Postmeisterin*? Also komm.»

«Ich schwör's dir. Neben der sieht Debra Winger wie 'n Batzen Hundescheiße aus.»

Er lachte schallend.

Sie lächelte, kuschelte sich an ihn und legte ihm den Arm um die Taille. «Ach, Mouse», sagte sie leise.

Er wusste, dass sie wieder an Jon dachte. «Ich werd dir den Ring schicken», sagte er.

«Danke.»

«Und ich danke dir, dass du so nett zu Wilfred bist.»

«Spinnst du? Wir sind wie füreinander geschaffen. Er sagt, du hast in London diese Fabia getroffen.»

«Fabia Dane?»

«Ja, die.»

«Es war bizarr. Sie ist in die Wohnung gekommen, die ich getauscht habe, und hat sich unsäglich aufgeführt. Ist sie es, die das Anwesen kaufen will?»

«Wollte», sagte Mona.

«Herrje, da ist ihnen ja ihr neuer Landsitz ...» Er musste lachen, als ihm die Zusammenhänge klar wurden. «Ich sollte Simon ausrichten, dass er hier im Sommer zu einer Party eingeladen ist.»

«Simon?»

«Der Bursche, mit dem ich die Wohnung getauscht hab.»

«Aha. Na, dann sag ihm, die Einladung gilt trotzdem. Ist er nett?»

«Sehr. Und attraktiv.»

«Schön für dich.»

«Nein, er ist nicht schwul.»

«Dann schön für eine andere.»

«Interessieren dich Männer gar nicht mehr?»

Sie nickte bedächtig. «Und umgekehrt. Ich bin jetzt 'ne einfache englische Lesbe vom Land, dass du mir das nicht vergisst.»

«Es steht dir», meinte er lächelnd.

«Ja?»

«Ja. Wirklich.»

«Man kann hier total flippig sein. Die Leute hier sind sogar extrem flippig, Mouse. Es hat sich noch nicht rumgesprochen, aber es ist so.»

Er nickte.

«Ich werde nie eine Lippenstiftlesbe. Ich hasse dieses Zeug im Gesicht.»

«*Dieses* Zeug da?»

«Was?»

«Du bist geschminkt, Mona.»

«Na schön. Aber heute ist auch meine Hochzeit.»

Michael lachte. «Deine platonische Hochzeit.»

«Meine platonische Hochzeit. Genau.» Sie sah etwas angespannt zur Tür nach unten. «Ich muss zu Teddy runter und ihm helfen, die Gäste der platonischen Hochzeit zu verabschieden.» Sie gab ihm einen flüchtigen Kuss auf die Wange. «Bleib hier. Lass dir Zeit. Da hast du was zu rauchen.» Sie zog einen dicken Joint aus ihrem pfirsichfarbenen Mieder. «Das ist einer von Teddy. Mit Hasch drin.»

Er nahm den Joint. «Danke, Süße.» Es war schon fast unheimlich, wie sehr sie ihn an Mrs. Madrigal erinnerte.

«Wenn du richtig zugedröhnt bist», riet sie ihm, «geh runter und schau dir durch das Fenster in der großen Halle den Mond an. Und achte mal auf die Graffiti im Glas. Die haben Teenager vor dreihundert Jahren da reingeritzt.»

«Mach ich», sagte er.

«Und nachher kommst du auf einen Kaffee in die Küche. Teddy will dir seine Dias aus San Francisco zeigen.»

Er lachte leise.

«Und sei vorsichtig mit diesen blöden Stufen, wenn du runtergehst. Ich hab dich gern, Michael Mouse.»

«Ich dich auch, Schwester.»

Sie verschwand im Dachboden.

Er zündete den Joint an und betrachtete die Prozession der Scheinwerfer, die sich in Richtung Easley-on-Fen schlängelte. Gelächter hallte durch die Nacht, und auf den Kieswegen knirschten Schritte. Er hörte einen Kuckuck rufen. Einen echten. Er konnte sich nicht erinnern, wann er zuletzt einen Kuckuck gehört hatte. Falls überhaupt schon mal.

Wilfred kam zu ihm heraus. «Lady Mo hat mir gesagt, dass du hier oben bist.»

«Lady Mo, hm?» Er lachte.

«Den Namen hab ich mir ausgedacht.»

«Find ich toll ... Lady Mo!»

Wilfred grinste ihn an. «Bist du bedröhnt?»

«Ein bisschen schon. Da.» Er hielt Wilfred den Joint hin.

Der machte einen kurzen Zug und gab ihn zurück. «Ich hab mir mein Zimmer ausgesucht», sagte er. «Willst du es sehen?»

«Klar, Kleiner. Gleich.»

«Geht's dir gut?»

«Bestens.»

«Ja ... mir auch.»

«Sieh dir an, wo wir hier gelandet sind, Wilfred. Alles echt! Es gibt tatsächlich noch Orte, die so aussehen!» Er zupfte einen Klumpen Moos von der steinernen Brüstung und warf ihn hinunter.

«Also, wie wär es denn damit, Mann?»

«Wie wär was mit was?»

«Na», sagte Wilfred, «du bleibst doch, oder?»

Das längste Osterwochenende aller Zeiten

Simon, den Koffer in der Hand, stand reisefertig an ihrer Tür. «Ich hab einen früheren Flug erwischt», sagte er, «aber ich könnte es sicher noch rausschieben, bis du was hörst.»

«Nein, es geht schon», sagte sie.

«Sicher?»

Sie nickte. «Er kommt wieder. Es sind ja erst sieben Stunden oder so.» Es war das längste Osterwochenende aller Zeiten.

«Pass auf», sagte er und stellte seinen Koffer ab. «Was hältst du davon, wenn ich Theresa anrufe? Sie kennt mich nicht, und wir könnten wenigstens rausfinden, ob er bei ihr ist.»

«Nein, lass mal. Er hat sich schon öfter verkrümelt.»

«Ah ... verstehe.»

«Natürlich nicht wegen so was.»

Er grinste verlegen. «Natürlich.»

Sie sah ihn einen Augenblick an und schlang ihm die Arme um den Hals. «Ach, Simon, du wirst mir fehlen!»

Er gab ihr einen kleinen, etwas förmlichen Kuss auf die Wange. «Pass gut auf dich auf», sagte er.

«Mach ich.»

«Ich hab Michaels Schlüssel bei Mrs. Madrigal gelassen.»

«Ist gut», sagte sie.

«Sein Toaster muss zur Reparatur, fürchte ich. Er hat vor ein paar Tagen den Geist aufgegeben.»

«Ich sag's ihm. Kein Problem.» Sie sahen sich ein bisschen verzweifelt an.

«Schreibst du mir?», fragte sie schließlich.

Er strich ihr übers Haar. «Mit Schreiben bin ich nicht sehr gut.»

Sie lächelte. «Ich auch nicht.»

«Sag Brian einen Gruß von mir», sagte er. «Im richtigen Moment.»

«Mach ich.»

«Tja, ich glaube, ich geh jetzt. Mein Taxi ist wahrscheinlich schon ...»

«Simon, bitte sei nicht sauer auf mich.»

Er betrachtete eine Weile ihr Gesicht, dann beugte er sich vor und küsste sie auf die Stirn. «Niemals», sagte er leise.

Und ging fort.

Als es Nacht wurde, versuchte sie, sich irgendwie abzulenken, doch sie konnte die Angst nicht abschütteln. Als Viertel nach sieben das Telefon läutete, stürzte sie sich wie eine Wahnsinnige auf den Hörer.

«Hallo», sagte sie heiser.

«Hallo. Hier ist DeDe.»

«Oh ... hallo.»

«Stör ich?»

«Nein», log sie.

«Gut. Also, D'or und ich dachten, ob du und Brian vielleicht Lust habt, mit uns auszugehen. Mutter passt auf die Kinder auf, und wir sind zwei unternehmungslustige Girls, die die Stadt ein bisschen unsicher machen wollen.»

«Das ist lieb von euch», sagte Mary Ann.

«Aber?», hakte DeDe nach.

«Na ja, Brian ist im Moment nicht da.»

DeDe hörte die Unsicherheit in ihrer Stimme heraus. «Ist ... äh ... ist was?»

«Ja. Mehr oder weniger.»

«Klingt eher nach mehr», sagte DeDe.

Mary Ann zögerte. «Wir hatten Krach.»

«Oh.»

«Richtigen Krach, DeDe. Ich mach mir Sorgen. Er ist heute früh weggegangen, und ich hab noch nichts von ihm gehört.»

«Der kommt schon wieder.»

«Das ist es nicht», sagte Mary Ann. «Er war nicht mehr in der Verfassung, um Auto zu fahren. Er hat die ganze Nacht gekokst, und ... Ich weiß nicht, ich hab einfach ein mulmiges Gefühl.»

DeDe schien zu überlegen. «Hat er ’ne Andeutung gemacht, wo er vielleicht hinwill?»

«Na ja ... so quasi.»

«Nämlich?»

«Äh ... zu Theresa Cross.»

«Herrje, wie hat er die denn kennengelernt?»

«Durch mich», sagte Mary Ann müde.

«Ein großer Fehler», sagte DeDe.

«Das macht mir im Augenblick die wenigsten Probleme. Damit werd ich schon fertig. Ich will bloß sicher sein, dass er nicht ... du weißt schon.»

«Klar.»

«Mir ist lieber, ich weiß, wo er ist ...»

«Na ja», meinte DeDe, «sie wohnt nur eine halbe Meile von hier. Ich kann mal bei ihr vorbeifahren und nachsehen, ob sein Auto in der Einfahrt steht.»

Mary Ann fiel ein Stein vom Herzen. *Natürlich.* «Ach, DeDe ... würdest du das tun?»

«Na komm. Klar doch. Ich ruf dich in ’ner halben Stunde zurück.»

«Es ist der Le Car», sagte Mary Ann. «Und pass auf, dass sie dich nicht sieht.»

Es dauerte eher eine Dreiviertelstunde, doch sie hatte schon nach dem ersten Läuten den Hörer in der Hand.

«Ja?»

«DeDe hier.»

«Und?»

«Der Wagen ist nicht da, Liebes.»

«Oh.»

«Sie könnten natürlich weggegangen sein. Ich meine, ich würde keine voreiligen Schlüsse ziehen. Du weißt nicht mal, ob er überhaupt zu ihr gefahren ist.»

«Nein.»

«Mach dir bitte keine Sorgen, Liebes.»

«Ist gut.»

«Es ist noch früh am Tag», sagte DeDe. «Vielleicht besucht er bloß einen Freund.»

«Ja.»

«Hast du Valium da?», fragte DeDe.

«Ja.»

«Dann nimm eine, eh du ins Bett gehst.»

Mary Ann befolgte den Rat.

Mary Ann kriegt Zustände

Die Trauerfeier fand in einer kleinen Kapelle statt, die mit Schindeln verkleidet war und orangerot und grün schillernde Fenster hatte. Mouse stand neben ihr und hielt ihre Hand. Sie weinte mehr als er, aber sie wusste, dass er sich inzwischen schon ausgeweint hatte. Als der Organist die ersten Takte von «Turn Away» spielte, wandte sie den Kopf zur Seite und sah, dass die Fenster gar nicht verglast waren: Dutzende von orangeroten und grünen Papageien hockten übereinander auf Sitzstangen und bildeten ein geometrisches Muster. Einer nach dem anderen flog in den sternenlosen Himmel, und Dunkelheit strömte wie flüssiger Teer in die Lücken, die sie hinterließen ...

Das Telefon läutete.

Fast automatisch tastete ihre Hand in der Dunkelheit nach dem Hörer. Sie krächzte etwas Unverständliches in die Muschel.

«Mary Ann?»

Es war Michael. «Oh ... Mouse.»

«Ich weiß, es ist 'ne unchristliche Zeit, Babycakes.»

«Was?»

«Sei nicht sauer. Ich wollte dir nur meine neue Ankunftszeit ... ach so, du bist betrunken.»

«Nein, ich bin okay. Lass mich erst mal zu mir kommen.»

«Du klingst schwer daneben.»

Sie sah auf den Wecker. «Es ist 5:53 Uhr, Mouse.»

«Ich weiß. Entschuldige.»

«Und ich hab vorhin eine Valium genommen.»

«Oje.» Er summte die Titelmelodie von *Valley of the Dolls*.

«Hör auf», sagte sie. «Wo bist du?»

«In England. Easley-on-Fen.»

«Wo?»

«Auf dem Landsitz von Lady Roughton.»

«Ah ja.» Sein Geplänkel nervte sie.

«Ich erzähl dir alles später. Ich wollte dir bloß sagen, dass ich drei Tage länger bleibe.»

Ihre Antwort war ein tonloses «Oh». Wie lange sollte sie denn noch allein bleiben?

«Es ist toll hier», sagte er. «Vielleicht hätte ich es dir noch gar nicht sagen sollen. Tut mir leid. Ich seh dich dann am ...»

«Leg nicht auf, Mouse.»

«Hm?»

«Bleib dran. Sprich mit mir. Ich kriege langsam Zustände.»

«Wie viele Valium hast du ...?»

«Brian ist weg. Wir hatten gestern Krach, und er ist aus dem Haus gerannt, und ... ich glaub, es ist ihm was passiert.»

«So schlimm kann's nicht sein», sagte er.

«Doch.»

«Klingt mir eher danach, als ob er dich zappeln lässt. Wie lange ist er schon weg?»

«Fast vierundzwanzig Stunden.»

Michael sagte nichts.

«Soll ich die Polizei verständigen?», fragte sie.

«Ich weiß nicht.»

«Ich meine, wenn er in ein Motel gegangen ist ... Meinst du nicht, er hätte sich inzwischen gemeldet?»

«Wahrscheinlich», sagte er. «Aber vielleicht solltest du ihm noch ein paar Stunden ...»

«Ich hatte einen schlimmen Traum, Mouse.»

«Wann?»

«Grade eben. Bevor du angerufen hast. Wir waren auf einer Trauerfeier, du und ich.»

«Du denkst nur an Jon», meinte er.

«Nein, das war was anderes. Es war in einer kleinen Kapelle. Und Brian war nicht dabei.»

«Süße ...»

«Es hat sich so real angefühlt, Mouse.»

«Ich weiß. Das ist normal. Du hast schweren Stress. Du brauchst Schlaf, das ist alles. Wenn ich dich nicht geweckt hätte, wär dir dieser Traum gar nicht mehr eingefallen.»

Sie beschloss, dass er damit recht hatte.

«Außerdem glaube ich, dass Brian bloß mal wieder Terror macht», fügte er hinzu.

«Meinst du wirklich?»

«Ja. Ruh dich ein bisschen aus, ja? Wenn die Sonne scheint, sieht's gleich wieder besser aus.»

«Gut.»

«Wir sehen uns dann am Freitag.»

«Ist gut. Ich bin froh, dass du 'ne schöne Zeit hast, Mouse.»

«Dank dir. Na-hacht.»

«Na-hacht.»

Kurz nach zehn stand sie auf, rief Larry Kenan an und meldete sich krank. Er nahm die Nachricht relativ freundlich auf, was ihren bohrenden Verdacht, dass etwas ernstlich faul war, noch verstärkte. Aus Trotz machte sie sich ein extragroßes Frühstück. Brian sollte es nicht gelingen, sie noch mehr büßen zu lassen. Sie hatte schon mehr als genug Buße getan.

Als sie auf der Gartenbank die *Cosmopolitan* las, kam Mrs. Madrigal heraus und setzte sich zu ihr.

«Herrlicher Tag», sagte die Vermieterin.

«Mhm.»

«Schöne Ostern gehabt?»

Mary Ann zögerte. «Es ging.»

Mrs. Madrigal lächelte teilnahmsvoll. «Ich vermisse ihn bereits. Du nicht auch?»

Im ersten Moment dachte Mary Ann, es sei von Brian die Rede. «Ach so, Simon. Ja ... war ein netter Kerl.»

Die Vermieterin nickte nur. Mary Ann schaute wieder in ihre Zeitschrift.

«Und Brian ist auch weg, nicht?»

Mary Ann sah ihr in die Augen. «Woher wissen Sie das?»

«Ach ... nur so ein Gefühl.»

Sie spürte, wie die Angst in ihr aufstieg. Wenn Mrs. Madrigal

Vorahnungen hatte, konnte vielleicht auch der Traum von letzter Nacht etwas zu bedeuten haben.

«Willst du darüber sprechen, Liebes?»

In fünf Minuten hatte sie der Vermieterin alles erzählt: Brians Unfruchtbarkeit und was sie sich ausgedacht hatte, um schwanger zu werden; wie sie Simon gekränkt und sich bei ihm entschuldigt hatte; Brians vorzeitige Rückkehr und sein wütender Abgang. Mrs. Madrigal hörte sich alles ganz ruhig an, doch als Mary Ann fertig war, musste sie tief Luft holen.

«Tja, ich muss sagen ... diesmal hast du dich selbst übertroffen.»

Mary Ann sah schuldbewusst zu Boden. «Sie meinen, ich hätte es nicht machen sollen?»

«Komm, das weißt du doch selbst am besten.»

«Was denn?»

«Ich erteile keine Absolutionen, Liebes.» Sie griff Mary Anns Hand und drückte sie. «Aber ich bin froh, dass du's mir erzählt hast.»

«Er hat sich so sehr ein Kind gewünscht.»

«Ich weiß. Er hat's mir gesagt.»

«Tatsächlich? Wann denn?»

«Oh, neulich, als du hinter der Queen her warst.»

«Was hat er gesagt?»

«Ach nur, dass er gern eins hätte ... und dass du dich mit dem Gedanken nicht so recht anfreunden kannst.»

«Ihm zuliebe würd' ich gerne eins haben», sagte sie.

«Das hast du ja bewiesen», meinte die Vermieterin.

«Ich hab bloß solche Angst, dass es jetzt zu spät ist. Es passt nicht zu ihm, dass er so lange wegbleibt.»

«Lass es ihn ruhig ein bisschen spannend machen, Liebes»,

sagte Mrs. Madrigal mit einem Anflug von Lächeln. «Es ist vielleicht das Einzige, das er aufbieten kann.»

«Gegen was?»

«Gegen die vielen Rätsel, die du ihm aufgibst.»

«Moment mal», sagte Mary Ann, «so schwer bin ich auch nicht zu durchschauen.»

Die Vermieterin tätschelte ihr Knie. «Wir beide wissen das, Kind ... aber er nicht.»

«Dann ...»

«Frag ihn nicht, wo er war, Liebes. Lass ihm das kleine Geheimnis.» Mrs. Madrigal stand abrupt auf. «Tja, ich muss noch den Keller aufräumen.»

Mary Ann verstand nicht, weshalb sie so plötzlich ging – bis sie zum Gartentor schaute und ihren Ehemann durch das Tor kommen sah. Sein Gang war schleppend, und sein Gesicht schien zu keiner Gefühlsregung fähig zu sein, als er auf sie zuging.

«Hallo», sagte er.

«Hallo», antwortete sie.

Er setzte sich auf die Bank, hielt aber einigen Abstand zu ihr. «Musst du heute nicht arbeiten?»

«Ich hab mich krankgemeldet.»

Er nickte. Seine Arme hingen schlaff zwischen seinen Schenkeln herab. «Ist Simon noch ...?»

«Er ist wieder in England. Er ist gestern abgeflogen.»

Lange saß er schweigend da. Schließlich sagte er, ohne hochzuschauen: «Ich hab dir nicht Angst machen wollen. Ich hab bloß Zeit gebraucht zum Nachdenken.»

«Ich weiß.»

«Hier ging das nicht. Es gab zu viel ...»

«Versteh ich vollkommen.»

«Lass das doch», sagte er gereizt.

«Was?»

«Lass mich einfach reden. Ich erwarte keine Erklärungen. Ich hab mir alles überlegt.»

Sie nickte. «Gut.»

«Ich finde, ich sollte gehen», sagte er.

«Gehen?»

«Eine Zeit lang woanders leben. Mir vielleicht einen anderen Job suchen. Hier bin ich überflüssig.»

«Brian, bitte sei nicht ...»

«Hör mir zu, Mary Ann! Ich bin fast vierzig und hab noch nichts zustande gebracht. Nicht mal meiner Frau kann ich alles geben, was sie sich wünscht. Nicht mal das kann ich.»

«Doch, das kannst du!»

«Nein, kann ich nicht. Was sollte denn sonst diese kleine Einlage, hm?»

«Da ging's doch nicht *darum*, Brian. Das war ...»

«Spielt doch keine Rolle. Ich weiß, wie mir zumute ist. Wenn ich hierbleibe, wird's bloß noch schlimmer.»

«Weißt du, wie *mir* zumute ist? Was soll mit mir werden, wenn du mich verlässt?»

«Du kommst schon klar», sagte er und lächelte sanft. «Das gehört zu den Dingen, die ich an dir mag ... Du bist stark.»

«Ich bin *nicht* stark.»

«Du bist stärker als ich. Ich bin ein Softie.»

«Ein *was*?»

«Chip Hardesty hat in seinem neuen Haus ein Apartment, das er nicht benutzt. Er sagt, ich kann dort wohnen, bis ...»

«Herrgott, Brian!» Mittlerweile liefen ihr die Tränen herunter. «Wir lieben uns doch, oder etwa nicht?»

Er weigerte sich, sie anzusehen. «Es gehört noch mehr dazu, Liebes.»

«Was denn?»

«Was weiß ich. Ein Grund. Ein Sinn.»

«Dann suchen wir dir eben einen Job.»

Er schüttelte den Kopf. «*Ich* such mir selbst einen Job.»

«Klar. Na sicher. Aber das kannst du auch hier.»

«Ähm ... Verzeihung», mischte sich eine verlegene Stimme ein. Sie schauten zum Gartentor und sahen einen hochgewachsenen, sommersprossigen jungen Mann. «Mary Ann?»

Sie stand auf und wischte sich über die Augen. «Ja?»

Er kam auf sie zu. Er war Anfang zwanzig, doch sein naives Auftreten, die abstehenden Ohren und die Segeltuchtasche, die ihm über der Schulter hing, weckten in ihr augenblicklich die Erinnerung an den linkischen Knaben, der vor fünfzehn Jahren in Cleveland ihr Zeitungsjunge gewesen war.

Nur dass er diesmal nicht die Zeitung brachte.

Dieses Mal brachte er ihr ein Baby.

Das Geheimnis der Familie Hawkins

Als Erstes fielen Michael die Hyazinthen im Garten auf, ein halbes Dutzend Stängel mit pink angehauchten Blütenkelchen, die fröhlich strahlten, obwohl unter ihnen die Asche eines Toten ruhte. Er betrachtete sie mit einem Lächeln und genoss das Gefühl, wieder zu Hause zu sein. Er freute sich auf seine Familie.

Mrs. Madrigal sah ihn durchs Küchenfenster und begrüßte ihn mit einem Jubelschrei. Er stellte seinen Koffer ab und winkte sie zu sich heraus. Sekunden später kam sie herausgestürzt und trocknete sich die Hände an ihrer Schürze ab. «Mein lieber Junge», sagte sie gerührt und drückte ihn herzlich an sich. «Wir haben dich so vermisst.»

«Danke für die Hyazinthen», sagte er.

«Was? Oh ... gern geschehen. Du siehst *prima* aus, mein Lieber. Du hast ein bisschen zugenommen.»

«Sagen Sie doch nicht so was.»

«Na ... ach, sei doch nicht so typisch Mann. Deine Schönheit ist ja noch intakt. Komm, lass uns den Koffer reinbringen. Bestimmt wollen Mary Ann und Brian dich gleich sehen.» Sie schnappte sich seinen Koffer und ging mit energischen Schritten voran.

«Gut», sagte Michael, «dann ist er also wieder da.»

Sie drückte mit der Schulter die Haustür auf und sah ihn erstaunt an. «Du hast davon gewusst?»

Er nickte. «Wir haben telefoniert. Sie war ganz verstört.»

«Na, jetzt geht's ihr prächtig.»

Er griff nach dem Koffer. «Lassen Sie mich das ...»

«Nein, du hast einen langen Flug hinter dir. Wir stellen ihn erst mal in die Diele.» Sie ließ den Koffer auf den Boden plumpsen und stieß ihre Wohnungstür auf. «Und du kommst auf einen ganz kleinen Sherry mit rein.»

«Prima», sagte er. «Moment, ich hab was für Sie.» Er ging in die Knie, machte den Koffer auf und tastete in einer Seitentasche herum, bis er den Umschlag fand.

«Von Mona», sagte er und gab ihn ihr.

«Wo, in aller Welt ...?»

«In England», sagte er und lächelte.

«Das kann nicht dein Ernst sein!»

«Doch. Es geht ihr blendend. Sie ist glücklich, und sie möchte, dass Sie sie besuchen.»

«In England?»

«Lesen Sie mal den Brief.»

Mrs. Madrigal machte ein zweifelndes Gesicht und lehnte

den Umschlag an ihr Telefon. Er sagte sich, dass Mona recht gehabt hatte. Die Vermieterin benahm sich ziemlich genau wie ein Vater, wenn es um Mona ging.

Sie bat ihn hinein und wies auf das Sofa. «Also gut ... ein Sherry.» Sie verschwand in der Küche, und er ließ die vertraut-mysteriöse Wohnhöhle auf sich wirken, die verblichenen Samtbezüge, die seidenen Troddeln, die wie Stalaktiten überall herabhingen. Es tat gut, wieder hier zu sein.

Sie kam zurück und reichte ihm ein rosa Glas, randvoll mit Sherry. «Und sie *lebt* jetzt dort?»

«Ich sag nix.»

«Na, verrat mir wenigstens, was sie macht.»

Er nippte an seinem Sherry und lächelte sie an. «Sie tritt in die Fußstapfen ihres Vaters, würde ich sagen.»

«Also, mein Lieber, wenn das ...»

«Mehr erfahren Sie nicht von mir.»

Sie zupfte an einer Haarsträhne herum. «Na, dann trink eben deinen Sherry.»

Er grinste vor sich hin, während er an seinem Glas nippte. Schließlich hielt sie es nicht mehr aus. Sie stand auf, ging zum Telefon, nahm den Umschlag in die Hand und legte ihn wieder hin. Dann hob sie den Hörer ab und wählte eine Nummer.

«Was machen Sie?», fragte er.

«Die Truppen alarmieren.» Sie sprach in die Muschel.

«Der verlorene Sohn ist wieder da. Ja ... ganz recht ... genau. Ist gut ... Ich sag's ihm.» Sie legte auf und drehte sich zu ihm um. «Man bittet um dein Erscheinen in der Hawkins-Residenz. In genau drei Minuten.» Sie strebte in Richtung Küche.

«Worauf warte ich dann noch ...?»

«Du bleibst da sitzen und trinkst deinen Sherry aus, junger Mann.»

Er lachte über ihre kleine Revanche. Der Sherry ging runter wie sonnenwarmer Honig. Während Mrs. Madrigal in ihrer Küche herumfuhrwerkte, ließ er sich vom muffigen Aroma des Sofas einlullen und sagte sich, dass er ein echter Glückspilz war.

Schließlich stand er auf. «Kommen Sie mit rauf?», rief er zu ihr hinein.

«Nein danke», war die Antwort. «Ich bin gerade mit einem Lammragout beschäftigt.» Sie lugte um die Ecke. Ihr Gesicht war gerötet von der Hitze des Herds. «Wir essen heute Abend bei mir. Ich hoffe, das passt dir.»

«Bestens», sagte er im Hinausgehen.

Er trug seinen Koffer die Treppe hinauf und ließ ihn im ersten Stock auf dem Absatz stehen. Im zweiten Stock erwartete ihn Mary Ann vor der Wohnungstür. «Lass dich anschauen!», rief sie voller Freude. «Dickerchen!»

«Schmier dir's mit Handkuss in die Haare.»

Nach einer langen Umarmung bugsierte sie ihn in die Wohnung.

Er sah sich um. «Ich dachte, Brian ist da.»

«Setz dich erst mal», sagte sie.

Etwas stimmte nicht. Er spürte, wie ihn seine sherrybesäuselte Sicherheit verließ. Das war es, was er am Nachhausekommen nicht leiden konnte – das mulmige Warten auf die Neuigkeiten, mit denen sie einem den Urlaub nicht hatten verderben wollen. Sein erster Gedanke war: Wer ist *noch* gestorben?

«Was ist?», fragte er.

«Nichts. Ich will bloß nicht ... mit der Tür ins Haus fallen. Setz dich doch.»

Er gehorchte.

Sie setzte sich auf einen Hocker. «Erinnerst du dich noch an meine alte Freundin Connie Bradshaw?»

Er schüttelte den Kopf. «Nee, tut mir leid.»

«Du weißt doch ... bei der ich gewohnt hab. Als ich von Cleveland hierhergezogen bin.»

«Ach ja. Die mit den Ölgemälden auf Samt.»

Sie nickte.

«Die Kitschtante.»

Sie verzog das Gesicht. «Sie war keine Kitschtante, Mouse.»

«Aber du hast immer gesagt ...»

«Ja, habe ich, ich geb's zu. Aber sie war sehr gut zu mir. Ich hätte das nicht über sie sagen sollen.»

«Na schön.»

«Sie ist gestorben, Mouse.»

«Oh.» Er war trotz allem erleichtert. Gott sei Dank niemand von ihren engeren Freundinnen und Freunden.

«Sie ist bei der Entbindung gestorben. Na ja, nicht gleich. Einen Tag danach oder so. Es war was, das sich Eklampsie nennt. Ihr Blut ist nicht mehr geronnen. Sie hatte einen Schlaganfall.»

Er runzelte die Stirn. «Das tut mir leid. Ist ja schrecklich.»

Sie nickte. Dann sah sie ihn mit einem seligen Blick an. «Sie hat mir ein Baby vermacht, Mouse.»

«Wie?»

«Sie war nicht verheiratet, und ihre Eltern leben nicht mehr, und ihr Bruder ist Junggeselle und studiert Medizin, und sie hat mir vor ihrem Tod einen Brief geschrieben und mich gebeten ... es großzuziehen.» Mit einem verlegenen kleinen Schulterzucken wartete sie auf seine Reaktion.

«Du meinst, es ist ...?»

Sie nickte. «Im Schlafzimmer. Bei Brian.»

«Mein Gott! Dann wird es also ...»

«Sie», unterbrach sie ihn. «Sie wird unsere kleine Tochter sein.»

Er war völlig geplättet. «Das ist unglaublich, Mary Ann.»

«Ich weiß.»

«Na, und ... äh ... wie fühlst du dich dabei?»

Sie zögerte. «Ziemlich gut, würd' ich sagen.»

«Du weißt es nicht genau?»

«Na ja, ich muss mich erst noch dran gewöhnen.»

«Und Brian?»

Sie sah ihn lächelnd an. «Sieh selbst.»

Sie stand auf, nahm ihn am Arm und zog ihn ins Schlafzimmer. Brian saß im Sessel neben dem Bett und hatte das Baby im Arm. Eine Lampe auf der Kommode beleuchtete seinen Kopf von hinten wie eine Art Heiligenschein. Michael fragte sich unwillkürlich, ob es eine männliche Entsprechung zur *Madonna* gab.

Brian strahlte ihn an. «Willkommen daheim.»

Michael schüttelte ungläubig den Kopf. «Schau mal einer an.»

«Nein, schau dir mal dieses Gesicht an.» Er meinte das Baby.

Michael stellte sich neben ihn und sah hinunter auf das rosige Gesichtchen. Brian gab dem Baby einen kleinen aufmunternden Stups. «Sag deinem Onkel Michael guten Tag, Shawna.»

«Shawna, hm?»

«Den Namen hat ihr Connie gegeben», sagte Mary Ann.

«Shawna Hawkins.» Michael lauschte dem Klang nach. «Macht sich gut.» Er sah sich im Zimmer um. «Eine Wiege, Spielzeug, alles da. Ihr habt euch aber rangehalten.»

«Nein», sagte Mary Ann. «Connie hatte schon alles.»

«Oh.» Er konnte ihre Verwirrung gut verstehen. «Das kam alles sehr plötzlich, was?»

Sie nickte. «Sehr.»

«Ein Instant-Baby», sagte Brian.

Mary Ann zog eine Schublade auf und nahm einen pink-grünen Briefbogen heraus. «Hier, das hat sie mir geschrieben.» Sie gab ihm das Blatt. Es roch nach Parfüm. *Mary Ann*, las er, *bitte kümmere dich um mein kostbares Engelchen. Herzlich, Connie.* Neben ihren Namen hatte sie ein Smiley gemalt.

«Typisch Connie», sagte Mary Ann.

Michael nickte.

«Die Arme», fügte sie hinzu.

«Na», meinte er, «wenigstens hatte sie den Trost, dass sie wusste, wer die neue Mutter sein würde.»

«Mich hat sie auch gekannt», sagte Brian. «Ich bin mal mit ihr ausgegangen.»

«Ein- oder zweimal», sagte Mary Ann.

Brian schaute wieder auf Shawna hinunter und hielt ihr seinen Zeigefinger hin. Fünf winzige Finger schlossen sich darum. «Wir haben uns im Come Clean Center kennengelernt», sagte er.

«Wie bitte?» Michael runzelte die Stirn.

«Der Waschsalon in der Marina.»

«Ach so.»

Mary Ann funkelte die beiden an. «Ich finde, das muss jetzt nicht unbedingt ins Poesiealbum der kleinen Shawna.»

«Wer ist der Vater?», fragte Michael.

Mary Ann nahm den Briefbogen wieder an sich und legte ihn in die Schublade zurück. «Anscheinend ein Typ, mit dem sie mal beim US Festival war. Sie war nicht ganz sicher. Sie wollte einfach ein Baby haben.»

Michael tat es leid, dass er überhaupt gefragt hatte. «Ist ja nicht wichtig», sagte er.

«Nein, ist es auch nicht», stimmte ihm Brian lächelnd zu. Er wandte sich an seine Frau. «Oder?»

«Kein bisschen», sagte sie.

Ein verlegenes Schweigen trat ein. «Ich komm mir irgendwie ’n bisschen doof vor», sagte Mary Ann. «Unser Baby ist uns ... einfach so in den Schoß gefallen. Ich hab das Gefühl, ich hätte was dazu tun müssen.»

«Hast du doch», meinte Brian.

Sie warf ihm einen seltsamen Blick zu, den Michael sich nicht erklären konnte.

«Im Ernst», sagte Brian und schaute wieder auf das Baby. «Was zählt, ist der gute Wille.»

Mary Ann wirkte ein wenig verunsichert. «Na ... wir wollten sie dir nur mal vorstellen, Michael.»

«Sie ist wundervoll», sagte er und meinte es auch.

Als er wieder nach unten ging, fand er einen Joint, der mit Klebeband an seiner Tür befestigt war. Auf einem Zettel stand: *Rauch ihn und mach ein Nickerchen vor dem Abendessen. AM*. Mit einem Lächeln löste er den Joint von der Tür und schloss auf.

Nur wenig erinnerte noch an Simon: eine halb leere Flasche Brandy; ein paar *Rolling Stones*-Hefte; fremde Telefonnummern auf dem Schreibblock neben dem Apparat. Die Wohnung war eigentlich wie immer. Nichts Besonderes. Nur sein Zuhause.

Ein Joint und ein Nickerchen hörten sich sehr gut an. Er erinnerte sich an seinen Koffer und holte ihn ins Zimmer. Er legte ihn aufs Sofa, ließ die Verschlüsse aufschnappen und tastete nach seiner Zahnbürste. Dabei stieß er auf ein Schächtelchen mit dem Aufdruck einer Geschenkboutique in Moreton-in-Marsh. In die Seite waren kleine Luftlöcher gebohrt.

Er hob den Deckel ab und entdeckte zwischen Seidenpapier einen kleinen Fuchs aus Porzellan.

Und einen Zettel:

Such ihm ein gutes Zuhause. Alles Liebe, Wilfred

Requiem

Connies Trauerfeier fand in der kleinen Kapelle eines Bestattungsinstituts in den Avenues statt. Mary Ann und Michael gehörten zu den Ersten, die sich einfanden. Sie setzten sich ganz nach hinten, außer Hörweite der anderen Trauergäste. Nach ein paar Sekunden kam ein Priester aus einer Tür seitlich vom Altar und fing an, auf einem Rednerpult Karteikarten mit Notizen zu ordnen.

«He», flüsterte Michael. «Ist das nicht Pater Paddy?»

Sie nickte.

«Ich wusste gar nicht, dass Connie katholisch war.»

«War sie auch nicht. Ich hab ihn gebeten, die Andacht zu halten. Bei Trauerfeiern in diesen Bestattungsinstituten geht's immer ... ach, du weißt schon ... so geschäftsmäßig zu. Ich fand es schön, wenn sie einen richtigen Priester kriegt.»

Er nickte.

«Ich fühl mich so elend, Mouse.»

«Warum?»

«Ich weiß nicht. Wahrscheinlich, weil ich es eigentlich gar nicht verdiene, dass ich ihr Baby hab.»

«Na, jetzt hör aber auf.»

«Doch. Ich war so gemein zu ihr.»

«Hör mal, sie hätte dir das Kind nicht gegeben, wenn sie nicht gedacht hätte, dass du ein guter Mensch bist.»

Sie schwieg.

«Du weißt, dass ich recht hab.»

«Es ist nicht nur das Baby», sagte sie.

«Was denn noch?»

«Sie hat meine Ehe gerettet, Mouse.»

«Ach komm.»

«Doch. Er war drauf und dran, mich zu verlassen, als ihr Bruder das Baby brachte.»

«Brian hätte dich niemals verlassen.»

«Da bin ich mir nicht so sicher.»

«Na, ich aber. Das ist doch Quatsch.»

Pater Paddy erkannte Mary Ann und winkte ihr fröhlich zu. Sie winkte zurück und wandte sich wieder an Michael. «Ich hab Brian entsetzliche Sachen zugemutet.»

«Womit denn?»

«Ach ... das möchte ich lieber nicht erzählen.»

«Na schön, dann erwarte auch nicht von mir, dass ich dich in deinen Schuldgefühlen bestärke.»

Sie fingerte an ihrem Programmzettel mit dem Ablauf der Trauerfeier herum.

«Pass mal auf», flüsterte er. «Was immer du gemacht hast ... Connie ist nicht für deine Sünden gestorben. Sie ist einfach gestorben.»

Sie nickte.

«Das ist doch sonst nicht deine Art, Babycakes.» Er sah, dass ihr die Tränen kamen, und griff nach ihrer Hand. «Warum bist du so verstört?»

Ein Mann mit randloser Brille setzte sich an die elektrische Orgel und begann, «Turn Away» zu spielen.

Michael wusste nicht, wie er reagieren sollte. «Wer hat das Lied denn bestellt?», fragte er.

«Sie selbst», schluchzte Mary Ann. «Vor ihrem Tod.» Sie hielt krampfhaft seine Hand fest. «Es war ihr Lieblingssong.»

Er überlegte einen Augenblick. «Dann heißt das ja ...»

Sie nickte.

«Das hier ist der Traum, den du hattest!»

Wieder ein Nicken.

«Und ... aber klar! ... Brian kam darin nicht vor, weil er jetzt zu Hause ist und auf das Baby aufpasst.»

Sie wischte sich die Tränen ab. «Du hast es erfasst.»

«Meine Güte», murmelte er.

Pater Paddy räusperte sich und schaute mit einem gütigen Lächeln auf die Trauergemeinde. «Meine Freundinnen und Freunde», begann er, «wir haben uns heute an diesem Ort versammelt im Angedenken an ... äh ... Bonnie Bradshaw.»

«Scheiße», murmelte Mary Ann.

Ein Hauch von Pink

«Das Wetter war grässlich», erzählte sie ihrer Maniküre.

«Wie schade! Die ganze Zeit?»

«Mhm.»

«Ach, na ja ... hier war es auch grässlich. Ich nehme an, es war überall grässlich.»

«Mhm.»

«Simon sagt, in San Francisco sei das Wetter herrlich gewesen, als er abgereist ist.»

«Na, er hatte auch mehr Zeit, auf gutes Wetter zu warten, nicht wahr?»

«Die andere Hand, Majestät.»

«Wie?»

«Mit der hier bin ich fertig. Schauen Sie ... sieht die Nagelhaut nicht elegant aus?»

«Vergessen Sie die Nagelhaut.»

«Entschuldigung.»

«Wir sprachen von Simon.»

«Ganz recht.»

«Er war *sehr* ungezogen.»

«Ganz Ihrer Meinung.»

«Jeden anderen Offizier hätte man sofort vor ein Militärgericht gestellt. Ohne lange zu fackeln.»

«Sie haben ja so recht. Sollen wir eine Idee heller gehen?»

«Wie?»

«Mit dem Nagellack.»

«Was ist damit?»

«Sollen wir ein bisschen in Richtung *Pink* gehen?»

«Nein.»

«Es ist schon fast Sommer ...»

«Miss Treves!»

«Sehr wohl.»

«Wenn man sich nicht pink *fühlt*, sollte man es auch nicht tragen.»

«Wie wahr.»

«Haben Sie Simon ausgeschimpft?»

«Mehrmals, Majestät. Und er ist äußerst dankbar, dass Sie sich für ihn eingesetzt haben.»

«Das will ich doch hoffen.»

«Er hat sich bei einem Verlag beworben. Sie haben ihn genommen.»

«Hat sich bestimmt mit seinem Charme eingeschmeichelt.»

«Bestimmt.»

«Er ist viel zu charmant, dieser Junge. Mehr, als für ihn gut ist.»

«Ganz Ihrer Meinung, Majestät.»

«Was für ein Pink?»

«Wie bitte, Majestät?»

«Der Nagellack. Was für ein Pink ist das?»

«Oh ... hier. Das da.»

«Aha. Na, das ist nicht so schrill, wie ich befürchtet hatte.»
«Nein, Ma'am.»
«Wie nennt es sich?»
«‹Regency Rose›, Majestät.»
«‹Regency Rose›?»
«Ja, Ma'am.»
«Gut. Das dürfte gehen. Machen Sie weiter, Miss Treves.»

Ende des vierten Buches